U0750470

# 乡愁的模样

——杨新润作品集

杨新润 ◎ 著

黄河出版传媒集团

阳光出版社

## 图书在版编目（CIP）数据

乡愁的模样 / 杨新润著. -- 银川：阳光出版社，
2019.10
　　ISBN 978-7-5525-5036-8

Ⅰ. ①乡… Ⅱ. ①杨… Ⅲ. ①散文集—中国—
当代②诗集—中国—当代 Ⅳ. ① I217.2

中国版本图书馆 CIP 数据核字（2019）第 220006 号


**乡愁的模样**——杨新润作品集　　　　　　　　　杨新润　著

责任编辑　马　晖
封面设计　杨祎霞
责任印制　岳建宁

黄河出版传媒集团
阳 光 出 版 社　出版发行

出 版 人　薛文斌
地　　址　宁夏银川市北京东路 139 号出版大厦（750001）
网　　址　http://www.ygchbs.com
网上书店　http://shop129132959.taobao.com
电子信箱　yangguangchubanshe@163.com
邮购电话　0951-5014139
经　　销　全国新华书店
印刷装订　宁夏凤鸣彩印广告有限公司
印刷委托书号　（宁）0014854

开　　本　787 mm×1092 mm　　1/16
印　　张　27.25　字　数　350 千字
版　　次　2019 年 10 月第 1 版
印　　次　2019 年 10 月第 1 次印刷
书　　号　ISBN 978-7-5525-5036-8
定　　价　88.00 元

版权所有　侵权必究

# 心灵飞翔的乐园（代序）

◎李德明

《乡愁的模样》是杨新润先生的又一部散文、诗歌集。文集付梓之际，先生请我做序。作为老乡、战友和文友，我非常高兴，故以此文畅叙感言，亦是恭贺！

一部20多万字、200多篇（首）诗文的作品集，统以"乡愁"为主题，自然满烙着杨先生人生旅途层层叠叠的脚印。新润生于1953年，又是饮渭水长大的农家后代。自幼，"旧中国长的什么模样？"是拉了半辈子长工的三个伯父以及亲戚乡邻们，给他讲述最多的话题。八百里秦川极其深厚的传统文化底蕴，又使他饱受浓郁沉逸的周秦汉唐文化熏染。

新润自幼就爱琢磨感兴趣的事儿。当教师的父亲给孩子们订的月刊画册《小朋友》，促使他学起了绘画，整天爱在泥地、土墙上涂抹。初小三年级，新润已给班里的墙报画报头。可是，家里"吃穿是第一要务"，哪有闲钱买画笔画纸呀！见同学拉二胡、板胡，他又开始学音乐。借来短笛，几月下来还真能吹奏两首完整的歌曲了。一次，去父亲工作的宝鸡看病，看到商店有口琴，他缠着父亲"买嘛！"父亲无奈的苦笑，却拉着他的小手，默默地走开。父亲在外工作，常写信询问孩子们的学习情况，并嘱咐"多看书、勤思考、写日记、常回信"。多看书？家里没书啊，他就借老师、同学和乡邻的。常回信？写信没词儿，他将课本的词语抄下来，归类待用。上中学，见同学有《汉语成语小词典》，他没钱买，便乘借阅之机，简略地逐词抄录。一册成语手抄本，竟成了他日后写作的"压仓石"。

家境困顿，他爱看书、爱写日记的喜好没有停顿。在生产队劳动，"学生娃的工分"一天3分半，他啥农活都干，晚上便将白天的见闻记下来。学校一放假，他上山放羊，住窑洞，吃窖水。为补家用，他将家里养的猪、鸡和鸡蛋拿到镇上叫卖。一得空，他又捧读名著，1950—1960年出版的小说，他几乎都借阅过。至今，他仍能清晰地叫出那些小说的书名。他经常边吃饭边看书，夜晚油灯如豆，却是他的最爱；课桌粗陋的小洞，恰好成全他偷看小说的兴致。高中时，新润常与同学交流、参加"笔会"，还创作秦腔小剧《紧握手中枪》，在班上排演。"时间是我的，不能叫一天闲过"，便成为他的励志铭。

1972年，新润入伍到宁夏军区部队，开始将基层分队的新人新事写成新闻稿，有了媒体刊发的"处女作"。入伍第三年，他参加宁夏军区第一期文学创作学习班，写作水平得到很大提高。1978年，新润和我都参加宁夏军区举办的军旅文学创作学习班，聆听著名作家张贤亮等老师授课，使他对文学的内涵有了新的认识。

1988年，新润转业到宁夏回族自治区人民政府外事（侨务）办公室工作。宁夏深入对外交往的动态，给他写新闻提供了源源不断的素材，也给他开掘文学作品的深度和广度赋予了新的活力。到访发达国家和乌干达、博茨瓦纳等最贫穷的非洲国家参加外事活动，既使他开阔眼界、拓展胸怀，也使他对乡愁的含义有了更深的思考。

就这样一路走来，既写新闻又搞文学创作，40多年，他在《解放军报》《中国青年报》《人民军队报》《新闻大世界》等90多家报刊、网络发表新闻报道3000余篇，数十篇作品获省市级奖励，连续14年被评为优秀通讯员;刊发文学作品120多万字，出版《老父的家园》《炊烟的香味》等散文集,真可谓笔耕不辍、硕果累累。

这部以乡愁为主题的文集，正是新润心灵景观的汇聚。那些舒展乡音、乡情、亲情、爱情和友情的文字，既道出一串串难以割舍的故土情缘，又是他对世情、国情、社情、民情清晰认识的回放。展卷悦读，既能看到新润依恋故乡的身影，又能读懂他对世风民意和中华传统文化的解析和反刍。

例如散文《走笔中国红》，新润真用一根"红"线，串起历史和现实，串起革命和奋斗，串起乡俗和友谊，串起吉祥和欢乐，串起家庭和亲情，也串起了盛世和愿景：

"记载国人心路历程的中国红，由远古的文化图腾、精神皈依一路走来，从未止步于简朴的尚红习俗，而从传统文化的美好期冀，升腾为惠及人类携手发展的文明力量，那么真实、那么自信……"这种从历史纵深度和社会生活的宽广度，全面阐述中华民族精神图腾和传统文化基因的文字，既传播知识，又提振精神，正气浩然，十分耐读。

例如《记准乡愁的模样》对乡愁的哲思："这些乡愁，既有原汁原味的田陌村落，又有地地道道的乡风民俗；既有暖意盎然的青山绿水，又有文化气息充盈的秦腔、剪纸、皮影戏等非遗传承；既有难以忘却的哀怨惆怅，又有充满诗意的壮美和积极向上的力量；既有我们已经熟识的满山遍野的欢声笑语，又有久远年代黄土深处的苦难凄楚和奋发图强。""乡愁承载了太多的社会情绪，滋养和丰富了许多代人的精神世界。正因为历史的逶迤纵横，才留下现实的风姿绰约和别有滋味。了解苦难就能理解辉煌，认识辉煌就应该知道奋斗。"

在他看来："乡愁不会重复，但押着同样的韵脚。历史的沉淀与时空的转换，随时随地都存在着，只是需要我们用沉思与乡音倾情交谈，用深思与乡土唤醒沉淀，在不断反刍中让枯燥干瘪的黄土地年轻起来，并赋予生机。"——这种独具匠心却满带思辨的文字，很能引发心灵共振。

文集还收录了岁月留痕、心灵感悟等满溢着欢思愁绪的作品，笔墨幽雅，又让人感慨万千品味无尽；军旅回顾、挚友情谊等倾吐心声的文字，似酒香浮动，洋洋洒洒，韵味悠长；还有他与文友唱和的诗词楹联，似缕缕阳光，清新温暖，情意绵长。

新润喜爱文墨，一朝结缘，终生相伴。这不仅源于他的勤勉，也与他的家学密切相关。新润的父亲是教师、书法家，使他自小耳濡目染深受影响，既为他的喜好提供了精神鼓舞，也给他敬临古帖陶冶性情树立了样板。

新润生性文雅，不嗜烟酒，恬淡沉静，胸怀坦荡。他喜欢舞文弄墨，却不图名利，只为在精神乐园享受心灵翅膀自由舒展、随意翱翔的那份快乐。他在工作之余泼墨笔耕的业绩，不仅出于他优雅脱俗的文品，也源于他清正高洁的人品。因此，我与新润相交多年，确有"万人丛中一握手，使我衣袖三年香"（龚自珍）的感受。据此，谨撰小诗略表心迹，也是共勉：

尘世茫茫随心走，
军营结缘手握手。
人生难得一知己，
文海畅游真朋友！

文海无涯，畅游奋进。愿新润老友抒写更多佳作，为读者提供更多精神食粮，装扮更加靓丽的心灵乐园！

2019 年 3 月 18 日于银川静虚阁

**李德明**，陕西合阳县人，军旅作家，大校军衔；中国标准草书学社社员、宁夏标准草书研究会常务副会长、宁夏老年书画协会副会长、宁夏书画艺术发展促进会副会长、宁夏企业书画院副院长、宁夏作家协会会员、宁夏观赏石协会顾问；出版《解放宁夏》《红军西征》《穆斯林暴动传奇》《谍网奇情》《钢铁是这样炼成的》（合作）等文学作品多部，获创作奖 20 多次；书法作品多次在全国入展获奖。

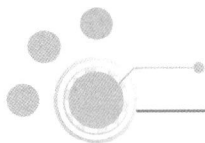

# 目 录 CONTENTS

## 故 乡 情 思

## 心灵感悟

## 心雨芳草

## 谐音漫话

## 时 代 撷 英

## 爱 有 百 味

## 附　录

故乡情思

# 磨 道

以前，石磨在农村很常见。石磨由两块尺寸相同、有一定厚度的短圆柱形石块构成，上下两扇，架在土坯搭成半人高的磨台上。上扇转动，下扇不转。两扇磨的接触面有錾出的磨牙，排列整齐，通过两扇磨盘的啮咬磨碎粮食。两扇磨之间有磨轴，以防上扇转动时从下扇上掉落。上扇有两个磨眼，磨面时，谷物被磨成粉末，通过磨眼流入磨膛，均匀地从夹缝中流到磨盘，过箩筛掉麸皮就得到面粉。石磨安在磨坊里，通常用牛或驴拉磨。有磨坊就有磨道。磨道是牲畜拉磨的走道。磨道围着石磨，就有了永远转不完的圆圈。

上个世纪六十年代中期，我们村还没通电，粮食是用石磨把麦子、玉米磨成面。我家磨坊在老屋上房。凌晨鸡叫三遍，母亲从生产队饲养室牵牛套驴，到磨坊磨面。先支好箩面用的滑竿、粗箩、细箩，再架起磨棍，用衣服蒙上牲口眼睛，好让牛驴转圈不晕。随着牲口拉着石磨在磨道里转圈，母亲的箩下就有了白白细细的面粉。母亲一边箩面、吆喝牲口，一边向磨顶撒谷物，察看磨盘、磨眼，倒箩过的麸子，以防撑磨、卡磨、糊磨。磨一晌面，能收三四十斤面粉。有时没有牲畜拉磨，母亲就领着我们兄弟姐妹推磨。虽然费力费时，但磨坊会时常飘散着笑声。直到有了电磨，我家石磨宣告退休，人推磨也走进历史。

悠悠石磨，从师祖鲁班发明石磨的春秋末期一路走来，磨砺着劳苦大众薪火相传的苦辣酸甜，见证了中华民族起起伏伏的兴衰荣辱。悠悠磨道，从华夏文明的源头走来，犹如泥泞坎坷没有尽头的魔道，转不出亿万柴门世代渴求的梦想。鲁迅笔下的闰土，是身着长袍马褂年代中国农民的典型形象：少年闰土月夜看瓜刺猹，装弶逮鸟，心里"有无穷无尽的稀奇的事"；二十几年后，闰土"先前的紫色的圆脸，已经变作灰黄"，"红活圆实的手"变得"又粗又笨而且开裂，像是松树皮了"；见了久违的"我"直呼"老爷"。苦难生活的重压使淳朴天真的小闰土，变成呆滞麻木的老闰土。千百年间，中华大地，一个个村庄、一个个闰土，就这样在艰难困苦的挣扎中繁衍生息，在求神拜仙的企望中麻木失望，在由小变老的"磨道"里循环往复。

纵观史海，"磨道"一词是古老中国农耕文化的结晶。磨道的景象好像一个晴雨表，直观地展露贫穷富贵。家里有磨坊，证明家境殷实。有面可磨，磨道就是温饱、喜悦和幸福的代名词。无面可磨，磨道就写满了饥饿、辛酸和血泪。在那些贫穷如影随形的年代，磨道吞噬了所有的勤苦、快乐和温馨，磨逝了无尽的辛劳、苦役和抗争，留下的只是战乱、匪患和落后。看似平常的磨道，就像潜埋在岁月深处的缰绳，牵系着你我他的前辈们赶赴一场又一场苦涩无望的邀约，看不到头尾。

磨道转不出温饱小康，却转出了很多文化。磨灭、磨勒、磨陀、磨合、磨跎、磨叨、磨破口舌、磨踵灭顶等词汇，真像是从石磨里磨出来的。磨道转出了很多歇后语：兔子进磨道——充大耳朵驴，驴赶到磨道——不转也得转，驴子拉磨——跑不出圈，驴拉磨牛耕田——各走各的路，磨道上走路——没头没尾等。《红楼梦》中黛玉出了个谜语："騄駬何劳缚紫绳？驰城逐堑势狰狞。主人指示风雷动，鳌背三山独立名。"谁都猜不出，黛玉自揭谜底，竟是：小驴拉磨。中国近代"千古奇丐"教育家武训，手使铜勺，肩背褡袋，烂衣遮体，边走边唱，四处乞讨，当给人家推磨拉碾时，学着牲口的叫声唱："不用格拉不用套，不用干土垫磨道。"电视剧《古船·女人和网》有歌："牛劲来自绣花的手／网结篱笆张着好多扣／自己和自己别做扣／树和影子闹的啥别扭／磨道驴儿你走不远／拖网的古船你没快舟……"

悲观者惊诧"磨道人生"，将囿于小圈子、重复性强的"来回活"称为

"磨道式循环"，认为千里马和磨道驴所走道路不同的原因是"命运所赐"，以为眼前的生活就是在"打工的磨道"里打转，一切任由命运驱使。

有志者惊叹磨难如磨道，磨出了许多拼搏进取、坚毅执著、坚定信念的励志故事。他们感谢最糟的机遇，给自己一片悬崖，把"不"字擦掉，把每一滴天赋都挤出来，点亮心中的蜡烛，在黑暗中放射光芒，轻松地前行！

站在人生的高处看，社会真是一个庞大的磨道。人们的工作、生活、习俗、思维甚至家庭、幸福、命运，无不是在一个个磨道里运行。所谓改朝换代、社会变革，如同从这一个磨道走进另一个磨道，只是磨道环境的优劣不同罢了。磨道的力量是巨大的。一个人的人生境遇怎么样，很大程度取决于他所处的那个历史阶段的磨道环境。社会发展的大势不断改变着磨道的内涵，磨道生态深深地影响着所有人的生存状况，也改变了成千上万民众的命运。如今，我们脚下的土地仍然是那块古老的土地，可是，鲁迅当年笔下那个呆滞木讷、灰头土脸的闰土，已经变成会驾农机具、走南闯北搞经营、广采信息忙致富的新型农民。现代闰土们生活的大合唱里，尽管也有忧愁烦恼，却满溢着幸福温暖，没了贫困潦倒的音色！可以想象，没有国家、民族命运的巨大变革，闰土们至今还在那个磨道里转圈呢！

当然，周而复始的生活，久而久之会形成僵化的思维定势。惯性思维、一成不变等，都可能成为"磨道效应"。于是，有了"外面的世界很精彩"的感叹。要紧的是：最好给自己的磨道精确定位，清楚自己正走在那个磨道，磨道环境怎么样，是否必须从这个磨道走进另一个磨道？

磨道是一部大书，它囊括了社会发展的经典哲理。研读这部浩浩长卷，就能读懂深藏其中的丰富含意。

岁月流逝，我家的那盘老石磨早就拆掉了。我们的后人想看石磨，只能去博物馆。磨道一词也将成为故经。但我常想，若能收藏一方石磨，烦闷来袭时去磨道转转，给后辈说说"我们来自那里"，或许能增加一些清醒！

# 印门神

常年戍边，回故乡过一次春节，心窝里总会搅动欣慰的涟漪。

记得儿时，从腊月二十三糖瓜祭灶开始，我和小伙伴就压着指头计算，期盼着这热闹的日子。大人们忙忙碌碌地备年货、扫门间、去尘秽、挂门神、贴春联。我总缠着母亲给我换上待大年初一早晨才穿的新装，从瓦罐里掏出平日积攒的"钢镚儿"上集市买串挂鞭……

然而，珍藏在我心窝里有关春节的记忆，并不都是甜滋滋的。记得上世纪 70 年代中期，这是我入伍后第一次回故乡过春节，就尝过一种难言的滋味儿。刚过小年，父亲到山镇上办年货回来，从低矮破旧的茅舍里，取出两块方方正正用山桃木刻的版画印版，叫我帮他印门神。

这门神，就是司门之神啊。我记得很清楚，在我很小的时候，喜欢翻阅古籍的老父亲就给我讲过：远古时期，夏商周各朝天子都祭五祀，门是每天必经之处，当然首先祭祀。黄帝命人用桃木雕刻了两个神像置于大门两边，以御鬼怪消除灾难。之后，又画两个神像贴在门上，便为门神。自先秦以来，上自天子，下至庶人，都崇拜门神。门神诞生于正月十五日，就有了新春时节祭祀门神的习俗：将门神贴在大门两侧，以进门为视角，画中门神以对脸相视为正确贴法，反之便贴错了。由于这种习俗已流传数千年，门神的形象就有很多。诸如：神荼、郁垒、虎苇索、桃木、钟馗、青龙白虎，一些地方还信奉赵云、赵公明、孙膑、庞涓，还有将门神分为文门神、武门神、祈福门神。文门神即画一些身着朝服的文官，如天官、仙童、刘海蟾、送子娘娘；武门神即武官形象，如秦琼、尉迟恭等；祈福门神即为福、禄、寿三星。这些门神出现的时间、区域、背景不尽相同，但至今都被人们普遍信奉。在扶风一带影响最深的要数秦琼、尉迟恭，其辟鬼之神的信仰源于唐代玄武门之变。当年，李世民大举屠杀自己的哥哥李建成和弟弟李元吉的家族，连婴儿也不放过。晚上睡觉常常听到卧房外边抛砖掷瓦，鬼魅呼叫，弄得后宫夜夜不宁。他有一段时间常做噩梦，梦到哥哥弟弟带着妖魔鬼怪来杀他，心中十分害怕，夜间难以入眠。于是，让手下大将秦琼和尉迟恭手持兵器站在门前站岗，这样便能安心入睡。时间长了，两员大将长期夜不能寐，双双病倒，李世民只得命人将他们的形象画在纸上，贴在门上，用来震慑妖魔鬼怪。自此之后，人们便恭祀秦琼、尉迟恭为守卫门户的武门神，将其神像贴于门上，用以驱邪辟鬼、卫家宅、保平安、助功利、降吉祥，以求来年康乐安泰。

喜欢"讲故经"的老父亲给我讲过的这些，都是旧时迷信的父辈们过年期间祭祀先人时必须温习的功课。可是，我一个军人，佩戴着鲜红五星的军人，干得了印门神、祀门神这等差事么？

看我窘得慌，父亲也不搭理，回里屋翻出一卷黄草纸，熟练地调好印墨，顺手搬个小凳，嘴里叼着丝丝冒烟的旱烟锅，佝偻着身躯，头也不抬地印起来，那粗黑的茧手笨拙地掀动着一页页印刷品，忧郁的眼睛随着翻动的纸页无神地活动着，不出一锅烟工夫就是一大沓。我默默地愣在一旁，不知道说什么好，也不知道做些什么。只听见父亲沙哑悲戚的低语："过年了，印几张，图个吉祥，也给孙儿们换个压岁钱……"我心里倏地涌出一股说不清的味道。

一晃40多年过去。去年，我特意选择春日，偕妻儿回故乡阖家欢聚。山村笼罩在喜庆的氛围中。过去挑着卖柴小担的年轻人，这会儿驾着"电蹦子"、自驾车一路飞奔，到山外采购年货。早年赤脚的山妹子，现在身着城里流行的服饰，熨起"水波浪"，踏着"飞人"赶缝新装。不知谁家的立体声收录机，播放着《在希望的田野上》……

父亲购置年货回来了。一进门，翻出当年我见过的那两块方方正正的用山桃木刻的版画印版，催着我帮他印门神。他先沏壶酽茶，支起摊子，尔后调好浓墨，翻卷着油光纸，眯着眼冲着我笑着叮嘱："早年同你一起玩耍的几个小伙伴，家里缺门神，今天跟集碰上了，向我要几幅。我手脚不利落，你赶紧印几张送去。"我心里说：爹哟，你真个老糊涂了，啥年代了，咋还……

父亲似乎看透了我的心思，啧啧地吸几口旱烟，"叭叭"两声在鞋底上掸掉烟灰，噌地从沙发上弹起来："捧着老黄历念经，就把爹看扁了，也不瞅瞅印些啥？"

我惊讶地顺手拿起印版，重重地蘸饱红殷殷的油墨，轻轻地按下去，白纸红印，图案清清爽爽。一幅是手执鲜桃、连白眉都含着乐意的长寿翁，映衬着白鹤青松，下方一道红字"福泰永年"；另一幅是怀抱金鱼、手舞足蹈的胖娃娃，掩映着繁花柳荫，下写"岁岁有余"。

看着父亲变魔术似的"变"出的这两幅白纸红印的"门神"图案，我愣愣地低着头，一句话也说不出来。随手拿起"岁岁有余"的那幅"门神"，喜欢翻阅古籍的老父亲好像当年给我讲门神的故事没有讲完、需要补充完善一样，如数家珍般地聊起门神的新话题。

原来，在数千年的历史演进中，恭祀门神的习俗和门神的形象有很大变化，门神也烙上了时代印痕。新中国成立后，人们科学意识增强，迷信意识淡薄，过年时有把英雄人物、民族英雄画像贴在大门上，门神便演变成门画。改革开放以来，门画内容更为广泛，如彩绘福寿图、五谷丰登图、六畜兴旺图、工农建设图、儿童欢乐图、火箭腾空图、十帅跃马图、拥政爱民图、军民联欢图等。现在过春节，许多大门还有张贴神荼、郁垒、秦琼与尉迟恭门神像和历代武将画像的，但与古时候相比，其中的含意截然不同。过去贴门神是为了敬神、拜佛、求福、祈祷平安，如今贴门像表达的是对平安幸福的向往与追求啊！

父亲诠释"门神"的新见解，使我眼前一亮：看来我真是"捧着老黄历念经，把老爹看扁了"。瞅着饱含红殷殷的油墨、清爽爽的图案，这手执鲜桃衬着白鹤青松、连白眉都含着乐意的长寿翁，这怀抱金鱼映着繁花柳荫、手舞足蹈的胖娃娃，这"福泰永年""岁岁有余"的白纸红印，不正是普通百姓当今生活真实图景的缩影吗？

我高兴地猛一抬头，看见父亲正冲着我笑，那笑容，洋溢着富足、舒心和喜悦。

# 老父的家园

如果说故乡是一部大书，
父亲就是书中的一页彩色插图。
——题记

古朴清幽的故乡，十里八村的乡党们都晓得，我的年过古稀的父亲是大名鼎鼎的书法家。冲着这个缘由，20世纪80年代初父亲退休返乡后，倒比单位上班忙得多，那荒芜许久的情趣似乎倏然间重新回归了。

故乡人的生命都同土地血脉相连，我家祖上也是只翻土地不翻书，到了父辈才有父亲一人读到师范中专。新中国初建时，具有中专文化的父亲在那个年代称得上"秀才"了，参加土改时被相中到了中学工作。

父亲平生没有嗜好，不抽烟打牌，只在过节的时候陪伴客人喝一两杯白酒，瞬间便会面若重枣。父亲极爱书法，而且字写得很有章法，楷行隶篆草魏，每种字体的一笔一画显露着古代名帖的风骨。柳、欧、米、王等大家字帖，曾是父亲早年临摹的必修课。

作为从穷窝里扑腾大的我家唯一的读书人，父亲的那一笔字，凸现出十年面壁时的奋发和灵性。正是那种因家境困窘而笔墨无继、削竹为笔、调泥为墨、习字于青石板上的勤痴劲头，奠定了他日后以书写为主要工作和为乡邻服务的基础。

缘于"一把刷子"，父亲几十年教龄竟没有站过几天讲台，校方干脆让他发挥其长，刻蜡版、写标语、抄公文，凡与书写沾边的教务工作总有他的份。那时候没有打字机、微机之类的现代办公用具，誊写复印效率又低，写写画画的事务常年竟也干不完。每逢学校内外举行大小活动，父亲的"一把刷子"更是派上用场，各种场合少不了他的潇洒秀气的书作。缘于一笔翰墨，十年浩劫中，父亲被赶出校门发派山区"劳动改造"时，质朴忠厚的山民们也没有让他少于"文案"上的杂活儿。

从我脑海能留下记忆的年月起，父亲常年难得回一趟家。我们兄弟姐妹6人的生活依靠，除了母亲辛勤劳动所获可怜的"工分"分红外，主要凭借父亲20多元的月薪。好在粗茶淡饭也养人，赤贫单调的生活我们已经习惯了，我那幼稚的心灵竟也品不出什么苦涩味，反正左邻右舍同样穷得叮当响。至今，我还固执地记着孩提时期的艰难和贫困，况且那种艰辛比父亲幼时好得多。在20世纪50年代，离父亲工作的城市百十公里远的乡野，还没有一条像样的沙石公路，更不通如今随处可见的"巴士"和"面的"。一到学校放寒暑假时节，父亲急着回家，坐火车到达离家最近的车站，剩下的70多里土路就靠步行了。尽管风紧雨大，但嗷嗷待哺的几张嘴驱使他不敢放慢沉甸甸的脚步。

每次回家，父亲简单的行囊里总少不了装一本字帖。每隔一两个月，我们也准能收到父亲的来信，那一页页写得异常工整而又十分漂亮的方块字，无论是毛笔还是钢笔写的，每个字都写得像他做人那样认认真真。每次捧读父亲的来信，我总感到是在研读各种字帖。实际上，父亲来信的内容大抵相似，每封信少不了"要用心读书勤于思考"之类的叮嘱，总那么一副叫真劲，至今仍刻在我的心底，成了我受用终生的动力。

尽管父亲从事的教育工作与农耕相当遥远，但他的心却一天也没有走出故乡。老家那永远理不出头绪的家务活，黄土地上有始无终的春种秋收，朝朝暮暮飘散不绝的缕缕炊烟，粗犷豪放悲苍有致的秦腔眉户，那种沿袭千年古老传统的生存方式……从骨子里造就了父亲生命元素的内核和难以释然的乡愁情愫。尽管以后从这所学校调到那所学校，从这座城市迁居那座城市，父亲生命的底色依然涂染着泥尘的色调，始终难以拂去。

等到我们兄弟姐妹一个个翅膀"长硬"飞出老家的土门时，父亲到了退休年龄。

在物资紧缺、供应匮乏而又喧闹纷扰的城市待了几十年后，父亲毅然回到了交通闭塞、生活环境依旧原始的山村。尽管校方答应给他解决住房，尽管儿孙亲友百般劝阻，那生命的原初情愫促催父亲义无反顾地融入了充满乡情而又古旧挤迫的山乡田地。

毕竟是个文化人，在"园丁"堆里泡了几十年，一下子返身乡居后，农村的穷街陋巷，文化言谈的差异，儿孙们的远游四方，无法尽享的天伦之乐……常常使父亲感到无边无际的孤独和寂寞无助。用我慈母的话说：他实在孤独时不吃不喝，要么蒙头大睡，要么整天抱着收音机听新闻，谁也不搭理；要么莫名其妙地打鸡骂羊；要么心神不安的找茬儿发脾气。反过来，父亲开始期盼儿孙们给他多去信，并怀着一种复杂的心情复信陈述故乡的变化和无奈。尽管复信话语十分简短，从那依旧十分洒脱的字体里，我却明显地读懂父亲在难以割舍与默默适应中期待着新的洗礼。

为了能够减免父亲乡居的孤独寂寞，我曾时常说服兄弟姐妹多回乡探亲，多写信，多选购报纸杂志邮寄回去，好让父亲那颗不甘老化的心尽可能多地吸纳一些外面世界的新鲜气息。

很快，我从回乡探亲中体验到父亲乡愁情感的显著变化。那种变化还是缘于他的那"一把刷子"。

乡亲们告诉我：文化人可是咱乡里的山珍啊！老家庄户人观念旧、习俗多、礼节繁、讲究还蛮大，农家操办红白喜事、宅院奠基、新房上梁、娃娃满月、孩子过岁、老人贺寿的时节，少不得现编、书写、张贴一些切合心意的楹联、示文。这类看似简单实则不易的差事，哪一样都离不开乡土文化的滋润和一支笔啊！

哦，是乡亲们的切身需要在帮助父亲排遣寂寥了。

这一点我心里亮清，如今圪蹴在山村的年轻人，粗通文墨能捉笔涂抹两刷子的不多。尤其是故乡的老民俗、传统风情千家一贯制，虽说近些年物质生活充实了些，但想借助各种形式讨口彩、图吉利、抒心声、叹故志的新的"穷讲究"更繁琐了。给待葬的老者写个祭文，给死去的乡亲砖墓上题个哀联，邻村的老母老父去世过周年要撰一则挽联，人丁兴旺孙儿绕膝的四世同堂之家需写个门匾，十里八村的碑、坊、店、园、庙、堂、殿、馆、楼、亭、所、阁、校、院、台的题字题刻，乡亲们这个请写诉讼状子，那个求写上访意见建议书，生活百味，无所不有。照故乡的老规矩，类似差事，没有一定文史积淀、书法造诣的乡土文化修养，要想临场现编即时挥毫，还真玩不转，甚至会出洋相呢！遇到上述任何一项"任务"，父亲义不容辞责无旁贷有求必应，并且赢得了乡亲们的啧啧赞誉。

每逢大年三十，父亲更是全村子最忙的人了。

一大早，乡邻们追前赶后地夹着大红纸来找父亲，顺手把纸往火炕上一展，乐呵呵地说一声："你随便写一幅就成咧！"说完拔腿去忙乎年货，等一半个时辰让后生来取对联。

熟面熟脸的乡党们殊不知，写楹联这活儿"工程量"大得了得：各家各户拿来的红纸要按对联尺寸和主家要求一一裁好；诸如门神、财神、灶神、院帖、炕帖、房帖、树帖、庙帖、马王爷、土地爷、井王爷等等小幅楹联，还有横额、大小各异、宽窄不一，仅靠一人连裁带写，赶正月初三也完不了工的。于是，只要我们兄弟姐妹不管谁在故乡过年，自然就是父亲书写对联的帮手了。

再说，各式楹联词句内容既要避免千幅一律，又要书写工整；既要体现时代感，又要符合乡俗民风；许多小楹联还有古老规陈、宗教信仰和祈福呈祥的色彩。所有内容上通天文下贯地理借古诵今文词对仗，再好的记性一下子也道不出那么多的"水平"来。偶尔有能冒几句佳语吉词的故乡人，父亲总会喜滋滋地让座倒茶递烟，留他"好好诌一诌"，算是碰上知音了。

　　为了能在大年三十这一天快捷地给乡邻们写对联，父亲平时就筹备"粮草"。他选购了《楹联大观》和刊载春联的农历书籍，还有分门别类的楹联手抄本；平时阅览书报时，又很注意积攒名联佳句，他的炕头经常有零零星星顺手拈抄的词诗便签；尤其是为了及时撰拟适合山乡农户的各式楹联，他在日积月累的摘抄时涉猎各类知识，尔后根据时代变化改编自撰。父亲所做的这些，既给山乡的新春佳节平添了欣喜欢乐，又为乡土文化建设赋予了活力和生命。

　　每当父亲翻着便条，饱蘸激情为乡邻们一笔一画题写楹联时，免不了边书写边叨念着劝诫我们兄妹："书到用时方恨少，好记性不如烂笔头呵！"受父亲的影响，村子里也有了喜爱书法和楹联艺术的"小群体"，一帮中年人、后生们谈天说地时，诸如要求对联自然朴素对仗有节奏感和特定气氛感受……还真能侃出一点所以然来。

　　说实话，对于故乡，我与父亲相比属于不肖子孙。身在异乡工作20多年，我只在老家过了三个春节，每次返乡都是来去匆匆，那片清幽古朴的黄土地上更少有我洒下的汗水。但是，尽管回乡少，我却知道父亲的"一把刷子"抹遍故乡的十里八村，时近半个世纪，只要父亲踏上故乡的山梁，从来都是在为乡亲们挥毫泼墨中度过的。然而，我无法了解，串起几十年的风雨，父亲为乡亲们撰似、题写过多少楹联，磨秃了多少杆狼毫，挥洒了多少瓶墨汁，耗费了多少精力，倾注了多少热忱和期望。只有乡亲们清楚：几十年间，父亲都是义务操劳，没有二话，没有收过一分钱报酬！

　　从贫困苦难中闯荡了大半个人生，父亲是真正领悟故乡含意的。他把能让缺文少墨的乡亲们高兴视为最大乐趣。只要一进入那种类似程式化的状态，他把一切孤独烦恼都忘得干干净净，在如今物欲横流连问路都有人收费的市场经济条件下，父亲固执地守望着他的精神家园。即使古朴凝重的黄土地至今还没有发育成熟喊一声"谢谢"的文明习俗，父亲也会像地地道道的庄稼汉一样回应一声："这点事，没啥！"

父亲从他生命的根里感悟到渴望文化的乡亲们的需求和盼念。他常对我们兄妹说：其他方面帮不上乡邻们大忙，只要别人哪怕有一点点请求，咱也要尽心尽力地相助啊！

品着父亲的为人和平淡的话语，我似乎至今才读懂了他那满是精神的一脸皱褶。父亲一生布满了贫困，毕生嗜好书法却买不起一张宣纸装裱赠存变卖；毕生研修书理造诣俱日逐深却没有参加过书法沙龙之类的活动。然而，几十个春秋的义务操劳中，他用厚重的人生服务乡里，故乡的十堡八寨有口皆碑。长满高楼的都市尽管可以使他安度晚年，平平淡淡的乡居却使他壮心不已。

在那片精神家园里，父亲把一辈子积攒的睿智和品德还给了深深眷恋的土地！

（本文曾刊于《新闻大世界》1997年第6期）

# 有妈就是家

不管什么时候，只要一踏进老家的土门，我第一声总是喊："妈!"
有妈就有家啊!

我的母亲是一位普普通通的农村妇女，一辈子居守在故乡的老宅，一辈子享用着黄土地赋予的善良纯朴勤劳和幸福。

当我们姐妹兄弟一个个揭开人生最初年轮的时候，正是共和国初创时期物质文化生活最匮乏的年代，吃饭糊口是家家户户的"第一要务"。我们家里的生活来源，仅靠父亲微薄的工资和母亲在生产队劳动的分红。到了我们姐妹兄弟上学的年龄，我不但不能参加劳动贴补家用，还要一年又一年地增加学杂费用的开支。吃饭穿衣是头等难事呵!

眼看着儿女们一天天地疯长个儿，母亲既高兴又忧愁。一年四季春夏秋冬从头到脚从单到棉从里到外的衣帽鞋袜，一大帮孩子必需的衣物，都要母亲一针一线一件一件地手工缝制。除了使用发放的一点点布票买些布料外，大量的衣物用料都得从拣棉花、纺棉线、织粗布的原始工序开始。尽管故乡人秉承着日出而作、日入而息的古老习惯，每个夜晚，母亲却不能早早就寝。看着家境较好人家的孩子光光亮亮地出门，好强的母亲总想在逢年过节时，让每个子女有一套不同于平时打满补丁的衣裳。寒冻时节，还要配上老虎头、老虎护手之类的装饰。每当古老的山村被夜幕笼罩后，我们姐妹兄弟盘腿坐在热炕上，围成一圈，静静地看书，中间吊着一个光亮如豆的小煤油灯；母亲天天也在做她似乎永远做不完的"功课"，不是摇着纺线车纺棉线，就是一针一针地纳鞋底。天天晚上，母亲什么时候进入梦乡的，我们不知道。第二天清晨鸡叫三遍我们起床上学时，母亲却已套上老黄牛打磨子磨过二茬小麦面了。磨好面，母亲赶忙要去上工，参加生产队的集体劳动。

普天下的农民似乎天生就是劳动的机器，一年四季都不得闲，只有天下雨雪才是他们的双休日。农民一年四季就靠挣工分吃饭。一个男全劳力劳动一天 10 分工，价值分工仅仅 8 分钱。母亲是女全劳力，劳动一天 7 分工，只有 5 分 6 厘钱的分红。尽管如此，能够补贴一点点家用，也会让母亲脸上绽放些许笑容。

原始简陋的生存条件，长年累月的强体力劳动，加上异常繁重的家务，使母亲早早地患上了高血压、胃痉挛等病症，一双粗糙的大手，十个指头一展开全是灰指甲。但是，那年月一分钱瓣成八瓣花，母亲没有钱看病，更舍不得花钱看病。

然而，苦难没有磨逝她坚毅刚强的人生信念。听着老宅的小土屋里一天天灌满孩子们的朗朗书声和欢言笑语，母亲心底也灌满了喜欣！

在母亲教导下，为着生计，我们兄弟姐妹都早早地学会做各种农活和家务，并都抢着争着干。一放学，大姐总会小跑着赶回家，喂鸡、喂猪、搂柴、刷煨底、做饭……只想着尽可能多地减轻母亲肩头超量的重负，帮母亲一点儿忙。（大姐后因"文化大革命"而辍学）我和大弟弟很小就学会了割麦、犁地、牵耧、扬场等农作物从播种到收割、储藏的各种农技；寒暑假时，参加生产队分派的上山放羊、下地收种、上场碾打等等农活，更是最平常的"必修课"。小妹小弟十分勤快，年年暑假期间挥镰割青草、搂干柴，家里做饭、烧炕用的柴火煨底常常堆得像小山。生产队分的一小块自留地，母亲带领我们年年耕作得秋夏两季双丰收，一茬也不落。

在物质匮乏的年代父母教会了我们勤奋地读书学习，积极向上和不知苦累的生活，子女的进步也给母亲增添了一份欣喜。在那种农村女孩子还很少有读书识字的年月，在父亲和母亲的鼓励下，大姐坚持上学，顺利地考入中学。小弟弟学习成绩年年优秀，是十里八村远近闻名的尖子，荣获的几十个奖状贴满了一面墙。学校开大会请家长传授教育孩子的经验，母亲荣幸地戴上大红花被请上主席台。

当儿女们一个个学业有成飞出土门走上工作岗位成家立业时，老宅满院的空空荡荡取代了早年的欢声笑语，母亲的满头青丝也已白发苍苍。在家里进来出去，也只有退休还乡的老爸相依为伴。我们兄弟姐妹天各一方，平时都忙于工作，难得有几次回家的机会，在老家聚齐一次更不容易。看着儿女们回一趟家像出差住旅馆一样，母亲常常既高兴又遗憾地向我感叹："看你们小时候那一阵，咱家院子多热闹，现在可倒清闲，想叫小孙子们能给炕上尿一泡，也都没个人影儿！"

可是，勤劳习惯了的母亲并不感到孤单寂寞。她把每天的时间安排得满满当当，总不停闲。一得空，她就喂羊、喂鸡，或到大田里给羊割些青草，既解闷也锻炼身体。母亲为人谦和，很有人缘。村上与母亲相守一辈子的老太爷、老太太们，既羡慕母亲的晚年福，又喜欢同母亲一起拉家常。谁家有啥好吃的好喝的，也忘不了送母亲一些。东家给苹果，西家送红薯，常年少不了"土特产"。常到老姐妹们家里串门，母亲盘腿上炕，摊开儿女们孝敬她老人家的一些糖果点心分送品尝，老太太们的满堂笑声便溢满了农家小屋。

母亲双手粗糙，针线活却做得十分精细。儿女们的衣服再不用她做了，她便为一个个小孙子们做千层鞋，有时候还架起织布机子织粗布。等孙子们长大成人不再穿那种粗布鞋时，母亲又手脚不停地给已经出生的和还没有出生的重孙辈们缝制如同工艺品般的布老虎，做好一套又一套婴儿装。那一针一线里，都浸着老人家对后辈们的热爱、牵挂、期望和祝愿！不知多少年了，我一直用母亲亲手纺织的花格子土粗布作床单，如同每夜紧贴着母亲的体温入梦，好幸福！

母亲久居故乡，很少远行，但思想开阔，并不守旧。每逢农历节庆，母亲都会按照古老乡俗，从前到后地贴好土地神、仓神、灶神、井神等"六神"的牌印画像，并点蜡上香烧纸磕头，但那只是祈愿家庭幸福，子孙平安的一种形式。母亲有时也去观看村里人操办的佛事，也相信一些佛理。但她却不迷信，看完就完。母亲虽然年岁高迈，但她耳聪目明，明大理，识大义，大事从来不糊涂。对于孙子辈的婚姻大事、儿女们的小家庭生活，她经常热心过问，但不干涉；经常关切地指点，但不指责。"儿孙自有儿孙福，自己路自己走。"话语不多，句句如金。

我非常钦佩母亲常有一些朴实而富于智慧的格言，尽管她没有正规读过一天书，只是在 20 世纪 50 年代中期全国"扫盲"运动中读过几天"冬学"。每当我探亲回家，母亲都会以警示的口吻告诫我："捉上公家的事，要干就好好干，不要管我。""你们还年轻，一个劲儿能往好处去，不要想家。""管好身体比管好钱财管用。""公家的东西一样都不要拿，没啥好处。"平平淡淡的叮咛，却让我永世难忘，享用终生。母亲不老的心，是盼望她的儿孙后辈们一个比一个有出息，一代更比一代强呵！

家有二老，胜似珍宝。如今，母亲和父亲成了我们家的"大熊猫"，是"重点保护对象"了。她老人家身体健康，也是我们儿孙后辈的大福。闲暇思乡时，在我追寻人世间每一个简单而美好的回忆中，母亲总是牵着我最大的忧伤与喜悦。

但是，不管什么时候，只要一踏进老家的大门，我的第一声还是要喊："妈！"

有妈就是家啊！

# 记准乡愁的模样

## ——写在《扶风文艺》第 12 期前面的话

2014 年以来，经扶风县诗词楹联学会会长、《扶风文艺》主编毕林飞先生的热情引荐，我同《扶风文艺》的许多作者建立了联系，并在《扶风文艺》期刊和"扶风文艺微信群"拜读了很多扶风文艺工作者的精彩作品，使我受益匪浅。交流期间，有一个带有普遍性的话题，催促我时常琢磨和深思：怎样讲好扶风故事、让经典的乡愁活起来？

扶风自古人杰地灵，俊贤荟萃，有着深厚的文化底蕴和丰富的人文资源。饱受浓郁沉逸的黄河古文化、周秦汉唐文化的熏染，扶风这块热土孕育了一批又一批优秀的文艺工作者，他们利用业余时间，在不同领域，以不同的艺术形式，辛勤耕耘，服务大众，取得了显著成绩，做出了重要贡献。拜读 2005 年以来出刊的《扶风文艺》和扶风其他电子传媒刊载的各类文章，我欣喜地看到，在这些文艺工作者的共同努力下，扶风文艺园地百花竞放硕果累累，呈现出繁荣兴旺的生动景象。同时，我看到一个富有共性且很有趣的现象：几乎所有的作品都饱含乡土气息，满带乡愁！也正应验了那个既带普遍性又很有深度的话题。

扶风是个文物大县、文化大县、旅游大县和教育大县，但最基本的还是一个农业大县。文艺作品是作者对客观实际的艺术描摹，成长、扎根于扶风大地的文艺工作者笔墨抒怀，自然满带泥土香味，这再正常不过了。

乡愁，是国人久久长吟的精神图腾；留住乡愁，是工业化时代启迪心灵的集结号；记住乡愁，是城镇化攀高态势下最为动心的呼唤！然而，如何用炽烈的激情点亮乡愁、进而准确地记录乡愁，则是广大文艺工作者的神圣使命和庞大命题！

"村前的美阳河，哗啦啦地唱着悲歌；愁眉苦脸的奔流，嘣不出一句欢歌……"这是我曾经撰写的散文《旧日的美阳河》中的几句歌词。岁月的长河，历越千年，故乡的美阳河流淌的曲调多是悲怆的表情：兵荒马乱、兵戎匪患、乞丐文盲、饥饿寒酸、衣衫褴褛、愁绪万端……美阳河就是这么奔流了千年，流过了多少悲情，流到了新中国成立，流到了改革开放巨变，流到了乡亲们的麦包里装满了幸福感——唱了千年悲歌的美阳河，见证了周原古道走过的父老乡亲们从饥饿到温饱、从将就到讲究、从凑合着过日子到有尊严的生存的全过程。

再说，改革开放城乡巨变，传统古老的粗陋生活纷纷走进记忆，汗流浃背地从土里刨岁月的农耕方式正在大面积退潮。伴随"民工潮"成长起来的新一代"农民工"，成为促进城乡流动融合的"加速器"；农业现代化又成为新型农民发家致富奋力拼搏的基石。"农民工"迁徙、流动中形成的"空心宅"和"留守老人"现象，也是当下扶风农村追梦的风景。尽管城市疯长，却长不出"城愁"的概念；尽管许多游子走出扶风后，不再回到原来的村庄，但是，乡村的味道却永远在他们的心灵深处萦绕，乡村的情愫永远盘绕在心头挥之不去……

所有这些，都是扶风大地生长的乡愁！

这些乡愁，既有原汁原味的田陌村落，又有地地道道的乡风民俗；既有暖意盎然的青山绿水，又有文化气息充盈的秦腔、剪纸、皮影戏等非遗传承；既有难以忘却的哀怨惆怅，又有充满诗意的壮美和积极向上的力量；既有我们已经熟识的满山遍野的欢声笑语，又有久远年代黄土深处的苦难凄楚和奋发图强。

乡愁承载了太多的社会情绪，滋养和丰富了许多代人的精神世界。正因为历史的逶迤纵横，才留下现实的风姿绰约和别有滋味。了解苦难就能理解辉煌，认识辉煌就应该知道奋斗。乡愁不会重复，但押着同样的韵脚。历史的沉淀与时空的转换，随时随地都存在着，只是需要我们用沉思与乡音倾情交谈，用深思与乡土唤醒沉淀，在不断反刍中让枯燥干瘪的黄土地年轻起来，并赋予生机。

如今，我国进入中国特色社会主义新时代，实施乡村振兴战略为农村发展赋予了新的内涵和机遇，一幅幅美丽乡村新画卷徐徐展开。肩负"讲好扶风故事、让经典的乡愁活起来"的神圣使命，扶风广大文艺工作者正意气风发地紧跟时代步伐，把握大众需求，以充沛的激情、生动的笔触、感人的形象，抒怀挥毫，记录家乡巨变，聚焦扶风发展，讴歌伟大时代，展现扶风人文历史的精神风貌。

任何时候，乡愁都是一枚情愫，它还在我们心里疯长；乡愁是一首歌，它需要我们放声传唱。让我们携手并肩，不辜负美好时代，不辜负明媚春光！

# 削 筋

秦地小吃多，以面食为最。其中，面食削筋，不多见，不出名，但也好吃。削筋流行西府，常食人群是青壮年，且是柴门小户农忙季节偶食。其原料是小麦、玉米或荞麦面。归类属面条。特点是简单易做、省时快捷、配料单纯、筋道不硬、爽口耐饥。

西府人唤这种面食为削筋，盖因煮熟后面片如皮筋、吃来筋道、嚼来贼筋。农人吃削筋不是馋其顽劲，只图耐饿得劲。我老家属西府，众邻也吃削筋，都是偶尔。儿时，我曾吃过老妈做的削筋，那种瓷实劲至今记忆犹新。由此，我断言：削筋当属农妇首创，且与农事相关。

削筋源头在哪？我遍搜文库，漫游典籍，可叹岁月久远，烟云深邃，就像荒村老藤，盘根错节，却无年轮。再访乡老，攀谈村邻，还真觅得一点传说，却与农事没了关系。

相传，秦穆公有爱女弄玉，擅吹笛。弄玉爱慕的英俊青年萧史擅吹箫。一天，萧史登山，持箫吹奏一曲《凤求凰》，箫声随风飘至弄玉闺阁。少倾，有白鹤自凤楼腾空，和着箫曲舞翔宫院。穆公观之大喜，感慨玉箫和鸣天作佳缘，遂嫁玉于箫。其后，萧史常在秦都雍城鼓箫，弄玉伴和翩翩起舞，衣巾长袖随箫声飘动，甚为美颜。一次，弄玉化舞技于饮食之中，宫厨做出的面食便有了滑嫩筋道的感觉。穆公品尝，赞赏："可真是'萧巾面'呵！"

岁月游走两千余年，"萧巾面"悠悠游走民间，其简单易做省时快捷的特点，被乡民接受并世代传承，技艺更加精湛了。

如今，西府农户吃削筋仍不是惯常，还只能说是偶食。

日常，农妇既要下地干活，又要经管全家老少的衣食住用，天天起早贪黑，少有空闲。割麦收秋大忙时节，农家小户全员出工，无人也无暇专意做饭。劳动回来，困乏疲惫的男子或稍许歇息，或安顿杂务，饥肠辘辘的农妇为方便省时，便想起削筋。

按当天家人的食用量，用小麦面掺些玉米面，调盐水和成面团。面团和得偏硬，使狠劲儿多揉两遍，而后搋在面盆，蒙一块半干不湿的抹布，饧面。

饧面当口，农妇即往锅里添水，择洗青菜，点着灶膛，拉风箱扇旺柴火，烧水至沸。若时充裕，也将肉丁、青椒、西红柿翻炒，备餐。

待面饧得稍匀，便放在大案板，将面团压成一筷子厚、一菜刀下去两头能切断的长条形。而后，把大锅上的木锅盖掀开，半掩，将长条形的面放在锅盖上，锅盖就成了削面的案板。锅板半掩，另半边的下面是沸滚的水。然后切面，每根面片宽窄均匀、一寸多宽、约半公分厚、多半菜刀长的细条。切一刀往锅里拨一下，面片就掉进汤里。削筋面硬，再煮也不烂。灶膛旺火，汤过三沸，削筋就能出锅。捞入大海碗，条条清晰，晶莹剔透。倒入炒菜，放些臊子，再浇油泼辣子。搅匀，一碗削筋就能吃了。味道香醇，肚饱放碗，还得来碗面汤消食。

光阴悠悠，岁月走到当下，以前柴门小户偶尔安寝的削筋，在如火如荼的旅游大潮助推下，也融入了大气概：西府削筋培训、削筋技艺推广、削筋专题研发、合家欢聚必赏、接待外宾特供……大宾馆、农家乐、旅游景区、乡镇集市……到处可见削筋的身影，让人眼花缭乱！

唐代"诗豪"刘禹锡《乌衣巷》有"旧时王谢堂前燕，飞入寻常百姓家"的名句。谁曾想，昔日柴扉今登厅堂，农家小燕飞入豪门，既凸显社会发展的变迁融通，也标志着朴实憨厚的西府人，正以鲜明的地域特色迈进市场经济大潮！

"削筋耐饥难消化，肠胃弱者需慎食！"——再看这些温馨提示，我在口水直流的同时，由不得还对西府人热忱豪爽的瓷实劲儿来几声赞叹！再上一碗削筋！

# 故乡情思

## 一

位于陕西省宝鸡市东部渭河流域的扶风县，在西汉时就为京官右扶风封地，唐时借汉官名作县名沿用至今。扶风是我的故乡。故乡，是我人生的源头，是我生命的根。

杨氏宗亲，世居故地，繁衍生息，历越数辈。

家世以农耕力田为业，男耕女织，昼夜辛劳，善良敦厚，克勤克俭。尤其在饥馑频仍、战乱不绝的年代，饱受筋骨疲惫之劳和风雨暴露之苦，饥寒交迫，备尝艰辛。

限于当时家境，自高祖三德之讳前溯无案考稽；许多宗亲连一张画像或照片都未留下，许多宗亲的名字和音容笑貌均湮远无闻。前辈沧桑悲伤的血泪经历和饮誉乡邻的善行懿德，已经难以用谱牒记叙。唯有他们终生勤劳吃苦、勤俭持家、敬老尊贤、以善处世的宗风族魂世代承袭。

但是，同宗同祖、同血同根的祖宗出处犹如水木本源，后代不可忽略不辨，更有责任承传详铭。

随着岁月流逝和时代变迁，宗室后世繁衍不息，辗转、迁徙、远嫁异地者将不知凡几。为启迪宗传裔嗣尊祖敬宗、铭鉴宗亲，特寻本追远、整录存志，以弘扬贤德，抚慰先灵。

在原始的泥街土巷间穿行了数万数千年的风烟之后，扶风人秉承周秦汉唐遗风，历练出善良、淳朴、勤勉、尚礼尊贤、耕读传家、重教益智的良风慧俗，也历练出平等待人，不事权贵，不以物喜、不以财忧的倔强秉性。

# 二

扶风是佛祖释迦牟尼安放心灵的地方。故乡的时空是一片深邃的原野，如同佛祖开启的畅想。

走过绵远的时光隧道，故乡的日历上，依然震响着炎黄大帝的号令，高悬着尧舜赏过的明月，飘散着周秦独有的雄风，吟诵着汉唐书写的辉煌。穿过缭绕千年的炊烟，故乡随处可见的秦砖汉瓦里，依然储存着华夏文明源头的纹理；真身宝塔寂寞无言的暮霭里，镶嵌着佛祖澄澈隽智的目光；青铜铭器无解的密语中，流泄着农耕文化灿烂无双的绝唱。站在神农氏耕作过无数遍的土地上，满目芳草向我静静地诉说隆隆过往的年轮，还有重复了千百万年的沧桑。

故乡说：游子回来了，给我一个微笑，就是对这块大地最好的赞赏！我思忖，这是故乡精心给我抒写的一叶便笺，如柔风拂面，温馨飘逸，如薄酒一杯，醇厚飘香。

至此，只愿能在这片原野上驰骋，福音便在心房荡漾。尽管岁月雾浓霜重，慕语无声自有深邃的原野般豁朗。

# 乡愁碎话

☆天呈高远，父恩伟岸；地载厚德，母爱无边！

☆花开的声音风知道，月圆的意象云知道；思念的感觉梦知道，珍藏的情感妈知道。

☆老妈是一棵树，春天倚着她幻想，夏天倚着她繁茂，秋天倚着她成熟，冬天倚着她沉思。

☆母亲的乳汁如蜜如茶，香浓甘冽；母亲的胸襟宽广如海，辽阔博大；母亲的性格坚强如山，厚重稳健；母亲的感情柔情如玉，温润优雅！老妈，用她柔弱的肩膀为我们撑起的，是一片广阔的蓝天……

☆《老爸老妈》眼睛老花，心不老化；体力退衰，心力不衰；年岁增高，童心增长；岁月远去，回忆走近。

☆《乡思》时光流逝，乡思涨潮；积蓄不多，感慨多多；遍尝苦甜，感悟深长。

☆《家》家再简陋，有父母便胜金銮殿；旅途再累，因期盼倍感生机盎然；不管万水千山，家的距离永远不远；不管世风浓淡，家是永远的期盼。

☆《故园》青山不墨千秋画，绿水无弦万古琴。红雨有约香随步，春风赏景我寄情。

☆常念故乡。因为，故乡是远隔千山却安放心灵的老家，是时常忍不住想拨的号码，是天天说也说不倦的家常话；因为，故乡定居着我的亲情、我的牵挂，魂牵梦绕却永远不能放下。

☆乡愁是我生命内核中的重量元素，乡思是我人生分子式的常态构架。时光刻在老宅的年轮里，记忆缝进屋燕的叫声里，乡音织进深沉的泥窝里，思念嵌在老妈的叮嘱里，牵挂系在老父的皱纹里，乡情印在亲邻的笑颜里。时空有量，乡愁无尽。

☆乡愁，是游子牵挂亲人、流连故乡、怀念故土、缅怀故人、思念乡情、追溯乡音的催化剂；是激活往事、回眸往昔、品味精神、提振信念、开阔胸襟、拓展思路的兴奋剂；是审视灵魂、慰藉心灵、激发灵感、展望未来、祈愿和顺、关照美好的润滑剂。乡愁是生活的味精，不是忧愁。

☆乡愁展现浓浓的相思和祝福，涵盖无尽的眷恋和期待。乡愁是双向的唯美旋律，就像婴儿对母爱的渴盼，哭也是唱；又是母爱对游子呵护的意象，泽被无疆！

☆想念的时候长长长长，相聚的时间短短短短；想念的滋味长长长长，倾谈的时刻短短短短……

☆回乡的路很长很长，因为思乡的心绪常常常常；回家的路很短很短，因为思亲的期待天天天天……

☆多少年多少回奔波旅途，多少次多少情萦绕故土；多少辈多少人承传乡音，多少言多少语道不尽乡愁！

☆岁月暗淡了多少豪情，历史淹没了无尽忧纷，生活是在悲苦和希望中奋进的！当用泪水送走一位位故亲之际，我从心底祈愿逝者冥福，用韧毅鼓励生者前行……

☆思念是淡淡的忧伤，是长长的寂寥，是凄凄的孤独，是静静的等待。

☆用沉思与乡音倾情交谈，用深思与乡土唤醒沉淀。常在阳光下翻晒久远的细节，充盈日渐风干的思绪，就不会因世俗的羁绊烦忧，就不会为无谓的得失伤感。

☆人生路长，天天途中；心路更长，常乐其中。

☆生活中有许多插曲，用爱心弹出的旋律最动人。一个人不孤独，思乡才孤独。

☆忙碌中，总有一份别样的问候漫步心头，引述笑意；总有一章诗意的祝愿印证心跳，引发吟咏；总有一叶深邃的哲思驻扎心底，引人回味！

☆生活中有乡愁，快乐；生命中有乡愁，真好。

☆人该有些畏祖心和敬祖行。

☆乡愁沉，源于敬，思于怀，发于心，注于情，聊于文，存于意，享于友，当为乐。

☆乡愁是国人常吟的图腾，原汁才有土香味。

☆不是没有想念，近在咫尺远若千里；心想生出双翅惆怅时飞叙话语；时光磨蚀我的思绪，诸多烦恼索取精力；闲暇翻阅库存的短句，每个标点犹如你在微笑，那么滋润，那么甜蜜！

☆世间最难开放的是心花，最难描绘的是心画，最难表述的是心话，最难放下的是牵挂。

☆当乡愁成为一种自觉时，惯性便成为激励，尽管时隐时现；当乡愁成为怀念时，岁月已经流逝，尽管收藏了很多感叹。让生活少一些缺憾，在有限的时空放大想念，用激情燃烧每一份感叹，把意境尽情扩展。

☆人间好事忠和孝，天下良图读与耕。千百年间，这片无言的原野，忠厚是长势最好的庄稼。可如今，先祖年年翻种的黄土地，却收获不了真诚和信念。是地力缺失，还是种子变异？由此，我不知道该怎样安放乡愁？

☆思乡，是游子一生的必然；思乡，是一种幸福的折磨。

# 故乡是我生命的根

晁留是我人生的源头，是我生命的根，是我开始做梦的地方。

晁留是个大村子，是十个古村落连片惯称的普普通通的老村庄。我出生的村子叫晁留西堡，以杨姓为主。其他村落的名字多数取自姓氏，如韩家、李家、巨家、梁赵等村庄，散布在晁留西堡周围,都属于晁留这个大村子。

晁留大村子各个姓氏宗亲世居故地，繁衍生息，历越数辈，是什么年代开始形成一个个自然村落的，没有文字记载，也没有人说得清楚。

晁留各姓氏家世以农耕力田为业，男耕女织，昼夜勤苦，善良敦厚，克勤克俭。尤其在饥馑频仍、战乱不绝的年代，饱受筋骨疲惫之劳和风雨暴露之苦，饥寒交迫，备尝艰辛。

随着岁月流逝和时代变迁，晁留各姓氏宗室后世繁衍不息，辗转、迁徙、远嫁异地者不知凡几。限于当时的家境，各姓氏宗亲上溯至四五代以前普遍无案考稽；许多宗亲连一张画像或照片都没有留下，许多宗亲的名字和音容笑貌均湮远无闻。前辈沧桑悲伤的血泪经历和饮誉乡邻的善行懿德，已经难以用牒谱记叙。唯有他们终生勤劳吃苦、勤俭持家、敬老尊贤、以善处世的宗风族魂世代承袭。

但是，同宗同祖、同血同根的祖宗出处犹如水木本源，后代不可忽略不辨，更有责任承传详铭。为启迪宗传裔嗣尊祖敬宗、铭鉴宗亲，很有必要寻本逐源、整录存志，以弘扬贤德，抚慰先灵。

晁留人脚下的大地，是一卷卷泛黄的线装书，翻一两页，不可能走进她的沧桑身世。

晁留村上空吹过的一阵阵微风，是一曲曲从远古传来的老梆子，听一两声，不可能感悟她往昔岁月的博大浑厚。

如果您是一位从城里倏然寻访的游客，满带兴趣地倾听沙山石海平平静静的沉吟并细细品味，便能读懂这老榆树皮般的苍茫古塬——周秦汉唐文化渗透了的沟壑皱褶，那峰高岭崇间深藏着历史惊涛。

在原始的泥街土巷间穿行了数万数千年的风烟之后，晁留人秉承周秦汉唐遗风，历练出善良、淳朴、勤勉、耿直、尚礼尊贤、耕读传家、重教益智的良风慧俗，也历练出平等待人，不事权贵，不以物喜、不以财忧的倔强秉性。

晁留对于我来说，苦难是化了妆的思念。这种彻骨的思念深入骨髓，早就化做祝福、渗入我的血液，成为与生俱来的主题，与我的灵魂相伴相随。几十年间，当我一次次踏上故乡的归程，苍莽的黄土地以周秦汉唐的古风音韵迎接游子，禁不住让我感慨良多、思绪万千。长长的思乡的滋味，常常是我清晨一睁眼的第一个念头，也是太阳升起时的第一个想念，那种深深的乡情、亲情和友情，无论何时何处都是如影相随的牵挂，每每夜晚萦绕梦寐……

几十年过去了，思乡的歌、思乡的曲、思乡的愁、思乡的悲，永远流淌在我的血液里，凝固成一个催人发愤向上的旋律！拥着沉沉的乡愁，望着冬日的夕阳，脑际不由得闪现出无尽的思念，闪现出众多离世而去的村里人的音容笑貌。他们的大名很多已记得不准了，与他们一起曾经走过的苦涩而幸福的岁月却清晰如昨。夕阳落山了，却落不下我长长的乡愁和思念……

我是从农门走出来的孩子，生命的内核是黄土色的，勤奋劳动是基本的遗传基因。虽然在外面闯荡多年，即便走到天尽头，生命的根仍在农村。早年像农民一样从土里刨食的辛勤劳作，黄土地赐予我们的葱绿色素，永恒地烙进我们的血管内壁，想改变都改变不了。源于这样的基调，率真诚恳是我生命之根的氧元素，乐观向上是我人生之歌的主旋律，我梦想渴望的天籁之音就是荷锄东篱之下鸟语花香的诗情画意。与此相比，古人梦化、美化了的桃花源，又是哪种模样的仙境呢？

# 镰　刀

## （外两章）

### 镰　刀

你是幸运的。农夫把丰收的喜悦交给你，让你品尝初夜权的快感。可惜，现代人剥夺了你的这份荣耀，收割机的喧嚣接替了你的喜欣。不远的时候，你会成为一块怎样的化石？

### 黄土地

那是一卷卷泛黄的线装书，翻一两页，咋能走进历史深处？那是一幕幕从远古传来的老梆子，听一两声，怎能感悟岁月浑厚？

虽然满目皱褶，却不仅仅是沟壑；虽然峰高岭崇，却深藏着历史惊涛。在倾听沙山石海平平静静的沉吟中细细品味，便能读懂这老榆树皮般的苍茫古塬——周秦汉唐文化渗透了的黄天厚土！

### 乡　音

乡土是文明起步的航母，乡村是文化起航的源头。

乡村的背影是乡情，乡土的味道是乡愁。

乡音是编织《诗经》的经线，乡音是乡愁的魂！

乡思是酒，滴滴香浓；乡音是结，环环相扣；乡情是路，路路畅通；乡愁是诗，句句动心。抓一把黄土细细闻，那里面浸透了远古传来的诗味！

无论国籍、言语、种族、肤色、信仰、习俗相同与否，人们对乡音的感知是相同的。

城市天天长大，乡音渐渐淹没进城市化的脚步。乡音少了，乡村的魂还能留守多久？

# 柴　火

　　合家欢聚的春日，我回乡探亲。声声问候后，母亲抱一捆柴火为我点火做饭。盘腿坐在暖烘烘的热炕上，巴望着袅袅升起的炊烟，我不禁哑然失笑：如今文化昌明，科学发达，到了人走太空数字记事的年代；可这柴火，在偏远山乡却还担当着原始的用场。

　　我不知道，可不可以把柴火算作人类最早的朋友？说它是先民们最大的恩人似乎切贴些。自久远的年月开始，"柴米油盐"，柴火名列人类生活用品之冠，千百年来世人公认，由此可见柴火的功业。广袤无垠的原始森林里，初民们攀援树枝，茹毛饮血，撷取野果，击石引火，烧食驱寒，子孙繁衍不绝，柴火一直陪伴着人类。莽莽荒野间，枝叶秫秸，皮杆根屑，凡是可以焚燃的枯木朽株，都属柴火同类。小小柴火，在人类文明发展史的漫漫长卷中，存留过鲜亮的一页呵。

　　然而，或许由于柴火其貌不扬，登不得大雅之堂的缘故，在我浏览的史书卷宗中，文人们描述柴火的着墨十分吝啬。古人惠栋"柴门犹灶门，不通宾客也"的话语，似乎道破了柴火生来俱贱的命运：柴火本该就同冰寒、凄楚、贫瘠结伴，皇戚贵族尽管衣丰食裕，却从来对柴火的功业不屑一顾。这实在是人世间的最大不公。

　　庄户人对于柴火是厚爱的。我的家乡远离煤窑矿井，庄户人像储蓄粮钱一样贮存柴火。煨炕煮饭、熬茶煎药、热汤炖肉、温身造舍，一天都离不得柴火。无论家景殷贫，不可一日无柴。农家有了柴火，就可以燃起温暖、燃起光明、燃起幸福。柴火也是财啊！

　　但是，在我脑际里，山乡农户对于柴火的记忆是苦涩的。偏远山坳，父辈世居茅屋土房，久居柴山却常为烧饭煨炕的柴火犯难作愁。连年屯荒造田，断绝了柴火生存的根基。每临初秋，人们开始积攒越冬燃烧的柴火。草根还未成熟，大人领着小孩，带着干粮，推着小板车，背着满空眨眼的星星，挥镰向山林索要柴火。浅山里，田头地垴，坷垃坟茔间的毛毛柴割完了，就向深山进军。每天步行六七十里，人扛驴驮、肩挑车载，翻梁越坡，一步三滴汗，那种熬煎劲儿没有亲身经历的人是无法体会到的。农家孩子是勤苦的，我孩提时的"必修课"中就有捡拾柴火、搂扫煨底（烧炕用的碎散柴）的内容。为了解决烧柴这个古老而又简单的生活课题，父辈们常常占用大量劳动力奔波砍伐。到头来，山梁贫瘠厚土流失，久居柴山没柴烧，一遇连阴雨，柴乡竟然破天荒地发生借柴煮饭的轶事。直至上世纪80年代初，上级政府还须将解决燃料问题作为救灾扶贫的项目之一。回首这些往事，真要那样恶性循环，故乡的山民们莫非真会回到茹毛饮血的先祖年代？

尽管如此，平凡无奇的柴火牵携着美好传说，却是我难以忘怀的。当年，红军北上抗战途经家乡时，寒衣冷食，病饿复加。暮色苍茫中，红军战士天当被地当床，围坐在荒草杂柴燃起的一堆堆篝火旁，捧着雪水，嚼着草根，津津有味地讲述爬雪山、过草地、越壕堑、夺关卡的战斗故事；有的战士还借着火光吹奏牧笛，抒一腔豪气，明丽的篝火燃烧着无尽的乐趣。红军西征的战斗间隙，战士们给穷苦农户砍柴割草，嘘寒问暖；贫苦百姓也用柴火给伤病员们煎药煮羹，一碗碗稀粥草药，不正散发着山民们的热望么？

久别家乡重返故里，很自然，我同母亲免不了扯起柴火的话题。母亲指着庭院里垛得小山似的柴火，欣慰地埋怨："如今还发啥愁？"乡亲们也告诉我，这些年，农家自留山里漫坡新绿，承包田的麦秸苞谷秆就够烧饭煮食；柴火么，谁家还不攒下些陈年货。许多家还忙乎着添置沼气炊、太阳能灶；城里人用的电饭锅、电磁炉等电炊具，在先富一步的山乡人生活中也不是遥远的奢望。

看着满山村袅袅升腾的炊烟，我思绪蓦地燃旺了：柴火，陪伴庄户人度过多少个世纪，我无法估算。时代变迁中，柴火的古老用场终有一天会被淘汰。然而，像庄户人一样朴实忠厚的柴火，内蕴热能从无所求、不为娇宠默默奉献的精神，却将使我受用终生。

爆燃吧，柴火，我为你谱一曲赞歌！

# 秦腔厚土

　　秦腔是大苦大悲大喜大乐的群众艺术。秦腔不是唱的，是吼的，是有些时候需要声嘶力竭地吼的艺术，是具有秦地特色的地方文化生态。

　　千百年来，西北大地上苦难深重的劳苦大众衣不遮体食难裹腹，积攒了满腹的悲怆心声无法发泄，只有声嘶力竭地吼才能抒发内心深处的大苦大悲；只有呼天喊地地啸出心底的大苦大悲，才能享受其他任何时候都享受不到的大喜大乐——这该不是秦腔为啥要吼的历史渊源吧？

　　千百年了，八百里秦川的黄土地真可能叫秦腔泡透了。不管啥时候，三秦大地的角角落落山山峁峁沟沟壑壑都飘散着秦腔味，仅看当下：人们说看大戏，肯定是看秦腔；白胡子老汉看电视听广播最爱看最爱听的节目是秦腔；务苹果的村姑把收音机挂在树杈上，边疏花边听秦腔，有的还边听边跟着唱；陕西电视台"秦之声"秦腔大赛的参赛者大都是底层民众；各级广播电台开办的地方戏曲节目，实际上是秦腔专场，多数是城乡各地受众吼唱或点播秦腔名家传统唱段，热线火得不得了，谁想打进去还得"抢机遇"；各市县有秦腔剧团，各大村庄有秦腔自乐班，秦腔迷各年龄段都有；如果想叫哪个戏迷嘹几句，那真是随便一个动作，他（她）会问你"想听啥呀？"茶余饭后谝闲传，谈资少不了秦剧人物或秦腔折子片段；公园、街角、社区的小广场，常常会看到戏迷声情并茂像模像样地演唱的"小群体"，那真是一道春夏秋冬四季不散的独特风景；乡镇古会、物资交流大会、庄户人办红白喜事，若不请一台秦腔助阵，人们就说"没看头"，去的人就少多了；眼下年轻人都会玩的智能手机，传出的很多彩铃声，是下载的秦腔排子曲或《周仁回府》等折子片段；以前走村串寨吆喝叫卖的小商贩，现在使用喇叭吸引人，那一阵阵声响，也是秦腔"专用"唱段，喇叭一响，人们就知道这是卖黄瓜的来了还是卖豆腐的来了；在田间劳动心烦了，吼一段秦腔，就像吃了一碗然面一样过瘾、解馋；有些想孝敬老人的年轻人，给父母买来秦腔光碟，父母坐在家里的电视机前，就能看上大戏了……

不管客从那里来，无论爱听不爱听，一踏上秦腔文化熏染久远的秦川大地，不想听秦腔都是难事。那就合声感叹吧："秦腔土壤肥的很！"

# 说给故乡

多少日子，攥紧浓浓的愁绪，将惦念播进畅想；多少岁月，嚼烂熟透的乡音，滋润干枯的诗章；年轮走着，屐痕翩翩，搅沸沉沉的乡情，高扬起热望！

一睁眼总看见你的笑容，一入梦总回旋你的乡音。常常想用双手抚摸你脸上沟壑般的皱纹，捧一把泛着清香的黄土，泪水顿时湿透了儿时的脚印。

阅读时，你在字里行间跳跃；散步时，你依花丛林荫翻飞；入眠了，你还伴梦境欢笑；忙碌中，总有一份别样的问候漫步心头，引述笑意；闲暇时，总有一章诗意的祝愿印证心跳，引发吟咏；寂寞时，总有一叶深邃的哲思驻扎心底，引人回味……故乡，并非着意觑览，你却无时不在！

每次想起故乡，心底的激情就像擂响的鼓点，很响很响；每次回故乡，脚下的土路就像流淌的小河，很长很长；每次到故乡，耳畔的乡音就像陈年老酒，醇香醇香；每次离故乡，父母的叮咛就像烙熟的大锅盔，厚重厚重。

异乡待久了，沉沉的乡愁又像无底的冬夜，没有尽头。多少年了，思乡总是我生命的主题，乡情总催促我珍重珍重……

日子变了，不变的是经典；季节变了，不变的是流年；天气变了，不变的是情感；时空变了，不变的是想念。

扉页中夹着你的叮嘱，记忆里藏着你的温暖。你是我困惑时的清醒，你是我烦躁时的平淡……

故乡，那种震撼我心灵的伟岸，永远！永远！

# 永远的情书

## ——写给故乡

常常，只想静静地聆听你的倾诉，默默地倾听你的忧烦，悠悠地感受你的感叹，向你叙说怎么也戒不掉的思念。

这种感觉很久了——

春天，在你最漂亮的时候，麦浪翻滚，万木葱茏，小鸟亮嗓，百草织绿，鲜花溢香，我梦想踏上你那曲曲弯弯随处可去的土路，看早霞抹满远处的田野，赏晨露挂满草滩的叶尖，闻遍野小麦花、油菜花、洋槐花、楸树花、苹果花，还有各种无名花混合的香味。身置近村远山的秀色花海，我什么也不想做，只想将每一滴露珠都拧进我的诗句，将每一片绿荫都搬进我的画册……

夏初，在你最靓丽的时候，我总想让时间停顿在那片金灿灿的油菜地里，让思维融进油菜花香，眼观蝴蝶飞舞，耳听蜜蜂嗡吟，沐浴蒸腾的气浪，让四周湿热的气流洗尽从城里带来的喧嚣，在静谧惬意的花园里悠悠地傻想……

秋夜，我喜欢你充盈着山野的吟咏，炊烟袅袅和着月明、虫唱、蛙鸣、犬吠、萤舞，秋雨的轻歌如风如云、如诉如唱，天籁仙音沁人心脾引人心动……

冬天，在你弥漫着柴火烟味的热炕头，我只想静静地聆听寂寞在清唱，任由窗外的雪片飘飘洒洒，轻轻拨动我难以平复的心弦……

闲暇时，总想走进你的故经，聆听秦砖汉瓦的纹路里潜藏的蜜语，深究青铜铭器的皱褶里流泻出来的沧桑……

一得空，又想抚摸那些非常熟悉的耧、耙、耱、碾，还有那些木风箱、大案板、老蒸笼、大箅篮，企图悟出这些老物件中储备的农谚、口谱、民谣、歇后语……

然而，常常，越在热闹的人堆里，我寂寞的心灵越发孤寂。热闹的人和我没有关系。于是，抓起话机，常常想用新颖的思考报告长长的挂念。时光飞逝，思绪疯长，文思的涌泉却凝住了，只待你的开启。

我知道，思念是一种甜蜜的折磨，因为少了拥着你的充实与亲密；思念又是幸福的，因为充满了玫瑰般美丽的回忆。但是，无论在何处，总会想起你；大小什么事，都想告诉你；不管什么话，都想说给你；睡觉前的最后一个念头是想你，睡醒后的第一个念头是想你，睡眠中走进你的梦境，散步时走进你的步履；想你，在太阳升起的时候；想你，在月亮挂梢的时候；想你，在你想我的时候；想你，在你不想我的时候……

其实，并非寂寞才想你，想你也难不寂寞；寂寞想你更难捺，难耐寂寞更想你。

呵，故乡，你是我写不尽的情书！

# 故乡人讲究礼数

故乡人常年住在一个小环境里，熟头熟脸的，谁家儿子没过门的媳妇来看屋子，谁家上午来了客人，谁家的孙子那天办满月待了几桌客，谁家的儿媳妇怀孕三个月了，都是话题，有时还真有点新闻联播的样儿。

农村属于熟人社会，特别讲究乡俗礼数：红事如娃定亲、结婚、满月、百天、过岁、赎身、考学、盖房上梁、架楼板、做寿材、过寿、买个大家具，白事如打墓、固墓、安葬、一七、二七、三七至七七、百日、头周年、二周年、三周年、立墓碑，等等。都要请客送礼，叫服务队，请乐人、文艺乐队或剧团演戏、演电影、念经，等等。这一系列事务需要周密计划，请人帮忙，头绪繁多，程序复杂，需用的物件众多，其过程真可以用专著罗列和叙述。

农村传统习俗浓，红白喜事多。晁留 10 个自然村，隔几天就会时远时近的传来一阵阵哀乐唢呐声，也不知是韩家、李家、巨家，沟塬、西沟、梁赵。只要听到乐人连吹带拉的，肯定是谁家老人走了……每逢这些当口，随一份乡礼，该是人之常情，无论家境富贫，一视同礼，数额多少谁也不怪的。

# 故乡四季美如画

阳春三月，关中大地春光明媚，百花盛开，麦浪翻滚，万木葱茏，鸟语花香。

惊蛰刚过，春意就浓得化不开了：冬麦争先恐后地往高里蹿，迎春花满坡金黄，各色花草探头探脑，苹果树枝条缀满嫩芽，窝了一冬的菠菜油菜高兴地展开绿叶；飞虫禽蝇伸脚展腿漫天撒欢，老天时不时洒些雨丝，给久渴的黄土地润润皮肤；暖风催着柳枝尽情摇曳，苍翠的冬青松柏像淡妆的村姑，舒眉露腰。远山群峦间一层层雾霭亦真亦幻，不由让人浮想联翩：莫非真有仙境？

关中春季雨多，三天雨，两天阴，一天晴。有时候春雨一下就半个多月，待在屋里哪儿也去不了。农村信息少，农民关心地里的收成，不分星期几，几乎没有订报刊的，也不管阎王爷小鬼那些事。下雨了也好，雨天就是农民的星期天，才能美美地睡大觉。

天气关乎农事、关乎收成。农民对天气的关注度比城里人大得多，每天都问天气预报。

关中农村的夏夜充盈着山野的吟咏，伴着袅袅炊烟。虫唱、蛙鸣、犬吠、萤舞、狼嚎……可谓天籁之音。都市人若能倾听这般合奏，当为最好的消暑。

深秋是果农最忙的时节，一年收成就看苹果的产量多少。秋天务苹果主要是摘果袋、摘熟果，还要分拣、装运、储藏、销售。许多农户还要收玉米、豆类，准备种麦，人人不得清闲。

冬夜无月的农村黑得出奇，静得出奇，人们睡得也早。日出而作、日落而息仍是乡村规矩。天刚一擦黑，家家头门紧闭，只有户户烧炕燃起的浓烟显得有些生气。以至所有的房舍小巷间无一点灯光，无一声犬吠，无一丝鸡鸣。偶尔传来的，只有一阵阵野猫咬春的嘶叫和上低窜高的追逐声……

农村冬季的时间好像行走的特别慢，冬晨醒的也晚。不温不火的太阳一杆高了，一往辛勤劳作的农民们都还团在热炕上沉醉在香甜的梦乡里，只有勤快的少妇头顶碎花帕帕捂着时尚的棉袄提个尿桶往苹果地里送肥，后边跟着一只伸着舌头喘着粗气一走一摇浑身脏兮兮的杂毛小狗。正午暖阳下，街头围坐的老头老太太有一句没一句地述说着不知是那一辈子的往事，小狗在人们身边眯着眼睛伸着懒腰晒太阳；路边的百花不经意地散播着香味，林间的百鸟有一阵没一阵地鸣叫着；下地干活的村姑推着皮轮车慢悠悠地撒下一路笑声；不知谁家豢养的奶山羊斯斯文文地嚼着嫩树叶；一只老母鸡领着一群刚出窝的花花绿绿的小鸡娃喊喊喳喳地撒欢儿觅食，显得有点急乎乎的……

然而，故乡的农户、农家、农人那种似乎根根繁衍的本性，并不因为日出日落的劳作而减少。好像这一方收获五谷的土壤只冬藏古老习俗，很少生产新颖的思想；一代又一代走下来，血气方刚的年轻人走成了暮气横秋的老头，温柔可爱的小村姑走成了皱纹满面的老孺。其中的内涵就像那一脸看不到边的皱纹，让人一言难尽；或许，这就是现实、单调而丰富的农村生活，哪个朝代也绕不开，只是一代接一代的褶皱不同罢了？

# 然麻枯洞的，趔远

## ——谝一谝陕西话（一）

无论春夏秋冬，只要你踏进陕西省的任何一条阡陌街巷，都能从陕西人质朴无华的谈笑里，聆听到颤活（舒服）、咋咧（怎么啦）、罢咧（一般、还行、过得去）、奏是滴（是的）、麻眉儿（不讲理）、美气滴很、克利马擦（快）、瓷马格楞（不机灵、迟钝）、扑其来嗨（邋遢、不整洁、不干净）、噶达马稀（东西多）等一串串方言土语。不管任何时候，只要听到这些"土得掉渣渣"的陕西话，你就会情不自禁地感叹历史的斑驳，发自肺腑的感慨陕西话亲切自然，真个"嫽的太"！

这不是胡吹冒撩。倘若外地人在陕西住久了，陕西话的有趣、简洁、形象、扎实和丰富，由不得他会跟着当地人撩几句。随便举个例子：普通话描述某个人糊涂，常用懵懂、不明事理、稀里糊涂等词汇。陕西话简洁多了，只用一个"然"字就行。但是，针对不同对象、不同情景、不同程度，陕西话表述的"然劲"非常细微、异常精准，且淋漓尽致：然不嘀嘀、然不拉它、然天搭咚、然麻倒浆、然麻枯洞，最狠的称其为"然怂"。一个"然"字，凸现出老先人的深远智慧和汉语言的奥理玄机，充分证明陕西话特别适合表达，若有不好解释的事态，陕西话一脱口，生动有劲，炊烟味十足，让你不得不惊呼：这才叫原汁原味的中国文化！

友人曾问：陕西话源头有多远？范围和影响力多大？我笑对：这源头和根基，就像脚下的黄土地，土层有多厚，底蕴就多深。

陕西是远古文化的摇篮之一啊！

这块土地，孕育过华夏最灿烂的文明，见证过华夏史册最辉煌的图腾。

这块土地，建都朝代最多，建市历史最久，曾经长期是中国政治、文化的中心，促使陕西话得天独厚地雄踞中国西北方言之首，也最具代表性。其间注满了金碧辉煌的仰视，奔流着坚韧刚强奋进跋涉的精神，流泄着华夏民族立足世界民族之林的神圣。从这些方言中，我们既能窥视古老华夏文明的轨迹和内涵，又能领略陕西人的爽朗大气，还有溢于言表无处不在的真情实感。

这片土地上，远自西周就有文字记事，人们把与占卜有关的记事文字刻在骨片和青铜器上，日常用语就成了固定的方言。西周建都时的秦音称为雅言，也是国语，即普通话。《论语·述而第七》："子所雅言，诗、书、执礼，皆雅言也!"——你看，孔子读书时用的就是陕西话，给学生教的也用陕西话。秦汉王朝强盛，尤其是万国朝仪的大唐盛景，使得留给后世的许多古文、史记、诗词须用陕西话读，才能品出原始的韵味。李白《古风》："大车扬飞尘，亭午暗阡陌。中贵多黄金，连云开甲宅。路逢斗鸡者，冠盖何辉赫。"陌、宅、赫按陕西方言读作 mei、zei、hei，方才押韵。白居易《卖炭翁》："卖炭翁，伐薪烧炭南山中。满面尘灰烟火色，两鬓苍苍十指黑。"其中，色若读成 sè，就不押韵;发陕西话音 sěi，才会合韵。

辉煌过后，岁月的行囊沉淀了太多的沧桑，也盛满了沉甸甸的故经，装满了载不尽的奇词妙语。平淡烟雨的背影里，未能熄灭的，正是这些烧不尽、拉不动、搬不走的方言土语。于是，博大精深的陕西话，成了一辈又一辈陕西人传承永续的法脉。一脉相承的地域文化，真实的演绎着陕西人崇尚传统古风的执着和坚韧。

对地域文化知根知底的朋友告诉我，人们熟知的陕西话，狭义地说只是关中话，也是渭河流域关中平原常用的方言。三秦大地（关中、陕南、陕北）方言很多。"隔河不下雨，百里不同风"，同样的语汇，三秦各地说法各异，差别很大。即使蛮有特色的关中话，还有东府语区（包括西安、咸阳、渭南、铜川、商洛北部）、西府语区（咸阳至宝鸡）两大方言地域，以至影响到陕南部分区域、甘肃东部、宁夏南部、山西南部和河南西部。

陕西话去声多。因此，初闻陕西话，会给外地人留下生硬、不温柔的感觉。常有人以言评人：陕西人生冷蹭倔，操一口陕西话土里土气，纯真的陕西话直漏难听、不含蓄、难登大雅之堂。

这就怪了：如此辽远的国语，万国朝仪时万人注目聆听的官方语言，万卷典籍承袭千年的文化，随着辉煌退潮岁月远去，真个凤凰落架不如鸡么？

平心而论，在普通话普及的当今，评价某个方言高矮尊卑，实在有点小资，不值一辩。由此，我想起在广东坐公交的经历。2016年，我在珠海小住，常乘公交出行。令我惊叹的是：公交到站报站名，先说粤语，再讲普通话，既给人方便，又凸现文明。粤语是广东方言，陕西人听粤语如听外语，也要翻译啊！公交当属大雅之堂吧？比陕西人口多得多的广东人，咋不嫌粤语土气难听呢？

陕西作家多，创作的文学作品、影视、戏剧和歌曲，不少拿大奖。《白鹿原》《秦腔》《天下无贼》《疯狂的赛车》《武林外传》等作品中，哪达、趔开、扎势、颇烦（倦意）、难昌（困难、不易办），甚至于日巴嶔（不机灵）等民间口语比比皆是。贾平凹以《吃烟》为题专撰过短文。秦歌十三狼《陕西方言》唱"陕西地方窝也（wo ye）的很"，让人听得热泪盈眶……

大雅之堂荣获大奖，其间的方言咋分高下？

说了这么多，还有谁嫌陕西话土气难听，那我只好用带着柴火味的陕西话悠悠地给他来一句：然麻枯洞的，趔远！

注：然麻枯洞的是指"说话不清楚、办事安排不周到"的意思。

# 建个陕西话博物馆，咋向？

## ——谝一谝陕西话（二）

一位从北京支陕的年轻医生，在咸阳市辖的一家乡镇医院坐诊，一个老汉前来问诊。

医生："大爷，您哪儿不舒服？"

老汉："我撒（sá）疼。"

医生一惊："啥疼？"

老汉："我撒疼！"

医生又问："我问你啥疼？"

老汉："我撒疼！"

医生认真地问："我问你——啥——疼？"

老汉认真地答："我奏是撒——疼——嘛！"

……如此"sa—啥"几个回合，老汉和年轻医生都有点毛咧！

医生一看问不出个眉眼，沮丧地去问院长。院长一听原委，嘿嘿地笑："咱直达老乡说话，都是本地腔。撒就是头么，头也叫撒么！老汉头疼咧，你对症开点药就能成。"

唉！多大个事么！京城医生可领教了一回陕西话的滋味，倒长了见识！

随后，医生与院长谝闲传，才知道，外地人初来乍到，若想与当地的老乡交谈，还真得请翻译呢：当地人把头叫撒，把爹叫达，把钱叫尕，把打叫砸，把孩子叫娃……老年人训斥轻狂惹事的后生，会爆出一河滩

（一大堆）土话："你娃徉狂啥呢，你没看看，你达的个撒能值几个尕么？"——不翻译一下，京城医生能听懂？

这段 60 年前的趣事，至今还在陕西笑传。

陕西话特点多：内涵丰厚，韵味精致，很多话和其他方言读法有差异；一样的意味，外延却大的没边。

例如，关中地区正宗的口头语嫽扎咧，是典型的方言词组。其意是好、爽、特别好、很不错、美到极致了，也常表述为嫽得很、嫽得太，许多场景都能用。《诗经·陈风·月出》云："月出皎兮，佼人嫽兮。"即明月下的女子真漂亮啊。"八百里秦川尘土飞扬，三秦儿女齐吼秦腔；捞一碗然面喜气洋洋，没放辣椒嘟嘟囔囔。"这个经典段子展现的意境，把关中人"biangbiang 面就秦腔"的生活场景表现得淋漓尽致；此情此景，用嫽扎咧体现"还有啥比这更好吃的？"就很带劲！然而，常有人将"嫽"误写为"嘹、撩、聊"，既讲不通，连约定俗成的意韵都没影儿了。

再如，陕西民间口语"日把欻（chua）"出现的频率较高，外地人乍一听感觉口粗话糙、在骂人，恕不知这个中性词在调侃、亲妮、戏谑、玩笑、训斥、骂架等场合都能用。其词境多数表达邋遢鬼、不机灵、半吊子、有点"二"、含含糊糊、黏黏糊糊、稀里马哈、糊里糊涂、马马虎虎、脑瓜进水咧等等，含义非常广泛。但是，无论多宽泛，"日把欻"一词毕竟是用言语挤对取笑人，不含恶意，与生俱来给人一种俗气、不文雅、不含蓄、上不了台面的意味，且只多对男士，若对女士、上司、长者或贤者，就冒过梁（犯忌讳）了！

其实，如今的陕西话不光体现出古老、深邃和广泛，它还不断地融汇着现代文明和时尚文化，因而显得更生动、细腻、豁亮和大气。

近些年，城市化步伐加快，岁月大浪冲刷掉了很多"土得掉渣渣"的方言。就像黄土地上的地坑窑迅速消失一样，一些方言正走在退休、消亡的半路上，或者已经喊不醒、叫不响了。语言不像实物，没了使用的土壤，就没了生命力，只能载入方志，供后世陶赏了。

然而，浓浓的乡愁里，方言不可缺位啊！

据此，我思忖：兴建一座陕西话博物馆，将方言土话供上"大雅之堂"，叫它永世流芳，那可真是嫽得没边！现代科技手段多，挖掘、整理、保存、研发、利用，甚至申遗，既守住老祖业，又激活旅游业和文化产业，前景宽绰得很！

只是，这是我个人想法。乡党，你看咋个向？

# 陕西名吃可不少

"圪蹴瞎吃搅团，谝闲传拉家常；浇汤面就秦腔，粗茶饭味也香。"——这是关中人生活的一个写照。

陕西名吃很多，尤以面食为主。许多著名的面食像岐山臊子面，韩城大刀面，汉中棍棍面、担担面，陕北饸饹面，扶风酸汤面（也叫臊子面、浇汤面）、铡刀面、片片面、扯面、肉夹馍等，是以猪肉臊子为主料，其上好的汤味都离不开猪肉臊子。而酱水面、蘸水面、黑米羹、调和、锅贴、锅巴、稀饭、面水、麻食子（也称猫耳朵）、锅砣砣、油泼辣子面、糁片、削劲、搅团（有用搅团在未出锅时的糊糊做的鱼鱼）、醋醪粉、酿皮子、御面等面食，也很有名，非常好吃，却不用猪肉臊子。

常说的陕西名吃，只是面条类，而用麦面做成各种馍和其他样式的食品，也属面食。其种类很多，主要有：蒸馍（馒头）、花卷、包子、饺子、锅盔（各种厚度都有）、鹿糕馍、圆头馍、圈圈馍、油炕馍、籽麻疙瘩、麻花、油糕、食饹献饭（用于奠礼），还有玉米糁子、玉米面糊糊、豌豆面糊糊等等，让你放开肚子吃，十天半月也吃不上重样的。

# 走在退休路上的村庄

## ——写给故乡

曾经，我自信的以为，在茫茫绿原上飘荡了数万年的炊烟，足以充当乡村的永久地标。

曾经，我深情地赞许，凝结着华夏民族全部智慧的农耕文化，应该成为亿万农家永世传承的不朽家业。

曾经，我盛情地祈愿，走过无数苦难和幸福岁月的炎黄子孙，在耕作了不知多少遍的厚土沃野上，仍将一辈又一辈的耕读传家，收割更加引以为傲的收成……

然而，仅仅一辈人的光阴，村庄往昔的喧闹丰富纷纷走进记忆，眼下的景致令我感慨万千：

春种秋收的耧、耙、耱、碾、铧、碌碡、镰刀、镢头、铁锨、铡子等等数不胜数的农具，已经宣告退休；

任人使唤的牛马驴骡等等家畜，或融入了黄土，或改换了用场；

石槌子踏墙、踏胡基、打土坯、和泥等等居家建筑流程，已经派不上用场；

酿醋、蒸馒头、做面皮、烙锅盔、做醋糟粉等等农家"常规动作"，已经被时尚的同类商品所替代；

木风箱、大案板、老蒸笼、大簸篮等等厨房用具，失去了往昔的风光；

丝绣、纺棉线、织土布、缝虎头鞋帽、纳千层布底鞋等等农家女红，已经无影无踪；

铜盆、补锅、钉碗、编席、补席、接铧、磨剪刀、刨笤帚、做糖人等等传统技艺，已经无人问津；

棉花捻子、穗子、竹篦、梭子、纺线车子、织布机子、拉线经布、纬线经线、火石、火链、烟锅、棒槌、槌布石等等用具和名词，已经载着曾经的故事进入谈资；

异常丰富、蛮有特色的农谚、故经、口语、口谱、童谣、民谣、歇后语等等，已经少有传诵；

异常瓷实、颇具风情的方言土语，正在褪去往日的风采；

厚重浓郁、充满人情味的古老习俗，被异样的眼神视为繁文缛节，退居"二线"；

无论走进哪个村庄，原始的泥街土巷变成平平展展的水泥路，"陕西八大怪"之一"房朝一边盖"的居住模式，已经成了故经，一幢幢崭新漂亮的砖瓦房、小楼房"一"字形排开，成为新的靓丽风景。

可叹的是，房宽展，居者少。崭新漂亮高大的砖瓦房耸立在空空荡荡的宅院前后，屋主人常常是看护孙子的留守老人，年轻力壮的大都在外打工。迈出家门的第二代（70后和80后）、第三代（90后）农民工的心目中，村庄似乎只属于父辈，或只是他们的年节憩息地。老家的房子再宽展，已经留不住他们远走天涯的心。

村庄人气最旺的时候当数春节。海啸般的春运潮卷着一个个长年累月在外边讨生活的后生，不顾一切地拎着大包小包风雨无阻地赶回老家与家人团聚，村庄顿时沉浸在温馨祥和的氛围之中。

可是，常年在各地"刨岁月"，同一村庄的年轻人乍一见面竟不认识，或叫不上名姓。新贴的春联颜色还没褪尽，年轻后生又各奔东西，村庄回复到平日的寂寥。

寂寥中的风景是一种难言的无奈：

乡村小学、初中教学点大多搬进了乡镇所在地，孩子们都到八里地以外的镇上集中上学，每周回一次家。原有的校舍如今改作幼儿园，昔日朗朗的读书声、孩子们课间的喧闹声听不到了，只有操场四周挺立的树木上时不时传出一阵阵鸟啼，与幼儿们的笑声合成一部别样的"协奏曲"……

无论走进哪个村庄，都会看到有"铁将军"常年把门的农户。有些空空荡荡的宅院房子和围墙坍塌了，秋日荒草枯叶满目，冬日蛛网满屋，只有七零八落的檩条、椽子、苇箔直挺挺地撑在半空里，无声地诉说着坚守的凄楚。

村庄60岁以上的人都已白发苍苍、是"半大"老汉老婆。传统的生活习惯、以往落后的生产方式、繁重的体力劳动、生活压力和琐碎的家庭事务，促使一个个结实的体魄积劳成疾，催人越发显得苍老，许多人过早地成为弯腰弓背、行动木讷的病弱老人。60岁以上的人也已白发苍苍、儿孙满堂，是半大老汉老婆。晁留堡东头、西头老街道大都住着老年人。白天，街上仅有三三两两的老汉老婆聚在一起，有一句没一句地闲聊，显露着一种暮气。眼下风行的村淘、互联网＋、网络游戏等等新技术，对于这一批老人来说真可谓远隔千山。

寂寥的村庄行走得最多的是时间。过去麦收用时一个多月，现在收割机一动，一两天收割、晒就入仓了。天暖时节，白发苍苍的老汉们围坐在向阳处，或谝闲传、拉家常，或就方、游胡、掀花花、下象棋；无事可做的老太太们围坐街头，有一句没一句地述说着不知是那一辈子的往事。小花狗在老人们脚边眯着眼睛伸着懒腰晒太阳；路边的百花不经意的散播着清香，林间的百鸟有一阵没一阵地鸣叫着；下地干活的村姑推着皮轮车慢悠悠地撒下一路叹声；不知谁家豢养的奶山羊斯斯文文地嚼着嫩树叶，一只老母鸡领着一群刚出窝的花花绿绿的小鸡娃喊喊喳喳的撒欢儿觅食，显得有点急乎乎的……

今天，如果谁还将拿着镰刀收割、举着斧头砍柴看作庄户人的标注，那真有点名不副实。传统的农民、农事、农活、农具、农夫、农田……

已经成为农耕时代的文化雕塑，只有在"农家乐"的弦乐里，才能品尝些许土味。

留守村庄的老迈们常常问我：二三十年后，这茬留守老人退出历史舞台时，村庄还有谁来留守？

拥着沉沉的乡愁，望着冬日的夕阳，我也时常自问：在城镇化、工业化大潮催促下，倘若真有一天，眼下的一些自然村庄"退休"时，谁给颁发一册封面清亮的"退休证"呢？

# 我说陕西

陕西惯称"三秦"。陕北、陕南、关中三大板块地域分明，方言语音各有特征。通常，纯粹的陕西话是指关中话："土得掉渣渣，老得掉牙牙，说得掉水水，听得掉泪泪！"乍一听不入耳，听惯了越听越攒劲。

陕西人很怪。陕北、陕南两地只称"俄是陕北人"或"俄是陕南人"，好像他不是陕西人。关中人从来说"俄（我）是陕西人"，就像他是代表陕西人，因为"南方的秀才北方的将，陕西的黄土埋皇上"。关中自古物华天宝、人杰地灵。

陕西"八大怪"名传已久。其实，也只指关中一带。了解陕西，实际上是首先了解关中。就像平凹先生说陕西其实很多是说商洛一样。因为平凹是陕南人。"圪蹴瞎吃搅团，谝闲传拉家常；浇汤面就秦腔，粗茶饭味也香。"是关中老一辈人生活的典型写照。一曲华阴老腔在央视一夜爆红，也是关中地区历史悠久和文化传承的必然凸现。

陕西人给外地人最初印象往往有三点：一是嗓门大、高声吼；二是说话直、不拐弯；三是脾气倔、讲义气。在泥街土巷间穿行了数千年，陕西人秉承周秦汉唐遗风，历练出淳朴、善良、勤勉、尚礼尊贤的良风慧俗，也熬炼出不事权贵、不以物喜、不以财忧的倔强秉性。吼惯了秦腔的陕西人，普遍表现出"作人不倚将军势，意气相倾山可移"的豪士性格。生活可以简单，却要高处观潮；追求可以中等，却要英气不倒。做人嘛，何以必"倚将军势"呢？"意气相倾"者，近而亲之，亲而敬之，其乐陶陶，何乐不为？若摆个臭架子，以爵位高矮排座次，那就"你打你的的，我走我的路"！位高权重，与我草民何益何用？权势再大，与我灰头土脸辈拈亲带故？还是大老碗喝酒大块吃肉吧！

陕西名吃多，以面食为主。著名的像扶风酸汤面，岐山臊子面，韩城大刀面，陕北饸饹面，汉中棍棍面、担担面，还有油泼辣子面、铡刀面、片片面、酱水面、蘸水面、麻食子、肉夹馍、锅砣砣、扯面、调和、锅贴、锅巴、蹼片、削劲、油糕、搅团、锅盔、鹿糕馍、圆头馍、圈圈馍、油炕馍、芝麻疙瘩、食饹献饭等。若初来乍到，你放开肚皮吃，十天半月没重样。

在城镇化步伐加快的当下，想了解陕西原生态的民间生活，不宜到人挤摞摞的著名景点，最好到离城镇远点的偏僻村落。在那里，你既能看到"秦砖汉瓦垒猪圈"的奇葩，又能看到使用了千百年的耧、耙、糖、碾、铧、碌磕、铡子等农具；既能听到蛮有特色的方言土语，又能体验充满人情味的古老习俗；既可以品尝农家自酿的醋调自家做的御面、醋糟粉，又能看到纺棉线、织土布、缝虎头帽、纳千层布底鞋等农家女红。那里才有原貌的民居、原版的炊烟、原始的老风箱、原装的浇汤面、原样的大箬篮、原状的老案板、原稿的厨技艺、原样的乡村味。

土到极致为大美。但是，可不能说陕西文化都是"土得掉渣渣"。陕西各地融汇的现代文明和时尚文化，让纷至沓来的中外客人赞声不绝。然而，倘若你去陕西游玩，陕西人请你体验时尚文明的同时，定会以臊子面的热情、浆水面的豪爽、锅盔馍的厚重、大刀面的粗犷、擀面片子的洒脱、荞面搅团的温馨，保险叫你天天吃个肚肚圆、做啥都攒劲！

# 总想把心掏给你

## ——献给故乡

久久　久久
好想把心掏给你
寂寥时
让你倾听最美的声音
愉悦时
请你分享别样的沉醉
月上柳梢了
那沉沉的梦里
溢满唯你品赏的滋味！

打开久闭的话匣子
放一曲哲言慧语：
人生既有云蒸霞蔚
也有雨雪霏霏
有爱的生活是别致的
没有四季如茵
却不会枯萎！

不必多说　你就明白
爱是不用装饰的

如同远航启程的风帆

简约　斑驳　给力

却不是点缀！

# 塞北的气息

## （散文诗）

立春两月了，塞北仍少有春的气息。远远近近高高低低干枯昏黄的树梢上微微冒出一点点嫩绿的意思，也被朔风呼号着卷起的沙尘裹得严严实实，灰头土脸的、没有一点生机。忽热忽冷的气温将原本就年年迟到的暖意驱赶得没了脾气。没法子，太阳公公只好对春姑娘说：别急着撩起你的春裙，等塞上的百草睡醒了，再去企望响亮的掌声吧！

# 游子思乡

游子乡愁如潮涨，故园情深父恩长。

只为报得三春晖，绵薄孝心献衷肠。

——致张青锋战友

岁月留痕

# 走笔中国红

每逢年节，我总偕妻儿回老家同亲人团圆。

春晨，母亲依照乡俗，取出红纸包着的压岁钱，为儿孙们贺岁；给全家人斟满一杯杯红柿子酒，催我们一饮呷尽。尔后，端上她精心制作的一碗又一碗醉人的臊子面，每碗泼着一层红红的辣椒油，高兴地数叨着让我们细细品尝。饭罢，孙儿拥着爷爷，妻子扶着母亲，去看村民耍社火，还有"自乐班"编排的大戏。走过街头，只见乡亲们满怀丰庆的喜欣，个个红光满面，携着孩儿们走门串户，为亲朋至爱祝福庆寿拜年恭贺。家家门户上悬着大红彩灯，门框两边贴着喜庆的春联，窗户玻璃上，贴着闪红的剪纸。村部广场，一帮大妈腰扎红丝带，随着乐曲欢快的曼舞；漫空里飘着"红蝴蝶""红孩儿"等各色风筝，顽童们拽着长长的红线绳嬉戏追逐。四街里响着炸耳的"开门红"挂鞭……

看到这些，我思忖：红，是鲜艳的颜色，也是中华民族最喜爱的颜色。久远年代，中华民族就把红色喻为吉祥、喜庆、热烈、奔放、热闹、祥和、激情和斗志的象征，且有丰厚的寓意。中国红作为中国人的文化图腾和精神皈依，远古就被视为中国人的魂。它记载着中国人的心路历程，尚红习俗的不断演变也成为中国传统文化中浓墨重彩的一笔！中华民族的精神典籍里，所有的文化元素都潜藏着中国红的涌流。远古先祖曾把红色视为驱邪逐恶的法宝。八卦中的离卦象征红，五行中的火对应红。夏鼎周礼、秦砖汉瓦、唐诗宋词、戏曲歌赋、宫灯年俗、舞韵华音，红色基因源远流长，从未枯竭断流。

尚红心理在古代建筑艺术中表现极其丰富。晋代起，朱门是显贵宅第的标志，是身份地位的象征。帝王宫殿和庙宇的墙壁，门户庭柱全是朱红，皇都称赤邑、赤霄，皇帝居住地称丹阙、丹城、丹宫。美轮美奂的北京紫禁城，凝重厚实的红围墙，典雅精致的红长廊，耀眼的红琉璃瓦，无不用朱红显示统治者至高无上的地位和权势。官吏服饰多为大红，便有朱门、朱衣的称谓。皇帝用朱砂批奏折，称为朱批，凸现威仪。氤氲着古色古香秦汉气息的中国红，延续着盛世气派的唐宋遗风，沿袭着灿烂辉煌的魏晋脉络，流转着独领风骚的元明清神采。

中国红又是中国传统中最隆重的色彩。喜庆、节庆离不开红色，红红火火是中国人嵌入血液的祈盼。逢年过节、婚嫁喜事，恒久绵延的喜庆便是张灯结彩，服装用具、装饰配备，以红展喜，传达无尽的情爱、喜悦、祝贺和祝福。各种喜事、婚嫁、建筑，以及瓷器、漆器、家具等物件，红色铺天盖地袭来：红灯笼、红绣球、红包儿、红鞭炮、红印泥、红舞绸、红木箱柜、红墙朱门……从来没有一种颜色，能像红这样雅俗共赏。中国结以其丰富的文化内涵，成为高度概括了龙的传人生生不息的历史符号。

多少诗人纵情咏叹红色，把红发挥得淋漓尽致！众多文学名作，将红描绘得纷繁驳杂，绯红、绛红、唇红、杏红，每一种红都独具韵味，如何分界精当，美术行家也难辨清。水红、桃红、绯红、妃色、榴红、枣红、海棠红、胭脂红……识得这多样红，才可算能稍懂些中国红吧。"紫陌红尘拂面来，无人不道看花回。"刘禹锡笔下的花市红火繁闹；苏东坡"只恐夜深花睡去，更烧高烛照红妆"；曹雪芹《红楼梦》轰动朝野。朱熹《春日》"等闲识得东风面，万紫千红总是春。"文同《约春》"红情绿意知多少，尽入泾川万树花。"写尽春景的艳丽多彩。"醉貌如霜叶，虽红不是春"，秋红也另有韵味。"停车坐爱枫林晚，霜叶红于二月花"，红叶深艳，比春红更绚烂夺目。"六盘山上高峰，红旗漫卷西风""须晴日，看红装素裹，分外娇娆""红雨随心翻作浪，青天着意化为桥"——伟人毛泽东的雄毫如椽，随意泼红，却指点江山风采独秀，非一般诗人墨客的胸襟比肩。

　　骚人墨客以红为最爱，凸现一颗平民心。"一粒红稻饭，几滴牛颔血。"粒粒红米饭，该用多少辛勤血汗换取？"落红不是无情物，化作春泥更护花。"含苞娇嫩，即便落红，也不忘根的哺育，愿化春泥，回报花树的养育恩德。

　　民间，红则多指健康、热情、朝气、活力和欢乐。红红火火，是生命奔放、和平安顺的体现。红光满面，是幸福富足、兴奋激动的表征。红色性格，饱含冲动强烈、活泼好动、外露和力量，内涵却是积极向上。一枚小小的红豆，硬将国人的相思表达到了极致。

　　我的故乡在关中平原腹地，门前屋后、街边路旁的红柿子，是秋天的信使。秋高气爽，瓜果飘香，柿子被瑟瑟秋风染得透红，宛如一树树熊熊燃烧的火焰，也是我等游子的一抹乡愁！漫山遍野的红柿子又像一盏盏高挂的红灯笼，沁人心脾。老家村南头那片柿树林，高大的火晶柿树格外引人注目。每到柿子成熟，一颗颗红柿高高挂起，引领着我回家的路。

　　国人传统观念的红色食物，红豆、西红柿、红枸杞、红辣椒都是凡众最爱。俗言："江西人不怕辣，湖南人辣不怕，四川人不怕辣"，言指中国食辣地域的"比较值"，虽然不尽准确，倒是感性形象的共识。

　　中国红如春花开时的情动，又如一坛女儿红的酝酿，既是一枝丫的相思红豆由浅到深，又像一名多情女子对镜染红妆。因而，红装最醒目，也极富女性和孩童的浪漫。紫红温雅，桃红艳丽，深红质朴，大红热情，玫瑰红鲜艳，葡萄酒红深沉，粉洋红则有梦幻羞涩之感。凡红色服饰，总抢人眼球，给人留下明丽华美、青春活力、幽雅健康的印象。

　　民颜俗语中，红色富具警示。红得发紫，红极一时，灯红酒绿，滚滚红尘，红颜薄命，"花无百日红，人无千日好"，"青山依旧在，几度夕阳红"等描摹，蕴涵厚重的哲理。"红得发紫，紫便变黑"，既是灿灿短暂的无奈，也是徒留夕阳红霞的喟叹。社会和人生的十字路口，有多少红灯当引警悟。从蹒跚学步到人逢喜事精神爽，有多少豪士能走出名利财色编织的魔圈。面对耀眼诱惑，心中立马亮起红灯，那才叫真豪迈！

因此，红色又是危险、流血、恐怖的标注。自古忌以红笔写信，似有侮辱、绝交或魔法的意味。衙门宣判某人死刑，布告肯定要打红叉。师爷批作业，总用红笔。校对、阅读警示、警告标识也用红色图文。现代交通，红灯当停，不停？你试试！

红色的社会含意向来积极，比喻革命和正义。"您喜欢什么颜色？""红色！"马克思曾经这样回答女儿提问。从马克思点燃红色火种的一百多个风雨年头，国际间争自由求解放的风潮几经波折，但它还是艰难曲折地向前推进。中国工农红军二万五千里长征，被誉为红流滚滚的壮丽史诗！闯过漫漫长夜，新中国成立，开国大典升起的第一面五星红旗，映红了960万平方公里的国土，至此中华大地万山红遍、层林尽染，红色基因传承不断……

穿过血雨腥风的先哲们之所以能够透过压城乌云，看到胜利曙光，坚信"未来的全球，必是赤旗的世界"（李大钊语），正是因为坚定的信念炽燃心头，鼓舞他们前赴后继，英勇拼搏。而红色，正是崇高理想的象征。

然而，欢快的情思中，饱经风霜的中华民族也曾留有痛苦的印迹。"文革"风暴席卷的年头，红色被亵渎，正义被出卖，岁月犁铧在中华民族明净的额头犁出深深的皱纹。

改革开放春回大地，中国红真正成为悦目明朗的色彩。

红色旅游的人流，红歌大赛的韵律，广场劲舞的英姿，晨练大军的步履……披红戴绿的中国红，正在信心满满地诠释国昌人和的中国含意。

神舟航天、嫦娥探月、航母编队、高铁驰骋、天堑虹桥、深蓝远洋……焕发生机的中国红，东方最极致的惊艳，采用崭新的力量讲述发展进步的中国故事。

迈上国际舞台的中国红，话语里多了坚定和自豪：数以亿计的中国游客，在世界各个角落游览购物；海外"唐人街"的门脸少了悲情，中国红增添了新的芳华；一些国家动荡战乱的当口，中国海外维和部队驻地、中国护侨军舰或航班上鲜艳的五星红旗，飘扬着大国崛起的国际赞誉。

爆竹连声金絮舞，桃符映红万户新。在革故鼎新励精图治的新时代，古老的黄土地焕发生气，乡村振兴战略促使故乡的各项事业像红日东升蒸蒸日上："旧时王谢堂前燕，飞入寻常百姓家"，"农家乐"幢幢新房，家家安着大红门；街巷道路平整硬化，路旁的树木花草红绿相映；网购、村淘、"互联网＋"走进千村万寨，僻远山乡的年轻人足不出户网售农副产品；大嫂们开着私家车走娘家，老大娘与远方的儿孙们视频聊天，小伙子举着智能手机拍摄"全家福"，姑娘们梳妆得花枝招展嬉笑着观看集体婚礼；老庄户们腕上戴着"红宝石"手表，手拎袖珍收音机聆听动情的秦腔，村头的通讯基站耸起的天线，好像父辈舒展的手臂；庄户人红光满面，日子着实殷实红火多了。

看到这红雨遍降溢红荡绿的盛景，我深深地被这满堂红、合家欢的场景所陶醉。至此，我似乎读懂了中国红潜在的意蕴，这就是取于山水、生于草木、随季更迭、融入人心的天然气质；这就是有别于大自然铺陈开来的浓烈和庄重，而富有深深浅浅的精神层次。记载国人心路历程的中国红，由远古的文化图腾、精神皈依一路走来，从未止步于简朴的尚红习俗，而从传统文化的美好期冀，升腾为惠及人类携手发展的文明力量，那么真实、那么自信……

# 看 海

穿越戈壁大漠，你会惊叹浩瀚辽阔；看惯群峰叠峦，你能体验连绵不绝；奔驰莽原大川，你会感慨广袤无垠；驰骋汪洋大海，你有何感叹？

仅言视觉，久居内陆腹地与身处茫茫大海的体会似乎十分相近：大地厚重博大，大海深邃包容，无以复加的苍茫浩渺，奠定了它们共有的秉性特征。

然而，大海的液态与大陆的固态毕竟大不相同。何况，大海的内涵，不像流淌的山泉，不像欢腾的小河，不是宁静的小溪，也不是浪漫的湖汉。面对大海壮阔宏大的雄姿，时而柔情蜜意、清幽缠绵，时而波浪滔天、暴戾恶险，由不得你会望洋兴叹、感慨万千！

曾经，出访期间，同朋友在美国东海岸的两大洋汇合海域"洗脚"，谈笑风生地调侃："真是'地球村'呵，左脚在太平洋，右脚就插进大西洋了"。躺在约旦和以色列边境的死海里看书，有一种"泡蘑菇"的感觉。一个傍晚，在澳大利亚黄金海岸的白色海滩游荡，正陶醉在海湾夕阳的瑰丽中，转瞬，狂风搅着乌云从大洋深处滚滚而来，那种黑云压境、无处躲藏的感受，让渺小的我不呼狰狞、恐怖都不行。

面对大海多样的液态，我常常联想到大自然的山海、云海、火海、沙海、林海、花海、麦海、稻海、绿色的海洋……这些与人类息息相关的"海象"，不也是大海的一部分吗？单论山海，其中的含意可不仅仅是"大山"二字能够包得住，如今的山海不就是曾经的大海么？所谓沧海桑田，肯定有它的来由，想必不是古人随意编造的词汇。

再说，立足世间的芸芸众生，谁又不在茫茫"大海"之中闯荡？古今中外的人海、商海、股海、情海、会海、学海、书海、知识的海洋、信息的海洋、科技的海洋……哪一个不是波澜起伏、风云变幻、气象万千？随便拎一个，都有悲怨乐愁的故事可讲；任你海阔天空的畅想畅聊，都是话题绵亘、丰富多彩。单说情天恨海，其中角色的海誓山盟、碧海情天，可不仅仅是一汪涝池能够盛得下，如今的故事不也是曾经的翻版和一场又一场的再演么？所谓"海内存知己，天涯若比邻"，想来也不是古人随意杜撰的故事。

人们常常赞美大海，赞赏它放荡不羁的浪漫、奔放欢畅的激情，赞赏它大浪淘沙的涤力、容纳百川的胸襟。然而，我赞赏大海善于低调的宽宏、能放下身段的大度。因为大海有了绝顶的深沉，才有珠峰绝版的高度。

有资料称"大海是人类的摇篮"。令人哀叹的是，偌大的"大海"在渺小的人类面前却常常显得无助、无奈：茫茫大海的许多良港秀湾垃圾满目、脏乱不堪；征服大自然、只期索取的欲望，使许多美艳的山海、林海百孔千疮。商海、股海的海域暗流涌动、险象环生；文山会海的大洋，不知淹没了多少青春和激情；学海书海的洪流，不知磨逝了多少率真和坚毅……

当然，书籍的海洋、知识的海洋、信息的海洋、科技的海洋，尽可以任人们遨游，借以掌握打开与大海和谐相处的大门钥匙。善待大海，也是善待人类自己。倘若每一个天涯海角都充满温馨、生机和活力，让大海用澄洁清澈拥抱我们，应该不是海市蜃楼般的企望？

由此，我喜欢看海。行事顺当时看海，会感到海无尽头，悠着点吧，莫要浮躁；琐事繁累时看海，会感到海的幽静，累什么啊，莫要烦躁；荣获赞誉时看海，会感到海的博大，这算啥啊，莫要娇气；逆水行舟时看海，会感到海的宽绰，气馁啥啊，不搏击就等着沉溺吧……

呵，看海能让人顿悟：大海很大，却也仅仅是宇宙中的一滴水；在大自然面前，人类只不过是个天真的孩子，"我"——一个人，只是沧海一粟罢了！

但是，我知道，岁月可以白头，大海不会苍老。哪怕海潮再起、海啸常来，我们每一个在茫茫"大海"之中闯荡的芸芸众生，都应该拥有自己的一片"海域"，像海绵汲水一样吸收知识的海水，像海鸥海燕一样在人生的大海上搏击风浪，在海量的磨砺中提升自身的海拔高度。经惯了海浪排空、海风呼号，就会像穿越大漠、奔驰莽原一样，泰然处之、惊叹不再！

# 匣子里的瑰宝

  曾经在秦汉文化浸淫的泥街土巷间，自小看惯了挂在村头木杆上的广播匣子，那里面魔术般地震响着脚户、麦客和父老乡亲人人爱吼的秦腔；曾经在土窑、磨道、饲养室的热炕头，匣子里定时播放县放大站编发的广播节目，每天播放着黄土芬芳的音韵，注入我幼小的心窝，熏陶充实着我的童年；曾经视自制的矿石收音机为瑰宝，那里边喧响着外面世界的声音，陶醉了我的整个少年；在那个广播充当大众传媒生力军的激情燃烧的岁月，也曾经替古人担忧般地傻想，没有广播的时代，人类该是多么寂寞……在人们还不知因特网、有线电视、手机为何物的年代，我和淳厚朴实的农民们一道，就这样伴着广播的旋律走进了充满憧憬而令人心潮澎湃的新生活。

  1972年朔风吼号时节，作为祖国绿色方阵的一分子，我来到贺兰山下战歌嘹亮的军营。简陋的营房高处，架设着一个汽油桶般粗的大喇叭，那里面传出阵阵号令，也传出中央人民广播电台的响亮台号。每当战友们摸爬滚打的间隙，大喇叭里震颤的韵律引领我们瞭望军营以外繁花似锦的大千世界，聆听祖国前进的铿锵脚步声。从那时起，我习惯于在广播电台设置的广袤时空里游走，不舍春夏秋冬，不舍天南地北，一直走过了我的青春和中年……

  一晃几十年过去。几十年间，广播犹如定时变幻着的不同角色，给我精神超越，给我心灵慰藉，给我无尽的知识营养。有时，我感到它是快乐天使：古今中外各个时期的经典和流行音乐，它都能亮开嗓子一展风采；有时，我感到它是益友良师：总有讲不完道不尽的人生经验，向我传授时那么耐心而又和蔼可亲；有时，它是遍走环宇的导游小姐：引导我穿越时间隧道，走进一个个新奇而又精彩无比的天地；有时，它是一位穿越远古历史的牧人：领我走进楼兰、西夏、巴比伦古丝绸之路的各方领地，邀请我翻阅包罗万象的各类辞典大书。它的头脑库存斑驳纷繁、异常丰富且又充盈着哲理。更有奇想的时节，我又感到它是一名慈眉善目的心理医生：当我遇有困惑、疑难或烦恼、寂寞，它会让我徐徐道来一吐为快，尔后帮我剖析分解，帮我解虑除惑且甘愿奉献分文不取……

伴着广播的旋律，我天天捕捉着时代行进中发生的各类信息：热点新闻、大政方针、时事动态、世相逸事；也时时获取积极向上的力量：真善美战胜假恶丑，良知理性文明战胜愚昧无知落后，各种故事中充满着乡情、亲情、友情、爱情、盛情和温情……

或许习惯使然，我这个广播电台的老听众也用我的业余爱好激励亲朋好友：不仅自己使用的收音机换了一个又一个，还购买不同型号的袖珍收音机赠送老父亲、老战友、亲戚和小侄子；不仅自己常年收听广播，还曾写信、打电话"规劝"亲朋好友走进广播天地。

就这样一路走来，广播成为我生活中不可缺少的一位老朋友，我也喜欢将我的所见所闻所想所思告诉这位老友：几十年春寒酷暑中，我以消息、通讯、言论、故事、游记、杂谈的不同体裁，向广播讲述我经历过的各种故事，抒发我的喜怒哀乐。在岁月一天天远去的演进中，不管是龙腾虎跃的训练场上、一摇三晃的行军锅上、犹若斗室的驾驶室里，还是转业地方工作的机关大院、明亮的写字台前、婴孩的啼哭声中、妻子锅碗瓢盆的交响声里，我往往展开纸墨，不顾其余。几十年间，当一篇篇文稿一次次被各级媒体和广播电台播报的时刻，我为我作为"老通讯员"的无名头衔感到欣喜，也为付出的汗水融入广播的旋律而深感欣慰！

每当夜深人静收听广播的时候，我曾默默回眸一路蹒跚的脚印：数十年间，当我一次次走进广播电台设置的一个个栏目时，有多少老编辑无私地"搀扶"我上路并风雨兼程。数十年间，当一个个熟悉而动听的声音陆续播报我采写的 3000 多篇拙作时，有多少广播人成年累月地付出了辛勤地劳动。当近 20 册优秀通讯员奖证展放在面前时，我从众多已经成为老朋友的编辑们的微笑里读懂了鞭策和激励，也从一个个耳熟能详的老记者的目光中读懂了不足和差距……

激越的旋律天天盈耳，固守的信念挚意不改。在当今各种传媒尽现风流、广播身处多元化竞争的大背景下，我却偏执地喜欢匣子里传出的声音。喜欢它快捷方便的传输形式，喜欢它随时随地恭候听众的准时守信，喜欢它不择受众身份贫富贵贱的一视同仁，喜欢它播放时不论环境优劣高下的大众意识，喜欢它只需低投入却有高回报的强势竞争力……自然，也喜欢着它的喜欢，忧虑着它的忧虑！

哦，匣子里的声音，你是我永远撷取不尽的瑰宝！

# 谈山说水寻幽远

## 其　一

古人游历山水者寡，囊中羞涩是主要原因。但是，千百年下来，仍有"智者乐水，仁者乐山"的丰厚遗产供后世品鉴。

今人游山玩水者众，腰包鼓涨是重要方面，其次才有放松心事，寻找"水清鱼读月，山静鸟谈天"的雅致和闲静。

由此可见，山水的魅力永驻不朽，任凭江山易主、人事做古，大自然总是那么淡然，那么淡定。

古人今人踏足山水，寻找的不就是一份淡然、一份淡定么？

## 其　二

山水是一幅很雅的画，不用装扮，不用雕琢。你在那个岁末年初看，你从那个角度窥，哪怕你任意选取一个角落瞧。

"无言之境如画境无语情趣幽远，古乐之陈似水流有象音韵斑斓"，说的就是这种意境。

难怪，从来没有哪个委员会评定，山水画却成了中国画的永久标注。

## 其　三

山与山的距离是云，树与树的距离是风；水与水的距离是雨，人与人的距离是心。

山山水水都是情。寄情山水，方有情怀。

在岁月的山水间穿行，往往会打湿心情。尽管"山潺潺，水漾漾，雨霏霏，雾蒙蒙"，若有"言淡淡，意真真，念切切，情殷殷"的彩虹相望，再遥远的距离也会如歌欢欣，愉悦无尽。

## 其 四

尽管用过许多美食佳肴，再好的食品也不过果腹一尝，还是偏爱思想的营养，那是天天必须补充的精神食粮。

尽管到过许多地方，游览的兴致却始终不涨，唯独乐在书斋里漫游，文字的海洋总令人心潮荡漾。

即便周游四方、遍览山水风光，也需要思辨和畅想。

岁月流逝，只有智慧的行囊不断增重，才是人生最好的渴望。

## 其 五

山水不语能叫醒百草，阳光无言能温暖大地；天地无声能养育万物，厚德无形能流芳百世。

在光阴的山水间守候，如我平庸者，不依山靠水，也不想显山露水；无高山流水，也不愿掘山搅水；常无波澜，故心如止水。

于是，月夜如水时，我把心曲唱亮，不用诗情画意的表述，只需写在心底的歌声。

# 到你的心灵去歇脚

## ——致远方的朋友

常常，我用响亮的声音选择，却留不住高兴；

常常，我用愉悦的灵感捕捉，也抓不住沉吟。

你，轻轻地来了，开启满天的欢欣；采一抹晨曦，拂去疲惫的征尘；随一庭春雨，吹皱眉梢的轻云。

漫不经心间，我已握住哲思般的问好，连带享用呵护心灵的缕缕温馨。

于是，匆促间，有了一份别样的问候漫步心头，引述笑意；忙碌中，有了一章诗意的祝愿印证心跳，引发吟咏。

于是，我明白了，这世界很大，任行者驰骋，却只有如歌的岁月才布满友情；这世间路很多，唯心路难走，唯其难，牵手的奔走才尤须珍重。所以，你和我的感觉，都有了诗的模样，怀揣诗情前行，诗化了的心灵便漫成温润的风景。

于是，我明白，这世界太小，任万山阻隔，却挡不住深深的思念；经纬拉开距离，也挡不住真挚的深情。所以，你和我的心灵，都有了画的盎然，人在画中画如人，心灵如画更可人。

不用再启迪了，趁心情靓丽，引我到你的心灵歇脚吧！裹着这满架清风，连同悦耳的清新……

# 闹春的岁月雨

## ——《扶风年俗》跋(节选)

　　有资料称:"年"成为中国民间最隆重的传统节日的缘由,是因为人们驱赶"年"兽以避"年"害逐步演变而约定俗成。对于这样的"考古发现",我向来心存质疑。依我看:"年"是手握神笔的马良,只要它一动作,就会给普天下所有中华儿女的脸上写满幸福;"年"是技艺高强的魔术师,只要它一登场,就能调动所有中华儿女的欢乐情绪,让无论贫穷富贵、位尊职卑、岁高年幼的人们,都能心潮激荡笑语满堂;"年"是硕大无朋的宝库,里面堆满了仁义礼智信,还有无穷无尽的温良恭俭让,使普天下所有追求真善美的苍生受用无尽;"年"是人世间最大的神明,她能在那个特定的时间段掀起海啸般的春运潮,让天南地北的人们在过年情结的深处不顾一切地回家,她的魔幻般的、强大无比的动员力、召唤力、凝聚力、集结力、持续力和影响力,超越了人类社会自古以来顶礼膜拜的任何神灵,也超越了任何政党、组织、民族、宗教……

　　饱受浓郁沉逸农耕文化的熏染,过年是国人习惯以农历计时的显著标志,它浓缩了几千年农业文明的丰富内涵,老百姓历来把过春节叫过年。一年中有许多节日,人们最注重过年,也把过年叫"过大年"。这种久远深厚的文化理念,使年的踪迹如同穿越沧桑时空的岁月雨,在这一段平常而又特殊的时空里无时不有、无处不在。元旦、圣诞、愚人节、情人节等外来节日,在国人心中从来少有概念。

　　柴米油盐和普通民生的儿女情长,使千百年来辛勤耕作的人们,从春播夏种秋收冬藏之后的喜悦里，积累了难以割舍的过年情结，形成了精彩丰富的年俗。她像一条大河，从远古走来，浩浩荡荡地席卷着各种文化，奔流不息地走向未来：腊八粥、备年货、扫舍、贴春联、挂大红灯笼、挑灯笼、倒贴福字、放鞭炮、压岁钱、拜年、团拜、包饺子、待客、走亲戚、敲锣鼓、猜谜语、观灯、吃汤圆、闹元宵、书画摄影展等，这些乡风民俗、特色食品、民间艺术和娱乐活动的集中上演，构成了年俗的纷繁仪轨，非常有次序感、有艺术性、有人情味。许多农村还保留着赶年集、扎项圈、赎身、许愿、剪窗花、祭灶（过地灶）、粘糖瓜、贴年画、蒸年馍、贴门神、敬六神、敬先人、点钱粮、接财神、穿新衣、庙会、舞龙、皮影、打秋千、扭秧歌、踩高跷、跑旱船、耍社火、吃臊子面、唱泥头娃戏、"碰灯笼"等年俗，使年真正成为农民朋友的情感得以释放、心理诉求得以满足的重要载体。

观览年的宏大图景，我深切地感受到："过年"是日常平淡生活的超越，是普天同庆的集体生日，是一幅承古传今的文史画卷，是一桌回味无穷的满汉全席，是国人追思祭祀、团圆祝福、欢聚喜庆、激励鼓劲的狂欢节，是一幕千年吟诵万古不绝的时新大戏。在一阵阵鞭炮声、锣鼓声、祝福声中，人们伴着亲朋倾听温馨，看着孩子狂欢玩耍，在享受天伦之乐中给自己心灵加上一圈年轮。在年的氛围里，人们收获的是愉悦的富足，享受的是殷实的喜悦，领会的是厚实的历史积淀，吸取的是健康向上的力量。

眼下和平安定的年代，无论身处天南地北任何角落，过年，象征着生活富庶年年有余，象征着丰衣足食五谷丰登，象征着市场繁荣应有尽有……这种看似平易、见多不惊的年味儿，是任何一个先辈都没有享受过，也不可能想象的；也是多少先辈奋斗一生未能实现的梦想！品尝这种过年的味道，对于启迪人们热爱生活珍视幸福，该有些十分积极的意义。

# 筷子的长相

有"老外在中国吃面"的微视频,很逗:一位南美女士左右手各持一根筷子,试图将面条用双手抬起来送进嘴里,却咋整也难奏效,只好无奈地笑笑,摇摇头作罢;一位欧洲人不会用筷子夹面条,无奈地耸耸肩,最终改用刀叉;一位非洲青年将面条缠在筷子上,满碗面条绕成一团,还是吃不到嘴里,环顾四周无人,干脆放下筷子,用手直接抓……

凡国人,用筷子挑、夹、拨、拌、扒,都能随心所欲。在老外眼中,小小筷子却成了大大的难题。看起来非常简单的两根小细棒,就是玩不转。难怪许多外国代表团访华前,"用筷子吃饭"也要专题培训。就像中国人出国前须知外国人用刀、叉、匙进食一样。

用筷子吃饭是中国专利。古人称筷子为箸:竹子头加者字,意为帮助吃饭的工具。会用箸吃饭之前,我们的祖先同样用手抓饭吃。《礼记》郑注云:"以土涂生物,炮而食之"。聪明的先民把谷子以树叶包好,糊泥置火中烧烤,为受熟均匀,不断用树枝拨动,就有了箸的雏形。民间远播箸的传奇,有说姜子牙受神鸟启迪初创丝竹箸,有说大禹治水为省时间以树枝捞取热食而发明箸。先民发现用小木棍拨食的方法后,就把小木棍数量定为两根,使用小木棍技艺越来越高,直到把两根小木棍使得上下翻飞灵活自如。《史记·宋微子世家第八》称"纣始有象箸",说商代末期君主纣王用精制的象牙箸用餐,足见3000多年前就有中国用筷的史载。安阳侯家庄殷商墓发掘的钢箸,其年代还早于殷纣末期,新石器时代末期还没有文字,当然难记录钢箸的发明过程。

筷子的称谓变迁是一次长征。先秦叫挟,秦汉叫箸,隋唐称筯。

《三国志》载："先主方食，失匕箸。"曹操一句"天下英雄，唯使君与操耳。"把刘备的筷子都吓掉了。李白《行路难》有"停杯投箸不能食"辞；杜甫《丽人行》云："犀箸厌饮久来下，鸾刀镂切空纷纶。"可见唐代"筯""箸"通用。宋元明清都称箸，但又不尽然。明陆容《菽园杂记》云：江浙一带船户忌讳箸，箸与"住""蛀"谐音，船"停住"，行船者就没生意；木船被蛀漏，咋捕鱼？故改箸为快，快快地走，寄托"船行畅快"的美愿，筷便应运而生。音变了，还是竹子头，词义却美了，忌讳成了福音。明末清初冯梦龙《咏物四句·箸》"姐儿生来身小骨头轻，吃郎君捻住像个快儿能。"题文都用"箸、快儿"，雅俗共赏。《红楼梦》40回贾母宴请刘姥姥一段，既称箸，又叫筯，也直呼筷子。

伴着岁月行进的脚步，筷子跟着沿海侨民走进南洋和邻国，很早就成为日本、朝鲜半岛和东南亚多个民族常用食具。当年上海租界洋泾浜英语，将筷子译作 chopstick（很快的棍子），歪打正着，也有意趣。至今，台州、温州、福州一带仍存箸的叫法。日本同样，国人游日，就有拎回箸的纪念物。

有趣的是，筷子是国粹，国人见多了，却无奇特感。未用过筷子的老外，则钦佩惊叹。明末万历年间，频繁举行的宴会，繁琐慎重的礼仪，精致铺张的饮食，豪奢讲究的器具，使来华传教的意大利人利玛窦倍感震撼：中国人仅用持放在手指中光滑细长的条形木棍，便能轻巧灵活地把任何食物夹入口内，包括煮鸡蛋；吃东西竟不用刀、叉、匙，太神奇了！随着华侨不断地移居欧美国家，西方人对筷子逐渐熟悉，很多家庭备有筷子。即使现在，欧美人对这两根神奇的棍状物能施展夹、挑、拔、撅等功能，还是钦羡不已，并以自己能用筷进食感到自豪。法国旅游协会制定"金筷奖"表彰出色的中餐行业，德国筷子博物馆收藏上千种不同年代印痕的筷子。日本有"筷子节"，年产筷达 130 亿双，90% 是只用一次的"剖箸"。

尽管老外也用筷，但对中国筷子深藏的历史文化底蕴有多厚重，未必清楚。筷子一头圆、一头方，对应天圆地方。方形属坤，圆形为乾，现乾坤之象。标准筷子是两根，一根孤木难支，三根多此一举。人手持筷，拇指食指在上，小指无名指在下，中指居中，不正是天地人三才齐备？筷子有太极阴阳理念：太极是一，阴阳是二；一分为二，万事万物都由两个对立面组成；合二为一，阴阳结合，阴阳互动可得用，阴阳分离太极不存，意味结果完美。用筷时，一根主动，一根从动，相互依倚；主动为阳，从动为阴，主从随机互换，吻合两仪之象。双筷同气相求同声相应，寓意处世彼此扶持，人无辅助难以成功。筷子标准长度七寸六分，人有七情六欲，暗含物人情感同质。筷子还有点穴、按摩、刮痧等医用。旧时人们走江湖、下南洋、闯关东，身揣筷子，有啥毛病自己搞定。即便不带筷，随手掰根树枝，也能刮痧。研究表明：用筷夹食，能催人心灵手巧，犹如脑神经、80多个关节和50多条肌肉同时"舞蹈"，活筋骨、通血脉。筷子虽然身材短小，其不畏水沸汤烫，敢于赴汤蹈火的优良品质，却是很多仁人义士赞赏的缘由。

再以筷子比较中外文化，餐具内涵差异非常直露。筷子是两小木棍解决舌尖需求，文明温和，恰似中国人从来不尚武力。西餐的刀、叉、匙似有血气刀光：古代兵器中，叉是其一呵；刀本身就是凶器、武器。置兵器于餐桌，右手执刀，左手持叉，即便有欢快的乐曲伴奏，也似有游牧民族的文化特征存留，最起码比不上持筷温柔。日本人吃生鱼片，生鱼滑，日本筷就别出心裁地身短而头尖，以便扎生鱼片和片状食物。韩国人常吃烧烤，竹木筷易碳化，便多用金属筷。

筷子质量、长短，曾是生活贫富、贵卑高下的标志，也是社会变革的映衬。纣王奢侈持象箸，皇家执银箸玉筷以试毒；普通百姓仅顾糊口谋生，箸筷只能粗陋。《开元天宝遗事》载："宋璟为宰相，朝野人心归美焉，时春御宴，帝以所用金箸令内臣赐璟。"黄金餐具器皿为皇宫垄断的唐代，宰相听说皇上赐他金箸，惶恐地愣在皇上面前不知所措；玄宗见状："非赐汝金，盖赐卿以箸，表卿之直耳。"宋璟闻是表彰他"如同筷箸般耿直刚正"时，才受宠若惊地接过金箸；但老臣守法持正惯了，还是不敢用金箸进餐，便将其供在相府。物资匮乏的过去，吃饭没有转盘，有钱人家菜多，要夹到远处的菜，筷子就长。战乱频仍的年代，筷子材质普遍简陋，将就着过，没法讲究，筷子实在破旧不堪，才换新的。早先，从箸到筷，材质多为竹木，也是竹木就地取材、价廉物美、经久耐用、朴实无华的秉性所致。随后，以骨头、象牙、玉石、金属、陶瓷、塑料等材质制筷不断更新，形状方圆各异，尺寸长短适用多种场合。温饱解决了，筷子长相也好看多了。生活小康，筷子才衍变为礼品、工艺品、旅行必备品，其附产品花样翻新，制筷设计、技艺、形状、包装融入更多工艺，成就了多种精美的工艺品牌。圆柱体、六棱形、四方形筷子也为能工巧匠刻字绘画雕花、文人墨客著书题诗作赋，提供了思接千古施展才艺的好条件。相关史著丰富多彩，专题讨论常有新意。连筷子如何选购、清洗、消毒、环保、使用、保养、促销等，都成为研究课题。筷子笼、筷子架亦成为人们收藏的选择，深受社会各界和外籍人士喜爱。源于生活的筷子舞也以欢快优美的舞姿，征服了许多广场舞爱好者，表演形式亦由单人舞拓展为双人舞、集体舞和男女群舞。网购大潮还催生新的"箸筷礼品文化"：筷子送新人，寓意珠联璧合快生贵子；送恋人，寓意成双成对永不分离；送商友，寓意双木成林合作长久；送孩子，寓意快长快长快快成材……

# 我不想

我不想住在往事里不走，尽管那里边储藏着许多凄美。要行进，总得激活未来，让踉跄的皱纹，多凝结一些春晖。因此，我学着淡忘，好让悠然孵化更多的欣慰！

我不想住在烦恼里不走，那不是我膜拜的神位。因此，我学着快乐。自认为快乐是一种心态，境遇和待遇相同，心态不同时，收割的果实有的饱满，有的枯萎。

我不想住在忧愁里不走，那不是我欣赏的滋味。步履匆匆，不可能没有困惑，紧要的是走出阴霾的体会。自认为困境是一部大书，每个章节都挂满苦楚的花蕾。乐呵地品尝苦辣甜酸，凄涩也像云蒸霞蔚。淡化苦涩，生命好腾出空间放置精彩，在欣悦中升格品位。

我不想住在热闹里不走，那不是我心仪的作为。我常可怜那些赶场子的"叭嗒嘴"，上帝总安排他们藏头露尾。尽管他们乐意用各种招数打发充裕的时间，在怨声合奏中说是道非，上帝还是叫他们口轻舌薄后收获平庸，给他们的行囊里塞满乏味。

我不想住在悲伤里不走，那不是我久留的仓舻。纵使心情有返潮的时节，孤独的心灵总有催促呼吸的纱纬。

我不想住在纷争里不走，那不是我想攀援的崴嵬。尽管经常有烦心的碰磁，已经选好平和淡泊的色调，就尽力守持乐观向上的杆桅。

我不想……不想将人生过成一种技能，只想用不断激励的微笑，直播平淡而真诚的瑰玮！

# 我常想

## ——致远方的朋友

　　我常想编一首散曲，不要流行，只要动听，好让知情的听众欣评如诉；散曲是心灵在歌唱，她能让朋友分享我的欢畅！

　　我常想撰一部书作，不要畅销，只要动情，好让知心的亲朋漫品吟咏；书作是思想的载体，她可以负荷我的畅想！

　　我常想辟一方偏舍，不要豪奢，只要雅静，好与知己挚友漫聊笑叙；偏舍是简朴的高贵，有多少欢乐请尽情安放！

　　我常想驶一叶扁楫，不要宽敞，只要安详，与知音风雨同舟，就像回到心灵的故乡！

　　我知道，岁月的长河可以流逝任何华丽的沧桑。但是，我只管平静地呼吸，平静地挽住一些简洁的芬芳。

　　我知道，岁月的车轮可以碾碎任何有呼吸的历程。但是，我只管默默地前行，默默地享受一份清爽的洗礼！

# 相　聚

　　相聚是追觅典藏的芬芳，为着拾起欣喜的回忆！你说寒凉阴霾的困惑，我谈艳阳高照的快意。凡在光阴里修行的成果，都是跌落在心底的幽香，温度依旧波澜如缕！

　　相聚是情谊的回放，也为搂起遗落的花絮。你说流水落花的惆怅，我谈柳新桃红的惊奇。只要愉悦的倾心攀谈，哪怕默然贻笑三言两语！

　　相聚是激情交织的盛宴，为着开启未来的期冀。轻嗅每个舒心的聚集，当会窥探鸟语花香里的泥泞沼泽，也能触摸远山近岭间的高高低低。激励的话语牵着炽热的忧思，平静的祝福携着泉溪似的甘饴！

　　俏笑着，不在乎场景有多阔绰，繁闹有多绵密；沉淀的，必是心灵氧吧祛除粗陋后的涟漪，催人呼吸向上的力量，还有沉稳和勇毅！

# 春之曲

## （散文诗五章）

### 春 霞

每天，你都起得很早，用精心彩排了一夜的锦霞，抹满河东的漫野。

不用你招募，晨露慕名而至，争先恐后挂满草滩的叶尖。霞彩间，小鸟们满嘴情话争着亮嗓，单怕错过调情的机会。百草刚刚睡醒，开始伸胳膊展腿，调整思维，谋划着怎样编织绿意。各种知名、不知名的小花鼓足勇气，都想不负春姑娘的爱意：咋个吐鲜溢香？

### 春 雪

犹如高洁浸润的天仙，自远天降临时就布满尊贵。

春姑暖暖的柔怀里，满山遍野的向阳花伴你曼舞，万物草木兴致勃勃地争沾一份鲜气和潮润。

似乎，你从来就没有忧郁，尽情舒展着心灵。要不，谁都羡慕你诗意的容颜和婀娜身姿？

### 春 色

好像雪花飘落时凝聚的精灵。冬夜散尽，天神馈赠你一套靓装。朔风吼号中，你用珍藏的灯盏唤醒百草。

你来了，就有了温暖。心暖和了，生命就有亮色！

## 春　泥

我常赞叹泥土的芬芳，她是生命的老窝。

我常赞赏风雪的忧愤，她有诗意的向往。

春的台词里，满藏经典。而你的芳香，蓄满深沉。

你知道，穿越严寒和风雪，生命的布景才有张力。储蓄了一冬的精神和思想，春泥才更芳香！

## 春　旅

春旅是自由旅行，不是疲于奔命走马观花。

我喜欢春旅的慢节奏，与群山小溪窃窃私语慢慢回味。

我喜欢春旅的恬淡，让忙惯了的思绪沐浴春风，好能沉淀典雅躲开俗媚。

我喜欢在岁月唱响的春曲里漫步，叫恬淡释放烦恼，有春歌伴奏如雨如诉……

# 四季吟咏

## 春

春是丰饶的。有春，华丽才成梦，春色才宜人，惠风才和畅。然而，我感慨春的启蒙，它让沉吟的万物唤起记忆，孕育奇异的变迁，将繁荣让给盛夏，为丰满丰厚和丰收夯实基础。（夏收、秋收应感恩春色，没有春梦何以收获?）

## 夏

夏的意象渗在汗珠里，用阳刚的热烈蒸腾期望，将火焰般的信念散落于草木花香，隆重而实在地向秋天移交丰硕，义无反顾地欠身离去，留下满目清气任人评析!

## 秋

我赞叹秋的憨实，它像端着不舍昼夜辛勤酿造蜜酒的汉子，实实在在地把一腔热切献给热恋的情人，任她享用、洒脱大方，任她陶醉、毫无掩饰。（秋如人的盛年，壮美丰富，成熟坚毅。收获人生当如此!）

## 冬

倘若没有凌厉的朔风，冬就没有伟岸。一个无雪可赏的冬季，只能留下缺憾。（人应具备冬的肃穆，让冷峻催生高耸。）

# 生活短章

## 快乐篇

☆世人收藏各异，全在兴致。哲学家收藏思想，军事家收藏谋略，阴谋家收藏诡计，商贾收藏金钱，地主收藏土地，皇帝收藏美女……如我等普通百姓，只愿收藏快乐！

☆忙碌中给心灵一点空间和营养，让喜悦和平静自然滋长；随时给生命来个深呼吸，就会发现，美好无处不在，快乐垂手可得。

☆快乐是人生中最重要的一件东西，它不能转让但可以感染别人。

☆如果快乐可以储存，我想把早年的快乐搬出来再用；如果快乐可以复制，我就把现在的快乐复制储存；如果快乐可以转让，我就把今天的快乐奉送给忧郁的朋友。快乐不是蛋糕，但可以让亲朋分享；快乐稍纵即逝，紧要的是要学会品尝。

☆快乐是一种心境。我们不能改变大环境，但能调控自己的心境；我们无法改善大生态，但能改善自己的小心态；我们没有身居高位，但能力争有为；我们没有什么背景，但想努力创造一方感悦心灵的风景；我们都是从零起步的，但身后的脚印已经说明我们都在大踏步地行进。

## 友情篇

☆友情是生活中的盐。

☆当思念形成惯性时，想念就不是单纯的方式；当热情有了刻度时，寒冬怎能随便冻结记忆？

☆我不知道，一部手机能存放多少短信，但我知道，再大的容量也存不下一往情深；我不知道，一段微信能否全部表达我的心情，但我明白，再长的文字也无法表述无边的情谊。

☆天以其大，播雨布云；地以其阔，春华秋丰；物以其博，惠泽百姓！民以其众，多艺多能；人以其才，远播芳名；我以其善，呼友唤朋！

☆对于人生来说，友情是最好的营养品，它的痴情足以使人健康幸福。

☆最感动的时刻，是被远方的朋友想起；最美好的时刻，是想起远方的朋友；没有约定却有默契，无论身在何方，每个日子都有彼此的惦记。

☆轻轻的一声问候，不想惊扰你！只想真切地知道你一切是否安好，快乐……

# 生活咏叹调

## （15 则）

### 公 鸡

别自鸣得意，
天不是你叫亮的！

### 母 鸡

就有这本事"个个大"，
不服？谁下个蛋看看！

### 鸡 蛋

世事没有十全十美，
别去追求滚圆滚圆！

### 算 盘

不知算尽多少机关，
也没逃脱被淘汰的命运！

### 纸 媒

岁月纺织的唱片，
演奏历史的交响。

### 笔 记

储蓄智慧的存折，
藏得越久利率越高。

### 某些广告

把满天霞彩捧送你，

购进来一片失望。

### 图　钉

紧盯着认准的目标，

钻进去闪亮的信念。

### 公交车

忍辱负重的呼吸，

谁能延年益寿？

### 私家车

满载着热忱和期望，

压扁了汗水和腰包！

### 乡村公路

多类混杂同道争锋，

飞毛腿也会变成蜗牛。

### 根

心存拥抱春的探求，

就能拱破重压砥砺前行！

### 沙　发

专事收藏体味，

安顿一天的疲惫！

### 宠　物

把你当儿子宠爱，

却从不把我当爹！

### 竹　篮

本来就不是打水的家什，

别想盛满亮亮的希望！

# 秋　絮

## ——致　友

朔方的角落
素月盛满墨香
风在轻声絮语
是你隔云相望？

嚼烂落叶的色彩
祝愿已凝成佳酿
只是
寂寞的书卷
能丰润揉碎的诗章？

# 老 槐

路旁、街边、宅院……挺立着许多老槐。

老槐长一岁，默默地在挺拔的躯干里画一个圈；再长一岁，在原来的圈外再画一个圈。岁月悠悠，老槐环状的纹理形成一个个金色的年轮。

老槐以年轮展示成熟，亦用年轮记录风云变幻：温暖、雨充、肥丰的年份，老槐的年轮就宽些、疏朗些；寒冷、干旱、贫瘠的年份，老槐的年轮就窄小、挤密；虫害、人损或者天然的意外，老槐的年轮里都载有清晰的痕印。

一圈、一圈、一圈，多少年过去，老槐以它灵性的记忆，镂刻着绚丽璀璨的里程，终而愈老弥坚，成为参天的栋梁之材。

我赞叹老槐这一圈一圈的金轮，那每个金轮里仿佛蕴藏着一个个诱人的传奇。风和日丽的春日，老槐珍重暖风催生的良机，舒心地伸展每一片希望，从来没有因为安闲舒适而虚掷光阴；炎阳似火的酷暑，老槐勇敢而贪婪地吮吸大自然的馈赠，用它博大的心胸给过往路人送一片畅心的绿荫，给小草小花献一席爽凉的营地；朔风肃杀的晚秋，老槐从未停歇运行的步履，悉心聚撷一串串果实，在金轮间贮起奋发的力量；霜打雪欺时节，老槐傲然耸立，没有丝毫媚骨，凸显器宇轩昂。

我更赞美老槐具有坚实的信念，它的一个个金轮，都是围绕一个同心圆扩展；尽管躯体纹理细密疏淡有别，那每一个脚步都铿锵有力，从未有过重复；无论躯干多么粗壮、枝条如何丰润、根系怎样伸展，那一圈圈不断扩大的金轮，总不会放弃向上的渴求。

呵，我赞美老槐，想将它的毅勇和期冀深埋心底！

# 外语的绝响

1976年6月27日，巴勒斯坦游击队劫持了一架法国航空公司的大型飞机，将机上105名以色列人扣押在乌干达恩德培机场候机厅。为了解救人质，以色列特种兵长途奔袭乌干达，展开"雷电行动"。

采取营救行动前，一名以色列士兵手持扩音器，用以色列人的母语——希伯来语大声喊："我们是以色列士兵，前来接你们回家。请你们立即就地卧倒，趴在地上别动。"

以色列人质全都清楚地听懂了这段希伯来语，并迅速卧倒。巴勒斯坦士兵听不懂喊话的意思，仍然站着，警惕地注视着外面。

以色列士兵以迅雷不及掩耳之势向大厅内发起攻击，一颗颗子弹向所有站着的人飞去，巴勒斯坦士兵一一倒地。

常言，外语是交流的工具，是沟通的桥梁，是传情达意的输送带——这样解读外语听说读写译技能的用途和好处，多见于外交和职场。以外语充当利器笑傲"战场"，让外语凸现魅力以奇取胜，希伯来语的"雷电行动"堪称绝响！

# 军装是血性的标识

"时刻不忘战争和忧患，才能知道如何珍惜和平与幸福！"——这是写在军装上的哲言警句，也是战争与忧患留给和平的宝贵遗产！

可惜的是，在如今战争与硝烟离开我们有点久远的年代，幸福已久的人们年年岁岁享受着和平，却已经少有人提起和平是怎么来的；也很少有人赞赏军装和血性了。似乎一提起"和平是怎么来的"都有点犯傻或者不合时宜的厉害。

曾有朋友翻着全民喜欢军装年代的军装照，对我说："你看我当年的傻样！"朋友见我默不作声，便问我："你说，战争离我们有多远呢？"让我说？我说不出具体距离。但是，我还是拐弯抹角地给朋友说了几句心里话：一个人没有战争忧患不成忧患，一个时代没有战争忧患可就成了灾难！

随后，我向朋友直言：我保留着一套军装，尽管我期望它"再也用不上"。但是，我要让这套军装常常告诫我：军装是血性凝结的标识，它的每一根纤维都写满了使命和牺牲；记着军装，就是记着忧患；常念忧患，才能知道如何珍惜眼下的和平与幸福！

# 我的故事我的命

## ——致远方的朋友

40 年前，我写的散文《万代高唱东方红》登在《人民军队报》1976年 12 月 26 日副刊版。之后，该文改编成故事，在 1977 年、1978 年两年的毛泽东诞辰，被宁夏人民广播电台配乐朗诵，也被宁夏人民出版社出版收录于散文集《六盘山上》。而今回眸这篇文章，不是回味带有那个年代色彩的风华竞放，而是想让老朋友知道那篇文章中隐含着的"我的人生"演绎！

改编这篇文章时，我在省军区后勤部机关工作，我的部首长很多是老红军。改编作品的故事梗概就有了这些老首长的影子："我"常随部队转战南北。一天傍晚，在"拉锯战"边沿的一个小山村宿营时，看到身着破衣烂衫的老乡们正在学唱歌，墙上贴着在黄麻纸上抄写的《东方红》词曲，教歌的小伙叫卫东。次日凌晨，敌军向我们扑来，部队走了，山村落入敌手，墙上的《东方红》词曲麻纸化为灰烬。数日后，"我"回到这个山村，听到老乡们还在唱《东方红》，那词曲却是刻在墙上的，想烧也烧不掉。新中国成立后，"我"转业地方搞外事工作，陪同外宾到"农业学大寨"典型村，也是当年那个山村参观，巧遇当年教老乡唱歌的卫东的儿子继红，他们好真像一个模子刻的……

讲述的故事有点老套。离奇的是"我的故事梗概"：在部队工作十多年后，我转业地方外事部门，真的搞外事工作。只是，转业找工作时，我将这篇散文中"我"从事的外事工作早已忘得一干二净。十多年后走上十多年前无意中"编织"的道路,我常常暗忖:是否有一种命运安排?

然而,细细回眸,从唱着《东方红》走过来的我们这一辈,心底荡漾过一个民族走过的色彩。我们的行囊,装过火焰秀美,装过凄楚苦涩,但却不是父辈前行中常见的战乱、匪患和饥馑。我们的足迹,从稚嫩热烈到坚毅跋涉,从怅惘彷徨到刻骨铭心,从迎受风霜雨雪的五味杂陈到斗转星移的时代变迁,早已伴着时光大潮涌进记忆深处。拥有这些人生历练,我们感悟的幸福异常清醒从容,留下的脚印少了许多浮躁、惊恐和茫然,诠释经历的底气多了许多自信、悠然和沉静。

我向来不忌讳攀谈命运,相信每个人都有命运。一个国家就是一个命运共同体。祖国的命运牵系着每个国民的命运。每个国民的前途命运与国家和民族的前途命运密切相关。国家强盛,国民就有好命运。国弱挨打的年代,连故宫里的几万箱国宝都找不着一方安土,国没了,哪有平民安乐?当偌大国土容不下一张平静的书桌时,占卜先生再能言善辩,能算出啥好卦?

# 楹联丽辞靓珠海

一首诗能点亮一座古寺。唐代诗人张继脍炙人口的《枫桥夜泊》，是江南古刹寒山寺的最佳名片。一首词能点亮一座大山。毛泽东翻越六盘山时的咏怀之作《清平乐·六盘山》，为六盘山这座本来说不上雄奇的山脉平添了神韵。如今，六盘山红军长征纪念馆成为著名的红色旅游景点。

一副楹联能点亮一座城市吗？这样的案例我还没有找到。但是，一幅幅楹联能扮靓一座城市，使本来平平常常的角角落落变得不同凡响，这话却不假。

在珠海的街市、景区、岛屿，时不时有词语优美、书法飘逸的楹联映入眼帘，给这座被翠绿包裹的海滨城市增添了柔媚的书香，惹得我常常着意驻足多看两眼。

珠海唐家镇鹅岭北麓的共乐园，原是中华民国首任内阁总理唐绍仪的私人花园，始建于清朝宣统元年。该园依山傍湖，亭榭相招，林荫蔽日，风景优美，是一个富有近代新派园林特色的旅游胜地。园内平房式的别墅，原本为唐绍仪在园中休息和接见宾客而建，门前有唐公手书对联："开门任便来宾客，看竹何须问主人"，味淡神闲，很能体现这位内阁总理的平易近人。别墅现为唐绍仪史料展览馆，馆内藏有大量印证唐绍仪生平的珍贵图片。

共乐园的小广场边上，有个三根未经打磨的石柱撑起的小亭子，占地只有两平方米左右，还是个茅草顶，古拙朴素。然而，"名园别有天地；老树不知岁时"的亭联，就像一位其貌不扬的智者立在那里，一派高古，别有风趣，游人来此必会争相留影。

"著意培芳圃；含薰待清风。"（共乐园"含薰圃"亭联）"竹深留客处；荷静纳凉时。"（共乐园"竹荷居"联）这些充满情趣的楹联，使这座既有西方的优雅浪漫，又有东方的淡泊清幽的林园，有了"时代绝唱"般的故事伴奏，如今读来更具韵味。

珠海的楹联不仅仅是美景的点缀，不少内容也是国家大事、民族历史和文明传承的高度浓缩。如林则徐题广州演武厅有关珠海的楹联：

"小队出郊峒，愿七萃成功，甲洗银河长不用；

偏师存堡垒，看百蛮气慑，烟消珠海有余清。"

淇奥岛抗英广场白石街门联：

"淇奥未沦亡拔剑请缨同杀敌；

英军寻死路丢盔弃甲败兵逃。"

斗门大道景观牌楼楹联：

"值龙年以忆千年，古邑写传奇，风磨雨洗，几度沧桑留厚重；

居珠海而通四海，斗门开气象，地利天时，一城事业续繁华。"

这些楹联多为镌刻，是珠海人杰地灵、名人辈出、往年战事、古迹富美的点睛之作。赏读这些楹联，使人不由自主地想起珠海在中华民族历史长卷上留下的浓墨重彩，自然而然地想到中华全国总工会首任委员长林伟民，省港大罢工领导人苏兆征，清华大学首任校长唐国安，首位世界冠军容国团等珠海的近现代名人。

"东粤威灵远；南屯德泽长。"（梅溪牌坊"康帅府"门联）

"梅溪陈言东流去；牌坊多情夕照人。"（题梅溪牌坊）

"曲是曲也曲尽人情愈曲愈妙；

戏其戏乎戏推物理越戏越真。"

（题梅溪牌坊"陈家戏台"）

"泽润九湘济韶府；东芝三潭印山乡。"

"窗竹影摇书案上；山泉声入砚池中。"

（题梅溪牌坊"书房"联）

这些或悬挂或镌刻于梅溪牌坊的楹联，为光绪帝表彰清朝驻夏威夷首任总领事陈芳及其父母造福桑梓而赐建的古建筑群增色不少。牌坊以纯花岗岩作材料，雕有瑞兽、花果、人物、八仙等，镌刻"圣旨""急公好义"等赐字，榫卯构造，苍劲古朴，气势雄伟，艺术造型堪称中西合璧。坊间树影婆娑，姿态妙曼，优雅浪漫，美不胜收。但是，给我留下深刻印象的，还是这些恰到好处的体现古建筑内涵的楹联珍品。

"五岭北来珠海最宜明月夜；

层楼晚望白云仍是汉时秋。"

"珠海正横流，不尽滚滚英雄，谁作南天石柱；

白云反胜概，即此亭亭耸峭，全收百粤江山。"

"珠联璧合携港澳共发展；

海纳百川与华夏同光彩。"

这些"主题就是珠海"的楹联，句型对仗工整，以道白式的淡墨，简洁的描摹珠海物华天宝、毗邻港澳、海岛密集、口岸众多、海域辽阔、山水相间、陆岛相望的区位优越和优美环境，让人过目难忘。

"日照金山云浮珠海；凤翔长岛仙居蓬莱。"横批："佛山天长"（此地名联，嵌入了山东的日照、长岛和蓬莱，上海金山，广东的云浮、珠海和佛山，陕西的凤翔，浙江的仙居，安徽的天长）

"鹰击长空展梦想；遨游珠海添新昌。"（题珠海航展）

"长空比翼；珠海腾飞。"（题珠海航展）

"慕珠海渔女；游圆明新园。"（此联嵌入珠海两个旅游景点）

这些楹联散发着人文风姿，展现出珠海早建特区、开放搞活、人居环境一流的时代气魄和独特魅力，体现出珠海荣获国家园林城市、国家环保模范城市等诸项大奖的显著特色。

1979年建成的珠海圆明新园，以北京圆明园为原稿，按1∶1精选圆明园40景中的18景修建。该园融古典皇家建筑群、江南古典园林建筑群和西洋建筑群为一体，以其浓厚的清文化、精雅别致的亭台楼阁，或体现皇家贵族的磅礴气势，或展现后宫佳丽的脱俗气质。园内绿树葱郁，小径幽幽，古木森森，浓荫匝地，随处可见佳木怪藤、香花名果、假山鱼池和牌坊石狮，不愧为珠海三大名园之首。

"几许崇情托远迹；无边清况惬幽襟。"（圆明新园"虚舟"联）

"园中草木春无数；湖上山林画不如。"（圆明新园"兰室"联）

"玉韫珠怀山川辉媚；琼滋芝秀花草精神。"（圆明新园"碧云"联）

上述楹联的字里行间，彰示圆明新园皇家气象的气宇轩昂，似乎真会引人穿越历史隧道，为那一段金黄色琉璃封顶的庄严肃穆再织一些联想。

散落于珠海街市的许多楹联，散发着柴米油盐的草根气息，流泻出市井柴门的袅袅炊烟，或短小精悍，或亦庄亦趣，尽管话语平实，内涵却更显生命张力。如：

"只缘清香成清趣；全因浓酽酽浓情。"（"茶品清心"门联）

"小坐放松意；清闲化神仙。"横批："小岛桃园。"（琪奥岛一门联）

"轿从门前进；船自家中过。"

"诗书执礼；孝弟力田。"

——以上为门联。

"有福方读书；读书方有福。"

"心如止水观日月；目似明镜看春秋。"

"姓名题诗清平乐，名字作联满庭芳。"

——以上见书房、居室联。

"柴门柴火财运旺；土家土灶土味香。"

"只是普通人家菜；唯此独享不二香。"

——以上为餐馆联。

这些散播于村落、凉亭、老街、民居的楹联，与珠海满目可见的槟榔树、小桥流水等自然景色交相辉映，展现的人文风情独具一格。

一些古庙寺观的佛门楹联也很有味道，仅举一例：

"门无门无无门方便为门；法非法非非法安心即法。"

(题珠海金台寺外山门的圆通门)

这副对联蕴含禅味，也是一幅趣联。看门而无门，又不是无门，方便就是门；看法非法，又不是法，让人安心才是法。其中的哲学思想很深，很有噱头。

# 领红包

## ——致远方的朋友

阳春三月，握别浓浓的乡情，我从遥远的塞北一路南下，来到海天连接的珠海小栖，一晃3个月了。3个月的时间虽短，体验多多，事务不杂，感触颇丰。好久了，想跟老朋友畅聊，话题很多，今天说些啥呢？

暂不谈珠海湿热多雨，林密草茂，山秀峰丽，花妍四季，葱郁满目，空气清新，宜居佳境；且不说珠海陆海相接，江波清流，海域辽阔，百岛蹲伏，渔舟唱晚，一步一景，处处静幽；也不讲珠海历史久远，琪澳抗英，赳赳武威，民国总理，清华校长，文脉飘逸，英杰辈出；更不表珠海滩涂广袤，物产丰饶，海货鲜美，味佳质优，天时地利，胜迹集傲……

老夫见少识微，孤陋寡闻，初到异地，不敢妄言，今天仅扯一个轻松、实惠、乐呵的话题：免费领红包。好让老友隔空分享红利，开颜畅笑。

珠海紧靠港澳，早建特区，改革优势，开放搞活，文化昌明，经济发达，引为自豪。要说发红包嘛，也是特点多。主要有是不论本土老户、外来宾客，都一视同仁；不管国人老外、男女老幼，都一律平等；不分时间地点、大小多少，精准发放；不说权尊位卑、富有贫困，没有例外；不管你想要不想要、推诿不推诿，绝不敷衍塞责；有散兵游勇，有三三两两，主动登门，服务热情，不容商议，不索回扣，贴身贴心；不像虚拟数字，绝对一是一、二是二，丁是丁、卯是卯，看得清、摸得着；倘若你没有推脱领了红包，保证会情不自禁地心痒气盛、惊叹不已、手舞足蹈……

老朋友该问："天下可有这等乐事?"

老杨长话短说："一点不假。3个月了，我真的领了许多红包，大小不等，天天都有。不要说心里痒痒，浑身都痒痒呢!"

呵呵，你想叩问发红包的组织者是谁呀，这么慷慨大方、热情奉献? 真个资源富足，储备丰厚，不怕断档，来者不拒，慷慨相赠?

"是的!"老杨直言相告吧："蚊子! 蚊子! 没有蚊子，红包你可领不着!"

# 掬一抹芬芳去重逢

## ——写给同学聚会

离校 40 年，一拨 50 后的青松寒梅，是否还那么风采依然激情荡漾？

离别 40 年，你梦想的行囊里，是否装满了万般色彩温馨阳光？

40 年风雨兼程，我们一路跋涉天各一方；一起穿越花季的春梦，共同经历了太多太多的一模一样——

同时绽放红色斑斓的激情澎湃，踏进社会的第一个脚窝就灌满了豪情昂扬；

一起触摸改革开放的辉煌印迹，共同见证社会变革的潮起潮落万般气象；

亲身经历祖国繁荣昌盛的艰难历程，同时目睹日新月异的民富国强；

难以褪色的乡音印满了时代胎记，穷乡闹市的泥街土巷刻录着跋涉拼搏奋发向上；

同力将美颜的青春掩埋在记忆深处，用辛勤耕耘收获靓丽奖项阵阵清香；

同期成家立业，携着平庸无奇的柴米油盐，同步走进儿孙绕膝的满脸风霜；

同期离开工作岗位，回眸身后的千山万水，同声惊叹岁月凌厉尘世苍茫；

40 载磨炼摔打，一群血气方刚的毛头小伙变成满脸皱褶的半大老汉，同步走过最美好的人生时光；

40 载雨雪风霜，一群甩着羊角辫的傻丫头幻化成暮色初露的徐老半娘，同步走进万紫千红的人生夕阳；

40 载潮涨潮落，春花秋月沉稳了无言的稚嫩，心底蒸腾的依然是情谊和希望；

40 载苦辣酸甜，我们用朝气蓬勃的履痕走成独特的气质，一拨生活的强者走得像模像样！

呵，40 载四季回环，无论怎样精彩的故事都走进了回忆，无论怎样迷人的风景都成了过往！

不管前路还有多远，每个人心底都很清亮：我们既是同学，又是亲人；既是同龄，又是乡党；既是朋友，又是搭档；我们都是"兰大"的学子，黄土地永远是我们的精神故乡！

呵，40 年只是历史的一瞬，却是我们青春的全部家当；

40 年事务纷繁驳杂，40 年旅途却并不漫长；40 年里，10 位同学仙居冥境，英年早逝的悲叹令人老泪盈眶！

40 年间，同学聚会的情结魂牵梦绕，期待相聚的热情滚烫滚烫！

40 年后的重逢是人生盛宴，这样的盛宴注满深情和精神跌宕；

40 年阔别重逢，只有欣喜没有怅惘；因为，我们将启封一坛坛醇厚珍贵的陈年老酒，纯真清澈的友情既给人精神，又能熔解任何华丽的包装；

尽管，有岁月风刀尾追驱赶，满载幸福的深情厚谊，会陪伴我们畅叙友情挽留畅想；

尽管，有万千烦恼裹足阻截，晚年生活的灿烂霞彩，会铺展放置朴实无量的细语衷肠；

莫管躯体怎样地老去两鬓添霜，不老的心态就该像精彩纷呈的画面；

敞开心扉娓娓攀谈，让积攒多年的话题尽情释放；不言职场名利物欲感悟，不论商海沉浮职级升降！

趁我们的老牙还没有掉光，就用悠然自信品嚼久别重逢的喜悦泪光；

趁我们的皱纹还不够老迈，就该沉稳淡定地采撷五彩祥云，给每个生活细节撒满幽幽清凉；

只是，我们确实已经不再年轻，不能用醇酒灌醉令人心跳的舞姿，只好用喟叹的泪滴滋润袅袅茶香……

久久地渴念同学聚会，静静地凝视梦中萦绕的双眸，掏心掏肺地倾倒温馨话语漫漫沧桑；

只是，在礼品充裕百货不缺的当下，见你，我只掬一抹芬芳，那是我的诚挚，恬恬淡淡晶亮晶亮……

# 聚　会

友聚不争谈锋胜，互聊感慨亦可人。
岁月苦短话题长，欢言笑语抒心声。

# 印　痕

## ——为同学聚会留影纪念册题签

烙进 40 载真切的印痕
聚会使无限的感慨留在这一瞬
不管今后的路能走多长
有这份浓浓的情谊待你回味
悠远无尽……

# 聚会咏

## ——写在同学聚会之后
## （组诗）

### 大 聚 会

四十年来大聚会，
分分秒秒都珍贵。
一回相见一回老，
同学聚会能几回？

### 常 相 聚

同学散居难相见，
聚会就想都见面。
以后争取常相聚，
就想多看你一眼。

# 岁月无常

人生聚散寻常事，可叹再聚无常多。
岁月无情匆匆去，青发不见却永诀。

——感叹英年早逝的亲友

# 青春树

## ——致 友

对于一大把年纪的朋友来说，青春这个词已经遥远得有点陈旧。的确，青春只是历史长河的一瞬。可是，她像一出华丽的大本戏，我们都曾演绎得精彩纷呈。

然而，人生征途上，智慧的青春树从来不老，她不在乎年龄大小。只要沉稳的力量涓涓流淌于生命的河床，智慧的羽翼便能在不浮不躁的星空自由翱翔。倘若拥有这棵长青不老的青春树，人生旅途便会充盈洒脱布满欢畅。

# 问 龄

佳节亲友喜相逢，每每攀谈问年龄。
一回相见一回老，团圆捧酒能几斟？

心灵感悟

# 果农不容易

当今，果品是脚下这块黄土地上的主要产业，大部分村庄70%～80%的耕地栽种果树，且以苹果为主。

果品成了主产业，以前的农民就成了如今的果农，果品也成了果农家庭收入的主要来源。只是，种庄稼换成种苹果，还是在祖祖辈辈耕作过无数遍的同一块土地上刨岁月。

苹果地里的活儿就像一场场没完没了的"循环赛"，春夏秋冬"赛事"不断：育苗、选苗、栽树、整地、施肥、剪枝、疏花、定果、除草、打药、浇水、刮病毒、压嫩枝、除枯枝、拉树枝、套袋子、铺反光膜、摘果袋、摘熟果、选大小装筐、找客商销售等等，一年四季都有干的，季节性还很强。既然"赛事"不断，不管风吹日晒雾浓霜重，常年就少了停歇的时候。

别看一个个苹果个儿不大，也讲不出多少故事，务苹果可是个浩繁的"系统工程"，或者叫"配套工程"。是"配套工程"，就有工程流程，需要配套资金和配套农具，还要配套人马、配套作业。到了"工程"的哪一个阶段，就要使用哪一种用具或者机械。季节一到，哪个节令要干哪一套工序、哪一套工序该使用哪一种工具或者机械，缺一样都不行。因此，果农家里都有购置齐整的剪刀、刮刀、梯子、喷雾器、水管子；家景殷实的果农还置有小巧玲珑的拖拉机，便于进入苹果树行间翻土灭草；许多果农购置了运载工具和苹果的电动车；一些没有水浇田的村庄，果农们还在苹果林地头打机井，以便干旱季节扬水灌溉，争取旱涝保收。如今的果农家家户户，杂七杂八的工具、机械都有一大堆；就这还不够，有时急用却没买妥的，还得借邻家的。

务苹果是个慢功活，急不得，还需要大量劳动力。平时不用说，疏花、套袋子、摘熟果、销售时节，家无闲人，日无闲时，男女老少全员出工是常事。全员出工仍然不能完成"工程"任务时，就得请人帮忙。倘若请本村庄的人帮工，可以"以工换工"，帮工的只来干活，主家不管吃饭；请外村的人帮工，每天每人工资六七十元不等，需管午饭，烟茶招待，也是常情；几里以外的还要早晨用车接来、傍晚用车送回。

果农为保证苹果丰收、能卖个好价，有两道工序必不可少：

一是疏花。每逢春回大地时节，苹果到了花季，果农就将苹果花的每一簇花摘掉大部分花蕾，只留下一两个，以便日后苹果营养足、个儿大、果型好、果味浓。

二是套袋子。为使苹果颜色红润，5月中旬至6月下旬，待苹果长到算盘珠子一般大时，果农给每一块地里的每一个苹果树上的每一颗小苹果，都要套上一种专用的内红外白或花花绿绿的双层纸袋。套袋子这道工序，数得上务苹果最忙碌的活儿，也是最"费人"的工序。从早上7点至12点，从下午2点到傍晚8点，果农们顶着大太阳、踩着梯子、围着苹果树上下翻转，给每一个树枝上的每一颗小苹果都穿上花花绿绿的纸衣裳。苹果林里，烈日当头，每天踩着梯子上下翻转10~12个小时，那种汗流浃背大汗淋漓的情形，若不亲临实地，真不会参透"粒粒皆辛苦"是什么味。

有花花绿绿的袋子裹着，雨水淋不进，农药渗不进，阳光照不进，果袋里温暖舒适，小苹果就有了舒舒服服长大成熟的好环境。在袋子里生长的这120天里，苹果面呈乳白色。120天之后，果农们又需一个一个地摘掉果袋，让已经长大成熟的苹果裸露在阳光下上色，7天至半个月，苹果就变红了。

倘若不套袋子，果肉农药残留多，果面斑斑点点，果色不是正红色，果商不愿收购，同样大小的苹果就只能卖个落果价。

　　试想，一户果农要种多少亩地，一亩地栽多少棵苹果树，一棵树挂多少颗苹果，其间劳动量有多大？其他工序不讲，仅从直接触摸每一个苹果的一整套工序来说，疏花、定果、套袋、摘袋、摘熟果、选大小装框、卸框销售等等，一年之中，踩着梯子、围着果树翻转不下七八个回合，其间汗流满面的熬煎该有多少？

　　九月是果农收获季节，也是果农兴高采烈的时节。每天清晨，各种鸟儿练嗓子的大合唱把果农们从梦中叫醒，大家就开始摘果袋、摘熟果、按大小分拣、按要求装箱、搬运装卸、联系销售；一时卖不掉，还须入库储藏，待价另售；一些家里有其他秋作物的，还要收玉米、豆类，种冬麦。

　　然而，一年收成多与寡，就看苹果脸蛋红不红。风调雨顺的九月，阳光灿烂，不出半月苹果脸蛋红的很正，一年的辛苦总有良好回报，果农腰包鼓起了，脸上自然挂满笑意。

　　可是，干旱持续的年份，九月的果林里多是干瘪的蔫苹果，一年的收成就成了寂寥无语的雨点；一年下来，浩繁的"系统工程"走完所有工序，配套资金一大堆，"费人"费力，投入多收获少，果农们咋能笑语满堂？

# 农村养老服务社会化问题探讨

当下，我国进入快速人口老龄化的新时期，乡村缓慢的生活节奏和传统的养老模式逐步瓦解，随着"低保"救济，"五保"供养，"农保"全覆盖等标准提高和政策完善，农村老年人的经济状况逐步改观。与此相比，其养老服务需求与社会养老资源供给的矛盾愈加凸显，农村社会化养老体系亟待完善，探索和健全适合农村实际的养老模式，成为家庭、社会和政府的共识。

## 农村养老存在的问题及需求

☆越来越多的青壮年到城市务工，甚至长期居住，使农村留守、空巢、独居、病残人口比例增大，使传统养老观念和家庭养老模式受到很大冲击。

☆家庭结构更趋小型化，"421"式的家庭大量涌现，失能、半失能老人的占比增大，赡养老人的压力加大，高龄老人难以居家照料。

☆65岁左右的老人仍是农村的主要劳动力，包括80岁左右的老人还要为支撑家庭而负重劳碌。他们的经济状况和居住条件与城镇老人差距大，负面影响大。

☆人伦道德的缺失使子女间在赡养老人上推诿扯皮，斤斤计较，使活着薄养，甚至不养，死后显孝大摆阔气、排场的现象普遍存在，有的还请专人"哭丧"，有的安埋时仅放花炮就达近20分钟。更有甚者，陕西省扶风县太白、天度、杏林、黄堆等乡镇，老人们以走失、自杀身亡而解脱的惨剧时有发生。

☆照管看护留守儿童的压力加大，不少老人为了照料孙辈长期过着"牛郎织女"式的生活。

☆年龄、知识结构和生活环境等因素使老年人与社会、子女间的交流少、沟通难，生活圈子狭窄，适应社会发展的能力薄弱。

☆不少居住农村的退休人员，与农村群众的结合度、融洽度较低，特别是农忙时尤为突出，从而在农村老年人心中造成了很大的负面影响和逆反心理。

☆农村老年人的文化生活贫乏，娱乐形式单调，参与保健养生的热情不高，不少村图书室甚至积满了灰尘，健身场所四周亦长满了荒草等。

以扶风县天度镇晁留村为例，该村现有 10 个村民小组，810 户，3374 人，其中 60 岁以上的老人 663 人，占总人口的 19.65%，80 岁以上 108 人，占老年人的 16.44%，百岁老人 2 人，贫困户 131 户 410 人，占总人口的 13.93%，留守、空巢老人 341 人，占老年人的 51.43%，其中失能老人 23 人。这一群体成了农村的另类困难户。

综上所述，农村老年人的重点需求可归纳为：经济需求、医疗需求、照料需求和精神需求四个方面。而以上需求的满足和存在问题的解决，便使农村在以居家养老为主的体制下"加强养老服务社会化"成为亟待解决的课题。

## 农村养老服务社会化面临的矛盾和问题

☆养老服务社会化虽然已成为发展趋势和社会必须，但是社会化养老服务体系建设准备不足，居家养老、社区养老、机构养老等多种模式尚未形成有效互动和收益互补机制。

☆医疗是农村老人最关心的问题之一，老年人患病概率和医疗支出增加，他们最担心生病看不起，依然存在小病拖、大病扛的现象。新农合虽然减轻了老人的医费负担，但各级医疗机构利用率最高的是县级医院。老人们普遍认为村、镇医院规模小，设备落后，医疗水平低，看不了大病。

☆99%的农村老年人选择在家养老。农村、社区、社会化养老服务体系不健全，普遍没有养老院、敬老院和老年公寓，空巢老人日常生活照料和服务缺失，专业护理人员严重缺失。超半数老人需要社会为其提供上门看病、护理、做饭或外出购物。陪同聊天等服务。

☆农村老人的孤独、失落感凸显，不少人心理健康状况欠佳，社会整体环境氛围对其精神赡养重视不够，对慰藉身心，丰富文化娱乐生活，促进强身健体的公共投入偏小，其舆论宣传、硬件设施、意识观念、形成常态等，亟须加强。

☆农村老人中，很多人有一技之长，他们在弘扬传统文化，兴办公益事业，参与社会治安综合治理，协助调解民事纠纷等方面优势独特，但由于老年活动场所普遍缺失，使之没有发挥余热的理想阵地，老有所乐、老有所为的社会氛围难以形成。

## 农村养老服务社会化的对策建议

加快发展农村养老服务社会化步伐，应以行政村或农村社区为基础，以互助服务为核心，着力整合社会资源，拟重点采取以下措施：

☆各村成立老年协会。扶风县天度镇闫村老年协会成立近三年来的实践经验证明：办好村级老年协会，是维护老年人的合法权益，适应基层老龄事业发展的正确途径和组织保证。村级老年协会只要有一个团结协作，乐于奉献的领导班子，有一个热情负责、精明能干的好当家人，有一套切实可行，坚持经常的活动制度，有一个尊老敬贤、崇德尚礼的养老氛围，农村养老需求和服务中存在的诸多问题便能迎刃而解。

☆切实办好村级幸福院。村级幸福院是重点解决五保老人、失能、半失能老人的饮食起居，护理照料、医养结合等主要生活阵地，它区别于老年活动中心。而从扶风县当前建成的幸福院运作情况看，还存在诸如职能不明确，设施不到位，资金无保证，活动不经常，跟风赶时髦等问题，只有很好地解决以上问题，才能使幸福院真正成为入住老人的幸福院。

☆整合医疗资源，加大医疗投入。应提高新农合补贴力度，扩大报销范围。特别要扩大老年病的报销范围和比例。依托村民日托式。老年人互助式等，加快发展老年人康复服务，重点解决失能老人，生活困难的患病老人医疗救助问题。以村民自治组织为平台，以邻里互帮互助为纽带，解决好经常有病或发生重大疾病的老年人看病时无人陪伴的问题，乡镇卫生院应定时定点为老年人做免费基础体检，定期组织老年人保健知识讲座，为其建立健康档案。

☆加大精神慰藉服务力度。应通过老年协会、村组干部、党团骨干、青少年志愿者、结对单位等，利用逢年过节，重大庆典，组织文体、教育、娱乐活动，以助老结对，银龄互助等形式，上门开展定期看望，聊天谈心，心理咨询等服务，以补足精神赡养之短板。

☆广泛发动，热情鼓励、掀起全民办养老的热潮。盘活农村的各类闲置资源，建立老年活动室、娱乐场所，健全政府搭台、协会组织、老人参与的活动机制，调动行政村附近的医师教师，能工巧匠、党团骨干、志愿者团队、工商企业等各方力量，定期或不定期开展各类讲座、文艺演唱、家政培训等为老助老活动，形成人人关心老龄事业，个个参与助老工作的良好社会氛围。


注：本文系与扶风县老年学会会长杨巨成先生合撰。

# 麦包里装满幸福感

## ——晁留村 40 年巨变剪影

扶风县天度镇晁留村位于乔山脚下，有 10 个村民小组，840 余户，3374 人，6870 余亩土地，其中苹果、桃等 3560 余亩，占 51.8%，现已形成以苹果产、储、销为主的富有特色、颇具规模的产业综合基地。农村整体面貌发生了天翻地覆的变化，村民们麦包里装满幸福感，日子越过越红火。

改革开放前，随着新中国的诞生，虽然劳苦大众已当家做主，社会制度已发生质的改变。但晁留的村民们仍固守着世世代代"生产小麦，靠天吃饭"的农耕生活，年复一年地穿行在泥路土埂间，汗流浃背地从土里刨岁月。即使到了 20 世纪 70 年代中叶，"洋火、洋蜡、洋钉子"等，还是村民的常用词；人们的脚步多半没有迈出过方圆 30 公里的黄土路；外面的世界再精彩，也只是从"洋戏匣子"里聆听一些稀糊景；偶尔，天上飞过飞机、村里来个汽车，大人小孩会好奇地看半天。

一晃 40 年过去。仅仅一辈人的光阴，往昔的粗陋纷纷走进记忆，晁留这个小村庄发生了历史性巨变。

### 联产承包责任制从根本上改变了传统的农耕模式

联产承包责任制拉开了农村改革的帷幕，分田到户责任到人极大地调动了人们的积极性，随着生产力组织形式的改变，公社、大队、生产队、生产组、社员、饲养室、饲养员、记工分等一大堆名词，直接进入史册。

春种秋收使用了数千年的耧、耙、耱、碌、犁、铧、镰刀、镢头、铁锨、铡子等农具，统统宣告退休。

任人使唤的牛马驴骡等家畜，或融入市场经济，或改换用场；与使唤家畜配套的绳索、牛格头、牛笼嘴、马拥脖等，全部成了闲物。

背篓、粪笼、耙耙、钩搭、磨石等用具，多半成了摆设。攒粪、拾粪、打粪、拉粪、农家肥、墙头肥、炕头肥、锅眼灰等农家生活中的常用词，已经十分生僻，快走进词典了。

酿醋、蒸馒头、做面皮、烙锅盔、做醋粉等农家常规动作，多半被机制的同类商品所替代。

木风箱、大案板、老蒸笼、筐箩等厨房用具，失去往昔风光。

磨房、磨道、石磨、箩筐、箩儿、面柜等用具，一个个都用词率很低了。

锔盆、补锅、钉碗、编席、补席、接铧、磨剪刀、扎笤帚、做糖人等传统技艺，已无人问津，该列入非遗名单。

棉花捻子、穗子、竹篦、梭子、纺线车、织布机、拉线经布、浆线、推车、火石、火链、烟锅、棒槌、槌布石等物件，都载着曾经的故事进入谈资。

手工刺绣、纺棉线、织土布、纳袜底、缝虎头鞋帽、纳千层布底鞋等女红，已经无影无踪。

以前夏收"龙口夺食"，要看老天爷脸色，割麦、拉运、碾场、晒麦、入仓，用时一个多月。随着改革的不断深入，夏收的场景彻底改变了。如今，联合收割机一动，全村夏忙一周内搞定。曾经夏收必备的木镰、碌碡、扬场锨、毛连口袋等农具和用品，全靠边站了。以前，人们拉着架子车、开着手扶交公购粮，人均口粮仅300斤左右；如今家家粮满仓，户户有存粮，卖余粮也不用出村，麦包里装满幸福感，人人脸上荡漾着轻松、富足和自豪。

打夯、和泥、踏胡基、打土坯、石槌子踏墙、槌炕坯等居家建筑流程，已经派不上用场。

曾经跟集上会购买草席、架子车、苇编麦包、农耕铁器物件等，已被选购各种机械化、电动化所替代。

10个自然村的街巷道路、田间小路全部硬化，平展宽阔的水泥路四通八达。村民下地劳动，蹬上摩托车、三轮车，沿着平展展的田间小路直达地头。

## 市场经济和工业化浪潮促使传统思想观念产生极大更新

随着市场经济和工业化浪潮的推动，一茬又一茬年轻力壮的村民外出打工，许多参加了不同专业的技术培训，既开阔眼界更新观念，又掌握了一定技能。村里的能工巧匠牵头的建筑工队为农户盖房建楼，这些打工返乡村民的手艺派上好用场。

施工中的建材购置、车辆运输、房屋粉刷、内部装修和配套工程，全由村民分头包干。村民在家门口务工挣钱，技术水准很专业。电锯、电夯、电胡噜、电刨子、机械吊装、长臂吊车等机械设备，早已将以往"房木匠"们肩挑手提的劳作模式送进了博物馆。

村民们依靠乔山的地理优势大量栽种苹果，经济状况逐年好转。打工、经营苹果攒了"第一桶金"的许多农户，先后办起养猪场，建起苹果库、面粉加工场，或者在家办场、开店加工食品、收购药材、从事多种经营等。梁赵组梁晓民的编织厂，李家组李秋安的时兴家具店都办得红红火火。需要帮工时，这些技术含量不高的工作，为其他村民打工挣钱提供了便利。

离村子几里地的冀东水泥厂需要运送水泥、石料，许多村民"借鸡下蛋"，或购买大型卡车搞运输业，或到水泥厂当工人。晁中组村民杨建刚，由于踏实肯干、组织能力强，现已升任该厂副厂长。

李家组李治军招商来的"六盘山"果库，西沟组杨红春自建的"顺兴"果库存储量都在千万斤左右。村委会门前的大道很宽敞，一到秋收时节就成了北乡最大的苹果批发集散地，对方圆 10 多公里的果农和 40 多家外省区果商都很有吸引力。仅 2016 年从这里集散的苹果就达 1500 多吨。苹果的产、储、销带动了运输、饮食、储藏、加工等产业，提供了很多就业机会。许多村姑常年在苹果市场和果库务工，离土不离村，放下锄头有活干，还能照顾家。

腰包鼓了，时兴的居住模式成为村民花钱的最大项目。40 年前，梁赵、西沟、沟源自然村的大部分农户住着土窑洞，家里一片瓦一块砖都是奢侈品。而今，这些村民全住进大房，有的还盖起二层楼。"房朝一边盖"的泥墙土院居住模式，成了故经。

房屋样式、屋间布局、建筑材料、装修档次、宅院利用率等，一茬又一茬崭新明亮的现代农舍拔地而起，许多农户的砖瓦房 40 年间翻盖过三四回。各自然村街道两旁一座座高大宽敞的砖瓦房、小楼房一字形排开，成了新的乡间风景。

村头有公交车站，公交车直通县城和各镇子，也有班车直达省城。任凭风霜雨雪气候多变，人们出行再也不怕脚下打滑浑身泥泞了。

**城市化信息化浪潮促使传统生产生活方式有了根本性改变**

"旧时王谢堂前燕，飞入寻常百姓家。"搬进新农舍，电子产品、家用电器大踏步地走进普通农户，音箱、录音机、计算机、电视机、电冰箱、电风扇、电暖气、电熨斗、电子琴、电子手表司空见惯。许多农户的电视机由小到大，由厚到薄，由黑白到彩色，换了好几代。

拖把、拖地、自来水、上下水、卫生间、卫生纸、洗手盆、浴霸、沐浴液、煤气罐、壁挂炉、抽水马桶、太阳能热水器、电热水器等，这些城里人惯用的名词，也走进村民家庭，使农民生活更加舒心。后院（旱厕）、垫圈、起圈等词汇，也没了用场。

更新家居设施、精选高档沙发、选购席梦思床垫，购买名牌货、私家车、农用机械，已经算不上新闻。在家里洗热水澡，已成常态。

冬季常见的烧炕场景，如今正在减少。炕坯、炕耙、炕眼门、搂柴、刷煨底等名词，已经显得老旧。烧炕取暖流程逐步被电褥子、电暖气、空调等所取代。

以往农家必备的柴火、木屑，已经不再视为宝贝。飘荡数万年、足以充当乡村永久地标的炊烟，已不那么自信地直冲云霄，而正在被没有污染的电饭锅、电炒瓢、电水壶等电器所取代。

智能手机更为普及，有些村民换了三四代手机，"低头族"可不少见。网购、微信、群聊、流量、红包、支付宝、语音输入等新词汇，已经成为村民的口头语。老汉、老太太出门，后生们常会关切地唤一声"带好手机呀"！

以前，与外地亲人联系只有写信、发电报。如今，抓起手机直接视频，哪怕远在天边，亲人的声音、相貌、神态和身体状况一目了然；座机都很少用了。信封、信纸、写信、电报、贺年片、BB 机都成了概念，"家书抵万金"的感受只能留给回忆。

眼下风行的村淘、快递、电商网点、互联网 + 有线电视、网络光纤等新科技，村里已全面配套。坐在家里用电脑上网、接受远程电教、玩网络游戏、听电子音乐、用手机读报、手机缴纳电费，都不是稀罕事。信息化促使联系渠道广了、节奏快了，不出门也能知道天下事，也能办急事。

晁中组杨胜利、葛小娟夫妻俩 2015 年开办"淘宝"业务，为乡亲们热情网购，用互联网 + 销售苹果、与旅行社合作组织村民外出旅游，仅 2016 年就净赚 30 多万元。

以前仅有供销系统办的一家小商店，如今多家小超市、小卖部、小药店、理发馆、农药店、修理部竞相服务。"购物不出村、商品任挑选"，理个新发型、烫个波浪式、染个任意颜色的头发，已经很平常。

走亲戚精选上档次礼品、开私家车或乘公交车前往。"两把挂面串亲戚"的情景，已经走进史籍。

娃娃满月、孩子过岁、老人送终、寿星贺岁、宅院奠基、新房上梁等红白喜事，电影晚会、歌舞专场、名角演唱，都会请亲戚、乡亲们捧场，既弘扬乡土文化，也滋润亲情乡情。

村民自建自乐班、餐饮服务队，为农户红白事上门服务，既方便村民，也是一份收入。

晁中组张凡是有名的"女能人"，性格开朗，能歌善舞、主持婚礼、服务丧事、做纸火、驾车上门操办，"一人就是一台戏"，足不出村年收入不菲。

婚嫁观念一扫陋习。远走天涯务工、求学，带回一个外省籍媳妇，已少有非议。无论男女，即是"远嫁他乡"，村民也再无鄙视。

## 丰衣足食文化繁荣使村民幸福感安全感进一步增强

随着改革开放的不断发展，晁留村狠抓传承优秀文化，美丽乡村建设，丰富文化生活工作。如今大人小孩穿着打扮从头到脚从里到外四季全新。"绑绑棉袄裹一冬""新三年旧三年，缝缝补补再三年"的情景已不复存在。

小娃娃、媳妇们的衣裳更新更快。"城里人穿啥咱穿啥"，都市流行的时尚衣服款式，不出十天半月就成了村姑的"常服"，一点没有羞怯感。

抓教育是村民最关心的事。村建幼儿园，校车按时按点接送孩子，既解放了家长，也让孩子接受了早期教育。有些村民在城里就业买房，让孩子就近上学，享受同城里孩子一样的教育。

孩子上高校、读研，家里都舍得投资，全力以赴供其成才。大学生、研究生数量逐年增多，仅晁南、沟源组已培养了本科以上大学生 25 人，其中一半多为研究生。

村民受教育程度普遍提高。家庭教育已不仅学文化，也学时事、学科学、学技能。除有党员远程教育培训班外，还常联系专业人员进行果树栽培、农机管理等职业技能专题讲座，在田间地头传授技术，帮助村民寻找致富门路，增强"造血功能"。

40年前，农民生活词典里就没有"旅游"这个词。而今，旅游已很普遍。2016年起，村里互联网+旅游每年都组织近10批次，共数十人旅游团赴外地游览参观。

村建卫生服务站，实行县镇村医疗服务一体化。村民若有急病，或请服务站全科医生上门查诊，或直呼"120"，县医院急救车很快就会赶到。

环卫保洁、垃圾收集转运一体化，各自然村有保洁员适时清理垃圾、打扫环境卫生。主干道路景观绿化、环村林、村村绿色、户户整洁。

利用废墟建小微公园、道德主题广场，大道两旁修建道德文化长廊，组织评选市县级星级文明户、传承好家风示范户，组织志愿者服务队帮扶贫困家庭，促使形成良好村风民风。

养老保险实施分年龄关爱。为65岁以上老人免费体检，70～80岁以上老人享受国家规定的高龄补贴，解决村民后顾之忧。

村里常组织秧歌、锣鼓队、舞蹈队、社火队等，闲暇和逢年过节走村串户表演，锣鼓喧天、鼓舞人心。

农历三月十五"晁留古会"，每年都请专业秦腔剧团演出，丰富多彩的农用物资布满宽敞的街道，四面八方的人们兴高采烈地云集古会，许多家庭请亲戚朋友前来跟会，热闹不亚于过年。

手机"人文晁留"群，近20名喜爱文学、书法、楹联创作的同好交流体会，常有作品在各级传媒刊发，乔山人、诺青、建玺等新秀前景喜人；乡土作家杨润杰出版散文集，已小有名气；杨应禄、李宗俭、李积顺等组织"书法沙龙"经常交流切磋，为村民义务写春联、服务红白事。

闲暇时节，各自然村的老汉三五一伙相聚，悠然自得地游胡、掀花花、下象棋、打麻将、打扑克；老太太们天南地北，家长里短唠嗑不完，脸庞堆满愉悦，笑声传扬着祥瑞殷实和大写的幸福……

40年巨变，已经改变了农民的生存观念，生活、消费出行等方式，渗透到村民生活的方方面面角角落落！

40年历史性飞跃，让晁留村民的人均可支配收入从改革开放初期的200～300元，增加到如今的9800多元。

村民们常感慨：温饱小康，心情欢畅，这种"天天像过年"的日子，看似平淡而见多不惊，可是任何一个祖辈都想象不到的；更是多少先辈勤苦一生未能实现的梦想！

当然，村民鼓起的不仅是腰包，还有宽广的视野、开放的观念、活跃的思维；感受最深的也不光是安居乐业，还有对党的感恩、对国家政策的赞许、对伟大时代带来的每一份惊喜和馈赠的珍视。

天度镇晁留村这40年巨变的一幕幕剪影，不正是扶风县所有农村改革开放的丰硕成果之缩影和充分体现嘛！

注：本文与杨巨成先生合作撰写，为扶风改革开放40年征文。

# 友说"猴山文化"

朋友 A 游览峨眉山的猴山归来，我好奇地问："猴山风景美吗？" A 看着我，微笑着若有所思地说："猴山风景别有洞天，猴山文化更有说道。"顺着话题，他拉开了话匣子。

先说猴子吧。猴王国很大呦。世界上 180 多种猴，猕猴、懒猴、指猴、狒狒、金丝猴等，遍布亚洲、非洲和美洲温暖地带，大多栖息林区。猿猴类历史可上溯到 3000 万～5000 万年以前，现今仅残存于亚洲和非洲热带。猴脑结构与人相似，很多动作与人相近，才智仅次于人和类人猿，行为复杂，记忆力和模仿性很强。猴经训练可耍猴戏、演杂技、帮人做事。

再说猴山。猴喜群居，猴族内部有复杂的社会势力和等级地位。猴群无论大小，都会确立一只体大力强的公猴占山为王，统率全群，其他公猴当卫士，保卫母猴仔猴。猴王位高权重，猴族若有纷争，唯看猴王仲裁；美食它先吃，雌猴都是它的妻妾，其他公猴只有养眼的份。因此，健壮公猴都想成王。可是，猴王宝座既不世袭也不是终身，要靠战争夺取，又靠争战维护。小猴成年后，也会挑战猴王争夺王位。这种争王大战，每年冬季上演一次，此时正是猴子交配季。

猴山依据胜王败寇的规则争王搏战，残酷激烈的争战是猴山的最大看点，以此确定强弱之间保护与效忠的关系。有时，一只公猴经年累月地争战才能登基。老王一旦败阵，它的妻妾嫔妃全归顺新王，原来俯首称臣的小猴也肆意欺负它。败者还手，会遭到新猴王率众猴围攻。曾有猴王三年苦战打败老王方成新主。有一只公猴，在一个群猴中是现任猴王的弟弟。按常规，公猴争不上王位往往四处逃窜，但它却不。前几次博战中，看到哥哥斗不过老王，竟站在老王一边攻打它哥，看到哥哥胜利在望，又转身帮它哥赶跑老王，为此它以功臣自居，傲视欺凌其他猴民。然而，猴王讨厌它，群猴对它敌视反感。一旦猴王不在，母猴群起攻之，咬得它狼狈逃窜。见风驶舵的角色，在猴社会也不得猴心哦。有趣的是，争王战从不在父子兄弟间进行，公猴4岁便成年，离群独谋生计，待到6岁便去别处争王。

猴在12生肖中排老9，在12地支中是申位，阴阳5行学中申性属金，就有了申猴、金猴雅称。峨眉山猴是猕猴和藏酋猴，聪慧伶俐，活泼顽皮，身轻似燕，飞檐走壁。"拦路打劫"是其绝活，独特的灵韵赢得游人喜爱，便有了"峨眉山的猴子——机灵得很"的歇后语。

尽管，猴界也有世态炎凉，猴智也算不上智慧。但是，猴类的智勇智谋智利，造就了猴群复壮提纯，为繁衍生息攒足了猴劲。一越数万年。至今，猴族仍上演争霸大戏，场面千姿百态，内容却千篇一律。

猴毕竟是兽类，不像人类在劳动中锻炼了人脑，推动了智力思维和创造力。然而，走出森林的人类，似乎猴性十足，又创造了另类版的"猴山文化"？

从公元前221年秦王朝建立封建专制，到1911年辛亥革命，中华大地上封建社会慢慢悠悠走了2300多年。其间，皇位转瞬即逝，登基的圣驾400多个，上演的大戏无不以争王夺霸为主题，从头至尾腥风血雨。为了争夺皇位，父子残杀（隋炀帝杀隋文帝），兄弟残杀（唐太宗杀兄弟），后宫残杀，母子残杀（吕后，武则天，慈禧），几千年政权更替充满血腥暴力。一茬又一茬改朝换代，前朝治国愚民的体制机制"翻拍复制"就行，变化的只是皇都、皇冠和朝服。连等级森严的后妃制都原样传承，"三宫六院七十二妃"择优侍寝。晋武帝司马炎登位后，后宫美女扩至一万，还骑羊定夺宠幸哪个嫔妃。即便李自成、张献忠、洪秀全等农民起义领袖，登位时短匆促，也要老戏新唱，荒淫至极的旋律原样不改。

2300多载漫漫长路，浩如烟海的历史卷宗，流泄着一代又一代国人山呼万岁的呼啸，神坛上供奉的却是九五至尊的皇权！四野八荒满目横陈的胔胲尸骨，山村林寨世代不绝的灾祸匪患，身居高位只顾享乐的大王哪会宠幸这些破事？比猴类残忍百倍的整治手段更多：一旦改朝换代，伴随皇冠落地的，不至前朝的皇亲国戚，还有文武百官、臣宦大员、后宫嫔妃，均有"特殊待遇"；一旦驾崩国葬，无数珍奇宝物入土，还要后宫佳丽童男玉女陪葬……

辛亥革命颠覆帝制，将"猴山文化"装进了史籍，觉醒的古老民族开启了新纪元。100多年间，坚韧不屈的中华民族以屡败屡战的精神，奋发图强百折不挠，收获了自尊自立自强的足够信心。波澜壮阔的改革开放，让岁月的车轮载着新的期冀和热望，以更强大的凝聚力、向心力和创造力，汇聚起实现民族复兴的磅礴力量。

如今，对于迈进现代文明社会的国人来说，苦难年月的"猴山文化"，只能在古著网络上去阅览，只能在影视荧屏和博物馆去观看了。其中，"猴山"争强打斗的故事会有杜撰，反扑攻斗的情节别样有趣，但是，倚强欺弱恩恩怨怨的情理不会离奇，"猴山文化"的质地不会涸出新的幻影。

因此，在朋友A看来，再美的"猴山"风景，只能权作笑语谈资，不值得着意欣赏了……

# 别想完美

## ——兼答远方"望子成龙"的朋友

深秋，大学开学了，古城长春的 Z 还在为儿子考大学、选院校、定专业等"一连串的不如意"连声叹息，多次微信、短信、电话，向我这个栖身南国的老朋友"诉苦"。起初，我还倾情劝慰，聊的次数多了，我都说得没词儿了。

Z平时办事严谨扎实，对儿子学习抓得很紧。每个节假日，Z给儿子都安排奥数、外语、琴棋书画等多种培训，几乎没有落空过。儿子上大学前，Z早早地将全国所有重点院校的情况齐齐"摸"了一遍，连这些院校的历史、知名度排序、领先专业优势、就业趋势等等，都搞得清清楚楚。Z的儿子平时学习很优秀，上的大学是全国重点"一本"院校，选择的专业孩子感觉也不错，最可贵的是具有奋斗拼搏的雄心。这不就行了嘛，哪有什么"不如意"？问题是 Z"望子成龙"的标准和期望值特别高，恨不得让儿子学会人间所有的知识，这就产生了无尽的叹息、后悔和"一连串的不如意"。

依我说，"望子成龙"是好事，"恨铁不成钢"也没错。但是，孩子学习再好，也只能上一所院校，有必要将全国所有重点院校的所有情况"摸"得清清楚楚吗？根据孩子考试情况"选摸"一些重点院校不就得了；全国所有重点院校有上千个专业，你只能选其一啊；至于孩子以后就业、找对象、结婚、发展……你管得完吗？谁能将人间所有的知识、技能全部掌握？既然认准了一条路，往下走就是了，值得不停地忧虑、后悔和叹息吗？奢望那么高，你累不累啊？真没办法说你呵！

然而，话说回来，如何化解 Z"望子成龙"理想化的心理，还真是个偌大的社会课题，甚至有必要在媒体设专题、请嘉宾、办论坛、搞讲座来深入讨论。面对这样的大课题，Z咋能听进去我三言两语的劝说？

于是，我想到了"别想完美"的话题。

记得有一篇《中国历史上最牛的十大全才人物》的文章，列出十位中国历史上十全十美的人物，依次为：姜子牙、范蠡、班超、曹操、诸葛亮、周瑜、李世民、范仲淹、王阳明、曾国藩。这些人物中，有著名的军事家、战略家、谋略家、政治家、文学家、哲学家、思想家、教育家、书法家、理学家、外交家和发明家。恕我直言，我很钦佩、很敬重这十大人物，能从中华民族数千年的历史演进中评出十位人物，他们当然非常优秀，用卓越、杰出、出色、非凡等等溢美之词赞誉他们，都不为过，问题是给这些作古的英才冠以"全才人物"，我却不想苟同。全才肯定很完美了，完美无缺了自然白玉无瑕。但是，"全才"有标准吗？这十大人物就是十全十美的完人吗？仅说这十大人物的道德、修养、学问，都可以作为"百世之师"吗？即就是将这十大人物的所有优点集于一人之躯，恐怕也盛名之下其实难副呢。

人不完美，本来就很正常呵。人食五谷烟火，拥七情六欲，聚三亲四友，有快乐忧愁，谁也不可能脱俗成仙。有些人事业成功，家庭却"后院起火"；有些人早年辉煌，临终却晚节暗淡。即便是非常优秀、获得巨大成就的人物，也有这样那样的缺点、弱点、缺憾或者遗憾，古今中外概莫能外。宋朝名臣吕蒙正的《破窑赋》曾列举过人无完人的很多例子："文章盖世，孔子困厄于陈邦；武略超群，太公钓于渭水。""尧帝明圣，却生不肖之儿。""楚王虽雄，难免乌江自刎。""李广有射虎之威，到老无封；冯唐有乘龙之才，一生不遇。韩信未遇之时，无一日三餐，及至运行，腰悬三尺玉印，一旦时衰，死于阴人之手。"诗仙李白的诗歌流芳百世无人比肩，却嗜酒成性，其死亡也是与酒有关。国外的例子也不胜枚举：伟大的作家海伦凯勒的《假如给我三天光明》享誉世界，却是个盲人。德国音乐家贝多芬的《欢乐颂》堪称不朽，却饱受双耳失聪的痛苦。俄国作家列夫·托尔斯泰巨著等身，却被教会宣布为邪教者和反叛者。科学家霍金理论成就很高，却既聋又哑，还不能走路……

再说，人的能力、精力、潜力和时间总是有限的，在一个方面或几个方面竭尽全力，在其他方面就可能疏于耕耘；在某一领域登临一定的高度，在其他领域就可能很低能、很"弱智"。意大利雕塑家米开朗琪罗留下传世杰作，却因为"不屑社交"，遭到小人嫉妒和污蔑。数学家陈景润专注攻克哥德巴赫猜想堡垒，"一进入状态"就忘记吃饭睡觉，却是个不逛公园、不遛马路、不谙世事、几乎与世隔绝的"呆子"。即便是"中国历史上最牛的十大全才人物"，上述所言的军事家、谋略家等12个"家"，无论哪一位都没有能够占全呵。

因此，不完美并没有什么不好：年有春夏秋冬，便有了五谷果蔬的丰硕；月有阴晴圆缺，便有了诗情画意的赞赏；峻岭起起伏伏，才有千山万壑的壮美；大河弯弯曲曲，才有千里流淌的清澈。正因为所有卓越出色的人物接受了不完美，才获取了拼搏的动力和无穷的斗志；正因为把别人认为的不完美发挥得淋漓尽致，才彰显出杰出人物攀达顶峰的人生魅力。

因此，我赞赏接纳缺憾，赞同拥抱不完美，赞成让我们的孩子学会适应不完美。尺有所短,寸有所长。追求完美是一个天大的谬误。世界上没有完美的人，也没有完美的事，人世间和自然界无不如此。就像"没有最好，只有更好"的促销用语一样，所谓无懈可击、天衣无缝、尽善尽美、十全十美、绝对真理等等，不过是理想化的形容词罢了。谁想进入完美的境地，只能是自找烦恼、自寻疲累、自讨没趣，甚至是自毁前程。

既然没有完美的存在，我们就没有必要苛求完美！既然完美是一个诱人的陷阱，我们就不必把心思交给荒唐！既然完美没有标尺可量，我们就不必把汗水抛洒在追寻完美的旅途！凡事，知足就好，一切随缘就行！

Z呵，我讲的这些道理尽管不完美，你那个优秀的儿子有以往的学业和许多培训奠定了基础，又有"一本"大学的理想专业，更有开创未来的志向，你还叹息什么？还有多少"不如意"呢？

# 别让年轮空转

## ——致友人

别让年轮空转
那是观览风采的廊檐
不必驻足稍纵即逝的喧闹
尽速收藏丰盈智慧的璀璨

别让年轮空转
那是启航欢乐的港湾
穿越变化莫测的烟雨
自有朗月当空风和日暖

别让年轮空转
抓紧饱赏惊涛急湍
可莫小觑一分一秒
错过谁也不会给你偿还

别让年轮空转
生命再结实也不会永远
不必抱怨哀叹迷失情绪
可别指望快乐上门赠捐

别让年轮空转
那是组装人生的铸件
也别指望丢了还能打捞
谁也没有多余配件

请别空耗时间
珍惜欣赏宽容凄婉
通达美意的路径不论年轮
付出汗水丰硕会源源不断

# 别对大地失望

## （散文诗·外一章）

叶落时，埋怨树枝不爱它。

枝萎时，埋怨树干不爱它。

干枯时，埋怨树根不爱它。

根朽时，埋怨大地不爱它。

面对种种"不爱"，大地不语。

岁月走着，还是原有节奏，不急不缓。

四季轮回，春红了，新叶满枝；霜浓了，叶落满地；过了夏，枝还萎；淡了秋，树仍在。

大地明白：树的自信源于根；凡根，总眷恋泥土；眷恋里，就裹着希望！

久久，大地笑语：叶落、枝萎、干枯、根腐……别怨；怨无益，所有生命都属于这块土地；只要大地在，就没有理由失望！

至此，所有萎靡无语了，似乎明白了许多自信：没有永远的秀色满园；既然眷恋大地，就得接纳自然，只别忧伤悲哀！

### 芽

不要怜悯，不要乞祈，只要一方厚土，一汪清露，一缕春风。

在拥抱春的探求中，拱破压身的重负，磨砺向上的性格，赢得阳光的青睐和大地的厚爱。

只要向上，芽，会是一朵鲜花、一棵大树！

# 万事痴者胜

以《聊斋志异》流芳百世的蒲松龄先生，有这样一段"赞痴"的宏论："性痴其志凝。故书痴者文必工，艺痴者技必良。一世落拓无成者，皆自谓不痴者也。"蒲公的这番宏论，是否可以归结为一句话：无痴不成才，不痴不成器。对于有志于写作的文字工作者来说，蒲的"痴"语当推再好不过的启迪。

痴者，无知、愚痴、疯癫、怪诞、傻瓜之谓也。这是常规之解，谁也不会否认。然而，对于某种挚爱的事业达到痴迷着魔的执著程度，显现出的却是一种大智若愚的气概和豪情。这种痴，陪伴着卧薪尝胆的探索和寻觅，蕴涵着志在千里的追求和向往，最终登临的也将是一种超凡脱俗的境界和高度。所谓"养成大拙方为巧，学到如愚总是贤"，就是最好的注脚。

浏览史料，但凡能在历史记忆中留下一些足迹的杰出人物和开拓者们，哪一位不是凭借痴情工作、献身事业而赢得世人称颂的呢？大发明家爱迪生痴情于研究，新婚之夜居然忘记了陪同新娘。科学巨匠爱因斯坦痴心读书，竟然把一张价值 1500 美元的支票当作书签用，最后还丢了。我国晋代大书法家王羲之习字入神，竟把墨汁当作蒜泥蘸着吃。我国古文运动的创始人韩愈一生读书以致"而发苍苍，而视茫茫"，终成大器。鲁迅先生吃饭、乘车时都构思写作，他为后世留下的 1000 万字闪光的文章中，许多题目都是"突然想到"随手记录下来尔后编撰成篇的。诸如马克思、列宁、孙中山、毛泽东等领袖以及居里夫人、达尔文、华罗庚、闻一多等等著名人物，为了勤奋治学，以致淡忘了其他饶有兴味的事物，舍弃了许多赏心乐事。富兰克林就说过："除了读书以外，我不允许自己有其他的娱乐。我从不到酒馆、赌场或其他娱乐场所去消磨光。"还有一些很有创见和造就的人才举止怪诞，生活上不修边幅，而在事业上如痴如醉、废寝忘食，最终获取的却是赫赫勋业、巍巍建树。

所有这些近乎于愚笨怪拙傻得可叹的"不规"言行，体现了一种潜心致志一意向学的攻关气魄，凸起了一种持之以恒百折不挠的治学精神，也构成了一切杰出人物共有的高尚人格和鲜明特征。正是因为有这样一批又一批痴迷事业者前赴后继，人类社会才不断地有了新的思想导航。假如没有这样一批又一批痴迷事业者开拓新路，人类社会至今也可能仍在荒蛮和黑暗中苦斗摸索。倘若我们用一句惯用的赞语称颂他们，所有痴迷事业的优秀之辈，真正堪称用"特殊材料构成的人"。

历史实践一再证明：痴劲出人才、痴劲出成就。正是这种痴劲，才使一切杰出人才的潜在能量得到充分发挥。有了这种痴劲，他们敢于质疑问难"胡思乱想"，对于许多清规戒律视而不见，因而常常"犯规超轨"。有了这种痴劲，他们常常食不甘味苦思冥想，对于许多生活常识不懂不问，因而常常闹出笑话。当他们痴入"迷宫"，耐着寂寞奋力开拓常人生畏的路径时，他们的境界曲高和寡，其兴趣不可能迎合市侩，其视野不可能惑于声色，其志向不可能囿于物欲。

因而，大凡痴迷事业者也不可能时时有掌声恭语陪伴，处处有笑脸鲜花迎送。他们含辛茹苦肩负重荷，却必须付出勇气抵御世俗的讥讽和时髦的嘲弄。他们用闪亮的思想播种光明，却常常会遭受善良的误解和恶意的中伤。然而，历史长河的大浪淘洗掉的，终将是惝惝苟且之辈。能在岁月的里程碑上嵌进英名的，毕竟是雄才杰秀。

当前，建设社会主义市场经济的改革开放大潮汹涌澎湃，我们所处的新时代特别需要成千上万个大智若愚的痴心攻坚者。无论从事哪一种职业，都应有"天降大任于斯"的雄心，更应当苦其心志劳其筋骨，用先哲们的痴业献身精神激励斗志，让这种孜孜敬业思想在我们所在的岗位上闪光。

书痴文工，艺痴技良；痴心从业，必出华章。愿我们以此共勉，无愧时代！

# 宝物 杂物 怪物

## (外一章)

搬家时，翻箱倒柜倒腾出许多杂物。细看，不少物件是曾经刻意选择留下的宝贝，也算珍藏之类呢。如今，却横竖看不上眼，怎么挑拣都得列入淘汰名单。

挑着拣着，我笑了：人真是个怪物，自个儿认定的宝物自己却要当废物处理，物件还是那些物件，我还是那个我，时过境迁，怎么就"横竖看不上眼"了呢？

想到唐诗人元稹的著名诗句："曾经沧海难为水，除却巫山不是云。"莫非，自古以来，人心都这样？看过大海的辽阔，再看寻常的小溪小河，就像看一方涝池，看过巫山的烟云，就不觉得其他地方的云是云了。

我真笑了：我咋真成这么个怪物？

### 积累 整理 过程

人生需要积累。所谓的珍藏宝物，或者经验、知识、智慧、修养、能力、朋友、感情、友谊、德行……无不是积累的结果。

积累是随时随地都可以进行的，没有人说"我开始积累了"才有了积累。

许多积累是无意间进行的，有些不经意间发生的事情，可能影响人生很久。

　　许多人想拥有许多智慧，认为掌握了知识就有了智慧。其实，将知识升华为智慧的途径不只是知识的积累，更多的是感悟、执著、仁厚和慈爱。瞬间的沉吟是长期积累的结果。无形的智慧远比有形的知识来得不易却又平凡和珍贵。

　　当然，不是所有的事情都需要刻意去积累。人生需要拣拾碎片，但更需要整理碎片；想把任何碎片都当成宝贝的积累，只会被积累所累。

　　如同把书读薄一样，学习和整合资料的过程，就是进一步把资料读少，在读和学的过程中不断剔掉垃圾和没价值的资料。

　　如此，我顿悟：人生不就是个整理碎片的过程么？

# 把我喜欢的都给你

给你的这些话，都是我喜欢的。

——题记

☆智者受赞美时句句反思，愚者受批评时句句反驳。

☆简单的事重复做，你就是专家；重复的事用心做，你就是赢家。

☆只要你按时到达目的地，很少有人在乎你开的是奔驰还是手扶拖拉机。

☆按本色做人，按角色办事，按特色定位。

☆好脸色是最难做到的孝道。

☆锐气藏于胸，和气浮于面，才气现于事，义气示于人。大柔非柔，至刚无刚。

☆事到难处须放胆，人处逆境当从容；

☆运气不是碰来的。

☆走自己路，听别人劝。

☆人生要坚持四个基本原则：懂得选择，舍得放弃，耐得寂寞，经得起风雨。

☆能改变就改变，不能改变就改善，不能改善就顺其自然。

☆脾气泄露我们的修养，沉稳道出我们的品味。

☆当感觉天快塌时，实际上是自己站歪了。

☆一个成熟的人的标志之一是，他可以责怪的人越来越少。

☆果实的成熟不是颜色美丽，而是味道甘甜；孩子成熟不是年龄增大，而是独立克制；女人成熟不是能力非凡，而是温良贤淑；男人成熟不是圆润处世，而是善于担当；性格成熟不是心平气和，而是能屈能伸；人生成熟不是无欲无求，而是惜福造福。

☆工作，能力不如态度；知识，广博不如深度；思想，敏锐不如高度；做人，精明不如气度；做事，速度不如精度；看人，外貌不如风度；写作，文采不如角度；方法，创意不如适度；成功，才华不如韧度。

☆坚持十种好习惯：没病也定期体检，不渴也多喝开水，遇烦恼事也想得通，没有喜事也快乐，有理也让人三分，有权也低调做人，不觉疲劳也休息，生活不富足也知足，再忙也重视锻炼，没事也经常问候。

☆最好的医院是厨房，最好的药物是饮食，最好的护士是自己；最好的护理是与朋友倾诉心声，最好的医生是拥有快乐的心境，最好的医务环境是自由自在的生活。

☆老了，才看清这个世界很年轻。

# 书香碎片

☆我喜欢用阅读的方式自由地奔走，在书卷的墨香中打开自己，在书籍的字符里同陌生的哲人对话，在书本的行句间合着幽雅的节拍起舞，在书香的烟雾中走进远古遥想如今……同朋友一样，书是我忠实的朋友！

☆当我凝神于文字阅读时，一些生活琐碎就搂落一旁。阅读是一种生活方式，阅读是一种自由地呼吸。我喜欢在阅读中抛掷岁月。当然，也想把阅读的感慨与朋友分享。

☆头悬梁锥刺股般的读书情景，谈不上巧捷，却也是古人的创造。眼下，这种学习精神已被市场经济大潮淹没得无影无踪。在一个崇尚金钱之风盛行的时代，读书已经成为一种奢望。快餐式的急功近利使得传统的读书法成为古董，只等人们去观赏了。

☆读书如长袖善舞，多钱善贾。

☆读书的好处很多，饱读医愚，精研致富，博览增智，富阅释疑，品赏陶情，深钻感悟，细琢怡趣。然而，读书的方法也很多，会读为要。

☆理贵在明，友贵在情；物贵在稀，人贵在诚；事贵在做，健贵在行；文贵在神，书贵在用。

☆思养智，忍养福；乐养寿，动养身；静养心，学养能；勤养财，义养气；情养友，爱养家；善养德，书养才！

☆文多琢，事多磨；理多辩，活多干，财多算，身多炼，情多念，书多看。

☆书是我们畅游世界的好去处。有了书的滋润，文字的千军万马就指挥自如了。

☆常感叹古人的多情，把一片雪花都写得让人落泪；今感慨文坛的退潮，精彩的故事却写得俗气十足无聊乏味！古人才情多？今人不如古？

# 多读书才是硬道理

环球网 3 月 29 日消息《最爱读书前三甲："中、俄、西"》：据俄罗斯卫星网 28 日报道，德国捷夫凯市场研究集团最新研究表明，中国、俄罗斯、西班牙民众最爱读书，居全球国家最爱读书排行榜前三甲。该集团对 17 个国家 2.2 万人进行调查。结果显示，中国爱读书人群比例最高，为 70%；俄罗斯 59% 受访者每周或几乎每天都读一本书；西班牙是 57%。

这条消息让我有些吃惊。多年了，媒体传播的资讯都是：中国人读书少、买书少、藏书少、借书少，缺乏阅读习惯，还以"中外人均年阅读量比较"佐证。有媒体还注意到，"全民阅读"连续两年写进《政府工作报告》，借以增加发展创新力量、增强社会道德力量……

看到这些，我思忖：眼下互联网时代，数字化科技发展的迅猛程度，任何前人难以想象。电脑、电传、彩印、短信、微博、微信、电子书报、远程电化教学、无纸办公、智能手机、二维码扫描等新科技成果不断普及更新，数字作业走进各行各业千家万户。传统传媒、通讯、印刷、实体店等普遍受冲击，甚至遭淘汰。人们获取资讯、阅览书刊、传情达意的方式，都有很大变化。以前，人们赞叹"秀才不出门，便知天下事"。如今，教育普及，国人识字率空前提升，读书看报在技术上不成问题；铺天盖地的资讯以海量计，人们获取知识的渠道越来越多，许多人阅读方式已由"一卷在握"变为"一机在手"。无论机场车站、城乡集市、农夫村姑，持机在手阅读微信资讯的场景随时随处可见。

面对如此迅猛的变化，任何机构欲以几万人的市场调查显示 13 亿人口的阅读结果，再好的研究分析、再新的排行榜都如盲人摸象，难免与实情误差很大。仅靠冰冷的数字，也难体现偌大地域东南西北各层次人群差异万千的阅读真容。那种仍以报刊发行量大小、书籍销售量多少、书展销售额升降做比较的统计调查结果，用于显示国人读书面貌的证例，说服力自然弱暴了。

应当看到，电子手段给人们读书提供了便利，大众获取知识的条件发生了历史性变化。但是，用电脑手机网聊，打游戏，只看娱乐视频和零星资料的占比依然不小。从这个侧面来说，与国际人均年阅读量相比，我国人均年阅读量仍然偏低，亟待努力改变。

写这篇小文时，我的手机传来朋友微信，标题《书库》：点开它，即进入网络免费图书馆。宛若家中虚拟藏书房，拣喜欢的随时随地看，还可输入你想找的书名，一搜即出……现代科技创造了如此经济便捷易藏环保的手上图书馆，不必借书买书、以满架藏书自傲的人群自然越来越少。面对此情此景，国人阅读量该如何统计调研分析，倒真是个问题。

曾有"实现无现钞社会"的报道，称传统货币终有一天会成为文物。在科技研发不再慢慢腾腾走路的今天，这种情景不是不可能。有形的书刊急剧退守，完全无纸阅读的时代，或许不是妄言。我相信，到那时，知识全面普及，竞争力要求更强，更多国人喜欢走进书香世界，会让阅读融入血液，成为普遍行为习惯。

无论阅读手段、方式怎样变化，自愿坚持多读书才是硬道理。倘若有一天，国人读书热情与国力并驾齐驱了，中国"位居全球国家最爱读书排行榜前列"的报道，才真叫人信服呵！

# 有佳书读胜看花

☆读书益智、医穷、养心、怡性、陶情、养颜、放松、助谋、避险、消遣、驱寂、长知识、开眼界、知古今。但书要善读，死读无益。

☆文以情状，诗以歌咏；随情而吟，情怀深沉；深情感慨，忌无佳作？

☆所思所悟随笔，录存整理就是文稿，多留就是文集，久藏就成文物了。

☆我很欣赏10个好习惯：没病也定期体检，不渴也常喝水，没喜事也快乐，有冤屈想得开，再穷也不吃变质的食品，再富也不浪费，不累也会休息，再累也要健身，再远也要交友，再忙也要读书。

☆读书乐心。当真正进入书中的环境时，心境也物我两忘了。

☆读书养心。读书能改变人面对世界的态度。天天读书未必都有用，但读书滋养着我们自己，其受用无尽。

☆读书方法人各异，学习应当会品书；智者读书善择优，愚者读书盲猎奇。勤于鲸吞不可少，工于牛嚼是要义；细嚼慢咽是求知，精研更要多思疑。读书方感乾坤大，多学才获真知识。

☆唱歌听音，诵经听声；品书析理，吟诗赏韵。

☆好的文字能传达一个人最有力的呼吸，能表达一个人最本质的情绪，能记载一个人最实在的想象力。

☆在文字的海洋里冲浪，在思想的天地里翱翔，都是一种精神享受。

☆足迹弯弯走过总有教益，感受深深经过总会铭记；学海漫漫尽然难有穷期，乐趣滔滔不问前路有几。

☆常捧书卷过夜半，越读越觉学养浅；学识自古书外藏，细品法度扔书卷。

☆阅读是很好地休息。阅读经典名著既是高效率的休息也是高质量的享受。

☆夜间阅读头脑似更清醒，思维似更清晰。

☆每每捧卷到夜半，沉吟静读成习惯。

常感时间过得快，感叹学海漫无边。

生活当有诗韵味，常思必有新感言。

☆每读老辞赏才略，竹简冰冷含意多。

自古诗人常孤寂，挟风带雨驰柔毫。

残笺短幅藏妙语，穿越时空傲江河。

人间不老是精神，哪怕万载千秋过！

☆我喜欢静夜赏读，更喜欢独默沉吟。捧一册趣味十足的经典，顿感书是心灵的艺术，滋润我浅浅的学养；犹如步入绚丽的意境，任凭饱览清新温润的典雅气象，激昂起我们思考的热望。于是，便有了无尽的话题，催人向上！向上！

☆文品求精，心品求静，居品求雅，书品求韵。以真涵慧，以美怡趣，以善臻学，康乐随行。

☆求知需博览约取，用智宜厚积薄发；学识论广种薄收，道理当明了无瑕；学问若大海辽阔，才智像河湾湖注；唯有毅志搏高远，不怕学海深无涯。

☆把小小的火花结成团，能呈现燎原之势；将瞬间的想法集成串，能成为成熟的思想。所谓美文华章，实际是突然想到之后的加工提炼。只是，提炼得别致、艺术些罢了。人人都有想法，但并非都有思想。

☆诵动情的诗我心如诗，览如诗的画我心如画。不是自作多情，爱生活就该思绪万千深情感恩。

☆水滴柔软可穿石，因有高度和耐力；竹笋葱嫩可破土，因有向上的毅力。所有美好的结果，都因为竭尽全力；读书万卷理自知，日积月累必获益。

☆阅读是一种健身方式。在阅读中周游四方、造访贤哲、体悟古今，是上乘的健美身心。所以，阅读应是我们生活的常态。

☆我惊恐穿行于书城里一眼望不到头的书架，其间山峦般的书籍不要说读过，大多连书目都未曾听过，更别说语种不同的各类存书。眩目浩繁的知识成果令人感叹今人的微妙和狂躁。仅此情境，足以教我谦卑。

☆莫以读书论英雄。许多悟性高的人读书不多，甚至没有上过学或不识字，但是，他们的人生却很洒脱。相比之下，有些人读书万卷，却是生活的低能儿。书是要读的，读书的目的在于用吸取的营养更好的指导人生。

# "悦读"是一种境界

☆书为心声，画为心语。

☆世人读书，态度不同，方法大异；目的有别，结果各异。有人藏万卷却脑袋空空，有人破万卷却满嘴胡言，有人满腹经纶却糊涂一世。并非读书越多越聪明，想聪明却得多读书。要紧的是把书从厚读薄，把思想从薄读厚；能读得进去，走得出来；能广泛涉猎，厚积薄发；能吸取营养，滋补精神。

☆古人凿壁借光囊萤映雪苦读万卷，是对知识迷恋，让人敬畏。但是，积累底蕴提振精神似应乐读书，才不至于死读书、读死书。阅读只有"悦读"才好、"悦读"是一种境界。把读书融入生活，扑下身子亲吻文字，俯读仰思，会感到：阅读是福，不是苦差！

☆文化的力量大于任何武装到牙齿的兵勇，哪怕它反复受到冷遇挫折。兵刃的粗粝可以凶猛一时，但在历史长河中只是点缀，最终显赫的还是文化。成吉思汗的铁骑、八旗子弟的强悍，无一不淹没在中华文化的波涛里。

☆闲暇时，常常捧读美文华章，喜欢其中优美深刻的意境，让我身心全方位地领略新春的气息，给我无尽的精神营养和哲思启迪，得到美好的享受，淡忘许多烦闷忧愁。久而久之，捧书赏读成为习惯，欲罢不能……

☆独处时捧书赏读是一种上乘的享受，也是一种绝佳的养生方式。没有什么比读书更好更能得到全身心的休闲保健了！

☆我喜欢赏读富有诗意并透着感悟和思辨的文字，那是佳肴盛宴，令人解馋且回味无穷。它不在长短，却励志向上，给人启迪和力量；它不在华美的词汇多寡，却如丽质珠宝，让人爱不释手、必须珍藏（收藏这样的文字，也是享受财富）。

☆书籍是人类文明进步的阶梯，其载文授业传经解惑防患治愚的功能和作用早有定论。作为常人，与书为伍大有裨益。

☆世间有些人真的与书无争：自己不看书、不借书、不写书、不买书、无藏书，还笑话别人读书、借书、写书、买书、藏书，还说不读书照样致富发财、活得潇洒。难得的是，这些人中的部分人却叫自己孩子好好读书，将来做个读书人。面对此类人，莫要理他，一笑了之。

☆依我看，百样人生中，书是其中的盐。喜欢书籍，享受阅读和思维的乐趣，是一种热爱人生、陶冶情操、享受生命、优化生命质量的生活方式。坚持拥有这样的生活方式，人生即便达不到完美，其溪流也会汇成七彩风景，其内涵也会少有败笔，其生活自然有滋有味。

☆书籍是一生的挚友，养心是一辈子的功课。

☆月夜捧卷独研，思绪丰润如溪？

# 你能"破"万卷吗？

"读书破万卷，下笔如有神"。这是著名诗人杜甫的一句名言。许多人把它奉为治学经典，铭刻于心。可是，有的人读了很多书，办事照样出不了"彩"，即使下笔也文思迟滞，笔下生不出"花"来。这是为什么呢？笔者以为，毛病或许就出在对"破"字的理解上。

"读书破万卷"，其"破"字，有"破碎、破裂、破坏"等意思，也有"破解、突破、破除"的意思。读书期间，如果只讲"破碎"，不讲"剖析"，书读得再多，也生不出"花"、出不了"彩"。倘若"破析万卷书"，既能吸收其精粹，把万卷书的知识化为自己的财富，又能借鉴所读书籍的写作方法，在自己做文、做事时就会融会贯通，妙思泉涌。因此，"破万卷"三字，不仅强调了读书的数量，更重要的是提出了读书的质量——也就是如何正确辨析书籍、运用知识的问题。

书籍是人类知识的积累、经验的概括、智慧的结晶。各类书籍中包含的内容，既标志着社会发展已经达到的高度，也反映了人类思维已经达到的水准。历史上，凡成就事业的政治家、文学家、科学家等，不管其在哪个知识领域建树奇功伟业，不管其获得成就的原因多么复杂，他们之所以能够取得惊人业绩的一个重要原因，都是与坚持读书有关。韩愈"口不绝吟于六艺之文，手不停披于百家之编"。白居易"苦学力文""昼课赋，夜课书，间又课诗，不违寝息"。高尔基"扑在书上，就像饥饿的人扑在面包上"。鲁迅把喝咖啡的时间都用于读书。列宁病逝前夕，双目难睁了，还要让克鲁普斯卡娅给他读美国作家马克·吐温的小说《我们热爱生命》。马克思逝世的前一刻钟，仍然坚持修改《资本论》。毛泽东一生中研读的书籍以万卷计数……这些先哲们以读书为乐、爱书成癖、嗜书如命，他们广泛而又浓厚的读书兴趣和博览群书的精神，是我们每个后来者学习的榜样。

但是，当今人类社会步入信息时代，社会科学文化事业发展的速度十分惊人，不断积累出版的书籍浩若烟海，世间可读的书籍何止万卷？据推算，人类的科学知识，在19世纪每50年增长1倍，20世纪中叶每10年增长1倍，一个现代人一生中碰到出版发行的书籍约有2000万册，假若按每天读50页的平均速度计算，毕生也才读3000～5000册，还只是接触到的万分之一呢。进入21世纪以来，网络信息如同大海，知识的数字化、大数据目不暇接。如何能在有限的时间里阅读更多的书籍，吸取更多的知识营养，就不单纯需要多读，还要在"破"字上狠下工夫、巧下工夫，研究找出如何"破"得有益有效的方法。

书海无涯，人非电脑。整天忙碌工作，还要"破析万卷"，能行吗？文坛先驱们的经验值得借鉴。孟轲曰："学而不思则罔，思而不学则殆。"宋代朱熹道："读书无疑者须教有疑，有疑者却要无疑，到这里方是长进。"唐代杜牧说："学非探其花，要自拔其根。"鲁迅主张"博采众家，取其所长"。他们都在提倡博览、精读、多想、勤思。其中点透破的决窍者，当推清代袁枚："盖破其卷取其神，非圆囵用其糟粕也。""破卷取神"，这不正是我们读书的目的吗？

近年来，社会上读书渐成风气，很多有志于振兴中华而刻苦攻读的人们，都在总结前人的治学经验，讨论成才的规律，探寻破卷的秘诀，觅求治学的捷径。媒体常有推荐治学法门的文字，诸如提倡攻读法、联系法、查询法、概貌法、分类法、统率法和摘章编撰法，读议补充法、智能学习法、由厚到薄法、能入能出法等，"破"法千姿百态，各见所长。所有这些，都是已经成就事业的老专家和老学者的经验之谈，值得我们在实践中学习和运用。

然而，古往今来现成的治学法门多若万计，盲目搬套、机械模仿也会误入迷宫，步入歧路。"书山有路勤为径，学海无涯苦作舟"。面对纷繁的治学法门，如若根据自己的实际情况，博采众长，巧学不止，凌顶达岸就有希望。如此看来：破析万卷书，领会其中意，成功者的秘诀就是他们运用了勤奋加科学的读书方法，而科学的门道却正蕴藏于破析、破除、突破之中。再说，治学法门再好，还得静下心来去破；不静心向学，法门再多再好也派不上用场。

综上所述，掌握知识不能机械地储存和堆积，必须经过自己头脑的加工、提炼和分析。善破就是成功。所谓善破，则是在破析万卷的同时，对前人的东西有所突破，有所发展。只有这样，才会下笔有神，做强事业，为社会发展进步做出贡献。

# 过目成诵，我不能

1931 年至 1937 年，国学大师梁漱溟在山东邹平县从事乡村建设实验。邹平有个醴泉寺，由于范仲淹在此读过书，很有名气。一次，梁漱溟到醴泉寺参观，被正殿前的木刻行书对联所吸引，便驻足细瞧。这让陪同人员很高兴，因为这副对联是清末学人写的，其中有几个字大家都不认识，就事先准备笔墨纸砚，正想瞅机会请梁先生写下来呢。梁看了说："对子写得好，书法也好。"身边的人赶紧请他重新写一下作为纪念。梁先生不推辞，一口气把这幅对子写好了：

"宰相出山中，划粥埋金，二十年长白栖身，看齐右乡贤，依然是苏州谱系

秀才任天下，先忧后乐，三百载翰卿著绩，问济南名士，有谁继江左风流"

对子 56 个字，够长，但梁先生没看第二眼，直接默写，一挥而就，不假思索。现场的人都惊呆了。

如梁过目成诵者具超常阅读技能和记忆能力，堪称天资高妙聪敏过人的天才、奇才，也是最高学习境界了。

向来，我读书慢条斯理，对无趣的文章才"看书看皮、风扫残云"，那却是另一类一目十行了。我的经历中，也没见到过一个过目不忘的高手。但是，从历史、文学作品中，我却常常领略他们的风采，不由得对这些一览成诵的超人肃然起敬。

《后汉书·张衡传》记："吾虽一览，犹能识之。"《晋书》载："符融下笔成章，耳闻成诵，过目不忘。"《宋史·刘恕传》记载："恕少颖

司，书过目即成诵。"梁代简文帝"读书十行俱下"。《北齐书·河南康舒王孝瑜传》记载："兼爱文学，读书敏速，十行俱下。"宋·刘克庄《杂记六言五首》："五更三点待漏，一目十行读书。"明·冯梦龙《警世通言》卷二十四记："那三官双名景隆，字顺卿，年方一十七岁，生得眉目清新，风姿俊雅，读书，举笔即便成文。"《三国演义》第六十回说杨修向张松吹嘘曹操才华，拿出《孟德新书》，称是曹操仿孙子13篇而作。张松看了大笑："此书吾蜀中三尺小童，亦能暗诵，何为新书？此是战国时无名氏所作，曹丞相盗窃以为己能，止好瞒足下耳！"杨修不信。张松立刻将《孟德新书》从头至尾背诵一遍，竟无一字差错。杨修大惊："公过目不忘，真天下奇才也！"法国拿破仑速读和记忆力惊人，日读书20本，率军远征也带几十箱书阅读。一次和俄沙皇作战，拿破仑被打得落花流水，书也被俄军缴获。回国后，拿破仑凭记忆开出清单派人重购，人们将清单和上次书单核对，竟无一错漏。发明家爱迪生研究打字机的一个部件时，与制造商约好明天把各种打字机的样子都送来，客人们来前，爱迪生将有关的书全看一遍。第二天，他对客人头头是道地讲起来。事后，助手把爱迪生那天晚上读过的书通读一遍，用了11天才读完……

哦！过目成诵有什么秘密？

再看实例：东汉思想家王充"好博学而不守章句"。以《汉书》名作遗世的史学家班固博览群经九流百家之言，但求通晓大义，不在句读上下死功。王粲《英雄记钞》载：诸葛亮和徐庶等一起读书，他人务于精读，"而亮独观其大略"。苏东坡以"愚钝三法"读书而博闻强记。一天，朋友来看苏东坡，久等他才来见。原来他在抄《汉书》。客人不解："以你之才，还用抄？"苏东坡说：不然。我读《汉书》已抄三遍。第一遍每段抄三字，第二遍每段抄两字，现在只抄一字。客人试挑几个字，苏东坡应声背诵有关段落，果然一字不差。美国曾任总统肯尼迪有平面凸现阅读法，即眼睛像照相机镜头一样，一次阅读整整一页内容，每分钟读1200多个英文词……

对过目成诵的能力，有专家做过研究认为，知识渊博的伟人和卓越人士快速阅读过目成诵的能力，除了天分，更多的是艰苦学习、训练实践达到的，其秘诀是"高度集中、不守章句、通晓大义"。

应该说，专家的话有些道理，任何事对任何人来说都不是依靠天赋！但只信专家的话也没用：依我这笨脑壳，曾如法炮制做过快速阅读的练习，结果是不守章句只晓大义。然而，再怎么高度集中注意力，却难很快记住阅读的东西：一目十行，过目全忘。

看来，世间很多事，就像攀登峻峭绝版的珠峰，或如高难度的杂技动作，不是任谁想做就做得了的。如我庸常凡夫，寡有急促成功的乖巧，欲想登临高度，还是笨鸟先飞为好。

# 这世界，"可是"太多

王老三常常自豪曾经跨江过海久经砥砺，拥有丰富的经验，对年轻人嘴边常挂一些口头禅："我吃过的盐比你们吃过的饭都多""我跨过的桥比你们走过的路都多"。

可是，拿着眼下人人都在用的智能手机，看着日常生活中越来越多的这个证、那个卡，还有这个密码、那个微信号，王老三不是干瞪眼，就是不知所措，不得不问儿孙："这个咋个用啊？你给我说说……"

刘老汉一辈子省吃俭用，一件衬衣真能做到"新三年，旧三年，缝缝补补又三年"。也教导孩子们要俭朴节省，保持艰苦朴素的优良传统和良好习惯。

可是，在衬衫厂工作的儿子常有抱怨："老爸呀！天下人都像您这么个'好习惯'，俺们厂只好转产，工人只好下岗了！"

张老太常用俗言教导儿女："嘴上没毛、办事不牢""不听老人言，吃亏在眼前。"并列举"不按老人劝诫办事遭受挫折"的很多事例，以此证明她的"论据"确凿有力。

可是，有一天，张老太出门晨练，午饭时节过了，还是不见回来。娘丢了，是天大的事。儿女们慌忙四处寻找，还给广播电台、手机微信群、出租车公司发"寻娘启事"，就是难觅踪影。

正当无计可施之际，派出所打来电话，请"领人"。儿女们急驰前往，一听缘由是：半月前，张老太晨练时，听了一个"热销健身饮品"的讲座，还领了许多小礼品和免费试饮品。第二天，张老太激动不已，一口气买了5000元"很便宜"的健身饮品。那承想，回家一饮，就闹肚子。第三天晨练时，她"想找讲座的算账"，却苦寻无着。今天晨练时，听说"那个讲座的人"被告发了，派出所正在找证据，便和一帮老太太老爷子们"做证人、要公道"来了。面对心急火燎的孩子们，张老太哭笑不得："不听儿女言，吃亏在眼前啊！"

这世界很大，大道理也多；这世界很老，老道理也多；"俗话说"很多，"俗话又说"更多。可是，道理不在大小，只要管用；道理不在多少，只要实用；道理不在俗雅，只要会用；道理也不在新老，只要适用。用大道理管好小事情，这道理就是好道理；用老道理办好新事情，这道理便是正道理；道理再好，用错了地方，也是歪道理！

# 世事真能看透吗？

## ——致远方的朋友

朔风呼号的冬日，收到朋友寄自远方的问候和祝福，知悉你的近况，感到十分温暖。但是，读老朋友的文字："到了这把年纪，谁都不想取悦，跟谁在一起舒服就和谁在一起，包括亲友，累了就躲远点。取悦别人远不如快乐自己。宁可孤独，也不违心；宁可抱憾，也不将就。能入我心者，我待以君王；不入我心者，不屑敷衍。往事浓淡，色如清，已轻。经年悲喜，净如镜，已静。再没一番心思许与谁……"从你来信通篇传达的信息，似有一种"真把世事看透了"的心境。对此，我不由得想多啰嗦几句。

首先，我钦佩老朋友的直率坦诚，能将积蕴已久的心声唱出来，那是需要勇气的；能"把世事看透"，也是一种本事。依你曾经穿山越水、走州过县的经历，破书万卷、识人无数的阅历，才思敏捷、想象活跃的悟性，业绩有成、家境殷实的景况，能"把世事看懂"真不在话下。可是，能"把世事看透"的心境，却透露出一股悲怆、悲凉、悲叹、悲哀的气息，我不赞同，更不赞赏。

天地广袤，万事纷繁，无头无尾，无经无纬，我辈一介匹夫，能看清个大概就不错，如何看透？

大千世界，史积厚沉，领域浩瀚，门类繁杂，我等凡夫俗子，能明朗一二就属人杰，怎么看透？

其次，有必要"把世事看透"吗？

试想，真把世事看透了，任何事情就都简单得只剩下乏味了——

把音乐看透了，那些美妙动人的乐曲，不就是哆来米发索拉西几个音符的无序组合嘛！把影视戏剧看透了，那些高潮迭起的情节，不就是喜剧悲剧在不同时空的反复再现嘛！把文学看透了，那些"日暮相关何处是，烟波江上使人愁"的游子思乡之情，立马变得寡淡无趣，那种"劝君更尽一杯酒，西出阳关无故人"的送别惆怅，即刻显得毫无艺术感染力；把人类创造的所有文明成果看透了，古今中外丰富多彩的历史文化，不就是围着吃喝拉撒睡争斗不息的循环往复么？把人间的一切看透了，所有的神秘、神圣、神奇和精神，就失去了神韵、神采、神往和魅力；把世间的一切都看透了，岂不是一个个骷髅在寂寞地行走，人生还有什么动力、活力和生机，还有什么诗意和远方？

依我看，世事还真看不透。即便是所谓的看破红尘、遁入空门，佛道还有清规戒律，哪能全身隐伏、彻底"放下"？

人，当有一双慧眼，能看清大势，认准方向，明断方位，明辨是非；当有锐利的目光，能看懂奋进的目标，看破骗子的骗术，看穿小人的丑陋，不至于糊涂处世。然而，如同十字路口的分野，就看是否具有积极向上的心态，即使偶处"孤帆远影碧空尽"的逆境，也不悲观厌世；即使稍有贵体小恙、家事无着的愁情苦涩，也能沉稳沉静地品味"花自飘零水自流，一种相思，两处闲愁"的深切感悟。倘若拥有主动作为的心绪，这种"真把世事看透了"的心境，是一种达观敞怀的豁然开朗，是一种令人心悦诚服的大本事。假若秉持心灰意懒的心弦，这种"真把世事看透了"的心底，便盘踞着无边无际的烦躁、愁绪、倦怠、孤独、空虚和无奈，再好的风景也会被平淡无味的乌云吞噬得干干净净。

再说，"到了这把年纪"，走过江河湖海，经过风雨烟云，应该看懂我们正处在历史行进的最好年代——如今享誉的一切文明成果，几千年走过的先人能比肩吗？如意如愿的现代社会，有什么值得"抱憾"？又欲将"一番心思许与谁"？

当然，任何年月都有它的局限，就像你我认知的局限一样。可以看淡，却不必看透。无论悲喜，放下挂碍，开阔胸襟，给心底多放进一缕阳光，生活便多一份轻松，心情便多一份自在。

老朋友，你说呢？

# 老啦，长皱纹也要长脑子

这个题目，是我浏览一则新闻之后的一声叹息！

6月27日，原计划12:40起飞的南航CZ380航班，一位老太太登机过程中，向飞机发动机抛撒9枚硬币"祈求平安"（其中发动机内部1枚1角硬币），导致航班延误近6小时，150名旅客滞留机场。幸运的是，飞机还未发动就有旅客报告硬币可能掉进发动机，机务人员找到了发动机内的一枚硬币，确认飞机能安全起飞，避免了一场严重事件。

报道称，"投币祈福"的涉事老太太年过八旬，没有疾病，没有故意破坏的主观愿望，没有违法犯罪和精神疾病记录，没有造成后续严重危害的行为，公安机关便没有对其进行处罚。

但是，我想说：涉事老太这也没有，那也没有，却也没有脑子！

可以想象，如果没人报告有人向飞机发动机抛撒硬币，后果怎样？如果硬币滑到发动机核心部位，将高速运转的叶片打成锯齿状，轻则发动机报废，重则机毁人亡；如果没有找到硬币，又不确认发动机里是否还有硬币，飞机就要停运、拖进机库、拆开检查；如果由机务人员拆发动机，快则一天，慢则两天，甚至更长；如果租用机场机库，一小时8000元，加上机务人员人工成本、飞机闲置，损失就达100万元人民币；如果机务人员搞不定，要找发动机原厂或指定维修商维修，损失更大；如果发动机报废，另换发动机，像空客A320一个发动机就1100万美元；如果造成严重危害，就会从治安管理处罚范畴上升到刑事犯罪领域，最高可判死刑……这么多如果，不是谁拍脑袋想出来的，而是航运史上许许多多血的教训积累。

你看，涉事老人一个漫不经心，给南航造成多大麻烦？

当前，我国进入快速人口老龄化的新时期，越来越多的老年人走进夕阳岁月，老年人的生活行为对社会发展的影响日渐显现，举国上下敬老爱老的社会氛围非常浓厚。人们敬老尊贤，是因为很多老人老成持重、为人师表，道德行为是后辈的楷模，值得尊敬。但是，并非所有老者都德高望重。偌大的老年群体，时有"老人不雅"的爆料：或忽略自身修养，倚老卖老，开言动语蛮横爆粗；或文明欠缺，品德低下，晚节不保，马路碰瓷，涉毒涉黄；或观念老旧，固守陋习，对新事物新思想这也不顺眼、那也看不惯；或心胸狭窄，要么消极处世，要么偏激固执，凡事不容忍，"人老了，心却长不大"。

5 月 22 日，新华网微博播一段视频：一老人在高铁上嗑瓜子，被保洁员劝阻后，当场起身，将瓜子扔向几乎整节车厢。引得网友纷纷指责："没素质""年龄大不是理由""尊敬老人是尊敬他的行为，而不是年龄；如果他行为不端，不但不能尊敬他，还要指责"——老人活到这个份上，还有啥敬头？

当然，这种为老不尊的行为是极少数，但却搞臭了老年群体的声誉，影响极坏。

"吾十有五而志于学，三十而立，四十而不惑，五十而知天命，六十而耳顺，七十而从心所欲、不逾矩。"（《论语·为政篇》）一个人随着年龄增高、阅历增厚，该是日趋成熟稳重，倘若过了耳顺之年还为老不尊，老了不像老人样，躯体再壮实，脑瓜却是残疾，对己、对人、对家庭、对社会，有何益？

为老当自敬。"要人敬者，必先自敬。"（陶行知）"自敬，则人敬之；自慢，则人慢之。"（朱熹）。尊敬他人也是尊敬自己，轻视他人也轻视了自己。一个不知自敬的人，是不会得到别人尊敬。想得到别人尊敬，必须先尊敬别人。

真想对那位涉事的登机老太喊一声："老啦，就该给每个皱褶填满智慧；既长皱纹，也长脑子，方招人敬啊！"

# 感悟暮色

☆往事远去，淡若云烟，却难释怀；感激积攒，厚若青山，欲吟无言；繁闹场景多避让，动听旋律似庸常。就这样增添年轮，老迈着走过一个个期望，临近天堂！

☆路远可以走到头，海阔可以游到岸；知识无边也无头，学一辈子沾个边。人生道理同一理，从小到老学道理，各人境遇都不同，看淡才是硬道理。

☆有尊敬才有孝敬；孝顺就是让老人活得顺心；许多时候，可以这样孝敬：老人怎么高兴就怎么来。精神孝敬比物质孝敬更重要。从身体方面来说，老人是弱势，只能强势体谅弱势。

☆在老爸老妈面前，儿女年龄再大也只是孩子。因此，不能感到老人老了就应该听你的"教导"。当个好"听众"，多聆听老人一些唠叨，比你给他的"教导"孝敬得多。

☆亲人是父母赐给我们的有血缘关系的朋友，朋友是我们自己结识的没有血缘关系的亲人。愿亲人的温暖长驻，愿朋友的情谊长久。

☆世间事，很多事可以等，唯有孝老不能等。

☆人到一定年龄段便喜寂乐静，对万般世事都不太放在心上。此状如唐王维言："晚年惟好静，万事不关心。"真可谓：古今世人心相通，话题不议却同声。

☆关照老人重在心灵。

☆多关注老人情绪变化，多倾听，少反驳，慢语速，柔语气，聊过去，问近况。

☆对于儿女来说，陪伴父母是最好的孝敬；对于老人来说，有儿女陪伴是最好的安慰；儿女惦记老人，能回家就是最好的礼物；对老人的行为，多些容忍，少些埋怨；多些理解，少些责怪；多些笑语，少些严肃，这都是孝敬；一副笑脸就是最好的孝敬！

☆许多老人的生活就是一切都凑合着，他们讲究礼数，却将就着过日子；他们极端地勤俭节约，却舍得将大把大把的钱给孙子辈花；他们的生活不一定舒坦，却自得其乐。

☆老人从艰苦岁月中走来，很不容易。他们的每一分钱都想掰成八瓣花。后人与老人在思想观念、节俭意识、日常习惯、性格脾气多方面都大有不同。加上长期不在一起生活，我们改变不了老人长期养成的习惯，就笑着由他们自由自在吧！可以以我们尽可能做到的方式、为老人服好务、尽到心就行了。

☆利用探亲时机关照老人、体验农村生活、接触似乎熟悉却又陌生的村里人，对于我们常年在外游荡的游子来说都是好事。尤其同老人朝夕相处很难得。因此，在老家的每一分钟都是珍贵的。借着在家长住的时间，多与老人聊聊天，多陪老人乐观愉快地生活，高高兴兴地过好每一天，这就是最好的孝敬！

☆许多老人走了，这是后来者必须面临的伤心事；失去亲人的痛苦和伤痛一时半会不可能过去；只有多多陪伴健在的老人，他们比其他任何人更需要关心和安慰。

# 感谢生活

☆铭记生命中经历的喜悦和感动，感谢生活中遇见的良善与宽容，感恩所有的关爱和帮助。

☆为以往相助道声感谢，为未来相处道声拜托，为真挚友情道声珍存。

☆专注友情，生活便有柔情；专注学业，知识便有温情；专注工作，职业便有热情；专注专业，钻研便有激情；专注事业，人生便有豪情；因为专注，兴致才有温度；因为专注，灵感才有热度；因为专注，思想才有深度；因为专注，视野才有广度；久久专注，人生必有高度。

☆想说的是歉意，道出的是笑语；表述的是期望，说不尽的是情意。

☆顺意时收获成功，失意时感悟生活。

☆人活一口气，但要会生气。多察天气、风气和习气，就少背气、晦气和丧气；多生朝气、静气和心气，就有喜气、财气和运气；少点闲气、闷气和火气，就有士气、勇气和福气；少点小气、匠气和俗气，就有大气、志气和豪气；少点霸气、脾气和官气，就有地气、民气和人气！

☆不能天天阅读，但须天天思考；可以时时无忧，不可一日闲过。

☆生活是冬寒夏暑循环往复各色人等五味杂陈的混合体，生活是湖光山色鱼游浅底静若止水惊涛拍岸的连续剧。生活不是恒定不变中规中矩的老模块，生活不是温暖如春惠风和畅欣慰无尽的小天籁。平静的生活既可能温良恭俭让，又会有猛张飞和拼命三郎。平凡的生活既可能山川锦绣鸟语花香也会有丽日惊雷平地沟壑。生活是万花筒，生活是活戏剧。既然身置其中，就该坦然面对。既要热爱生活不枉人生，又要奋进有为力争出彩。生活之路七色八样，要紧的是把脚印留在身后，快乐充实地活好自己。生活没有统一衡量的标尺，但最低要求该让每一个深深浅浅的脚窝溢满喜悦的笑声。

☆小时候，我们曾经期望众多的赞赏，长大了才明白，人生路途各异，每条道路都是独特的风景。孩提时，我们曾经期盼更多的掌声，见得多了才领悟，日子都得自己过，他人鼓励只是帮衬。年轻时，我们曾经期待更好的生活，走得多了才发现，一方水土养一方人，无论住在哪里，适者生存才是最好的生活方式。盛年时，我们曾经渴望理想的波澜，上一些岁数才发现，世间没有最好的，只有更好的。理想中的曼妙其实很简单，只是自己内心的从容与淡定！

# 理智是幸福的保姆

☆理智是幸福的保姆。

☆把每一件简单的事做好就是不简单，把每一件平凡的事做好就是不平凡。

☆有趣的话未必有用，有用的话未必有趣；把有用的话说得有趣，让有趣的话句句有用。

☆人不是都能成为百万富翁或精神富翁的。但是，可以努力摆脱物质贫困和精神贫困。人不能精神贫困，更不能精神残疾。

☆少吃一口，多走一步；少喝一盅，多储一梦；少插一嘴，多问一句；少许一诺，多帮一把；少斥一言，多赞一语；少取一粒，多赠一粟；少驳一事，多授一理；少玩一刻，多学一技；少睡一时，多读一章；少存一怨，多结一友；少绕一弯，多聚一智。

☆心路如歌，那就放开心声歌唱。

☆心宇如诗，像春的多彩、夏的酷热、秋的丰硕、冬的厚实；心路如歌，似风的多姿、霜的温润、雨的霏霏、雪的玉洁；心曲如画，如山的崇峻、水的汹涌、草的丰茂、木的高迈。

☆闲暇舞文弄墨，留些文迹墨痕。文字多为感触、感慨、感想、感叹或感悟；流墨多为读帖、临帖、悟帖时的信马由缰。数年路程，数万文字，千幅墨痕，自感长进无几，却又乐此不疲；也常以文赠友，为分享我的情思；以书结谊，当交流切磋共勉。故，不为鼓励的掌声！

☆不是所有的心跳都能含化宇宙、吞吐山河。年年岁岁，地南域北，海的壮阔只藏在哲人心底。所谓高处不胜寒，孤寞寂寥的心境，往往孕育哲思，泽被后世。繁华喧闹处，除了噪声，不可能产生意境！

☆深切唯美：将深切的感受用平常的文字写出来，就是优美的佳作；把动情的话语用随心的曲调哼出来，就是动听的乐谱。最善是娘心，最美属乡音。不是因为多彩，而是因为深切！

☆礼花很美，绽放的瞬间却成了垃圾；露珠很美，跌落的瞬间便失去形迹；风筝很美，一断牵线却没了归宿；颂辞很美，一旦过言便丑陋无比！人们赞叹美艳，不料美艳却短命得可悲。唯见质朴平常的事物，方才华彩无尽、风采常驻！

☆用优质展示水平，用严谨播撒希望；用热诚赢取信赖，用业绩收获厚报。

☆藏品无论种类、大小、新旧，均含文史信息，以系列为佳，多中取优，优中取奇，奇中取稀，稀有为珍，都有意义。

☆纷繁容易吸引时尚的目光。而长久博弈中，简约往往赢得更多的注视。无论人生、文字或建筑，万事以质朴奠基，万物以平淡为美。繁华多彩只是外表的装饰，丰厚的内涵终究不会被华丽纷繁的表象所迷。可谓：大道至简，古今同理。

☆凡人，都有许多心里话，并想将这些话讲给愿意倾听的朋友。但是，将想讲的心里话讲给想听的人，同时能够仔细地听又听得懂还听不厌的人，这样的人当为知音！

☆人不可能全优。力争做到这些就好：说话让人喜欢，做事让人感动，做人让人想念，乐给人希望，能给人智慧，好给人快乐，常给人自信，也给人方便。

☆将生命的仓库腾出更多空间，储蓄智慧、储备益友，人生的舞台会容量倍增，人生的大戏将精彩无尽！

☆没有吃不了的苦，只有享不了的福。这句老话至今有其现实意义，仍然折射着众多人生际遇的无奈和朝堂实况的窘境。耐人寻味。

☆幼年像童话，无忧无虑，天真无忌；少年像诗歌，梦幻理想，诗情画意；青年像小说，百味杂陈，悲愁郁喜；中年像电影，潮起潮落，多幕大戏；老年像回忆录，往事如烟，感慨无数。

☆权把人生当酒品，常品常醉当馨心。

☆无论庙堂草根、皇戚走卒，人生都像一场难以道清的苦役，其乐趣只在追逐梦想的过程。这个过程越长，催人向上的内容越丰富，人的幸福指数便越高。倘若轻易获取荣耀或不思攀越希冀，人的心灵触摸不到享受奋进的滋味，便只剩下干枯的标示牌无言地述说人生的乏味和寂寥，自然没了意趣。

☆悠闲的生活很有味。但悠闲重在悠，兼有闲。悠者，心性悠然、心境悠远、心声悠扬，悠悠万事拿得起、放得下。悠者，当具看破世事的心智、看穿尘世的心力，并非有闲便能享受悠闲。许多有闲者，闲得无聊，空掷光阴，与悠闲谬之千里。故，世居百代，有闲者众，悠闲者寡！

☆珍惜与家人相处的时光，珍惜眼下的琐碎生活，万事回头看都是境由心造。把家务事权当乐子看，把小孙子当开心的玩具看，心平了，气就静了。

# 幽默也是良药

☆幽默是健康的良药，诙谐是长寿的心丹。

☆可以忙碌，但不要常常困顿；可以思虑，但不能少了睿智；可以幽默，但莫要隐藏笑声；可以少言，但心情要永远爽朗。

☆言少祸少，食少病少，欲少忧少，虑少纹少，财富可少，快乐莫少。

☆高高兴兴地做好每件事，高高兴兴地处好每个人，高高兴兴地过好每一天。当我们回首走过的路上布满高兴的时候，将感到格外温馨；当我们搬开往昔的字典都写满温馨的回忆，那将更令人高兴。

☆和睦是处事的润滑剂，善良是立世的基本点。

☆人生之路很长也很短，有了幽默善意的基石垫底，犹如天天服心丹，生命之树自会葱郁常青，健康长途自当笑语连绵。

☆幽默诙谐是轻松愉快的活性剂，是消除心身疲惫的偏方妙药。

☆自撰短信，只是感言；虽不成章，却显心声；不为发表，只当交谈；不尽适度，只顾抒怀。

# 友情不在话语多

☆很多时候，语言是多余的，心有灵犀已表述十足，多一句倒显得累赘；很多时候，文字是一种浪费，笑语已表明心迹，多一字也显得无味。这就是心心相印，还要什么更为恰当的表白？

☆朋友是以友好、友谊、友情、友善为基础的，功利的交朋友只会失去朋友。

☆今人瞧钱眼者众，近文墨者寡。

☆将瞬间的思想留下来，把一股精神传下去，分一份快乐给亲朋，赠一片阳光给好友。

☆因相识而感受，因相处而感动；因相知而感悟，因相通而感想，因相投而感激。

☆人生本来忧乐参半，平淡平静自然悠然。

☆俗话说：新娘子好，老朋友好；今人说：新时尚好，老古董好。新与老各有所好，但心情好一切都好，身体好年年才好。

☆忙碌是真理由，牵挂是老主题；想念就常联系，祝福就常传递。

☆万千感慨倾衷肠，一帘山水总相望，咫尺若非遥遥路，桂下嫦娥悠思长。

☆尽管朔风扑面，有你温情的祝福，足以温暖整个冬天；尽管地冻天寒，有你温馨的关爱，足以使我感念天天。

☆相识相知相信，相亲相悦相敬；相助相依相通，相顾相投相近。

☆我像面如黄土的祖辈平常无奇，每个平淡的日子盛满期冀，用心采撷平凡的快乐，将无尽的喜欣分送给你。

☆思念别人是一种温馨，被别人思念是一种幸福。

☆再美的日子，如果没有人牵挂也是一种遗憾。问候只是一种形式，但却能给心灵带来温馨。所以，我们都把关心传给彼此。一样的日子一样的语调，你幸福，我快乐。

☆远方也好，近处也好，想着就好；平淡也好，富贵也好，健康就好；信息也好，电话也好，祝福您事事都好。

☆一年有几个节日不会忘记，一生有几个好友让我珍惜；春夏秋冬走过四季，虽不能常常相聚，却总会常常惦记。

☆时间因关心而流光溢彩，空气因关切而芬芳袭人；心情因关照而花开灿烂，友谊因关爱而深情常驻！

☆多少个日子都有你的问候，多少次问候都令人感激；多少话语传递深情，多少关爱永生常忆。

☆话题多禅意，快乐满生机；但求半称心，哪得常如意？调侃非本真，诙谐讽时弊；君不来倾听，与谁道黑白？

☆虽然久不见面，眼前总浮现你的笑脸；虽然少有短信，心底总藏着你幽默的语言；高兴时，好想让你分享我的快乐；孤寂时，好想有你陪伴；你是我无言的想念，见你一面却胜似天天。

☆友不在多少，得一佳友胜百庸夫；友不论长久，宓处一日胜读万卷；友不讲高下，善交良友益助平安。

☆能在心底留个位置的人不多，能在心底留个深刻位置的人更缺。心仪一个朋友不易，倾慕一个好友更难。

☆世人相惜于品，相敬于德，相交于情，相随于义，相信于诚，相亲于爱，相思于节。

☆很多祝福只是一种期望，但它给人温暖；很多话语仅时光一点感悟，但却透着新的理念。温暖的文字也是一种动力，它传递着温馨温情和引人向上的力量。

☆威信高低，不在职位年纪，而在大家评估；才能高低，不在自称多好，而在公认怎样；朋友好否，不在节日有多少祝福，而在平常有多少关爱。

☆朋友，不一定合情合理，但一定知心；不一定形影不离，但一定惺惺相惜；不一定锦上添花，但一定雪中送炭；不一定常常联络，但一定放在心上。

☆记忆里，美丽的往事尽管遥远，却能经久不息；往事中，知心的朋友成就美丽的记忆，永远不会远去。

☆知音总会在眼神里留意美丽的回忆，知己总会在梦境中回忆美丽的眼神。世上友善是最美丽的眼神，因此，它在众望中成为百姓的知音，走进万众的记忆。

☆言不在多，情感胜先；艺不在多，绝技领先。

☆我在乎生命中酸甜苦辣，也在乎人生中随缘的真诚感动。我不完美，可我懂得珍惜生命中刻骨铭心的友谊。

☆茫茫人海中，常念起的叫朋友；众多相识中，常相知的叫挚友；诸多遗忘中，常相惦的叫感情。

☆铭记生活中经历的喜悦和宽慰。惦念人生中遇见的善良和感动；存储所有的感恩和情谊，珍惜一切难忘的关心和支持。

☆幸福是一种感念。感动的时刻源于被朋友想起，美好的时刻源于想起朋友。时空转换着，却总挂在心上。

☆常想撰一部书作，不要畅销，只要动情，好让知心的亲朋细品吟咏；常想编一首散曲，不要流行，只要动听，好让知情的听众欣评如诉；常想辟一方偏舍，不要豪华，只要雅静，好与知己挚友畅聊笑叙；常想驶一叶扁舟，不要宽敞，只要安详，好与知音同好风雨同舟。

☆友情不问功利，但求诚挚；挚友不问关切，但求心应。

☆红薯比炖肉重要，豆浆比茅台重要；走路比坐车重要，健康比业绩重要；读书比麻将重要，开心比美容重要；亲友比领导重要，感情比地位重要；祝福比请客重要，惦记比啥都重要。

☆老朋友如陈年老酒，思而闻香。

☆欣赏是沟通的润滑剂。

☆常想看那熟悉的脸庞，看不到；常想听那熟悉的声音，听不到；常想阅那熟悉的哲语，读不到；所以，把他埋进心底，丢不掉。

☆夜使星光注目，海因浪涛博深；水以绿意达韵，友携情愫悦人。

☆常怀感恩心，多持思念情；常忆相聚乐，咏记助我人。

☆常想拜读你真实的笑容，在一抹顽童般的眉宇间捡拾春华；常想触摸你清新的笑语，在一瞬不经意的哀怨中捧起灵感；人生当用友情激活，朗吟你朴素又哲意的真切，我的思绪多了深度。

☆人离不开朋友，也宜善交益友。若以金相交，金耗则散；以势相交，势去则倾；以权相交，权失则弃；以酒相交，酒逝人伤；以义相交，情深久长。

☆饮清净茶，结悟道人，思牵挂友。

☆世间唯两样东西越老越好：一是老朋友，二是老古董。朋友如藏品，常有更新和淘洗。能在心底久留位置存储一个老友，不是因为他的优点和缺点，而是因为他的特点和自己的喜好。故称老友为珍友。

☆友情能给人幸福的慰藉、向上的鼓舞，让贫瘠的思想充实，让毛躁的心情安详，叫无知的心灵复苏。友情贫乏的生活，无异于走进沙漠。

☆深情义，贵时不重，贫时不轻；好生活，春天不艳，冬天不凋；真快乐，节日不浓，平时不淡；老朋友，日常聚少，经常惦念。

☆明智地将心比心，勤交心会更同心。

☆若论好友，感情自然平实，它会促使你体味人性的纯美、真情的可贵、世事的深邃，让你感受深长的温暖，倾听你的喜乐忧患。尤其在你心绪郁闷的时候，送你一片蓝天！

☆知音是贴心的默契，知己是美意的神往。有知音感觉温馨，被知己想念是一种幸福。

☆相知者，温不增华，寒不言弃，经四季不衰，历岁月欲固，无论财物丰歉，距离思遥，相守与否，常挂于心。

# 时间是有温度的

☆时间是有温度的。常有关切使人感到温暖，温馨的关爱是时间升温的底薪，人人需要，常常需要，多多益善。

☆时间是有深度的。它将先哲们光艳的思想存入历史填埋场，只有善于探究的后世才能开掘享用它的遗韵。

☆时间是有高度的。它将相同时刻不同气象的风风雨雨定格成别样风景，留给后人观览鉴评，让意境深远的史诗傲然雄踞高地。

☆英哲们短暂抵达的高度，慵懒之辈数百年只能望其项背。这是世人把握时间度的真实差异。

☆智者受赞赏时时反思却赢得无尽颂美，愚者逢批评处处辩解只获取更多鄙夷。

☆对通情达理者直言简告不必讲更多道理能事半功倍，向胡搅蛮缠者磨破嘴皮犹如对牛弹琴倒枉费苦心。

☆生活征程不会时时都有笑脸，就像天天不会都是晴空一样；人生舞台不会处处都是掌声，就像春晚再好却非人人喜欢一样。但是，人生舞台的掌声都是自己赢得的，所能面对的每个笑脸也只能自己去迎取。

☆把庸常的柴米瞬间留影纪录，把随意的妙思奇想装订成册，待岁月泛黄时翻阅回眸，就是华章！

☆人生有道，道蕴涵理。道与理和知与道是不同的两个层面。理是局部的道，道是宏观的理；理是浅显的道，道是深刻的理；知晓是浅薄的明理，悟理是清醒的知道。一些人一辈子只模到理的皮毛，却悟不透人生的道；一些人阅书无数，却在最基本的常识层面驻足。古云：道可道，非常道。得道多助，失道寡助。我说：理有千条，条条通道；明理知道，当为人生。

☆少哭泣，莫叹息，别呻吟，悲伤唤不回流逝的时光；在喜欢你的人那里去热爱生活，在不喜欢你的人那里去看清世界；跨过时间，敢于出发，遇到的是更好的自己；人生不只是一段年华，也是一种心境。

☆人拥有一颗布满老茧的童心是难得的幸运。现实生活中，普通大众都在艰辛岁月的辛勤搏击中与时代相向而行，尽管无人告知什么是未来，脚下的印痕囊括映射的就有一直向往的梦幻般的似锦前程。或许，正是梦想照亮了人们前行的路程。

☆与亲人生活，无论时间长短都是珍贵的，莫要等人散了才惦念；与友人相聚，任何时间都是宝贵的，莫要等人离去才想念；与熟人相处，任何机会都值得珍惜，莫要等他走了才悼念；时间不能珍藏，那就快快乐乐地过好每一天。

# 瀑布是绝境成全的奇迹

## ——挖自心底的思辨

☆骨宜刚，气宜柔；志宜大，声宜小；心宜细，义宜粗；胆宜虚，言宜实；慧宜增，兴宜减；忧宜弃，福宜惜；虑宜远，友宜近；谋宜长，议宜短。

☆知靠自学，学靠自觉；善靠自积，德靠自修；神靠自善，乐靠自得；趣靠自寻，忧靠自排；喜靠自节，惧靠自息；健靠自动，人靠自立。

☆人生太短暂，岂容空手过；专注一趣好，回眸当自傲！

☆我多以文交友，不问贫富，不论职位；总观长处，尊重包容；能帮随帮，不附势利；心常想着，忙也联系；友情为上，自甘其乐！

☆冷眼看世事，人冷心也冷；喜眼看世事，人喜心更喜；境由心造，乐因笑生。乐呵天天，笑声绵绵。

☆秋风秋雨秋气爽，秋枫秋菊秋味香；秋收秋藏秋慧美，秋山秋水秋色长；秋声秋语秋风采，秋云秋雾秋月朗；秋苑诗画虞玲珑，人生如秋好盛装。

☆笔勤多益。平常生活中，把平静如老顽童般的感悟记录下来，与友聚聊时倍感话趣无尽；平淡人生中，把平淡如老汤般的感受窖藏起来，回味时逾感妙趣横生。积累就有收获，收获就是喜悦，喜悦也是财富。

☆淡泊宁静，韵在心静。结庐在人境，而无车马喧。拥有好心境的人，才是真正的富有者。

☆健在身动心静，情在守同敬异；友在诚见礼待，物在取道有度。

☆花草留下丰满的种子，孕育鲜活的生命；树木留下粗壮的年轮，绵延挺拔的栋梁。人生如花，可以不丰满，但应鲜活；人生如树，可以不是栋梁，但应尽可能挺拔。

☆只有用心，才能聆听岁月深处的声音；留心身边不经意的美丽，便能观察许多不寻常的事物；经常捕捉令人惊艳的瞬间，方能享受生活的每一刻。

☆许多往事烙进记忆的深处，简单又琐碎，清晰而美好。得空用一根根思虑的丝线串起这些往事，让它跳跃在纸上，便是一篇篇美文。愿往事如新，华章迭出。

☆人人都有想法，但并非人人都有思想。

☆有为有不为，知足知不足；锐气藏于胸，和气浮于形；才气见于事，义气施于人；谦冲能受益，江海川之归；软可胜刚硬，水柔坚亦摧；舌比齿柔弱，齿落舌却存。

☆人脉是资源。友情也是生产力。

☆倘若我们的心情每天能像晨露一样晶莹，笑脸必定会如晨光一般灿烂；倘若我们的思想每天能像晨风一样清凉，才思必定会如歌声一般飞扬。事实上哲意的思索就是晶莹晨露的丝丝清凉，它滋润心肺，让思绪灿若晨光激荡。

☆从来祝福万事如意，常常期盼一帆风顺。可是，有点缺陷有点遗憾的人生，才是最常态最真实的人生。然而，无论怎样，我还是不希望老朋友的人生长途上留下任何遗憾。

☆眼界是时代的产物，学识是眼界的基石；眼界并非眼光，眼光孕育智慧；智慧催生命运，命运不是天命。

☆站在人生的高处看，岁数越长，对生活的要求就越低；经历越多，希望得到的就越少；杂事越繁，担当的责任就越小；阅历越厚实，看世事就越清淡。

☆古今万事，小胜靠术，中胜靠智，大胜靠德。德者，诚实、诚信、诚心、大智、众望之汇也！

☆父母可给美貌，却不能给美德；老师传授知识，却传授不了能力；经验可以分享，却分享不到智慧；岁月随时流逝，成功却难遂意。万事尽然奋力，宜顺人和天时地利！

☆人的才智只要勤于挖掘，大多数都能找到"金矿"。

☆有时被一句话感动，不是由于华丽，只是因为真诚；有时为一句歌词流泪，不是由于动听，只是因为动情！生活中有多少美好的经历成为回忆，不是由于它有多少经典，恰恰因为原始状态的朴素。心灵就应当这样，裸露着，才美！

☆历史是昨日新闻，古董是昔日用品；感叹诠释心境，点滴积淀信任；累积收获喜悦，沉淀明辨薄厚。

☆才者德之舟，德者才之帅；才智聚人气，德高凝众才。

☆登名山催人壮志，观大海启人宽怀；穿大漠感悟沧桑，行万里深谙博爱。

☆高度源于远见，远见决定高度；高度扩展视野，视野提升高度。深度体现水平，水平赖于角度；角度改变观念，观念造就水平；水平自有尺度，尺度把握人生。

☆指缝溜过多少岁月，雨雪淋湿多少记忆；尘埃湮没多少官吏，微风吹散多少忧郁。多少辉煌被历史长河淘洗得无声无息，唯有启迪向上的思想，能让后世铭记。

☆不敢生气是懦夫，不去生气是智者。

☆长期盯在一处，若能专注一万小时，必成行家无疑。故，悟性不高，久久为功。

☆在思索中行进，思路就多。

☆思想是思考成熟的果核。

☆每逢佳节，最好的庆贺方式是想念，未必都需谋面；每当想念，最好的礼物是祝愿，未必都需用钱；每当祝愿，最好的意境是恩典，未必都要赞叹。一份平和的祈愿，载着深情，足道久远。

☆为最坏的情况做准备，最好的情况才会来临。

☆植物靠根系吸收养料，成就它的高度。人是行走的植物，也有根系：健康、爱心、技能、事业、人脉……拥有怎样的根系，决定人生的高度。

☆瀑布是江河走投无路时创造的奇迹。

☆人脉也是财脉。

☆世间不努力能得到的只有年龄。

☆活得开心点，因为我们迟早会死。

☆能冲动，表示有激情；总冲动，表明不懂生活。

☆人们相信穿着衣服的谎言，却难接受赤裸裸的真实。

☆最简单的才是最深刻的。

☆不满他人、怀疑他人、苛求他人、仇视他人、敌对于他人，最终成孤家寡人。

☆有为有不为，知足知不足；锐气藏于胸，和气浮于面，才气见于事，义气施于人。

☆喜欢低调处事有助成功，欣爱张扬自吹易致失败。

☆事业最高境界：单位无憾、家人无忧、自己无悔。

☆大道至简：人际，先交流再交心；职场，先升值再升职；勾通，先求同再求异；执行，先完成再完善；解惑，先解决心情再解决事情。

☆人生的春天，不是季节，是内心；人的生命，不是躯体，是心性；人生，不是岁月，是永恒；云水，不是景色，是襟怀；日出，不是清晨，是朝气；风雨，不是天象，是锤炼；沧桑，不是自然，是经历；幸福，不是状态，是感悟！

☆一个人没有敬畏感时，任何神圣的事物都不会放在眼里。当眼中一切变得卑微时，这个人也就变态得既卑微又卑鄙了。

☆我不擅游泳，却欣赏水的性情。水，静中有动，动而至静；刚柔兼备，柔而至刚；动势水涨船高，静态水木清华；不显身时滴水不漏，露真容时水漫金山；秉性水火不相容，水落石出却静若止水……以水的深邃浩瀚，当悟些人生之道：动静自然，刚柔相济；意境上善若水，胸襟云水气度；似水晶莹剔透，悠然高山流水；即便傲居庙堂赫赫高位，也不过是汪洋中的水珠一滴……

想说的多，就旁征博引；

想讲的好，就简明扼要。

想见的多，就博览群书；

想看的远，就深思熟虑。

想走的快，就独自出行，

想走的远，就结伴而行！

# 方言漫笔

现实生活中，我们可以看到这样一种有趣的现象：人与人交往时，几句话出口，便可以断定某个人是哪个地方的；即使对方讲一口普通话，也能够从时不时"露馅儿"的乡音里判断个八九不离十。这种"自报家门"的现象根由，就是方言作怪。

《辞海》中对方言解释："一种语言的地方变体。在语言、词汇、语法上各有其特点，是语言分化的结果"，"方言在部落和部族语里不断产生和发展，在一定条件下还可发展成为独立的语言。"觅查我国有多少种方言以及每种方言孕育发展的历史，追溯渊源，就是一个异常庞大的命题，从来没有人能够考究得十分精当。我国西汉时期的著名学者扬雄，曾经搜集典籍四方周游，历经27年还未完成《輶轩使者绝代语释别国方言》专著。自古以来，纪录某地方言沿革的《方言志》、以各种方言为考察对象的方言学、用显示方言地理分布特征编绘的方言地图，内容驳杂，书籍汗牛充栋，为我们今天研究古代方言提供了珍贵资料。

中华民族的汉语方言类别很多。以大范围来说，北方话、闽南话、粤方言等，文字表述时一模一样，而在不同地域因为方言语音的演变，一省一县一乡都可能差别悬殊，要想详细分类就异常困难。以方音举例来说，广州人把"凯"读如"海"，福州人把"知"读如"低"，昆明人把"雨"读如"椅"，西安人把"税"读如"费"……难怪有人戏称西北人听闽南话犹如听"天书"，可真是一点没有夸大。由于方音演变形成方言的综合差别，就更为明显。拿小范围的西北方言来说，陕西宝鸡一带人把"头"称为"煞"，把"钱"称为"嘎"；宁夏人把"白色"称作"bia色"，把"小玩意"称作"尕玩意"……倘若异地人初次听到这些带有浓郁色彩的方言，真会感到不知所云，往往闹出笑话造成误解甚至惹出麻烦来。

方言的产生繁衍与落后封闭的经济文化不无关系。远的不说，就现代大众而言，许多偏远山区和交通不便的农村人常年不出远门，甚至终生在一种方言环境中生活，就不可能与其他地域的人们交流；许多人自小受一种方言影响很深，即使成年后移居很多地方，却难以改变乡音；尽管普通话成为一种普遍运用的"共同语"，在封闭经济影响深远的地区却仍然难以普及。

现代社会交往中，方言与感情之间有剪不断的关系。一个人出门在外，偶尔碰到操一口与自己同样方言的乡党，三言两语拉呱起来顿觉亲切，感情似乎靠近了许多，由于方言搭桥便容易往深处攀谈，话题仿佛也广一些；现代商品经济流通中，有人借方言联络感情洽谈生意，往往事半功倍效果更佳；在玩笑逗乐的场合，有人模仿某种方言与同事娱乐，也会制造一种开心怡神的氛围；许多影视剧中领袖人物或小品演员用浓厚的乡音表演，给观众留下的印象更为深刻。方言产生的这些连锁效应，说到底无非是人们对某种方言乐于接受的新颖感，抑或是因地域的接近而引发的亲近感。

人们喜欢或厌恶某种方言是常有的事，但也不是一成不变。以某一个人为例来讲，有时会认为方言有优劣之分，有时会感到某种方言生硬粗野，有时甚至厌恶听到某种方言，而过一阶段很可能异迥释然。这些因为地域、时间、对象、心情等诸多因素触发的变化，既简单又复杂，只言片语很难说清。

在改革开放新形势下，我国经济文化迅速繁荣，现代交通日趋便利，语言流通渠道逐渐拓宽，现代生活对各种方言兼容并蓄，"共同语"取代方言的步伐日益加快。尽管方言在现实生活中还有一定的特殊地位，社会的发展和普通话影响的扩大，方言的作用逐渐缩小已成趋势，方言的最终消失将是历史必然。

或许，我们这一辈人，正走在方言急速消失的大路上；就像浓浓的乡愁一样，很多方言只能留恋，却守不住……

# 仙姑游山

仙女入仙境，仙山迎仙人；
游兴似神仙，仙姑露仙容。

心雨芳草

# 隔辈亲，为什么？

## ——致远方的朋友

到年底，我的小孙女整两岁。

"专职"当爷爷带小孙女多半年，我感受真切：隔辈亲！

凡是小孙女嬉闹、玩笑、撒娇，甚或喊叫、泣哭、使小性子，一举一动，似乎就是温馨、愉悦、喜欣和幸福的别样表达。

我喜欢她活蹦乱跳的童真，喜欢她无忧无虑的童趣，喜欢她天真烂漫的童声，喜欢她纯净无邪的童心。

相信，普天同心，我的这份感受并非独有。凡当爷爷奶奶姥爷姥姥，或许拥有的这份感受更为深切。

隔辈亲，为什么？

这个不是问题的话题，各位爷爷奶奶是否想过？即便思虑，答案七色八样。

血脉绵延，亲缘护幼，亲情疼爱……都具道理。

但是，这些都不足以说服我。

凡后辈，从踉踉跄跄蹒跚学步，到稚言稚气牙牙学语，到举足前行走进成熟，无不浸透着前辈无尽的关爱。

对于儿女，父辈生养时正值着力学业、攀登事业的忙碌季，若论品评人生意味的深长，自然达不到当爷爷奶奶姥爷姥姥年岁的感悟。

穿越岁月风雨，进入花甲年轮的爷爷奶奶姥爷姥姥，品尝过太多的喜悦、欢乐、欣慰、悲伤、坎坷、磨难或落魄，万千气象，人生历练，境遇种种，百感交集。

如此，凝视小天使一般天真无邪的目光，目睹小精灵蓝天一样澄澈明净的笑颜，内心平静而满脸沧桑的爷爷奶奶，当然五味杂陈，感慨万端。

于是，有了如我"专职"当爷爷的奇特感悟——

我们要尽量对孩子好一些，让他们生命的底色尽量布满快乐。因为，成年以后，走进逼仄的世界，他们会碰到很多烦恼，承担许多忧愁。到那时，小时候的活泼快乐会成为他们美好的回忆，就像一笔早年储备的财富，时不时地支取，抚慰他们的忧伤或痛苦！

老朋友，你说呢？

# 海滩上的小脚丫

## ——小孙女成长写影

时间：2016 年

地点：广东珠海海怡湾畔社区

犹如快乐的小天使，能将她的哭叫声、呐喊声、嬉闹声和欢笑声，逐个幻化成温馨、愉悦、喜庆和幸福，让天真烂漫充盈所有亲情包裹的时空……

——题记

阳春三月，我和老伴来到海天连接的珠海小栖，主要任务是带小孙女杨光暖。

4 月初。她的第一声啼哭我未曾听到，第一次听见她的笑声时，光暖已经一岁三个月，能扑腾着站住脚，自管自的蹒跚几步；小嘴巴能嘣出一些两个字的称呼和问候，诸如爸爸、妈妈、拜拜之类。

首次见面，她一双水灵灵的大眼睛顽皮地眨巴着，静静地瞅着我；红扑扑的脸蛋带着文静的神色，乌黑的眼珠转来转去，就像审视陌生人一样，圆圆的小脸庞没有任何表情，不吐一个字；我想亲热一下抱抱她，却难以靠近。不过一根烟工夫，小家伙在她妈妈的劝导下，笑容可掬地勉强同意我抱着她照了几张相。

4 月中旬。珠海的夏天来得早。尽管常有阴雨连绵的日子，气温还是不低。天稍放晴，我就推着光暖在社区的林荫道上漫步纳凉。

第一次推着光暖出去时，她半躺在平时乘坐的小童车里，目视前方，一声不吭。我走几步路，她回头瞅瞅，算是同我交流了。能单独推着她散步，她算是给我这个见面不多，还很陌生的爷爷好大的面子了！

4月下旬。海怡湾畔的环境很优美。按照规划，十几个住宅小区的楼群安顿在一个大院，全以"海"字起头作为某个小区的名称，让人一看就有"海滨人家"的意韵。曲径通幽，湖泊小桥，水清鱼跃，林带杂树，花草竞芳，空气清新，典型的南国风光。超市不大，却也百货齐备。地下地上停车场旁边和楼群间的保安亭，让人心中升腾一种安全感。业主们常聚集的"住客会所"内设餐馆、游泳馆、阅览室、健身房、台球室、儿童游乐室、卫生服务中心，最诱人的是四季有中央空调，这在热浪常驻的南方是最大福音。因此，会所成为大院最热闹的聚集地，带小孩的老头老太太去的最多。我带光暖也常去会所，让她和小朋友们一起尽情地玩跷跷板、溜溜板。也去阅览室，让她随心翻翻业主们捐赠留存的启蒙书刊。

5月初。若论户籍，小孙女是真正的珠海人。我和爱人、儿子都是北方人，光暖的外公、外婆和妈妈也是"外来户"。如今，在多元文化齐聚的"百岛之城"珠海，光暖无忧无虑地接纳了六位亲人的悉心呵护，她小小的肩头也承载着众多亲情的期望。

5月下旬。幼儿成长期是个既讨人喜爱，又令人操心的时段。

带光暖外出玩耍，有担不尽的心：和众多小朋友玩闹，随时须防着互碰、摔倒；户外的杂物、车辆、宠物等，随时隐藏着"伤机"。

光暖的模仿能力很强，看到我用扫帚扫地、用拖把拖地板，也照猫画虎，小手手抓起大扫帚、大拖把，从这个屋子跑到那个屋子，齐齐划拉一番，边跑边笑，挡都挡不住。随着小脚丫欢快地挪动，光暖的笑声也从这个屋子移动到那个屋子，我们全家人也都陶醉在灌满笑意的时空里。但有一项任务：看着她"干"得满头大汗，我得紧随其后，以防她脚下不稳绊倒。

6月中旬。小孙女的外公对光暖疼爱有加，昵称她"小毛头"。光暖很乐意接受这个昵称，常常自称"我是小毛头"。缘于这份疼爱，"小毛头"近期日程安排中，每天要转换三个环境：早饭随父母吃，上午由我们带她玩；午饭外婆接去吃，午睡后送来由我们带她玩；晚饭在我们这里吃，饭后随父母回去休息。一岁半的幼儿一天转换几个环境，不哭不闹，我真佩服小光暖的适应能力。

7月。光暖一岁半了。从踉踉跄跄的蹒跚学步，到初步稳当地举足前行，从牙牙学语的稚气语音，到基本清晰的幼儿语调，活蹦乱跳的小孙女用她天真无邪的目光，充满好奇地认真打量着这个丰富多彩而又陌生奇妙的大千世界。

她走路、说话像个小大人。与我已经很亲，每当随父母走进我们的住屋，随口先问："爷爷呢？"她学我走路时背着双手的模样，边走边冲着我要怪相，曾因背手走路的姿势摔得"嘴啃泥"。小嘴巴蹦出的已经不是一两个字，而是四五个字一组的简单常用句。

8月。光暖的语言表现变化很大，进步也很快。能背诵外婆给她教的《三字经》前几十句，熟练地吟诵"鹅，鹅，鹅，曲项向天歌……""离离原上草，一岁一枯荣……"等诗文，能不成曲调的哼唱《好爸爸》《卖报歌》《小毛驴》《世上只有妈妈好》《我爱北京天安门》等儿歌。

会所有小女孩练习舞蹈，我就领光暖去看，或请这些小姐姐给光暖专门跳几段。光暖目不转睛地从头看到尾，而后兴高采烈地甩胳膊扭腰自乐一阵，算是跳舞。只是我这个当爷爷的不会跳舞，也没人教她音乐和舞蹈，浪费了她的这份兴致。

9月。幼儿的天职是玩耍，从玩耍中了解周边的人和物，也开始不由自主地培植性情。

和家人在一起时，光暖满屋子撒欢，蹦蹦跳跳的就像一只小花鹿。每天晚间爸爸、妈妈给她洗澡时，她是搬放用具的好帮手，洗涤用品摆放的位置、次序，她记得清清楚楚，总要亲手拿来自己的小浴盆、澡巾，高高兴兴地打着水花沐浴。

常去会所玩耍，会所的保洁员都认识光暖，常想同她亲热亲热。但是，就像她首次"审视"我时的情景一样，光暖对这些爷爷、奶奶、叔叔、阿姨不露任何表情，嘟着圆圆的小脸不吐一个字，只是静静地瞅着，谁想热情地逗笑、问话、抱抱她，都难能如愿。

带光暖外出时，或推童车，或抱着她行走，我常常肩挎一个小布袋，装上水杯、衣物和小玩具等。有时忘了带布袋，光暖就会不停地问我："爷爷，袋子呢？"就凭这，真得佩服她像个小小的"好管家"。

光暖吃饭不挑拣咸淡，凡是奶奶精心做好端上餐桌的饭菜，她常囫囵吞枣，风卷残云般地让碗碟见底。

每次晚饭后与我们挥手"拜拜"前，光暖习惯性地将她的玩具、小画书放进抽屉，争着将爸爸、妈妈的拖鞋放回鞋柜。

但是，顽皮、捣蛋、任性起来，光暖那一股倔犟劲谁也挨不过：她会笑眯眯地赤着小脚丫满屋子乱跑，兴奋地自称"跑步呢"；嘴馋起来，她会扮个怪脸四处找寻水果、小点心，反正"我要吃"；偶尔，她会因一时的"不顺心"哭闹，转瞬，却又风去云散雨过天晴；她会将所有的积木和橡皮泥玩具撒得"满地鸡毛"，还开心地大笑，不管三七二十一，似乎拥有了一份成就感。两三分钟一过，她又将刚才的事情抛在脑后，像没发生一样。

*10月初*。一岁多的幼儿眼中的世界是个全新的天地，"好问"便是光暖最大的特点。

每天，或外出，或在家，不管是谁陪她，光暖会问许许多多的"这是什么？"远处的，眼前的，餐桌上，路途中，或天地云水，或杂树百草，她会像个好学生处在求学的"饥饿期"一样，缠着你一遍又一遍地提问，"勤学"得让你感到不知如何作答，甚至于感到又想笑又嫌烦，但却不想随便应付。

推着她出去散步，我有时情不自禁地哼几句小曲，光暖坐在童车里仔细地听着，时不时回头瞅瞅我："爷爷唱什么啊?"

看到大院里会所、楼群、超市、围栏、道路、绿地间的标识、广告等，光暖常会自言自语："校车""不许抽烟""高压危险""安全出口"……

**10月中旬。**光暖有了"朋友圈"，专注力也有明显提高。

常去会所，光暖认识了很多小朋友，还结交了几个同她一般大的蜜友：米米、胖胖、年年、道道等名字，她常挂在嘴边，一天不见都念叨个不停；同米米玩耍时尤为开心，每次见面都要主动跑过去，或拥抱，或拉拉手，首先得亲热一下。

在家里涂鸦、玩积木和橡皮泥，她能不停歇地玩一个多小时，还翻出许多新花样。

用塑胶积木摆好"一列火车"，"安排"好所有亲人的"座位"，她闹着叫我抱她"坐火车"。结果，"一坐上火车"，积木倒塌四散，满目狼藉，她却哈哈大笑，小嘴乐得合不拢……

# 我远远地看着她

## ——致小孙女光暖

　　阳春三月，我离开珠海，回到关中老家。人走了，心却走不掉。

　　在珠海小住一年，我是带小孙女的"专职爷爷"。一年间，光暖就像欢乐的小天使，从稚气的牙牙学语到瞬时变幻的笑闹哭喊，她给我们平静的生活平添了无尽的欢声笑语；从蹒跚学步到小花鹿般地蹦蹦跳跳，给无比疼爱她的亲人们带来了无尽的欣喜愉悦！

　　初夏，珠海惯常多雨。海天相接处，细雨霏霏，水雾如幕。大地、山丘、房屋、道路、衣物，随处都是湿漉漉、黏糊糊、潮乎乎、水濂濂的。可是，顽童的玩劲无关天气。雨天，玩耍的空间有限。我和光暖的奶奶变着法子给她讲故事、教儿歌。天稍放亮，光暖坐上小童车，让我推着她前往小区的会所玩耍，那里有儿童娱乐室，还有她每天念叨的许多小玩伴。会所广场、湖边小径、观鱼坪台、纳凉小亭、林荫匝道，小区旁共乐园的九曲桥、石桌凳、竹林边，都有光暖童车碾过的印迹，还有她和小玩伴撒下的笑声！

　　幼儿的玩兴是阶段性的，常常随着环境变化而变化。1岁半到2岁时，跷跷板、溜溜板是光暖的"保留节目"；2岁以后，她的兴致转到垒积木、玩沙子。《小猫当当》《小猪佩奇》等故事听"腻歪"了，她就叫"换个新的吧"；《小燕子》《小毛驴》等儿歌听了多次，她问"有没有跳舞的？"常常，我带她乘坐公交车，前往不远的唐家镇消防广场、格力海岸海滨公园，那里有儿童娱乐角，有跷跷板、溜溜板等器械，还有沙坑。光暖喜欢拿着我的公交卡利落地刷卡。一开始，公交车读卡器"您好"的回音一响，我告诉她："这是买票了，我们可以坐车了！"随后，光暖一听熟悉的"您好"，就冲着我笑，那笑窝里漫着说不尽的新鲜感、成功感和满足感。

让我乐呵的是，光暖对喜爱玩耍项目的专注：有时，从溜溜板上来下去几十趟，竟也不烦；翻来覆去地鼓捣沙子，在沙坑里一蹲一个多小时，竟也不累；用五颜六色的橡皮泥块做"米饭"，竟能加温至"500度"，连续多日做出花色品种多样的"干饭、稀粥"，笑着叫我"品尝"，我还真得为她的奇思妙想连声叫好！

光暖玩兴正浓时，我常站在不远处，静静地看着她，让她专心致志地玩。时间长了，催促她喝水、换衣，或给一些鼓励，只要安全就好。

最让我佩服的，是她的"好问"。久住北方，我对南国自然地理状况了解甚少。偏偏，光暖一出住宅门，就问"爷爷，这是什么树呀？""爷爷，这叫什么花呀？"回答嘛，我真说不清楚；不答嘛，实在对不住"小学生"。一得空，我只好咨询小区的工人，或上网查资料，在应付答问的同时，还真长了些知识。

我离开珠海不久，光暖上幼儿园了。2岁3个月的女孩上幼儿园，第一天起竟不哭不喊不叫不闹，不得不令人点赞！

如今，千山塞道，万水隔阻。我虽然不在光暖身边，但是，我在远远地看着她：看着她在幼儿园里做早操、叠纸盒、做手工，看着她与小朋友们一起玩耍、游戏、唱歌、跳舞；看着她无忧无虑地欢笑，看着她高高兴兴地成长……

当然，远远地看着她的，还有许多亲人、亲戚和朋友，还有更多的勉励、祝愿和祝福！

# 遥想南国爱悠悠

## ——给小孙女的第一封信

题记：3岁的小孙女在珠海上幼儿园，奇迹般地给银川的爷爷奶奶"写"了一封信——她口述，请她妈妈代笔，其间用小花、小"表情"装饰，叫我连蒙带猜地读懂了她的爱……随后几天，她稚气的来电追询："爷爷，您给我的信写了吗？"于是，我这个已有时年不写信的老夫，提笔留墨，有了如下文字——

光暖：

你好啊！

12月28日是你的生日，光暖又长一岁，真是个"小大人"啦！

在你4岁生日到来之际，爷爷奶奶先祝贺你生日快乐！也祝你和外公外婆爸爸妈妈心情愉快、天天高兴！

你给爷爷奶奶的信写得很好，想说的话讲得很清楚，还有你的小花；其中的内容还带着你的顽皮劲儿，我们已经收藏啦！

爷爷奶奶虽然不在珠海，不在你的身边，但天天想着你，也经常念叨你：吃饭的时候，念叨你坐在小圈椅里、不听话的小脚丫蹬在爷爷腿上的感觉；在湖边散步的时候，念叨你尽耍赖、自己不走路、硬缠着让爷爷抱着走的懒蛋劲儿；晚间看《天气预报》节目的时候，总要看看澳门的温度变化，念叨你在珠海的衣食穿戴；听到湖畔嘉苑小区幼儿园的小朋友在树林里玩闹的笑声，就念叨爷爷带你到唐家消防广场、格力海岸公园和海怡湾畔会所捉迷藏、堆沙子、溜溜板的情景……

常常，我们关注最多的，是你在幼儿园的成长情况：喜欢看你扎着小辫、去幼儿园时一路蹦蹦跳跳的身影，喜欢看你早晨担任小旗手升国旗、担任小礼仪迎接小朋友入园的认真劲儿，喜欢看你和小朋友们一起游戏、种菜、拣鸡蛋、磨豆浆、走T台、做泥塑的欢乐场景……

你在珠海和外公外婆爸爸妈妈在一起生活的照片、视频和语音，我们都分年度保存在电脑里，还经常请你的太奶奶、太姥姥和其他亲人看一看、听一听，让亲人们都乐呵乐呵！看着光暖长高了、懂事了、学到好多知识了，爷爷奶奶和亲人们都很高兴！

冬天的珠海很暖和，12月银川的野外却很冷了。咱们家的暖气很好，房间温度20多度，感觉不到冷。下午有太阳时，爷爷奶奶陪着太奶奶、太姥姥在小区附近散散步、晒晒太阳，很少到远的地方去。爷爷奶奶和太奶奶、太姥姥的身体都很好，生活很有规律，你放心！

爷爷奶奶常说，下雪的时候光暖回银川来，奶奶给你做你最爱吃的臊子面，咱们一起去湖畔公园滚雪球、堆雪人、打雪仗、滑冰车，让你好好地看看北方的雪景，尽情地在雪地上打滚，任你调皮捣蛋玩个够！

这是爷爷奶奶第一次给你写信。你过生日啦，爷爷奶奶就用这封信作为生日礼物献给你——

祝你生日快乐！爷爷奶奶爱光暖！

爷爷　奶奶

2018年12月12日于银川

# 墨为悦己者香

## ——致文友

老朋友，有个不成问题的问题老朽思忖良久，今想与您讨教，不知可有同感？

古来，人以群分，物以类聚。故曰：人，类也！

喜舞文弄墨，且以舞文弄墨为乐事，当为痴者；只是，此类痴者向来寡淡，围观者多多，便有了"观众"！

再说，痴者攀爬的总是常人生畏的路径，故而曲高和寡，文友群体便成了小众。

小众也倒罢了，能耐得寂寞的，才算本事。

于是，有围观者问：文字如故纸，吃不得，乏味；看不得，累眼；听不得，劳神；不挡喝，苦涩；不来钱，费事；痴其何用？

哦，哦，文痴者就偏好"这一口"，没治！故而：有了文友群体研讨互励的小氛围，言必谈墨，乐在墨中，痴此不疲！

不解者问：痴迷啥呀？

痴迷啥呢，"痴迷于用文字的艺术语言表达我的所思所想所感所悟，记录我对生活的理解，擅发我对远方的向往……"

值得吗？"咋说呢？就好这一口自有道理啊！这一口的味道你若细细品尝，越嚼越香。倘若站在局外瞭望，就尝不出酸甜。"

图名？"呵，呵，文痴者不迎合市侩，不惑于声色，不喜欢笑脸鲜花迎送，反倒要鼓足勇气抵御世俗的讥讽，还有善良的误解，甚至恶意的中伤和时髦的嘲弄。故而：要说名么，愚痴、傻瓜该是痴迷的代名词。"

图利？"呵，呵，你看有利可图吗？文痴者不囿于物欲，不指望掌声恭语陪伴。他只执著地认定：舞文弄墨的过程，潜藏着人生的乐趣。痴迷嘛，就是在艺术的茫茫荒原上发掘属于自己的矿产，尽力探索其中的乐呵，不懈地寻觅这种境界，与名与家似不搭界。"

嗨嗨，那白忙乎个啥啊？"哈哈，书有爱书者阅览，才有价值；文有痴迷者欣赏，便有激励；墨为悦己者香，处处痴迷皆锦绣呵！不走进风景深处，咋能观其精彩呢？故曰：墨到痴迷境自远吧！只是，此中芳华需要体会：增长知识、修身养性、磨砺情志、记录时代、交流促进……都是成果。倘若，思谋着轻松无忧的观览，又想名利全收囊中，我看，还是别进此门为妙。"

老朋友，老朽小题大做，不知您有何感？

# 念你天天

## ——致远方的朋友

我在乎生命中经历过的那些感动心灵的时刻，哪怕是一个温暖的目光，也会让我感恩；我珍惜人生中朴素的真诚与无言的感动，哪怕是一束暖心的电波，我也会熟记不忘，感激不尽；我追寻简单无奇的哲思和平庸寡淡的乐趣，与行进中相遇的每一位良朋益友笑谈素生一路相扶……由此，有了平平静静的心境。

本来，这个世界是热闹的。但在热闹的人堆里，我寂寞的心却常常孤寂。面对繁闹的交响，有时也傻想，我充其量只是热闹的看客，热闹的人和热闹的景与我关系不大。

然而，在孤寂的时空里，你给我的鼓励很大很大，大得能盛下所有永恒和牵挂。

曾经，多少晨星奏响欢欣的舞曲，多少舞曲填满精彩的故事；每个故事都有美好的感情，每一折情感都藏着舒心的足迹！有许多脚印可以忆念，有许多亲朋天天挂念；有许多朋友时时想念，有许多业绩值得留念；有许多大事值得纪念，有许多故人值得悼念！每一个有你的日子多彩多姿，那些美好的珍藏，犹如引人心动的春歌，如水，如雨，如吟，如诉……

岁月远去时，穿越晨钟暮鼓，在唐宋烟雨的墨香里，默默地温习不足挂齿的细节，在浩渺的库存里搜寻不会掉色的激情；夜空如画时，穿越灿烂的星云，在生命四季的明媚里，静静地品味过往的绽放，将粘满芳菲的烟火丰盈成一道温润的风景。

因此，我们彼此有了心灵感应：最感动的时刻，是被远方的朋友想起；最美好的时刻，是想起远方的你；没有约定却有默契，无论身在何方，每个日子都有彼此的惦记。

因此，那些清澈旖旎的寂寞与我决裂。时间越久，越发地感到曾经的故事就是我们生命中的精灵，翻转跳跃在辗转流年的时空。

期聚的时间总是很长，相聚的时间总是很短。琐事黯淡了万丈豪情，湮没不了的，唯剩下这平平静静的心境。

其实，不必追寻蒹葭摇曳的幽欢，不必流连烟花绽放的绚烂。山峦阻隔天高地远，阻隔不了深深思念；经纬可以拉开距离，挡不住真挚的情感；岁月可以流逝年华，朋友再远也会亲密无间。人生路长，相知是根古老的藤，相逢是首悠扬的歌，以绵长的期许品尝悠扬长调的韵味，也会感悟友情滋润的丰饶瑰丽。

自然，我们企盼欢聚，期愿生命之舟在奋力前行中稀释所有悲忧苦怨，心底藏好那份感念，天天念你，念你天天……

# 幸福是一种心态

☆心静者高，高者俯瞰古今；心和者仁，仁者包容万象；心慈者深，深者淡定人生；心慧者爱，爱者笑对天天！愿心灵慧灵，心藏古今；心情常新，唱响人生！

☆有意识的低瞧自身也是一种高度。

☆许多话只能埋在心底，直语倒没了味道；许多情只能隐秘不喧，喧了倒没了意思。

☆心情是生活的调节器。心情靓丽，每个日子都会靓丽，激情、热情、热望、希望也会充满每一天。

☆心底的声音不谱曲也有动听的音符，心底的话语不直言也有明亮的标点。心曲是诚挚的内涵，标点是心灵的感叹。

☆心态淡定品人生，道法自然享安福。

常悟世间俗大理，自古本无万事顺。

☆心里绽放希望时，欢欣不会离开你。

☆山与山的距离是云，树与树的距离是风，人与人的距离是心；让距离化作彩虹，搭起相望的桥梁。

☆月夜如水时我把心曲唱亮，不用诗情画意的表述，只需写在心底的歌声。愿心曲带去如月的祈福，祝生活如歌欢欣！

☆无言之境如画境无语情趣幽远，古乐之陈似水流有像音韵斑斓。

☆植入心灵的友情不在于时时牵手天天谋面，常挂心上忆念无尽当幽情古远意象无限。

☆风萧萧，云重重，言淡淡，意真真！

雨霏霏，雾蒙蒙；念切切，情浓浓！

山浒浒，水漾漾；语挚挚，心诚诚！

天寂寂，梦幻幻，路漫漫，趣殷殷！

☆在岁月雨中穿行，往往打湿心情，却欣悦无尽；在光阴河中守候，常常捕捉灵感，却抓不住沉吟。

☆用心做事者众，用心做人者寡。

☆莫忘身体是本钱，没了本钱咋康健？莫将名利看太重，浮华过后是烟云；医院不是大救星，养生就是好医生；万事张弛宜得当，张弛有度功自成！

☆人出生时都是原创，多数人渐渐活成了复制。人生像飞机，飞多高不要紧，落地稳当就好！

☆人的不幸，都在于总想走别人的路。

☆塑造独特品格的最好办法是拥有别人所匮乏的东西；心情郁闷时犒劳自我的最好办法是设身处地的想着别人同时放行自己；让人动心动容的最好办法是讲述他常常关心却又难以讲透的话题。

☆春风不语却能叫醒百草，阳光无言却能温暖大地；天地无声却能养育万物，厚德无形却能流芳百世。

☆微笑是保持年轻的精神良药。

☆幸福是一种心态。笑对人生，即使凄风苦雨、漫天阴霾，幸福之花也会怒放多彩。有快乐常伴，就有齐天幸福！

☆每天，我们有多种选择，要紧的是选择愉悦；常常，我们想收藏很多，要紧的是收藏快乐；不好的情绪就像一场风，风过了，你就说"理那些干吗？"别人怎么对你是他的事，你怎么回应是你的事；记着这点，你的内心就强大了。

☆人都感觉自己看得很远，所以，不必活在别人目光里，那里没有尽头。

☆曹操言：何以解忧，唯有杜康。有字句排忧法，很简单：当忧郁袭来时，用笔将心底的话写出或输进手机电脑，尔后将那些字句删掉，忧愁就走开了。

☆多少岁月唱响过欢欣的舞曲！然而，这些都是伴奏，引为幸福的当是挚友夜风中送来的春歌，如流，如雨，如诉……友谊如云，泽被无疆！

☆关心一个人的时候，且以他的快乐为快乐，并以他的幸福为幸福；虽然冬天很冷，想起挚友，心里也暖。

☆总想把最美好的祝福送给亲朋，不仅在每个年节；总想把最真诚的祝愿送给好友，不仅在每个惦念的时刻；愿平安幸福好运永远与亲朋好友相伴相随。

# 人生是一部多幕戏

☆人生是一部多幕戏。序幕开场,你可能只是配角,没有一句台词。随着剧情演进,总有你的唱腔亮相。不必期望幕幕都是高潮,力争演好折戏,就能成就全剧精彩。

☆在社会和人生的大舞台上,悲喜剧常有,且常常转换。每个人都扮演着不同的谁也不能替代的角色,沉湎于喜剧就有了悲剧,勇于从悲剧中突围就成为喜剧。人不必感叹自身角色尊卑与否,重要的是如何将角色演得有声有色。

☆健忘是老态,善忘是境界;不敢生气是懦夫,不去生气是智者。

☆人生上半场按学历、职位、业绩、财富比上升,下半场按血压、血脂、血糖、尿酸、胆固醇比下降。争取两场都赢的法则:不富也要知足,再烦也要想通,再郁闷也要寻开心,再痛苦也要找乐子,再有理也要让人,再有权也要低调,没病也要体检,不渴也要喝水,不累也要休息,再忙也要锻炼。天天有个好心情。

☆突然发现,手上的老年斑若隐若现,很多观念已无法改变,腿脚不像以前那么灵便,思想上已有许多老茧,很多繁闹正淡出视线。把酒叙道,人生不过是一个概念。

☆有许多被我们的脚步踏碎、碾平了的记忆,虽已散乱的撒落在岁月深处,不经意间翻捡东西时,它们会静静地守候在那里,给你捧上一份久违的信息,让你感慨万千却又默默无语!

☆经历跋涉方能明白:获得的同时必有舍得,拿起的同时也需放下。天天是好天,步步有清风。舍得累赘,收获轻松;放下烦恼,收获清净;

舍得平庸，收获精良；放下执著，获得自在。只要舍得，就能收获；只有放得下，才能拿得起。生命因舍得而充实，人生因放下而美艳。

☆人生百样，有的是一条奔腾的大河，有的是一弯潺潺小溪，有的是一轴浓墨重彩的国画，有的是一道独特不二的盆景。人过中年，似乎方能感到人生苦短，忧乐参半。百样百味，重在有味。

☆对于人生，能够宽阔地阅读、深度地思索、理性地感悟，并平静地笑对，的确是一种功夫。这种功夫的获得，就像习练书法，需要不停地熬炼，天天积累，久久为功。

☆一些人自我感觉从来良好，其不知成由自以为非，败于自以为是。其悲哀就在于自以为是还浑然不知。

# 心潮无风生古韵

## ——与友或自撰楹联记趣

（一）一组大佛好联对

杨新润"大佛"出联敬询朋友，有 6 幅组对。

1. 大佛寺大佛事寺寺大佛佛佛事大侍大佛

   新月街新月节街街新月月月节新接新月

   　　——下联：张景伟

2. 大佛寺大佛事大寺大佛佛佛事大侍大佛

   通天教通天道通教通天天天道通能通天

   　　——下联：杨德山

3. 大佛寺大佛事寺寺大佛佛佛事大侍大佛

   滕王阁滕王歌阁阁滕王王王歌滕搁滕王

   　　——下联：杨巨成（陕西省扶风县诗词楹联学会副会长兼秘书长）

4. 大佛寺大佛事寺寺大佛佛佛事大侍大佛

   小道观小道场观观小道道道场小敬小道

   　　——下联：尚旭中

5. 大佛寺大佛事寺寺大佛佛佛事大侍大佛

   长坂坡长坂陂坡坡长坂坂坂陂长剥长坂

   　　——下联：毕林飞

　　注：大佛寺在河北省石家庄市正定县城东门里街，长坂坡在湖北省宜昌市当阳县（今县级市）中心城区。

6. 大佛寺大佛事寺寺大佛佛佛事大侍大佛

小鬼儿小鬼而儿儿小鬼鬼鬼而小讹小鬼

——下联：毕林飞

注：大佛寺在河北省石家庄市正定县城东门里街。小鬼儿系德国夫妻作家沃尔夫冈·荷尔拜茵和海依克·荷尔拜茵的儿童文学作品《小鬼儿》。讲述了九岁的男孩尤斯丁有一个秘密的，甚至是想想都有点恐怖的朋友——小鬼儿。他每天要做的事，就是如何帮助小鬼儿在人间做一件真正卑鄙恶劣的事——这是地狱之主对小鬼儿的考验。否则，小鬼儿一家就会被赶出地狱。可是，小鬼儿每做一件坏事最后都莫名其妙地变成了好事，因此小鬼儿被地狱之主一点点地剥夺了做鬼的资格。最后小鬼儿终于做了一件"很坏"的好事，通过了考验，可以留在地狱做一个真正的鬼了，同时，人间也多了一个善良可爱的小男孩。

（二）

1. 老戏迷，迷老戏，戏老，戏迷老，老戏迷迷戏（杨新润）

新歌舞，舞新歌，歌新，歌舞新，新歌舞舞歌（毕林飞）

2. 新歌舞，舞新歌，歌新，歌舞新，新歌舞歌舞（毕林飞）

老戏迷，迷老戏，戏老，戏迷老，老戏迷戏迷（杨新润）

上两联是我和陕西省楹联学会理事毕林飞先生合作所撰。最初是我撰上联后无法对出下联，求助毕林飞先生。毕先生很快对出下联，还将上一副楹联的最后两个字颠倒使其"一变二"。后两字一颠倒，韵律平仄不同，上联就成了下联。

"一变二"联仍然和谐，动感十足，很有趣味！

（三）

为我的老父亲杨世忠老先生九十华诞撰写的贺寿联：

乐享九龄亲朋同歌无量寿

老当益壮乡邻共颂福延年

——2010年10月2日

（四）

年年过节月月过节周周过节天天过节节日何其多

时时浪费刻刻浪费分分浪费秒秒浪费费用谁言少

——杨锐编撰上联，杨新润对下联

（五）

总说别人这也不是那也不是似乎什么都不是其实自身才是不是

常称自己这也不行那也不行好像什么都不行或许自个还真能行

——杨锐先生与杨新润编撰

（六）

1. 久经岁月熬炼证明颇具思想能够信赖的行者称得上真君子

　常年风雨吹打考验值得结交富于德智的朋友肯定是大善人

2. 慧眼智识诗书画

　妙手巧塑精气神

3. 土节洋节节节有情亲情友情乡情爱情情情珍贵

中风西风风风和畅和平和谐和睦和衷和和融洽

——为2014年元宵节情人节双节重叠撰联

4. 百花好月常圆人勤康而寿

劲根深叶繁茂天籁福永春

——为2014年春节老家头门撰联

5. 捧佳书读恰似拜访良师畅饮美酒品尝佳肴喜获财富让你顿开茅塞

受益无尽

　得好友来犹如夜对明月乐游山水漫步仙境秋风送爽真令我心旷神

怡浑身通泰

6. 鸟儿随心所欲鸣叫都像曲曲乐章悦耳动听令人喜爱

　苍蝇处心积虑表演却似阵阵噪音烦民扰众惹人生厌

7. 墨染心底留香久

　笔落笺上存韵远

8. 流凌春风利
   山岳海光清

9. 筹添沧海期
   嵩祝老松青

10. 清阴素莲极幽趣
    朗咏雅玲生古情

11. 贪念一分招忧悔
    廉洁二字享安然

12. 贪念招忧悔
    廉洁享安然

13. 贪念一分到处便招忧悔
    廉洁二字从来尽享安然

14. 铺天瑞雪新年喜
    盖地银装百姓乐

15. 多少好友赛佳书
    情似明月意如华

16. 勤赏书画陶性情，品茗聚聊涤燥尘
    饱览史卷识沧桑，浅吟乐典壮胸襟

17. 莫对青山谈世事
    当用风雨润诗情

18. 家和万事兴康乐
    人谐百载收幸福

19. 风流不在谈锋胜
    袖手少言意韵久

20. 道合古贤诚意汇
    理达儒贾信用丰

21. 书合古意深

艺融天地秘

22.美人处美景美人更美人美如景

靓媚添靓丽靓媚逾靓靓媚犹丽

23.唐诗下酒赏明月

汉赋为茶待亲朋

24.心潮无风起

志远闲听涛

25.常想念似坐拥丽日晴月

老惦记犹怀抱翠琴朗玉

26.树多带老娘土容易成活即使移植天南地北

人常念乡土情有助成才哪怕闯荡异域他邦

27.久经岁月熬炼证明颇具思想能够信赖的行者称得上真君子

常年风雨吹打考验值得结交富于德智的朋友肯定是大善人

28.慧眼智识诗书画,妙手巧塑精气神

29.土节洋节节节有情亲情友情乡情爱情情情珍贵

中风西风风风和畅和平和谐和睦和衷和和融洽

　　——为2014年元宵节情人节双节重叠撰联

30.常想念似坐拥丽日晴月

老惦记犹怀抱翠琴朗玉

　　——杨新润编撰致联友

31.捧佳书读恰似拜访良师畅饮美酒品尝佳肴喜获财富让你顿开茅塞
受益无尽

得好友来犹如夜对明月乐游山水漫步仙境秋风送爽真令我心旷神
怡浑身通泰

32.鸟儿随心所欲鸣叫都像曲曲乐章悦耳动听令人喜爱

苍蝇处心积虑表演却似阵阵噪音烦民扰众惹人生厌

# 心若旷原芳草自香

国人喜欢吃面，最爱吃的不是干面、汤面和炒面，却是情面、体面和场面；国人常赶场子，耗时最多的不是剧场、书场和球场，而是会场、酒场和牌场（或派场）；国人常讲修心，多注重雄心、信心和决心，却少有平和的心气、心态和心境。

朋友说："人，类也！"初听，我不以为然。友辩：同是心想，有些人是心胸，有些人是心眼；同是看法，有些人是眼光，有些人是眼泪；同是话语，有些人是哲言，有些人是胡言；同是闯关，有些人感到迈出这一步就是万丈深渊，有些人却认为闯过这一关就是艳阳天。至此，我信了。

禅谓，人生最好的境界是放下。我们凡庸之辈不可能都去放下，但人生确有三个境界值得细思，一是拿得起，二是抓得住，三是放得下。如此看来，人的心态很重要，心情如花看生活如花，心情沮丧看万事如灰。持有平静平和的心态，当学点禅意。

闲暇时，什么事也别做，给心情放个假，任她在旷野上奔驰，甩掉烦恼的泥土；任她去大海里冲浪，洗掉忧愁的尘埃；愿生活中的一切不快只当是灰色的玩笑，遐想会带给你快乐和欣慰。

# 艺术的力量有多大

☆经常接触书法、绘画、摄影、音乐、雕塑、文学等文化艺术，对于人的文化素养熏陶能起到很大影响，长期潜移默化就会收到意想不到的成效。

☆欣赏艺术的过程，既是享受，也是熏染学习。所谓文化修养、艺术积累，不可能一蹴而就，久久为功。

☆所谓古董，就是以前常见的一点物件；所谓历史，就是已经过去了的事情；所谓新闻，就是有一群人没有经见的事物；实际上我们都拥有古董，也在创造新闻，顺便创造了历史。

☆新鲜有味的话语是不时尚不流行的语言。它因独特才新鲜，因新鲜而有味，又因有味才显得艺术。等到流行了、时尚了，就不新鲜不独特了，没有味了，也没有艺术含量了。然而，想说些独特的新鲜的有味的有艺术的语言，就不能在时尚的流行色里绕圈子。独特的东西才是自己的，时尚的东西最容易陈旧。

☆盐不华美却很精彩，没有盐的生活寡淡无味。精彩的语言是一种精神，也是生活中的盐。"语盐"充满香味，才使人感到精彩，亦给人向上的力量。出自亲朋的"语盐"因富感情色彩而倍感亲切和耐人寻味。愿常能赏读出自亲朋的精彩"语盐"。

☆常用些小文字抒发情趣、情感、情绪、情愿、情意、情怀、情操、情思、情义，既给心情放假，也属雅好交流。期以此愿，常能赏听老友旧好的佳语情禅。

☆文学能够创造无穷无尽的想象空间。用文学语言排忧遣愁、抒发情志、反映苦乐、描述人事、描写喜忧、表达爱憎，是上乘的书写工具。其声可以巨如洪钟，细若耳语；其彩可以无限绚丽，无与伦比；瞬间可以远在千里，近在咫尺；哲思可以映照今人，启迪后世。

☆凡事业都可以成为艺术，而每一门艺术自有其独特门道。只要深研一门艺术，必有此感：进门易，识道难；入道易，出道难；仿道易，修道难；同习一道易，另立门道难；悟些皮毛易，创新门道难。故，古云："行有道，艺无涯"！一语破的，是真道理。

☆任何艺术都是在寂寞中和毅力拔河，需有佛教徒似的虔诚和苦行僧般的坚守。

# 平平淡淡是真美

☆我们熟识的人士中，有的智慧超群却非读书人，有的满腹经纶却众人不齿，有的年纪轻轻却老成持重，有的年岁高迈却处事稚嫩。故，似有启迪：知识多寡不等于智慧深浅，智慧邃远并非全赖于书本。人生的丰沛是在实践中善于思辨的吸取经验并随时修正自身，单纯的死读书只会增加知识不会增长智慧！

☆塑造独特品格的最好办法是拥有别人所匮乏的东西；心情郁闷时犒劳自我的最好办法是设身处地地想着别人同时放行自己；让人动心动容的最好办法是讲述他常常关心却又难以讲透的话题。

☆尽管到过许多地方，游览的兴致却始终不涨，唯独乐在书斋里漫游，文字的海洋总令人心潮荡漾。尽管用过许多美食佳肴，再好的食品也不过果腹一尝，还是偏爱思想的营养，那是天天必须补充的精神食粮。即便周游四方、遍览春光，也需要思辨和畅想。岁月流逝，只有智慧的行囊不断增重，才是人生最好的渴望。

☆诗文展现笔者才情，谈吐显露言者心迹。用情感拥抱生活，生活就有情感；用生命锻造语言，言语才有生命。日常平淡的言谈不可能都是经典，始终没有经典的言谈人生就永远平淡。

☆佛为心，道为骨，儒为表，笑脸待世相；

德在胸，艺在身，慧在脑，从容度人生。

☆美感是平淡平常平直的，土洋、雅俗、高低、升沉、清浊均有美的元素。生活平庸，时时有美。

☆天下很多好东西是免费的：阳光空气、亲情友情、信念希望、意志梦想、春风秋雨、月华星辉……无时不在，只是未必人人都能珍视。

☆世上很多事只能干不能讲，一讲就变味了。

☆世事无常。正像大腹便便并不等于满腹经纶一样，过早谢顶并不等于聪明绝顶，位高并非德高，权重并非望重，有位并非有为，城府深并非学问深，说得好并非干得好，干得好并非就能落下好。看淡世事，心安神宁。

☆平和的情义富时不多贫时不嫌，平和的心情严冬不凋丽春不艳；平和的乐趣节日不浓平日不淡，平和的感情大爱不语常爱不言。

☆向上而不攀上，谐下而不欺下；乐观而不浮躁，看淡而不漠然；沉静而不沉重，看透而不悲观。

☆不是什么人都能成为朋友，不是什么努力都能取得成功，不是什么时候都能感到满意，但是，不管什么情况下都应力争保持高兴。

☆有时被一句话感动，因为真诚；有时为一首歌流泪，因为动情；有时把回忆当习惯，因为思念；有时总想问候你，因为牵挂。

☆把健康当大事认真去做，视平淡为幸福坦然触摸；知快乐是常态坚毅执著，守平安如祝福随身带好；吟古今品经典闲看秋月，享人生大乐趣填满笑窝。

☆撷一抹风景，静览风起云散，是悠然；拥一处茶居，细品人生清雅，是悠闲；聚一席挚友，指点世事感悟，是悠扬；捧一方古藏，详解万千故经，是悠长。

☆以思念化雨，滴滴润肤；以忆念酿酒，点点润心；让想念凝结，丝丝相系；让怀念聚花，朵朵美艳。

☆人有如意欣喜，也有烦恼痛苦。几十载历程，应高兴地安享每一天，宽容坦然地善待自己。

☆常怀一颗平常心，平和平静处世情；自信平实寄平凡，经年平淡不平庸。

☆在生活的棋盘中，希望与失望同处，舒心与酸楚共存，顺畅与逆境结好，健康与疾痛相伴，甜蜜与苦涩拥抱，壮美与丑陋结缘。正因为人生底色多样，见证过沧桑，便留存微笑。

☆真心诚意心富有，宽怀感恩情温暖；静思修养人和谐，体贴包容添幸福。

☆会面少少，祝福多多；话语少少，情意多多。

# 奇思异想一箩筐

☆孩子似乎知道人间很逼仄，不情愿来到这个世界。要不，降临人世的第一反应，为啥都哭泣？

既然抱着不情愿的态度来到这个世界，那就闹吧：婴幼儿成长期的啼哭、呐喊、嘶叫、嬉闹、搞怪、搞笑或"使坏"举动，不会是这种心态的另类表达么？

☆人，天性喜爱舒适，总想拥有一个温馨平静的窝。娘胎具备这样的环境。要不，人为啥终生感念母亲？

☆所有创造都是为了满足人的舒服。从席地而坐到桌椅板凳，从硬木凳到软沙发；从肩挑手提到独轮木车，从自行车到私家车；衣食住行听看读闻，尽管新用品目不暇接与时俱进，却都是奔着"更加舒服"的目标推出新面孔的。欲创新者，沿着"就要让你更舒服"的思路前行，或许会走得很顺。

☆人类社会的发展进步是个喜新厌旧的过程。以创新思维看，朝秦暮楚、朝三暮四之类的作为，从来具有积极意义。倘若信奉"道之大原出于天，天不变，道亦不变"，（董仲舒《举贤良对策》三）以惯性思维循规蹈矩，再崭新的东西也会陈腐老旧。标新创意没了市场，标新立异就不可能。只有不断推陈出新，才能改变一成不变。

☆开天辟地从不缺少勇猛善战的将士，却缺乏能谋善断的谋士；开创新路从不缺少坚持不懈的努力，却缺乏异想天开的乖谬。异想天开向来被视为不切实际的瞎想，创新思维却不能拒绝异想天开。

没有天马行空的异想天开，哪有真切的深空航天？没有玄妙虚幻的胡思乱想，哪有真实版的宇航登月？有了鼓励想入非非的思维导航，才有无穷无尽的别出心裁；有了奖励独辟蹊径的创新氛围，才有层出不穷的别具匠心。

☆真理是在同异端邪说的斗争中自然确立的，是在多元文化的交融中探索成形的。然而，真理没有"样板戏"。历史长河，曾经流淌过无数被视为异类、异常的学说，只是岁月淘洗成了真理。哥白尼的太阳系学说，曾被当时的宗教势力看成典型的异端邪说，受到野蛮的压制。所有能够占领人类精神高地的先进文化，从来不惧怕异端邪说，终会以真理的辉煌盘踞历史高处，照耀前路。

☆国人常常敬慕神仙，大江南北三山五岳，庙宇寺观众多，神坛佛龛无数，香火缭绕不绝。其间供奉的神像类别繁杂，雄居高座的有掌管天庭众神的昊天至尊玉皇大帝，位次靠近的有天庭八部 365 位正神，还有 33 类观音身等等。真可谓真人成神、神话成仙、群星列宿、布雨兴云、善恶之神，全为教众。惊奇的是，所有神仙中，没有一个皇帝。

中华大地，从公元前 221 年至 1912 年，帝制历史 2313 年，从秦汉晋隋到唐宋元明清，加上五代十六国、南北朝、金辽西夏，从秦始皇到清逊帝溥仪，加上李自成、张献忠、洪秀全父子，甚至称洪宪帝仅两个月的袁世凯，煌煌大位共 408 个。这些号称天子、圣驾、皇上的万岁爷们，为何不被国人敬为神仙？

或许，就像《水浒传》里称皇帝为"官家"一样，普通百姓眼中，九五至尊的皇权也不过是手纸，最多用一次，不供上神坛佛龛为好。

☆俗言：多一个朋友多一条路。然而，多一个酒肉朋友，就多了一次空耗生命的机会。

朋友与知己是两个概念。你手机的"朋友圈"中可能有数百个朋友，能掏心窝的知己有几个？人，不能没有朋友，"朋友圈"却未必越大越好。适当删除并非对朋友不敬。少一些"无事却联系"，给朋友也少些空耗生命的机会。

☆国人忌讳讲死。常讲人生观，鲜有人死观。

忌讳长了，便有了"人死如灯灭"的误导。如此，让人既产生"人都要死，一死万事休，奋斗有啥用"的悲凉伤感，又产生"反正都是要死的，有什么不能干"的无所顾忌。

古人"将死亡看得像回家一样平常"，所谓"三军之士，视死如归。"（《吕氏春秋·勿躬》）但是，生命是过去、现在与未来的一条河流，人死了，后代还在延续，创造的物质财富和精神价值还存在。死亡是物理生活的结束，而非生命本真的终结。悼词讲"他永远活在我们心里"，说的就是这个理。

再说，人的死法各有不同，如何"舒舒服服地走了"，也是谁也掌控不了的难题。因此，进行人死观教育很有必要。

若有人死观教育，对于如何正确认识健康与长寿、生存与死亡等问题，必有帮助；对于如何正确解决厚葬薄养、厚幼薄老、临终关怀等问题，必有益处；对于如何追求幸福、品味快乐、感恩生命，必有助力。

# 广播是个大世界

我是广播电台的一位老听众。从上个世纪70年代初开始至今，广播旋律融进了我的生活，听广播成了我的生活习惯。每天一起床或者有空当时间，我都要打开收音机，一边干家务一边听广播。以至现在，中央人民广播电台、宁夏电台开办的新闻台、经济台、交通台和都市广播，我都交叉着经常收听。40多年来，我把人生最美好的青春年华融入了广播，广播伴我度过了人生最美好的青春时节；我从广播电台播出的各类节目中学到了很多知识，得到了很多乐趣，也吸取了很多力量。毫不夸张地说：广播是我的老朋友，我是广播的忠实听众；广播伴我愉快地生活，我为广播伴我度过每一天而感到充实。

我爱听广播，主要是爱她方便、快捷、丰富。打开收音机，就像走进一个美好的天地，也好像拥有了一个博大的世界。现在，虽然说是电视机、报纸、刊物、网络丰富了，人们获得知识和信息的渠道更多了。但是，广播传播快、信息量大、收听方便、传播面广的特点，仍然是其它传媒无法取代的。

在多年收听广播的实践中，我深深地感到，与报纸等其他媒体相比，广播具有很多传播优势：

**广播覆盖范围广，受众量大**。广播的信息传播是以电子信号为载体的，随着科学技术的进步，广播发射功率的扩大，使广播的无限覆盖成为可能。一般情况下，即使在报纸无法送达的地方，只要在广播的有效覆盖范围内，不论交通情况如何困难，也不管当时的天气多么恶劣，任何一位听众都可以及时、准确地接受广播信息。

受众获取信息随意、快捷、廉价，是广播最大的优势。这些独特优势，是其他几个大众媒体难以比拟的。传播信息的多样性、即时性，接收器材的方便性、廉价性，是广播经久不衰的根本原因。随着我国近年来对大众媒介报道突出事件、重大或重要事件政策的逐渐放宽，透明度的不断增强，从事件发生的时间，到通过媒体向受众公布这一信息的最短时间，成为当今各媒体间相互展开竞争的先决因素。广播最快，就最先赢得了受众。人们在休闲散步、出行途中或做家务等其他活动时，并不妨碍人们收听广播，这也大大提高了广播对消费者的影响，增强了广播广告的传播效果。

广播是低成本的信息传播媒体。对受众来说，广播是为听众免费提供信息的，是受众无成本进行信息消费的媒体，而报纸随着订阅与发行价格的提高，受众就很有限。在报纸上刊登的广告信息就很难与广播低成本的信息传播相比拟。

广播具有教育、娱乐、服务和舆论监督等多种功能。广播是现代化的大众传媒，现在的广播电台大多数开办有新闻、经济、教育、生活、交通、文艺、都市等频道，分别针对不同的听众和消费者。从寻医问药到心理咨询，从提供信息到沟通产销，从政策咨询到舆论监督……只要是广大听众需要的，广播几乎都开设有相应的节目，这些服务类节目逐渐成为展示广播新形象的一个重要侧面，深受社会各界的欢迎和好评。

由此可见，广播并不是商业促销宣传中可有可无的媒体，而是传播效果强，低投入高产出的优势媒体，这种优势需要我们在现实工作中有全面的认识和充分的发挥。

当然，广播面临着同行及其他媒体更为激烈的竞争。作为广播电台的老听众，我相信，只要不断地提高质量，实现结构优化、节目优化和播出优化，广播事业的前景一定会十分辉煌。

# 给都市生活以心灵支撑

## ——写给银川《都市生活》周刊创刊一周岁

都市生活是大众的生活，《都市生活》是为都市大众提供生活资讯的好平台。每当翻动飘着墨香的《都市生活》，我常为它关注民生、贴近民意、反映民情的亲民理念而感动！

都市生活蕴涵着都市文化，《都市生活》是汇集都市文化的好阵地。每当手捧新一期《都市生活》，我常为她弘扬传统文化、传播先进文化、营造良好的文化氛围的壮举而叫好！

在一年的时光流转中，《都市生活》以丰富多彩的内容和形式为提升都市生活品位、涵养都市大众心灵、建设时代变迁中的精神家园做了不懈的努力。作为她的忠实读者，我为能够逐期赏读她的风采而欣慰！

在我国成为物质大国、建设文化强国、实现中华民族伟大复兴的壮丽进程中，国人都热切期望弘扬中华文化的道义崇尚和精神崇尚。推动经济社会大发展大繁荣、不断满足人民群众精神文化需求，当是《都市生活》的神圣责任和宗旨追求。我相信，依靠中华民族久远博大的传统文化，《都市生活》正在用多姿多彩的文化成果造福于接受这种文化的都市大众；依靠宁夏大地阔大无比的多民族文化的丰富性，《都市生活》一定能够为提升都市大众的生活质量耸起硕大的丰碑！

# 快乐是一种能力

☆高高兴兴地生活是一种能力。不断地培养和提高这种能力，是营造乐观幸福的生活的必修课。这门必修课的基础是安居乐业，要点是处事远眺，达观向上，心态平和。

☆人行一世，快乐是家。年龄长幼、职务高低、职业各异、事业成败、财产丰赚、身体健弱、学识多少、住地城乡、车房大小、环境优劣、待遇厚薄……均需淡观。高优厚丰固然应有，但未必福音；低弱薄少固然不足，但未必无乐。平淡达观，幸福无边。

☆放弃该放弃的是无奈，放弃不该放弃的是无能；不放弃该放弃的是无知，不放弃不该放弃的是执著。

☆打开幸福之门的钥匙是思想。

☆人生靠自己解套。解套是在绝望中摆脱烦恼，在压力下改变心态，在痛苦中抓住快乐，在无路时找到出路。

☆笑交朋友，哭博同情，诚解怨恨，气伤身体，忧郁患病，病要人命，为人常乐，一生幸福。

☆笑交友，诚解愁；气伤身，愁要命；人常乐，无怨忧。

☆每个人都是生活的调音师，每天都在按照自己的喜好调剂生活的音色，只是调出的音符不同而已。各人喜欢什么样的生活音质，自己可能并未觉察，别人却是能听出来的。

☆美好不止外表还有心灵和健康。不求多强，但须无恙。快乐不需多久，只要一生。

☆人生哪有常如意，但求万事半称心。

☆身体第一不能无视健康，心情快乐有助身体康健。

☆幸福很简单，但却不是单纯的；幸福很平淡，但却不是平均的；幸福很美好，但却不是美满的；幸福人人都有，但却不是人人都能感受到的；幸福时时都有，但却不能收藏。

☆健康从心开始找，心态平淡很重要；管好嘴又迈开腿，多饮开水疾患少；天天微笑颜容俏，七八分饱就行了；世上没有留春术，淡泊宁静比药好。

☆心情和快乐是密友，只要二者不分开，烦恼就没有地位。保持好心情，做个乐呵人。

☆忧乐参半是人生的必然，避忧求乐是人性的自然；排忧享乐是常人的悠然，先忧后乐是前人的慨然；遇忧会乐是贤人的坦然，化忧为乐是智者的超然。

☆平淡待生活，平和待亲友；无论何境遇，平安又平静。

☆女士爱打扮，常靓丽示人。人的心情也需打扮。人都有心情不佳的时候，但自己心情如何，别人不知；调整心态，扮靓心情。谁能嫌弃乐观优雅的形象？

☆人的心情犹如天气，有晴有阴。晴时看生活如花，自在快乐；阴时感生活很累，人生无味。天气是自然现象，无法掌控；心情属性情元素，却能自我调节。愿天天心情如花，时时享受人生。

☆快乐，不是由于拥有的多，而是因为计较的少；财富可以带来快乐，但财富不是快乐的标志。并不富裕的人心情快乐着，同样如富翁。快乐是真正的老家。

☆人生需要奋力，但更需要快乐。喜悦快乐的人生活并不费力，这不是停滞呆板愚笨。相反，只有智慧的人才能从辛苦和争执中解脱。其中，主要的是心态。若能达此心境，就能进入既在自感快乐的领域奋力，却又不与人比高下的喜乐状态。

☆健康是天，快乐是地，年年康乐，顶天立地；亲人似风，朋友如雨，处处亲朋，风调雨顺。

☆把健康当工作，勤奋去做；将幸福当生活，认真去过；把快乐当梦想，坚持执著；将平安当祝福，随身带好。

☆整天愁苦，容易形成苦脸；整天怒气，可能形成怒相。乐观和善，当然慈眉善目；豁达宽怀，自然造就肖像。表情是瞬间的相貌，相貌是凝固的表情。中外都有相面术，古人早就"以貌取人"，不是没有道理。

☆喜欢付出，回报会跟着你；喜欢感恩，顺利会跟着你；喜欢助人，贵人会跟着你；喜欢抱怨，烦恼会跟着你；喜欢知足，快乐会跟着你；喜欢逃避，失败会跟着你；喜欢分享，朋友会跟着你；喜欢生气，疾病会跟着你；喜欢学习，上进会跟着你；喜欢思辨，成功会跟着你！

# 花开的声音风知道

☆如果没有风，彩云再飘逸也没有浪漫的舞姿；如果没有火，食物再好吃也没有可口的香味；如果没有爱，岁月再长久也只是简单的重复；如果没有情，再滋润的心田也会干枯成沙丘。

☆爱是一种甜蜜的苦涩，情到深处才留下带泪的脚窝；守持灵魂里忧郁的专注，只因要兑现一声承诺。

☆幽默是咪友，动人是迷友，文静是谧友，直言是密友，能吐隐秘是秘友，能道情话是蜜友。

☆工作忙碌，心态放松能觉得轻松；身居闹市，心绪沉逸会感到寂静；天寒地冻，心情愉悦能感觉温暖；人生路长，心怀感恩会觉得幸福。

☆许多人想拥有许多智慧，认为掌握了知识就有了智慧。其实，将知识升华为智慧的途径不只是知识的积累，更多的是感悟、执著、仁厚和慈爱。无形的智慧远比有形的知识来得不易却又平凡和珍贵。

☆倾听辽远的声音是一种享受：古诗般的典乐是独特的佳馔，与远去的哲人对话犹如自助餐。消化吸收这些美食却要韧劲，长久嘴嚼经典获益无尽。

# 旅　途

许多旅途走过多次，许多旅途已不再向往；许多旅途风雨交加，许多旅途满目春光；多少旅途融入记忆，多少旅途又准备起航……

人生也是一次旅行呵，只是单程旅途，不可来去复往。在这仅有一次的旅行中，一些旅途无法选择，一些旅途不能错过；一些旅途阳光灿烂，一些旅途晦暗无常；一些旅途给人睿智，一些旅途使人迷茫；一些旅途不堪回眸，许多旅途精彩生香！

在这仅有一次的旅行中，一些人忙忙碌碌累其一生，却走不出多远，短短的路途布满平庸无望；一些人面带微笑执著跋涉，走过的旅途倒成了风景，那怕坎坷挫折的历练，也吸引着别人欣赏的目光！

珍惜每次旅行，用心走好每一步，每个早晨都是新的启航；愉快地对待每一次呼吸，粗茶淡饭里就有幸福来去复往！

常常旅途，新旅途总有新风景，新旅途就是新的篇章！

# 本能与本事

学说话是本能，会说话是本事；

爱说话是本能，会闭嘴是本事；

学走路是本能，走正路是本事；

能发火是本能，能熄火是本事；

有想法是本能，有思想是本事；

有忧愁是本能，会解忧是本事。

谐音漫话

# 喜欢搞怪数谐音

## ——趣话谐音之一

先讲个故事——知县新上任，要挂帐子，对师爷说："你去买两根竹竿来"。师爷答应，跑到肉店，对店主说："新来的县太爷要买两个猪肝，你是明白人，心里该有数吧！"店主聪明，一听就懂，马上割了两个猪肝，还奉送一副猪耳朵。离开肉铺，师爷心想：老爷叫我买的是猪肝，这猪耳朵当然是我的了。便将猪耳朵包好，塞进口袋。回县衙，禀报知县："回禀太爷，猪肝买来了！"知县见师爷买回的是猪肝，生气道："你的耳朵哪里去了？"师爷一听，吓得面如土色，忙答："耳……耳朵，在此，在我、我的口袋里！"

是那位师爷的耳朵不灵？也是，也不是。但肯定地说，竹竿谐猪肝，是"谐音在搞怪！"

谐音是传统民俗文化的重要表现形式。它利用汉字同音或近音的条件，以同音字或近音字代替本字，产生的一种辞趣。借着谐音，戏谑调侃，开心高兴，喜形于色，惊悚愤怒，激愤怒视，怒发冲冠，借谐表露，酣畅淋漓。翻阅浩如烟海的史料，露着怪笑的谐音比比皆是，有的幽默诙谐，让人忍俊不禁；有的怪得恰巧，惹人开怀大笑。

谐音在姓名中常生误会。有人名王寿忠。喝酒时，大家逗他：年轻轻的，咋就"寿终"？有姓范名剑，就成了"犯贱"，杜志滕成了"肚子疼"。

日常生活中，谐音常生滑稽。一天，学校组织在树下军训，教官对同学们说："第一排报数。"同学们惊讶地看着教官，教官又大声说了一遍，报数！于是，同学极不情愿地转过身去抱住了树。报数谐抱树，怪谁？

常常，谐音惹出许多尴尬。一个外国女孩嫁到中国，不会吃油条。早饭时，她被指点说："你蘸着吃。"她马上站起来，又被告诉："你蘸着吃！"她一头雾水，委屈道："让我站着吃，我已经站起了，还要站到哪？"蘸着吃与站着吃，可爱可叹呵！

谐音平添幽默也是常事。有位爸爸喜得男宝，请大师起名："大师，我姓高，媳妇姓郭，孩子名要有我俩的姓；我是男主人，应突出我的家庭地位，压住媳妇！孩子该叫啥？"大师："好办，叫高压郭（高压锅）吧！"

用谐音撰拟对联，很高明。对于对联中有些不恰当的字词，改用同音、同义文字，使一句话涉及两件或多件事、两种内容或多种内容，将编撰者的喜悲乐叹藏进谐音，其效妙不可言：

"莲（连）子心中苦，梨（离）儿腹内酸"，莲谐连，梨谐离，自然而然。

"檐下蜘蛛一腔丝意，庭前蚯蚓满腹泥心"，丝谐私，泥谐疑，顺理成章。

"猫儿竹下乘凉，全无暑（鼠）气；蝴蝶花间向日，更有风（蜂）来"，暑谐鼠，风谐蜂，非常恰巧。

一酒馆生意萧条，有书生拟联"东不管，西不管，酒管；兴也罢，衰也罢，喝罢"，生意渐好。管谐馆，罢谐吧，全无琢痕。

细赏国语，因谐音产生的歇后语，表达意境一语双关，借代新辞新颖得劲！墙上栽菜——无缘（无园），十两纹银——一定（一锭），唐僧的书——一本正（真）经，小苏他爹——老输（苏），四两棉花——谈（弹）不上，梁山泊军师——无（吴）用，耗子掉到水缸里——时髦（湿毛），扇着扇子说话——疯言疯语（风言风语），猪八戒拍照——自找难堪（看），肉锅丢进河里——昏昏沉沉（荤荤沉沉）……看到这些有趣味、有典故的借代，你能不叹服"谐音是一部大书"吗？

# 谐音是祈福的盐

## ——趣话谐音之二

民俗里，谐音多寓意讨彩头、图吉利、祈福乐，注重象征，强调隐喻，表达人们求吉驱凶的理想期望。

构思奇妙的吉祥谐语，把美好的故事与喜庆的祝愿融为一体，描绘出一幅幅精神的长卷：鱼谐余，灯谐丁，鹿谐禄，枣谐早，八谐发，戏谐喜，荷谐和，羊谐祥，鸡谐吉；狗借"旺旺"，丹凤朝阳，兰桂齐芳，牛气冲天，虎虎生威，龙凤狮龟，梅兰竹菊，鸳鸯戏荷（和），碎碎（岁岁）平安，竹报（爆）平安，喜（雀）上眉梢，蝙蝠谐福音，生菜谐生财，苹果谐平安，大象谐吉祥；柿柿（事事）如意，柿图（仕途）宽广；花生，又花着生；琴（勤）鹤（豁达）相连，教人为官清廉等等，这些谐音释放的寓意，人们一听喜气顿生，乐而忘忧，心花怒放。

谐音是祈福的盐。一碟生菜，一切生财；唱戏谐唱喜，葫芦谐福禄，倒贴福字谐福到；辣椒红萝卜寓红红火火；龟（贵）鹤（和）齐龄；生日吃面，长瘦面喻长寿面；三"羊"开泰谐三阳开泰；饺子喻交子，像圆宝喻团圆；年糕做成团，喻团团圆圆等等，都是人们喜欢的吉祥谐语，纳福迎祥，一路荣华，传承着中华民族的文明血脉，承载着满满的期冀和追求，让人回味不尽，浮想联翩。

传统民俗文化中，吉谐寓意俯拾皆是，随便拎一个都是大文章。譬如石榴：石榴花果红丽、果实多子、营养丰富，石谐实、食，榴谐流、留，吉祥多多。人们视石榴为吉庆繁荣、多福多寿、祥和鸿瑞、长命富贵的象征。满枝的石榴花寓含红红火火的日子，石榴子"千房同膜，千子如一"，喻示人丁兴旺、团结祥和、民族繁荣。《百子（籽）图》年画备受百姓喜爱，胖娃娃怀抱红彤彤的大石榴，寓子孙众多，福气盈门。新婚洞房喜帐悬两个石榴，备一对大红石榴的绣枕，寓祝新人和谐美满早得贵子；新生儿呱呱坠地，亲友赠送绣有石榴的鞋帽、衣服、枕头，以示祝贺；老人过寿，重健康，盼好运，晚辈献石榴祝贺福寿无疆。以石榴为题材的雕刻、剪纸、书画、摄影、地毯、面塑、首饰、肚兜、饼模、发绣、荷包、托盘等等，谐寓福瑞喜庆的工艺品随处可见。个中蕴含着去晦添喜的敬意恭贺，犹如周原古道传来一曲曲吉庆悠远的歌谣，嘹亮着先民的期盼和情怀，既古朴传统，又时尚大气，让人百看不厌，思绪万千。

谐音是中华民族美意延年的精神传承。2018年9月开学第一天，"背葱上学的小男孩"火了，江苏一位妈妈网上晒出儿子上幼儿园的装备：书包里装有葱（聪明）、烤果（考试必过）、苹果（平安）、菱角（伶俐可人），有五六斤重，全是这位母亲对孩子的祝愿和祝福。于是，网友热评："怪不得我不聪明，咱儿时没背葱呵！"

俗言：借衣不借鞋，吃蒜不吃姜。不借鞋是各人鞋码不一，哪能合脚；穿鞋走路，弄脏弄破咋还？要紧的是"鞋谐斜"。借斜气？不吉！姜谐将，吃人激将法，易生祸端啊。

如今，受市场经济大潮催拥，谐音式广告植入商业竞争，仿造成语的谐寓最吸引眼球。服装——"衣名惊人"（一鸣惊人），棉被——"有被无患"（有备无患），热水器——"随心所浴"（随心所欲），治咳药——"咳不容缓"（刻不容缓），电烫斗——"百衣百顺"（百依百顺），痔疮药——"痔在必得"（志在必得）等等，看着滑稽可笑，又佩服商家的苦心和聪颖。

还有"默默无蚊"（默默无闻），"无胃不治"（无微不至），"饮以为荣"（引以为荣），"食全食美"（十全十美），"钙世无双"（盖世无双），"酒负胜名"（久负盛名）等等谐音词语，幽默搞笑，却流露出国人期待健康幸福吉祥快乐的心境，不由得让人钦佩惊呼：谐音的学问大如沧海啊！

# 谐音宜忌皆智慧

## ——趣话谐音之三

谐音曾经饱含着封建礼教的血泪痛楚，其间的宜与忌、寓与晦，讲究多多，遗恨无尽。

为了忌讳，国人巧妙地运用讳饰法，凡遇忌讳，尽量不直接把原话说出来，而用别的话语替代装饰。妇女怀孕称"双身"，妇女月经称"历假"，棺材称寿木，亡人的衣帽称寿衣、寿帽；人死了称"老了、走了"；四谐死，"四"便成了远行出门、婚嫁择吉的避讳数；孩子满月须买猪前蹄，比喻挠钱；不能买后蹄，后蹄谐厚弃等等，既饱含智慧，又凸现出无奈和迷信。

古人对名字看得很重，讳莫如深的当数名字；名字中往往包含家族的辈分，载入族谱；啥时叫名，啥时叫字，很有讲究。当皇帝的若跟动物谐音时，更须避呼。明皇姓朱与猪谐音，明朝人管猪用"彘（zhi）、豕"等字代替。否则，杀猪谐杀朱，想造反呀？

北宋时，有个太守名田登，不许人说与"登"同音的字。只要与登同音，须用其他字代替，谁触犯忌讳，便以"侮辱地方长官"罪，或判刑，或挨板，不少吏卒因此遭鞭刑。元宵节到了，按惯例州城放三天焰火、点三天花灯庆祝，州府衙门要贴告示，让百姓观灯。可是，出告示的官员为难：灯字触犯太守，不用灯字意思不明。久忖，小官员"以火代灯"，告示就成了"本州照例放火三日"。尽管百姓惊忿，却成就了一条"只许州官放火，不许百姓点灯"的典故。

古时忌讳晚辈当着长辈的面喊长辈的名字。王九贤良的儿媳,从不当着公公的面喊公公的名,就连与公公名字同音的字也不在公公面前提。一天,王九不在家,他的两个朋友,一个拿韭菜,一个提一壶酒,来请王九吃酒。这两人一个叫张九,一个叫李九。王九回来,儿媳就把张九和李九来请公公吃酒的事告诉公公。她说:"张三三,李四五,来请公公去喝连盅数。张三三拿着马莲菜,李四五提着四加五。公公快快去赴宴,千万少喝连盅数。"你看,一个九(韭、酒)字也没提。

国人结婚礼物有不送梨、伞、钟的讲究,梨谐离,伞谐散,钟谐终,不吉利。光绪十五年,19岁的光绪帝大婚,"日不落帝国"为大清帝国皇帝大婚送的礼物是一座时尚而奢侈的自鸣钟。英国人想不到中国人的忌讳讲究,在自鸣钟两旁还镌刻一副对联:"日月同明,报十二时吉祥如意;天地合德,庆亿万年富贵寿康。"谁料想,十余年后,内忧外患万业凋敝的清朝真的到了"终场",自鸣钟真成了"鸣终"。

直至清末,我国人口普查还亘古未有。消息一出,百姓惶惶如热锅蚂蚁:查人干啥?瞬时,妖言肆虐,骚乱频频,哪里搞普查,哪里进入紧急状态。江西丰城的百姓讹传:人口普查是"征兵",征兵谐蒸兵,说调查户口是官府灭门毒计,上册之人都要受釜甑之苦。便鸣锣聚众,在村旁挖洞将调查员活埋。上高县调查员及仆从两名被活活打死。各地被官派充当调查员的乡绅、乡学,莫名的抛头颅洒热血,其间的酸甜苦辣当是一部大篇章。

当然,谐音也是嘲讽轻蔑对手的武器。清乾隆年间,纪晓岚与和珅同时在朝为官,纪晓岚任侍郎,和珅任尚书。一次,两人一起喝酒,和珅指着一只狗问:"是狼是狗?"纪晓岚机敏地意识到和珅是在辱骂自己,不动声色地答:"垂尾是狼,上竖是狗。"于是,民间便有了"侍郎是狼、尚书是狗"的谈资。

阎锡山很迷信。有一次,他迎接蒋介石到山西,为了选定在哪里迎蒋介石,特意开会商议。有人提议在大同,阎锡山摇头:"不行,我才不跟那老家伙搞大同呢!"有人提议在运城。阎锡山也不同意,运城?运成!不能让他成!他成了,我就不成了。想来想去,阎忽然一拍脑门:"就去介休,让老家伙早早休了吧!"嘿嘿,多亏山西有那么多可供选择的"谐音之城"呵!

# 名人到底是凡人

## ——乱弹名人之一

名人是世人侃谈的"准话题"。

——题引

名满天下的孔老夫子，其传世名作《论语·子路》中有这样的名言："名不正则言不顺，言不顺则事不成。"似乎有名必理直气壮？

俗谚云：人不出名言语轻。人过留名雁过留声。足见国情！

民谚又云：名医门前病人多。名师手下出高徒。名将手下无弱兵。是言国人对名人的首肯。

### 时势造名人

大凡社会变革，必有出类拔萃的名人冒头。

各个时代都有烙上那个时代印记的名人。

远古时期生产力低下，人们在一个个封闭的小圈子里活动，名人寥若晨星。

经济繁荣、科技发达、文化昌明的现代社会，名人大量涌现灿若繁星。

封闭落后的社会埋没名人。

文化昌明的社会造就名人。

古谚：三百六十行，行行出状元。

今谚：天上有多少星星，世上有多少名人。一个社会产生名人的多寡，反映着这个社会发展的水平。

名人自语：名人难做，名人不易，名人太累。

有位女明星说：做女人难，做名女人更难。

名人有名人的活法。名人有名人的烦恼。

名人的活法跟常人不一样。名人的烦恼跟常人的烦恼一样多。

世界上没有超凡越圣的名人。名人本出自平凡。名人说到底也是凡人。

名人首先是凡人，尔后是名。

是凡人就应先做人，尔后再谋名。

名人太累，大多是因为把名与人的位置错倒着。

人是矛盾的组合体，名人亦然。

名人自言难做，原委盖出于名气。

一个名人学富五车，一专多能，世人群起求字求画求词求文求其签名，谁是千手观音？

一个名人才疏学浅技艺平平，盛名之下，其实难副，岂能稳踞名位、名而无忧呢？

欺世盗名之辈名缰利锁缚身，偏想名满天下永保盛名，岂能终日无愁、安食稳寝呢？

古谚：名人往往遭嫉妒，不遭嫉妒是庸才。

名气这东西，淡眼看人生时值几文钱？

名气，是长在名人心底布满多厚的苔藓也沤不烂的性情。

人不是为名活着。名人不必为名气所累。

# 名人是个明丽的字眼

## ——乱弹名人之二

历史用同样刻度的尺子衡量名人价值。

历史判定名人，不是用一个时期大众传媒出现其名字的多寡来估断。

名人价值的大小，同他对社会贡献的大小成正比。

### 名人很值得研究

无数的名人争权夺利，常把人类引向深渊，战乱中，叫你一时辨不明黑白；无数的名人争风吃醋，曾把社会搅得昏天黑地，情场上，叫你欲笑无声，欲哭无泪；无数的名人曾使人间引出无尽的烦恼、悲伤和凄凉；一些名人身居高位特权专横，曾使成千上万的平民备受折磨，世人贬称其"奸雄"，常人提起他时恨之入骨，恨不得千刀万剐。

达到如此"高度"的名人，其名誉已经变质为名欲；其权欲、名欲、利欲、色欲的畸形膨胀，既给社会引来了祸水，也让祸水淹死了自己。

### 研究名人也是研究历史

名人是一个明丽的字眼。正因为如此，很多常人很想试一试当名人的滋味。

无论对人对己对社会而言，想当名人并不是坏事。

想当名人需要好的修养。

凡人类都需要修养，修养的目的并不是只想当名人。

公正竞争涌现的名人是令人信服的名人。

想当名人要有傲骨，不要傲气。

一个人可以不做名人，但一定要做人。

一个人不在乎能做个名人，却要在乎是否对社会有用。

名人并非个个对社会有用。

既然想名人，就要做对社会有用的名人。

"树大招风风撼树，人为名高名丧人"。"流芳百世为人传诵，这是很多人都孜孜以求的。可惜这里的抉择要凭毕生的行为，要靠人民的认可，不是靠拥有的地位、权势和自我吹捧所能解决的。"——欲做名人者，古训名言当为鉴戒！

我们这个改革开放的社会需要大批名人。

我们这个轰轰烈烈的时代应该多出名人。

我们鼓掌欢迎对社会有用的名人，

我们敞开胸怀拥抱杰出的名人！

# 名人与伟人没有等号

## ——乱弹名人之三

### 名人与伟人

历史的卷宗常常让名人做"开篇词"，请伟人做"结束语"。

历史是伟人的传记，许多名人只是点缀。

名人可以成为伟人，名人中也确实有许多伟人。

伟人一定是名人，名人却不等于就能称伟人。

名人再有名也别以为自己就是伟人。

伟人和名人本来就不在一个档次。

名人与伟人本来就没有等号。

伟人和名人都有自己的"粉丝"。不同的是：伟人赢得的是历史的掌声，许多名人收获的只是瞬间的笑声（包括讥笑）。

历史是一幅长卷，伟人能够挥舞巨笔绘制波澜壮阔的蓝图，名人描绘的只是精彩的插画。

历史是一条长河，伟人可以掀起海啸，许多名人奋力鼓荡的，只是浪头，甚至只能算作浪花。

历史是一首长诗，伟人是诗的意韵，名人充其量只是其间的一个感叹号。

伟人谋划的高迈可能有很多遗憾，名人打造的精彩只能说刻骨铭心。

伟人求解的是方向性的大势：引领和启迪"粉丝们"如何破局、如何跨越？

名人探索的是技术性的课题：在驾轻就熟的领域还能达到什么高度、有什么新意？

雄踞高位并非就是伟人，伟人也不是必踞大位。世人称孔子为圣人、孟子为亚圣，盖因"孔孟之道"服众之雄。其道，任何大位、任何伟人能与比肩？

世上没有完人。伟人再伟大、名人再有名，同样称不得完人。

真有建树的名人肯定能够赢得一些掌声，伟人却是持久赢得历史掌声的名人。

伟人并非都能笑到最后，伟人却是能够持久大笑的名人。

# 名家是个"硬头货"

## ——乱弹名人之四

### 名与家

从来，名人和"家"紧密相连。称家者必是名人，名人也易成家。科学家、艺术家、教育家、作家、大师……在常人眼中是一种神圣的意味，向来令人神往，受人敬慕，甚至有一种敬畏。于是，名人与家，这两个本不搭界的词，就联姻成"名家"，浑身上下有了耀眼的光环。

光环耀眼，有吸引力，极富诱惑力，盖因这些名家有硬实力、有好德行：勤勉奉献、专业成就、学识造诣、道德风范、人格魅力，值得人们仰望倾慕。古今中外，千百年来，无数德高望重的名家勇立潮头，耸起一个个耀眼的时代标引，成为引人向上的精致标杆，使成千上万的后生受到鼓舞。

然而，林子大了啥鸟都想筑巢。一旦气候适宜，总有利欲熏心，或欲想成名成家的人物想浪个虚名，过一把当名人、明星、名家的瘾。

于是，没有专著，找人捉刀；没有论集，出资代笔；网海茫茫，东拼西凑；没有操枪弄棒的硬功夫，摆个花架子糊弄人；胸中乏墨，或找人吹捧，或云山雾罩自我吹嘘；没有地位权势，捐几个小钱领几个头衔也不费劲；没有出类拔萃的真本事，一"拜望名师"也能鹤立鸡群；德不高望不重，道貌岸然也能欺世盗名……反正，名人、明星、名家这些名称，谁做判定？谁立标尺？哪有标准？

于是，刊发两篇文章就称作家，唱两首歌曲就称歌唱家，写两幅字就称书法家，还有文豪、大师、名师之后，艺坛耆宿、文坛老将、艺园新秀、艺苑新星等等大号，林林总总，不胜枚举。真可谓"名门"满街、"砖家"遍目，灿若繁星却真假难辨，满园春光却杂草绊腿。

然而，名家毕竟是个"硬头货"。"名家"这头衔可真不是随便戴的，也不是谁想戴谁就能戴的。别看着"你忽悠，我陶醉，各色头衔满天飞；高帽遮颜过闹市，锦衣伴灯迎恭维"，当名家成了嬉戏的玩物，畸形繁殖就发酵成恶性膨瘤，轻则名累人、名气人、名烦人，毁誉参半；重则名害人、名丧人、名杀人，葬身名海。当儿戏玩闹变成家常便饭时，灿若繁星就成了"烦星满天"，这"大师、大家、豪杰"的名气也成了白菜价，甚至倒挂都没人搭理。

其实，对于敬慕名家的标尺，世人从来心中有数；名气的山高水浅，人们经见多了，也从仰望变为平视。尽管社会变革日新月异，普通百姓却不会由于媒体狂吹"某某名人身价过亿"去顶礼膜拜；对于那些才疏学浅却"不惜牺牲自己"沽名钓誉的网红、"明星"，人们向来侧目而视；对于那些技艺平平却毫无底线的"名师""新秀"，人们向来不屑一顾；对于真正德高望重的名人、大家，世人眼中投射敬慕敬畏的目光，并没有半点消退。任何时代，人们对优秀名人、杰出大师的神往和评判，也不会因为平庸之辈的俗不可耐而影响掉价。

何况，世事常新，再有名气的名人和大家都是光阴的过客，还别提那些追寻虚名昙花一现的"烦星"、名角。

当然，名人想跃升为大家，也并没错。只是，人不可能都成为名人，名人也不可能都能成为名家；小有名气也好，一时有名也成。要紧的是，宁愿没名声，也不要坏名声；宁愿没帽子，也不戴高帽子；宁愿不流芳百世，也不要招人侧目；宁愿不做名人，做好人就很好！

相信，虚荣唤不来神往的目光；只要有实力，就别怕被埋没！

# 掌声在哪里？

## ——乱弹名人之五

### 掌声呢？

大型演艺，某演员登台，曲中，她以鼓动的口吻讨问："掌声在哪里？"并来回跳跃、辅以双臂向上的姿势、不停地呼唤观众鼓掌。这么一忽闪，掌声还真有了，只是不太响。

置此，我笑：组织方使劲宣传该演员非常著名，听说出场费以 6 位数计，咋还讨要掌声？

细想，怪俺老土不懂管子：这掌声可以要，还能不停地要，而且能要来；哪怕稀稀拉拉，毕竟有了；人家著名，不给点掌声多不好意思。

### 名家像古董

路过一所新高校，见门墙大幅招贴板大字："多位著名教授驻校……"细瞧，其中一位教授是我的校友。我思忖：同名？年老昏花，看错？随电，她反问我："驻校？著名？你不知道老同学能吃几碗？"

这回，俺这老土真长姿势了，名家这方程还能这样解：名与家互撑，家是实货，名是务虚；家若无实货，哪有名的高度？可是，倘若没名气，实货再多也是大葱价；名家象古董，越老越值钱；名老了，家也能务虚呀。许多剪彩、开张、论坛，名家到场，层次、高度、面子，足足的，与"实货"相干？

嗨，这所高校要的是教授的名，驻校授业？我不好意思问了。

## 头衔印了一页纸

朋友饭局邀我。坐定，他直言请吃的主旨："约你写篇报告文学，送各级媒体宣传。""有大事！""你看这。"他掏出一卷纸，称："自传，我写的。"

4A纸展开，首页，头衔，一整页，三号字，500多字，多少头衔？国字号占大半。业绩？"你看着写吧。"

老朋友，多年不见，只知他做生意，认得几个书画朋友，练过几天毛笔字，在书画专业报登过几个报道群众书画活动的"豆腐块"，有媒体称他"著名书法家"。

随之，他拿出"请北京名家点评书作"的照片。"名家咋评？"他吱唔。无语。

国字号头衔！著名书法家！报告文学！各级媒体宣传——多大的气象啊！可是，名人？业绩？名家咋评？即便称名家，也得有实迹呀！

老朋友无语。我也无语了。

万事不得强求。名家头衔再多、再像古董，孜孜以求的只能是事业，而不能虚空得只剩下名。名人当自重，社会当宽容。如此，观众藏在心底的掌声，才可能持久地响起来，你说呢？

# 名人啊，我咋评说你？

## ——乱弹名人之六

现代社会名人多，好事！

然而，名流无序称谓和个别无良作为，引出许多不等式：身价高，德品低；头衔多，事迹少；钞票多，奉献少；绯闻多，钻研少；名气大，本事小；能量大，业绩平；头衔著名，事迹无名；大言不惭的多，谦虚谨慎的少；自夸自耀的多，自谦自敬的少；自傲自慰的多，自尊自重的少……

难怪有人戏谑当下名流：名家好呀！成了名家可以骂人不带脏字，可以信口开河胡乱指责；话语颠三倒四，也能成为经典引来引去，以至成为茅坑的石头用来打人；似乎名家的屁也是香的，殊不知有些名家的吞吐，臭了半条街！

嗨嗨，戏谑归戏谑，那种拥名不尊的名家毕竟极少，病症各异，无碍大观。但是，老鼠坏汤啊。糗事虽少，臭的是名流群体声誉。难怪，众生看名人的目光，便有了仰视到平视的转换，以至有漠视、无视、斜视、鄙视的回眸。怪谁？

名人是个大话题，也是长话题；是老话题，也是好话题；大话题说小不易，长话题短说也难；老话题说新不易，好话题说好更难；本来不想说，不说心不甘；说少了说不好，说多惹人烦；说新怎么说？最好少乱弹！

# 话语是心灵跳跃的舞姿

## ——漫话说话之一

说话是传情达意交流思想的重要形式。就像吃喝拉撒睡一样，是人们最平常不过的行为方式，谁也不例外。但是，透过说话凸现的人世百相，却是值得细嚼的话题。

俗言：树老根多，人老话多。或许有普遍性？

有一回在老家过年，一位久别的远亲老兄来家闲聊，从一落座到走出院门的三个多小时里，几乎是他一个人东拉西扯地自言自语，我只有当个忠实听众的份儿，给他递烟倒茶的间歇，偶尔插一两句话，还要赶紧说完。这位老兄管你愿意不愿意听，都会用滔滔不绝口若悬河夸夸其谈的说话方式，真有点唠唠叨叨没完没了，让我与他闲聊一次就感到不知所措目瞪口呆，只好耐着性子微言细语称雨道晴，或干脆不言不语不声不响了。

话多不要紧，要紧的是能否口吐珠玑、给人启迪，或幽默有趣、发人深省。

与人相处，话语太多惹人烦，话语太少情景如何？

我所在的社区是个小"国际村"，其中有个中德组合的家庭，父亲德国籍，母亲中国籍，小儿子的面孔"中西合营"。常常，中国籍的外婆带着小孙子前往顽童们聚玩的会所玩耍。奇特的是，小孙子从来不跟其他小朋友一起玩闹，更少言语。这位外婆给我讲：小孙子4岁了，能用中德双语交流，只是"像他的德国爸爸一样，一天讲不了一句话，就这性情"。"他爸爸金人三缄闭口藏舌，话少得让人不可思议，从我来这里三个月，才同我讲过 10 句话"，即使说话也低声细语。呵，"3 个月 10 句话"，月均三句半。既耐心又细心的丈母娘还在发闷中计着数，倘若碰上一位伶牙俐齿悬河泻水的丈母娘，该如何打发岁月？

时常，我惊叹人类文明的博大，将侃侃而谈长篇大论之后的话语留在纸页上，文字便延伸了说话的厚度。如以"小说"冠名的中外名著，长一点的编撰一两部不够，还有数十万字的《三部曲》、全集、汇集、卷宗等等。在没有电视网络的年代，漫漫长夜就着油灯捧读一卷大部头小说，是文学爱好者们莫大的享受呵。即使电子媒体高度发达的现代社会，这些先人留下的语言艺术仍旧有着异常诱人的魅力，哪怕它冠以"小小说""微小说"等其他名称。《战国策·触龙说赵太后》，用一个"说"字换取救兵解除危难，赞颂触龙以国家利益为重的品质和善于说服的才能。浩瀚史籍中展现的众多说客传奇、说唱故事、演说丽辞，既成就了说话这门学问和多种职业，也造就了先贤、谋士、军师们的足智多谋和千古佳话。

话语是心灵跳跃的舞姿。话语体现一个人的素养、一个集体的阵容、一个民族的气节、一个国家的性格。啥场合、啥时节、对什么人说话，该谁说话、说啥话、先说啥、后说啥、讲多长时间、以怎样的语气说话等等，都有约定俗成的礼仪规矩，只是视情而定。国际舞台上，一个国家若能理直气壮地敢说"硬话"，不是讲话的这个人能说会道口角生风，而是他以国力在做文章。

话语是有温差的。有人出语成章妙语连珠慷慨淋漓，有人唇焦舌敝东拉西扯淡而无味，有人刻薄寡思驴唇马嘴没里没外，有人钝口拙腮薄唇轻言不露声色。依我浅见，笨嘴拙舌、不声不吭，甚至捶胸顿足地说话都不打紧，最看不惯的，当数吞吞吐吐的闲言碎语、油腔滑调的出言不逊、说的比唱的还好听的口蜜腹剑。

有趣的是，当一个人带着愤怒情绪说话时，他与对方的心灵距离就遥远了，会情不自禁地"喊话"，甚至大喊大叫；即便两人近在尺咫，仍然会疾言厉色恶声恶气，说出来的话尖酸刻薄夹枪带棍，甚至淫词秽言恶语相加。似乎只有"喊话"，对方才能听到；越是愤怒，喊声越大；越是大声喊叫，心灵距离越远，直至持续"冷战"或干戈相向方息怒火。相反，当两人相互爱慕无所不谈心贴着心时，只要软言绵语，甚至默然无语也会听到彼此的心声。

人与人如此，国与国不也一样么？

古人云：病从口入，祸从口出。作为我等常庸之辈，择善人而交，不必急不择言碍口识羞；择善言而听，不必能言善辩喋喋不休；择善行而从，不需帮闲钻懒阿谀谄媚。"无论什么时候，没有必要就不要用话去刺别人，哪怕很轻微。"（尤·特里丰诺夫《老人》）这就够了。

# 说话应该申遗

## ——漫话说话之二

鸟有鸟语，人有人言。与鸟类不同的是，说话是人类社会进化的专利品。人类说话传达的是智力信息，社会交际中交流思想感情的丰富程度，是任何鸟兽类无法超越的。由此，我有个奇妙想法："说话"应该申遗。

联合国教科文组织评定的《人类非物质文化遗产代表作名录》遗产项目，记录着人类社会生产生活方式、风俗人情、文化理念等重要特性的非物质文化遗产，蕴藏着世界各民族的文化基因、精神特质、价值观念、心理结构、气质情感等核心因素，是全人类共同的宝贵财富。"说话"难道不能列入吗？可是，说话就是未列其中。

语言是人类最初始最基本的沟通方式。最早期的人类活动，也会产生许多误会。为避免误会，就急得嘴里叽里呱啦，随后形成语言、用嘴系统地表达一个意图，而后才有文字。凡是人类就有活动，有活动就要说话，要说话就有语言。人类社会发展进程衍生的所有学问、艺术、行业、成就，那个能与说话分开？古代岩画、石刻、碑刻、书刻，近代印刷、书信、戏曲、报刊、电话，现代教育、档案、编辑、翻译、广播、电视等，那个不是为了留存说话的痕迹？快速发展的当下社会，说话变成不见面网聊、语音聊天、语音版新闻、写有声的信、"让聋子听电话"等魔幻般的科技成果……

因此，说"说话是人类社会最伟大的创造，是人类社会创造最多的财富、最大的资产"一点也不为过。放眼世界，有什么比说话更硕大、更丰裕的人类非物质文化遗产？

据德国出版的《语言学及语言交际工具问题手册》称，目前世界上查明的语言有 5651 种。这些语言中，各国的方言还不算。

汉语是世界上使用人口最多的语言。我国是多民族、多语言的"说话"大国。汉语普通话通行全国，是我国的国语。日常说话中，汉族，满族、回族，大部分畲族、土家族等少数民族都用汉语。然而，由于我国幅员辽阔，有 80 多种彼此不能通话的语言和地区方言，还不算各种小地域的方言。56 个民族，不同的民族语言之间互相听不懂，加上大多数语言都有方言差别，汉语方言种类又多得出奇，各地方言之间差异大得惊人，说同一种语言的人群也不一定能自由交谈。陕西人听宁波话就像听外语，东北人听粤语真要配翻译。

除了查明的语言和各国各地区的方言之外，世界上还有 1400 多种没有被人们承认是独立的语言，或是正在衰亡的语言。如澳大利亚有 250 种语言仅被 4 万多人使用，而这些土著还不得不使用英语，长期以往，这些语种便渐趋衰亡。北美印第安人有 170 种语言，其中多种语言如今只有小部分人用它们来交谈。他们的子孙已不了解自己祖宗的语言，而习惯用英语。

令人忧心的是，正在衰亡的话语中包含的魂魄正在急剧失色：在全球化、城镇化、工业化大潮催拥下，方言中异常丰富、蛮有特色的谚语、故经、口谱、童谣、民谣、歇后语、韵律、民俗等，正在大面积退潮，有的已经消失得无踪无影。

值得欣慰的是，国际间有些语言学者、民俗学家对于方言开始较大关注，试图以此记载世界上的口头文化传统，并就某个单项方言欲予申遗，也是好事。然而，若将说话宏观地申遗传承，对于保护世界文化多样性，确保民族特性、民族精神和世代相传，其意义比已经申遗成功的哪一个单项名录都伟大数百倍，单项方言自然收在囊中，不在话下了。

# 学着好好说话

## （国际篇）

### ——漫话说话之三

　　说话是人类最平常不过的行为方式，谁也不例外。但是，这个十分浅显的道理可不是啥时候、在哪里都能讲。站在岁月的高处回望，人类社会发展的历史，就像一部为了争取好好说话的漫漫长卷，里面布满了血腥和辛酸，写满了屈辱和无奈，充满了奋争和欣悦。至今，人类为了创造一个能够好好说话的国际语境，仍在苦苦探索苦苦奋争，至少现在还望不到令人满意的尽头。

　　按理说，话语是用嘴巴来讲的，与棍棒刀枪之类无关。可是，从人类起源到现代文明，一部异常厚重的发展史，人类社会能够好好说话的时节却有限的可怜。开始，人类用石刀长矛与动物"说话"，充满霸王霸道霸气的"丛林法则"似乎成了开篇辞的主语调。随着生产资料积累和生活条件改变，一些"神灵的化身"借用神的嘴巴讲述自己想说的话，"话语权就是统治权"的争夺战便成了常态，以至于用冰冷坚硬的兵器说话。

　　据瑞典、印度学者统计，从公元前3200年到公元1964年这5164年中，世界上共发生战争14513次，平均每年2.6次，只有329年是和平的。这些战争给人类造成了严重灾难，使36.4亿人丧生。损失的财富折合成黄金可以铺一条宽150公里、厚10米、环绕地球一周的金带。中国历史上见诸史籍、有些眉目和头尾的战争4000～5000次，绝大部分是奴隶主之间和封建王朝之间的战争，不少是奴隶反抗奴隶主，农民及其他阶层反抗封建王朝的起义，统治阶级内部以及诸侯之间争城掠地的战争难以计数。明清以来，中国军民反击日倭进犯和帝国主义列强侵略的正义战争，在我国战争史上留下浓重笔墨。

可以想象，在兵刃相见战争频繁的战事状态下生存，谁能好好说话？

世界上最长的田径项目马拉松赛跑，是国际奥运取材于人类战争史的典型标注，也是人类说话史与人类战争史相比照的有力诠释。公元前490 年，波斯王大流士一世渡海西侵，进击阿蒂卡，在距雅典城东北的马拉松海湾登陆。雅典军奋勇应战，在马拉松平原打败波斯军队。为了把"我们胜利啦！"这句话迅速告诉雅典人，希腊派遣长跑优胜者菲迪皮得斯从马拉松跑至雅典中央广场。在极速传达消息后，菲迪皮得斯体力衰竭倒地而亡，他因这一奇迹成为希腊民族英雄。1896 年首届奥运会，因这一史事而诞生了马拉松比赛项目，且沿用当年菲迪皮得斯所跑的路线和公里数。

凡是人，本该有说话的权利。但是，这个看似平常的权利，在人类说话史上却饱含着欺凌、压榨、杀戮和痛苦。2000 年前的古罗马，到处都有大规模使用奴隶劳动的大庄园。奴隶主为了取乐，建造巨大的角斗场，强迫奴隶成对角斗，并让角斗士手握利剑、匕首相互拼杀。一场角斗戏下来，场上留下的是一具具奴隶尸体。奴隶主的残暴统治，迫使奴隶一次又一次地发动武装起义。公元前 73 年至前 71 年，轰轰烈烈的斯巴达克起义是古罗马最大规模的一次起义，也是古代社会奴隶"争取说话权利"的重大事件。古罗马学者瓦罗记述这段历史时说："世上有会说话的工具、不会说话的工具和哑巴工具。奴隶属于会说话的工具，犍牛属于不会说话的工具，大车属于哑巴工具。"

从中古亚欧文明到欧美主要国家的巨变，从第一次工业革命到殖民扩张，从近代资产阶级革命到两次世界大战，人类社会走过的每一步，无不是在解决争端、寻觅的探索中艰难前行。12 世纪中叶至 19 世纪中期，欧洲大地上风兴持久的圈地运动，从来就不是用嘴巴解析话语权。贪婪的殖民者习惯用坚船利炮讲话，他们前行的每一步，无不用土著人听不懂的枪声"说话"。最早走向原始森林的殖民者，面对阻挡他们拓展的土著，嘹亮的枪声就是开路"话语"，连拳打脚踢都用不着。曾经的"日不落"帝国所谓的发展史，那里面写满了蛮不讲理和赤裸裸的屠杀，哪一片史页留存着和颜悦色说话的影子？一部中国反抗日倭进犯和列强侵略的正义战争史，浓墨重彩描摹的就是中华民族的百年屈辱和辛酸。惯用坚船利炮敲门的衣冠禽兽，咋能同信奉温良恭俭让的民族好好说话？

在那种战乱不绝、盗贼塞道、饿殍遍野的年代，劳苦大众的命运由不得自己操掌，人们心底压抑的怒气无处倾泻，怒视、怒骂、吵架、吼叫、狂喊等等词汇便充填了生活空间，剑气、怨气、戾气甚至于匪气便成为无边无际的语境；人们似乎都成了居住在"怒江"上的"怒族"，只有用怒发冲冠、怒不可遏、怒火中烧来充饥，一言不合就想用拳头说话。国际间的争夺似乎也只有用怒色、怒吼、怒斥、怒气冲冲来解决，国与国不和便用战争说话，由于一言不合引发战事的争斗随处可见。

1945 年 10 月，第二次世界大战结束后成立的联合国，让世界各国说话有了好地儿，它也成为世界上有广泛代表性、最有权威的综合性国际组织。尽管，各国在讨论解决国际争端时经常吵吵嚷嚷讨价还价，但是，国际间毕竟有了"可以说话"的舞台，吵吵闹闹总比用战争说话进了一步，批判的武器总比武器的批判温柔。

然而，国际舞台上，一个国家理直气壮地说硬话，那是在用国力遣词造句。国穷无外交，国弱照样没有话语权。1971 年 10 月 25 日，中国代表团团长乔冠华在联合国大会第 26 届会议全体会议上爽朗大笑的留影，至今令人难忘。乔冠华的笑声，传递出一个振奋人心的消息：国际舞台上，中国有了说话的权利！

40 多年后的如今，中国已经站在国际舞台中央，研究突破的重大问题超越了任何先辈的想象：走过挨打、挨饿的艰辛路程之后，中国正在用精彩的语言讲好自己的故事，也好让中国人少挨骂、不挨骂！

然而，在国际舞台上，国大国小能否平起平坐好好说话，并非易事。就像纷纷扰扰的国际社会从来没有平静过一样，总有人想以力服人、动不动就动武、充当"世界警察"，总有人不容分辩、不让人说话、信奉强权政治，总有人拳打脚踢不过瘾还想远程导弹伺候，总有人"连自己家的事都办不好，却对别人家的事指手画脚"……

在科技迅猛发展、人类用武器批判的能力达到前所未有高度的当今，更需要一个好好说话的国际语境。可是，走过漫漫征程的人类社会，似乎仍然走在"学着好好说话"的路上，争取好好说话的路还很长、很长！

# 人是会说话的怪物

## ——漫话说话之四

如果说，说话的学问是一片海子，这片海域大的无边、深的没底。每天，人人都在这片海域游泳，但是，谁也不敢说"我的水性好得了得！"

说话能显露一个人的基本信息。只要你一开口，你的年龄、身份、知识、政见、精神、修养、性格、风格、城府等，无不慢慢的泄密。往往，我们会因为一句话记住一个人，也因为一个人记住一句话。

伟人、英杰的话能影响历史进程。许多民族英雄、名师先哲、杰出人物的经典话语，被后辈奉为座右铭或励志食粮。两千多年间，一部《论语》筑成朝野上下的精神石碑，不仅在中华民族发展史上留有浓墨重彩，还造就了偌大的中华文化圈。至今，孔子学院驻足许多国家，"子曰"的影响力和持久力可见一斑。

一个时代的文化习性和发展状态，一个政党的政治主张和思想理念，一个国家的经济状况和军事实力，一个民族的气节特征和习俗文化，一个集体的合抱阵容和凝聚走向，无不在话语间充分展现。

古往今来，同在职场，因能言善辩、花言巧语、阿谀谄媚而攀附高位的大员比比皆是；因出言不逊或急不择言"嘴漏撞题"而丢面子、丢位子、掉脑袋，甚于祸累亲朋的事例不胜枚举。同在职场，一些官员的"话匣子"一打开，便口若悬河出语成章不蔓不枝；一些官员照本宣科还口拙语塞、语无伦次。同是面对媒体，一些官员气静神闲反应机敏，真能做到刁问妙答、妙语惊人，一些官员却怯声怯气应对无招出尽洋相。

人们把混迹官场不作为的官员，讥为"抄文公"和"说话的巨人，行动的矮子"，把淡而无味寡有真货却抄来转去的官样文章，讽为连篇官话、大话、套话、空话、假话和废话，"一点儿没错，一点儿没用"。

　　说话能凸现世事世俗人世百相和世态炎凉。"酒逢知己千杯少，话不投机半句多。"并不是说酒有多金贵，而是好友相聚，满肚子知心话有了倾倒的地方，话说得再多也不厌倦；心底深处的话只能说给对劲的人，性情不投，哪怕天天碰鼻子，也无言以对。民间不乏"谝闲传"的场合，能说会道的高手说古道今妙趣横生，但要登台讲话，却钝口拙腮词不逮理。世间文坛不乏舞文弄墨的写手，"侃大山"的场合却碍口识羞笨嘴笨舌，虽开金口却无玉言。一位政协委员感慨"三江源"申请为国家公园的历程时有言："不说白不说，说了也白说；白说也得说，直到不白说。"

　　人是会说话的怪物，话是开心的钥匙。人患百病，唯心病难医。可是，说话亦能治病。人若失恋失意，最想将心里话倒出来，郁积久了会生大病。若有知心的倾听者认真聆听，启发他将想说的话泼干倒尽，或写在纸上将纸烧掉，失恋失意者的心立马会畅快亮堂，心病减去大半或不翼而飞，连一片药都不用服。

　　我国语言学界一代宗师吕叔湘先生，一生钻研说话这门学问，涉及一般汉语研究、文字改革、语文教学、写作和文风、词典编纂、古籍整理、语言结构、运用、社会功能和历史发展等广阔领域。然而，面对语言学这片汪洋，著作等身的吕先生感慨万端，似乎仍是管中窥豹无法阅尽其中风情。

　　一部国学博大精深丰富多彩，有关说话的论述汗牛充栋，给人力量鼓舞的教益异常丰厚。理可以说透，话不可说绝；一言既出，驷马难追；君子无戏言，军中无戏言；一言九鼎，人言可畏；话有三说，巧说为妙；"一失言成千古恨"；言者，心声也……这些能给人鼓劲的道理，话语简短却是精粹。依据孔子教诲编成的《弟子规》是国学名作。其中"凡道字，重且舒，勿急疾，勿模糊……"连说话要口齿清晰、咬字应清楚、慢慢讲，不要太快，更不要含糊不清等日常行为，都讲得很具体详细，让弟子易记易行，如今仍可列为应该遵守的规矩，不可不看呵！

# 家不是说理的地方

## （家庭篇）

### ——漫话说话之五

曾热播引起轰动的电视剧《激情燃烧的岁月》，是激情燃烧的年代家庭生活的典型标记。它讲述的故事，至今令人难忘，对于家庭生活更有启发意义。

新中国成立前夕，部队进城的欢迎仪式上，充满青春活力的褚琴强烈地吸引住身经百战的石光荣，他凭借军人的激情立即发起进攻，在褚琴父母和组织上的支持下，与心爱的人举行了热烈单纯的婚礼。长期的战斗生活，使部队和战友成为石光荣生命的重要组成部分，让褚琴认定丈夫心里只有战争和战友。在部队，石光荣呼风唤雨如鱼得水。家庭生活中，他却孤寂无助力不从心。孩子们长大了，个个性格倔强。成长环境的差距使父子间的代沟尤为明显。几十年风风雨雨，因为参军、家庭琐事、与故乡亲人来往，一家人为着自己持守的道理不断地摩擦冲突。石光荣为让孩子们成为真正意义上的战士，往往采取极端手段，使他在家中四面楚歌，褚琴难以容忍石光荣对孩子的严厉，也不能忍受石光荣家庭生活中的独断专行。但是，长期的共同生活让石光荣和褚琴学会了忍让和理解，他们在冲突摩擦中不断地贴近对方。石光荣生命垂危，让褚琴清楚地感受到石光荣依旧炽热燃烧的激情，更使她和孩子们认识到一家人的感情多么深厚。

这部电视剧，用平平常常的琐事，勾勒出一位"脾气暴躁"的军人满腔热血投入事业、终生不渝爱恋妻子、想方设法教育子女的典型形象，可亲可信。透过剧情，人们不仅看到一个军人的英勇和他身上蕴藏的品格，还有那个激情燃烧的时代赋予无数家庭的精神生机。

人，都有脾气。人的脾气有相似，却不尽相同。就像没有两片树叶纹理是一样的，没有哪个人的脾气会和别人重复。职场上，一个人的性格未必让人一览无余。但以柴米油盐为主色调的家庭生活中，面对家人，每个成员都"卸装"了，脾气体现得清清楚楚。因此，各种各样的脾气造就了多种多样的家庭。许多家庭平平淡淡而和谐幸福，一些家庭成员却是"见不得，离不得"互相埋怨的冤家，更有家庭成了"骂不散，打不走，吵不离，搬不开"的舞台。

说到底，所谓脾气还是说话的态度。态度生硬会让家庭失和，恶言以对。话语温和能让人如沐春风，心生温暖。家不是过一天日子，而要天天过日子。过好每一天，就要好好说话，要不得总站在自己角度瞪眼珠子。古训"礼多人不怪、有理不在声高"，对家庭照样适用。

其实，就大部分家庭而言，家庭成员都很称职。只是，油盐酱醋，许多时候没有对错，只是视角不同罢了。即便阴霾霏霏、霜重雾浓，换个角度看，也是天高云淡朗月当空。

家不是讲理的地方，但讲情讲爱。面对琐事，好好说话，情在冲突中培育，爱在摩擦中升华；处理琐事，温文尔雅，情在忍让中包容，爱在理解中长大。脾气见长的石光荣，在一辈子家庭琐事中磨出的这一点道理，也够我们每个人悟一辈子。

# 人的傲骨有多硬

## ——李白小议之一

　　唐诗人李白的《扶风豪士歌》悲歌慷慨，豪壮多气。其中，"扶风豪士天下奇，意气相倾山可移。做人不倚将军势，饮酒岂顾尚书期。"两句凸现的傲骨历来为世人所称道。

　　李白的文学成就在中国古典诗歌的发展史上，达到了浪漫主义艺术的顶峰。然而，李白不光是诗人，他的政治理想是要"申管晏之谈，谋帝王之术，奋其智能，愿为辅弼，使寰区大定，海县清一。"

　　天宝元年，李白因道士兼诗人吴筠的推荐，被唐玄宗李隆基召赴长安。他对自己的才能是颇为自负的，"仰天大笑出门去，我辈岂是蓬蒿人！"他自以为可以一展宏图了。初到长安时，太子宾客贺知章惊叹李白的才气："此天上谪仙人也！"由于贺知章的奖誉，唐玄宗对李白颇为器重。但是，由盛唐而衰弱之期的唐玄宗，已经不是一个励精图治的皇帝了，他把一切重大政务都交给奸相李林甫和宦官高力士等人，自己做一个专事享乐的"太平天子"。玄宗召李白进京的目的，不过是希望他供奉翰林，做个歌功颂德的御用文人。这样的"供奉"，与李白的远大抱负相去甚远。

　　进入这样的官场，李白还抱着不屈己、不于人、光明磊落的政治作风，只想以自己的才气"平交诸侯"。他丝毫不想在皇帝和权臣贵戚面前有半点奴颜婢膝的媚态。"我本楚狂人，风歌笑孔丘"，"尧舜之事不足惊，自余嚣嚣直可轻"，连儒家鼻祖的孔丘和被儒家奉为圣人的尧舜都敢讥讽，皇帝老儿和皇权贵族又算老几？李白这样的为官态度，在黑暗的官场上自然是不受欢迎的。果然，高力士等人很快就谗毁李白"戏万乘若僚友，视俦列入草芥"（苏轼《李太白碑阴记》），唐玄宗也感到李白"非廊庙器"，而不再信任他。

李白认清了玄宗确实无意重用自己，并担心在一群小人的谗言和诽谤中遭到不测，便主动要求离开了朝廷。既无法接受那些取得富贵利禄的附加条件而弃之如敝屣，又因为身怀大才而无法效国，无奈之下，在以后的生活中，李白只好饮酒吟诗以排愤懑，或放情山水寻仙访道。

李白不满于黑暗的现实，以叛逆精神冲击着封建社会的秩序和礼教，以傲岸的态度蔑视封建统治集团中的权贵，而不倦地追求着个人的自由和个性解放的思想基础。他深深倾慕的是侠士们慷慨悲歌豪迈放浪的生活和他们所奉行的轻财任侠的游侠精神。他一生的行事轨迹和生活态度常常具有侠士的风度，对于侠士的义侠行为和英雄主义的歌颂，也就很自然地渗入他自己的精神、性格和作品，并把民间的游侠精神上升为政治斗争中反抗强权维护正义的力量和原则。这种游侠思想在安史之乱以后表现得更为充分和强烈，《扶风豪士歌》就是在安史战乱初期，他从宣城经溧阳，到剡中避难的旅途中不断发出的歌唱。

"……做人不倚将军势，饮酒岂顾尚书期。雕盘绮食会众客，吴歌赵舞香风吹。原尝春陵六国时，开心写意君所知。堂中各有三千士，明日报恩知是谁。抚长剑，一扬眉，清水白石何离离……"这种歌唱，已经不仅仅是高亢地唱出蔑视权贵的歌声，而是他怀才不遇、救国无门之后，因为国家的残破和人民的苦难而发出的怒吼！这种歌唱，分明不是咏豪士，而是他对上层统治阶级贱视贤才、把自己排挤在政治生活之外的抨击。然而，豪士者，好事者也。在以皇权和官本位为主导思维的国度里，李白的思索叛逆特行独立，很难得，却也犯大忌。唐玄宗命他供奉翰林歌功颂德，他不接受取得富贵利禄的附加条件而弃如敝屣。在这种情势下，唐玄宗视李白"非廊庙器"，弃之不予重用，当是很自然和"轻轻的发落"了。在一腔豪放壮志的激情无法倾泻的情况下，李白遇豪士诉说自己遭遇的悲愤，进而托士喻己反映时事，当是更自然不过了。

在那个"白骨相撑如乱麻""洛阳城中人怨嗟"的战乱年代，李太白骨子里就怀着"钟鼓馔玉不足贵"（李白《将进酒》）的蔑视富贵的态度和"天生我才必有用"的积极精神。在他心目中，文人不是权贵的婢女，权力也是一时的，情谊才是珍贵的。然而，严酷的现实却常使他发出"人生在世不称意，明朝散发弄扁舟"的惊叹。那种因怀才不遇、阅尽腐朽所引发的无尽的烦忧和江水一般的深愁，逼迫他近豪侠、远权贵、游四方、亲山水。这种近豪远权的人生哲学，反倒成就了他愤世嫉俗的天才艺术。

与国人惯有的儒术作风和中庸态度相悖，好强好胜如李白者，却偏偏不自得其乐。生活可以简单，却要高处观潮；追求可以中等，却要英气不倒。做人嘛，何必"倚将军势"呢？"意气相倾"者，近而亲之，亲而敬之，其乐陶陶，何乐不为？若摆个臭架子，以爵位高矮排座次，那就"你打你的的，我走我的路！"位高权重，与我何用？还是大碗喝酒大块吃肉吧，管他什么"尚书"驾到呢！

细赏李白浓墨重彩"豪士"的人格精神，字里行间浸淫出来的"豪气"，正是一股民众钦佩的正气、义气、志气和大气，而非偏执、固执的脾气、斗气、小气和火气。

有《人生四谓》词很像李白："少年时，秉天性真真，游学海滔滔咏志奇，谓尽兴！青年时，听春雷阵阵蕴热血满满歌奋发，谓尽情！中年时，攀高山巍巍品细流潺潺逞英气，谓尽致！暮年时，忆往事昭昭念诸情融融吟雅风，谓尽悟！"但是，可以肯定的是，英气向来不倒的李白，暮年可以忆往事融诸情吟雅风，却决然不会如儒术行事般尽悟到倚势将军的地步。

岁月长河，庸凡相袭，豪士缺稀。世人能如李太白者以正气立身，敢恣意地发豪气、放豪言、记豪事、吐豪胆，活好自己才得况味！

# 人，不必献媚着生存

## ——李白小议之二

李白有傲才，能把心灵的诗篇流传万世；李白有傲骨，"作人不倚将军势，饮酒岂顾尚书期"。

我佩服李白的傲才，更佩服他的傲骨。"天生我才必有用"，但要用在令我心灵愉悦的地方。文人不是权贵的婢女。可以不为官，但不能做一个歌功颂德的御用文人。可以轻财任侠饮酒吟诗放情山水寻仙访道，却不能奴颜婢膝做出媚态。任何权力都是一时的，而心灵的诗篇却会流传万世。李白用流传万世的诗篇展示了他的傲才，更用一生的经历诠释了他的傲骨。

常赏文史哲，自明处世理；笑阅禅佛道，顿悟平和心。少得必多得，不为当有为。身处尘世，把别人用于献媚的功夫用于自感有益的事，就能酬劳自己的心灵。我以世间曾有李白为傲！

# 人该有些看云的心境

☆佛教文化博大精深。经典佛语就像一盏灯，能把千年的暗室照亮。我赞叹佛祖的核心思想：善心和善行！它体现了人性的根本。

☆常惊叹佛家空灵淡定明净透亮的思想，把一个繁杂的世界看得简单清晰。悟空者，大佛也。

☆禅，深而浅。进为儒，守为道，退为佛。如人饮水，冷暖自知。佛即心，心即佛；对佛不敢太认真，求佛显灵，非佛本真，参佛悟佛，大慧大觉；人生如佛，人就是佛也。

☆佛说：若要活得随意些，只能活得平凡些；若要活得辉煌些，只能活得痛苦些；若要活得长久些，只能活得简单些；若要活得幸福些，只能活得糊涂些。

☆人生像飘荡的流云，悲喜哀乐只是变化的云姿。人生就美在过程，美在贪痴嗔怨和愚顽。烟云思往，淡淡飘逸。没有相同的云，人该有些看云的心境！

☆人有善念，天必佑之。

☆佛家言：一切繁华过后，不过一掬细沙而已。佛家是真看淡世俗的！

☆三思而言，言而再思，童心永远！

☆得势莫得意，失利莫失意；顺境善待人，逆境善待己；世事处淡然，心有大天地。

☆佛理很深，每册经卷都藏着丰富的经典；佛言很浅，再厚的经文只诠释一个道理：抑恶扬善。

☆平静地看惯了世相，就平静地看淡了世事；低调地处惯了世事，就平和地置身于境遇。即使所谓的喜事叠韵好运兆瑞，还是那份观云览雾的心境。

☆圣贤说："一沙一世界，人各有风采！"佛家说："一人一袭裟，凡事均衡有！"然而，在历史长河中，任何辉煌只是一瞬，唯有敦实的土地能承载些许记忆；在时光隧道里，所有华丽都黯淡了记忆，唯有厚实的精神闪显些许亮色。我敬畏圣贤，因而寡言风采；我尊瞻佛家，因而轻语拥有。可以梦想辉煌，但仍守候精神。

☆禅言佛言皆善言，禅味佛味终有味；禅理佛理归一理，禅法佛法常体会。

☆佛为心，道为骨，儒为表，笑脸待世相；

德在胸，艺在身，慧在脑，从容度人生。

☆最大风水是人心，求神不如求自己。

☆人要丰富智慧的行囊，让精神贯满热诚的行装。

# 在风花雪月的地方

## ——云南纪行之一

### 大理的风

云南景致多，大理是必看的地方。

著名武侠小说家金庸笔下的大理，是盛产风流帝王和武林高手的地方。事实上，大理是蝴蝶泉边白家五朵金花不慌不忙梳妆的地方，是一个集武林豪气与金花妩媚于一身的让人惊异的好去处。

大理有气势磅礴的山，有五彩缤纷的云和总是蓝蓝的天。站在街头就能看到远处苍山之巅不化的积雪。而大理的风花雪月最为有名。所谓风花雪月，是说大理下关的风，上关的花，苍山的雪和洱海的月，也是大理地理和气候特征的四景，组合起来就是一个美丽如白家女子的柔情大理，很带韵味。

大理的风花雪月都有美丽的故事，单说这风就有凄美的来历。南诏国阿凤公主爱上一名年轻猎人，暴怒的父王请来法师罗荃将猎人打入洱海变为石螺，一只善良的白狐为帮助他们团聚，便去南海求助观音，观音给她六瓶风，吹干洱海以救出猎人。当狐女带着六瓶风回到下关天生桥时，不幸遭遇罗荃法师暗算，打碎五瓶风，大风聚集在天生桥上常驻不去，成为大理下关的标志。难怪大理的风这般遒劲，原是爱情的力量。

风过处，忽然下雨，这雨诡异，一旁的艳阳依然高照，不减半点精神，把雨染得金光灿烂。雨来自奇异的云山，妖娆、浓郁、苍莽，且随性幻化，"聚散虚空去复返，蔽月遮星作万端"，问导游，说那是望夫云。

望夫云？原来，阿凤公主无法用剩下的风将洱海吹干，永失爱人，终于悲愤而死，化作望夫云。有时想念深了，阿凤公主便会回来继续找寻，一时乱云竞渡，电闪雷鸣，风雨交加，便是阿凤公主的哀号。难怪，这风、这云，均是清清丽丽，不沾一丝尘埃。

被这传说震撼，其他景物觉得失色，黛瓦白墙的民居终究有些小气，至于苍山的雪，与玉龙雪山相比，究竟只是才子手上一壶茶，无多韵味。我疑心这风是丽江的独爱。这般的柔媚俏丽，真不知该如何形容。

大理保留着古老的城墙，在古城铺置的青石板路上漫步，粗粗地扫描那些砖石，慢慢体会城墙边残留的古老气息，不禁想着它昔日的辉煌和繁荣。沿着五彩石道路前行，古城两边都是商铺，普洱茶，银饰，披肩，民族针织品，还有羊皮灯、手绘书、小银货，林林总总，店老板大都淡淡的，温和而优雅。

## 丽水金沙

丽江是一块游离在时间之外的玉石，似乎人世间所有在那里都减缓了速度，日子也因此显得缓慢。

纳西族的导游告诉我，在处处小桥流水的大研古镇，看看行人的步履就知道他是不是纳西人。纳西人有一种平淡的信念：人生来就是朝着死亡奔去，走得越快，就是离死亡越近。生于斯长于斯的纳西人，他们背着手在青石街上慢条斯理地走，看上去那样清闲淡定。蓦地，我想起中医里关于气数的说法：人一辈子呼吸的总次数是有定数的，呼吸缓慢，生命绵长。

丽江的男人们有着大把大把的悠闲时光可以打发，他们唱歌、舞蹈、遛鸟、下棋，女人则承担了生活的大部分任务。男人们的服饰随着时代的变化而变化；而女人们，则至今穿着古代流传下来的服饰，完全看不出外面的世界或繁华城市来的游客对她们会发生影响。古镇四方街上，纳西女人在夕阳西下的流水杨柳小桥边行走，夕辉把她们的影子拉得很长很长，一直拉进丽江遥远的昨天。

四方街是大研古镇中心的一个小广场。街前榕树下坐着几个纳西族老人，吟唱他们独有的民族乐曲，没有配乐，没有舞台，没有主持，有的只是经年累月形成的默契。好些人一边唱歌一边还把脚伸进河里。一个人唱两三句，然后一群人唱两三句。我猜想那是不是对歌的一种。游人们把这些歌者围起来，但有谁听懂了他们歌声中深沉的内涵呢。

在丽江古老的建筑里，似乎生活着一群与这个时代脱节的人，过着与这个时代脱节的生活，于是,许多人不远万里，辗转来到丽江，在这里听到了他们听不懂的方言、古乐，看到了他们看不懂的纳西女人的东巴舞，以为异事。一些不成名的流浪艺术家来到丽江，不想走，就在街上开一间店，卖各式各样的工艺品、缅甸玉、首饰品或开咖啡店、酒吧。每间店铺都挂满琳琅满目的别致的小饰品，阳光斜斜透过窗子繁复的花棂，洒在高高低低的工艺品上，一丝风吹来，便听到不知哪个角落的铃铛发出轻轻清脆的声响。

街面两边走出来五六个长头发或大胡子的店主，他们用指叩击木料，讨价还价后，把木料搬进了各自的店里。那些店主就对着这些朴素而笨重的木头，眯着眼睛看半天，一刀刀下去，木屑纷飞，一尊比他个子还高、刻着纳西女人像的木桩就地做好。远道而来的游人总有买下他们作品的。

晚上，观看最具丽江少数民族代表性文化意象的大型舞蹈史诗《金水丽沙》。扣人心弦的音乐曲调、丰富多彩的民族服饰、立体恢弘的舞蹈场面和出神入化的灯光效果，带我和朋友走进千年茶马古道，走进神秘灵秀的古纳西王国，走进三江并流（怒江、澜沧江、金沙江）的情致，走进高原雪山的肃穆，领略天人合一的万种风情，领略丽江独特的民族文化和民族精神；在尽善尽美的舞蹈语言中漫游，不由得使我感叹少数民族表达情感的纯朴、坦率和真诚，不由得产生一种"一抹瑰色胜过文字万千"的强烈的艺术冲击力和震撼力。

　　乘着月夜，我和朋友去吃丽江和全国各地随处可见的火锅饭，不是为吃，而是喜欢丽江夜色的沉静安详，为着异地漫游的那份心境。窗外，靠水而居的人家挂着灯笼，红彤彤的把溪水映得流光溢彩，也映红了我和朋友傻傻的脸。

　　初识丽江，我看到的是它几百年的一如既往，感受的是它简单而快乐的魅力。在丽江沉静安详夜色中，我思忖：纳西人平淡的信念哟，快乐原来如此简单。

# 在风花雪月的地方

## ——云南纪行之二

### 昆明微笑的阳光

刚到昆明，那阳光仿佛是等候良久的恋人，扑过来，送上温柔的吻。阳光是画在昆明的颜色。满街楼宇间，一片阳光落在脸上，恍恍然"巧笑倩兮，美目盼兮"。拿手去抓，留得一手柔和的黄，如她衣袂的绢带。有了这阳光，说是春城，名不虚传。庄子笔下的"朝菌不知晦朔，蟪蛄不知春秋"，是短视的悲哀，反过来，昆明人不知寒暑，却是大自然赋予的幸运。

昆明的阳光阴柔妩媚，更多的是生命和活力的象征。去大观楼，读那"东骧神骏"长联，说的便是一匹留在城东，固化成山的金马，这金马，便是昆明阳光的代言人。再去领略昆明城中的金马碧鸡坊，体味人们对生灵始祖的崇拜纪念。当年魏晋大辞赋家左思写下"金马骋光而绝景，碧鸡倏忽而曜仪"的名句，金马碧鸡随之成为昆明的文化瑰宝。

浸淫在昆明的阳光下，仿佛感觉到它的母性的微笑。这阳光，不正是昆明的神韵么？

### 梦幻般的香格里拉

云南多山，许多公路贴山而建，如捆绑巨龙的钢索，剽悍而性感。从大理沿滇藏公路北行300多公里，才能到达位于云南省西北部的迪庆藏族自治州首府中甸县（香格里拉县）城中心镇。我们一大早起程，日头升起时便上了盘山路。那些被锁链制伏的山体显现出愤怒的神色，耸动着断崖峭壁，逼得道路连连急转。绝妙景致扑面而至。忽一个弯，只见悬泉飞落百余丈，尚在半空，竟已化为万千白沫，销陨于苍翠中；又一急转，景观大变，两面巨大的山体捧出墨绿的河流，轻缓柔媚，山水交融一色。我感叹滇藏公路的妖娆，更惊叹云南山路的百变。

香格里拉的平均海拔有 3000 多米，它是美国作家詹姆斯·希尔顿 1933 年在小说《失去的地平线》中描绘的不知道具体位置的一块永恒和平宁静的土地，也是个有雪峰峡谷、金碧辉煌且充满神秘色彩的庙宇、被原始森林环绕着的宁静的湖泊、美丽的大草原及牛羊成群的世外桃源。半个多世纪以来，全世界的目光都在关注香格里拉，许多人循着詹姆斯·希尔顿的描绘苦苦寻找香格里拉的具体方位。迪庆惟妙惟肖地拥有了詹姆斯·希尔顿书中描写的一切。巧合的是，香格里拉一词是迪庆中甸的藏语，为"心中的日月"之意，英文 SHANGRI-LA 的汉语音译，英语发音则与香格里拉腹地的藏语方言相同。甸，在汉语中是草滩、草甸的意思。而在藏区，香格里拉被称为香巴拉，藏语的意思是神仙居住的地方。它是藏民心目中的理想生活环境和至高至上的境界。迪庆为中甸，藏语意是吉祥如意的地方。于是，迪庆高原被确认为就是人们寻找的香格里拉。

香格里拉生活着藏、傈僳、汉、纳西、彝、白、回等 13 个民族，他们在生活方式、服饰、民居建筑和婚俗礼仪等古老传统习俗方面，都保持了本民族的鲜明特色，形成了各民族独特的风情。

由于香格里拉地处青藏高原东南边缘、横断山脉南段北端，三江并流之腹地，形成独特的融雪山、峡谷、草原、高山湖泊、原始森林和民族风情为一体的景观，在旅游业日益兴起的当今时代，很自然地成为多功能的旅游风景名胜区。景区内雪峰连绵，云南最高峰卡格博峰等巍峨壮丽，仅香格里拉县境内，海拔 4000 米以上的雪山就达 470 座。著名的金沙江虎跳峡、澜沧江峡谷，辽阔的高山草原牧场、莽莽的原始森林以及星罗棋布的高山湖泊，使迪庆的自然景观神奇险峻而又清幽灵秀。

在香格里拉古城的城郊，只见白云飘浮在村落的空间，村落边农田分布，群山屹立，阳光照射……一片和谐自然，一片梦幻而生机，天上人间，如诗如画，融合成一个自然的综合体。我们游览海拔 4200 米的普达措国家公园时，天色突变，狂风漫卷着飞雪给美丽的属都湖披上了神秘的面纱。行进在属都湖畔的木板长廊上，身边雪雾中的原始森林别样的妩媚。视觉的冲击力高潮迭起，精彩总在等待，而满带藏族原生态歌声的嗓音不知从原始森林的什么地方飘落而至："香巴拉并不遥远，她就是我们的家乡……""那里四季常青，那里鸟语花香，那里没有痛苦，那里没有忧伤，传说是神仙居住的地方……"

我的内心被这天地造化感染得欲醉欲仙，呵，香格里拉，洁白的雪山、冰川在森林中逶迤，河水清澈，草甸的牛羊、各种鲜花、大自然原古的风貌、山脚下和睦生活的民族……人与自然和谐统一的画面在这里得到最动人心魄的展示……

倘若真有人间仙境，不在香格里拉，还能是哪里？

# 我看到的美国

2008 年年末，我随宁夏区直机关行政效能建设与绩效考核培训班赴美国培训考察，为期 21 天，对美国历史、文化、经济、社会发展状况有了深入感受和更多地了解，大开眼界，启迪深刻。

## 美国历史很短

美国是美利坚合众国的简称，旧称花旗国，是联邦共和制国家，也是世界上最为悠久的共和立宪制国家。美国本土东濒大西洋，西临太平洋，北靠加拿大，南接墨西哥及墨西哥湾。首都是华盛顿哥伦比亚特区。美国源自于 1776 年脱离英国统治的北美殖民地，13 个州的殖民地代表一同发表了《美国独立宣言》；1783 年与英国签订巴黎协约，从此受到世界各国承认。

经过 200 多年发展，美国国土不断拓展，37 个州陆续加入联邦旗下。目前有 50 个州，1 个联邦直辖特区，以及若干海外领地。国土面积 962 万多平方公里，位居世界第三。人口约 3 亿人，亦为世界第三。美国国旗上 50 颗白色星星代表 50 个州；每当新州加入联邦，次年 7 月 4 日国旗将增加一颗星。国旗上红色及白色横条各 7 及 6 条，共 13 条，纪念最初的 13 个州。

建国 200 多年间，美国经历过南北战争（1861—1865 年）和经济大恐慌（20 世纪 30 年代），坚守自由民主制政治制度，成为宪法民主和公民自由的代表性国家。美国庞大的经济、文化、科技和军事影响力贯穿了整个 20 世纪。两次世界大战，美国和同盟国一同获得胜利，并经历数十年的冷战后终于拖垮苏联，成为世界上唯一的超级大国。当今美国在全世界经济、政治、军事等众多领域的庞大影响力都是其他国家不能相比的。

## 美国文明很年轻

与所有文明一样，美国文明最大的特点是年轻，不足 400 年历史。但它不是土生土长的文明，而是由成熟的欧洲移民按照自己的理念在新大陆创建起来的。

北美最早的居民是印第安人，历史进程被欧洲人入侵所中断。17 世纪初英国开始移民北美后，印第安人持续进行了近三个世纪的抵抗，在人类文明冲突史中留下了悲壮的篇章。

美国文明也是欧洲文明在北美这片土地上的变种。以英国人为主的移民将自己的文明移植到新大陆，使旧的文明演变成新的文明。英国的体制和理念在改造后成为美国文明的核心，但又不断地得到其他各族移民文明的补充。经历一个半世纪殖民开拓后，北美移民逐渐形成独立的新民族的概念。独立后的美国为国家的长治久安制定了一部合众国宪法。在接下来的一个世纪里，美国定国安邦西扩，将版图从大西洋扩展到太平洋。到 19 世纪末，美国人在 300 年里后来居上，将印第安人追逐野牛的地方建成世界首富。美国在 20 世纪继续发展，参与两次世界大战，但没有沦为战场，而在战争中壮大经济，一跃成为世界头号超级大国。

美国是一个多元开放的移民社会，汇聚了五大洲各种族的成员。源源不断地吸引人口，世界各种人种、文化、宗教的融合始终没有间断过。在这样一个多元复杂的社会中生活的人群，不能不抱着开放的心态，学着彼此宽容地和平共处。

美国人没有统一的思想，但有普遍认同的观念，就是以自由为中心的价值体系。从宗教自由、人身自由、经济自由、言论自由等，体现出美国的自由精神。

自由需要保障。美国人认为财产是生命和自由的保证，政治自由离不开经济自由，私有财产在他们心目中神圣不可侵犯。自由又必须依赖法治，社会的运转需要依据公认和公正的规则。美国人在一个半世纪的殖民时期形成了依法自治的传统，民众可随意发表政见评议。联邦制下的州和联邦的双重政府形式既是历史的产物，也构成了又一种对权力的平衡。

美国没有存在过封建制度，最少封建等级残余。美国人崇尚个人奋斗，整个社会要求个人将自己的潜能最大限度地发挥出来。美国文明虽然年轻，但已走过初创阶段。观其历史进程，每逢社会出现问题，总会引起全国性的公开辩论，正反观点充分争辩，探讨解决方案，然后立法加以改革，这就使社会改革避免了暴力和倒退。

## 行政管理提倡企业化服务

美国实行三级政府行政管理体制，即联邦政府、州政府和郡政府；《联邦宪法》为国家大法，各级政府在宪法范围内行政，三级政府之间没有行政上的指令权利。联邦政府负责联邦军事、外交等事务；50 个州政府具有相对的独立性，在不违背联邦宪法基本原则的前提下，各州有权制定宪法和法律法规，并负责联邦宪法在本州的执行。郡政府负责联邦和州的法律在本郡的实施。

美国行政管理按照"能不管的事尽量不管"的原则设置。行政理念注重公平正义。如在收入分配上充分发挥税收调节作用，防止收入差距过大。社会保障建立了覆盖全体社会成员的养老、失业和医疗保障体系。城市规划注重保护生态，贴近自然，创造优美的人居环境，充分考虑人们生活、休闲等需要。行政管理提倡企业化服务。各级政府要求要像企业对待自己的客户一样对待行政机关管理与服务的相对人，机关服务工作透明，公务员答复公众网上咨询的邮件数量和质量是评估公务员工作的重要指标。

## 倡导法治精神

美国在世界政治、军事方面给人一副唯我独大、不讲理的印象，但其国内法治良好。

1787年在费城召开美国宪法大会时，13个州55个代表中，有30个是律师。美国独立战争后，能够马上踏上法治、立宪的道路，喊出"平等、自由、民主"的口号，重要原因是独立前的法律传统在独立后保持稳定延续。200多年前，参加宪法大会的代表们激烈争辩中仍然保持礼貌、绅士风度和互相尊重。美国人在国内政治生活中表现出的这种精神，从开国维持到现代。老布什和克林顿1992年竞选总统时激烈辩论，事后互相握手。克林顿获胜当选，老布什马上致电恭贺，保证尽力帮助接手政府和保持合作。

美国人在日常工作生活中表现的理性，对事不对人，不管谁犯了错误，或违法抑或犯罪，都理性地对待，而不考虑找关系或凭感情办事。美国法律制度防范周密，警察执法公事公办，坐车不系安全带，行人闯红灯，一旦被发现肯定要吃罚单。许多看似丁点小事，不注意都可能带来麻烦。

## 汽车轮子上的国家

我对美国的最深印象是，汽车多的叫人无法想象。只要一上公路，忍不住连声惊叹：的确是一个建立在汽车轮子上的国家。

美国是世界上拥有高速公路最多的国家。从20世纪50年代中期开始，美国修建了8.8万公里的高速公路，约占20世纪世界高速公路总里程的一半，将全美所有5万人以上的城市、重要的工业区、战略要地都联结起来，遍及全美各个角落，是一张名副其实的高速公路网。由于公路像渔网般纵横交错，草原、沙漠、山岭、森林全贯通公路。

美国高速公路基本上不收费。全国只有大约8000公里是收费路段，而且收得很少。中西部地区绝大多数公路连收费站都没有。正因为便宜，高速公路利用率高，我们到达的洛杉矶市每天行驶在高速公路上的汽车就达 400 万辆。节庆假日期间，许多人不乘飞机火车，高速公路比平时更繁忙。美国所有的高速公路都以数字命名，南北方向的是单号，东西方向的是双号，这会使人不会迷失方向。由于美国的公路建设得早，有些已经显得陈旧。

连通各地的高速公路，有力地促进了美国经济繁荣和社会发展，由此繁衍的汽车文化渗透美国生活的各个层面。围绕汽车建起的汽车旅社、汽车银行、汽车商店、汽车餐厅，还有大得令人吃惊的停车场等等，每当看到各条汽车长河滚滚流向广阔的停车场，汇成色彩斑斓的汽车海洋的时候，总会让人赞叹美国人十分强烈的市场服务意识。美国家庭大都有几部汽车，自己驾车是家庭成员出行的首选形式。有的车甚至配备了全套家居必需的设施，包括厨房和洗手间。没有汽车就等于没有腿，美国乞丐开汽车讨饭也是正常的事。私家车的普及，大城市以外的地方公共交通都不发达，所以，在大部分地方没有自己的车人们寸步难行。

美国人追求住得宽敞舒适、环境优美和空气新鲜，将住宅建的远离城市。市场、饭店、娱乐场所和办公地点与住宅区严格分开。因此，上班要开车去，上学要开车去，买东西要开车去。一生中大部分时间都将身体塞在汽车里飞速运行，使美国人的思维、语言、生活习惯都带有汽车速度和汽车文化。

### 汽车管理严格有序

美国的汽车多，但事故并不多。美国人认为，良好的驾驶道德和严厉的执法手段，是杜绝交通事故发生的非常重要的两个方面，这比投入大量的财力，设置诸多的交通设施好得多。只要严格按标志标线行车，完全可以安全快捷地到达目的地，警察也不会找你的麻烦。

美国的交警着装威武，全身现代化通讯设备，腰间掖着亮闪闪的手枪，往往选择一些容易出事的路段，风雨无误地巡逻。每当高速公路上飞驰的车流突然慢下来，就知道前面路边有警察了。倘若违犯了交通规则受到警告，司机就老老实实地将车停在路边，并将双手放在方向盘上，等待警察上前示意。美国司机怕警察，是因为警察绝对不徇私情。要是贿赂警察，那就自找倒霉，会让警察借机向上报功，证明他拒腐蚀永不沾，为此可能晋级受嘉奖。

由于管理严格，司机们都遵守交通规则，无论车流多么拥挤，大家都尽量让出最里面的高速线。在一般公路上，汽车在警示标志前都停车观看，拐弯的让直行的，后到的让先来的，人人自觉，相安无事。按照美国交通规则，高速公路限速75英里，相当于120公里，大家全按这个速度行驶，很少超车抢道，尽管车速快，却挨得很近，有时只有十几米的距离。高速公路要求白天开车灯，远远望去，顺路前行的红灯闪闪，迎面而来的金光灿烂，就像两条逆向运动的流水线，优美和谐蔚为壮观。然而，高速公路一旦出现紧急情况，也会出现数十辆车接连相撞的事故。

## 最早的信息高速公路

信息高速公路是把信息的快速传输比喻为"高速公路"，是一个高速度、大容量、多媒体的信息传输网络，是一个能给用户随时提供大量信息，由通信网络、计算机、数据库以及日用电子产品组成的完备网络体系。交通上的高速公路能同时容纳许多车辆高速并行通过，而"信息高速公路"像高速公路一样，利用数字化大容量的光纤通讯网络，能使所有人享用信息，使很多网络用户在任何时间、任何地点以声音、数据、图像或影像等多媒体方式相互传递信息。

1991年，美国首次提出信息高速公路概念。主张把全美所有公用的信息库及信息网络联结在一起，形成一个全国性的大网络，再把大网络接到作为用户的所有机构和家庭，使人们利用、传递信息更加方便。1993年2月，美国总统克林顿在《国情咨文》中正式援用信息高速公路概念，提出计划 2013 年前全部建成信息高速公路。

10 多年过去了，信息高速突显的社会经济效益十分巨大。通过已经建成的信息高速公路体系，人们可以享受影视娱乐、遥控医疗，实施远程教育，举行视频会议，实现网上购物、可视电话、无纸贸易、居家办公、远程医疗、网络游戏、视频点播等。信息高速公路使政府机构、各大学、研究机构、企业以至普通家庭之间的计算机实现了联网，促进了信息科学技术的交流发展，也改变着人们的生活、工作和相互沟通交往方式，提高了工作质量和效率。据统计，美国信息高速公路计划的实施，已减少铁路公路和航运工作量的 40%，相应减少能源消耗和减少污染，仅汽车废气排放量每年就减少 1800 万吨；远距离教学和医疗诊断节省了大量时间和资金；全美劳动生产率提高 20% ~ 40%。

## 信息高速引发的信息革命

美国实施信息高速的计划引起全世界的强烈反响。20 世纪 90 年代以来，欧盟、加拿大、俄罗斯、日本和中国等纷纷效仿，相继提出了各自的"信息高速公路"计划，投巨资进行国家信息基础设施建设，并将其作为未来国力强弱的指标。信息高速公路工程在世界蓬勃展开，信息产业已成为全球最大的产业，信息已成为经济发展的重要的战略资源和独特的生产要素，成为促进社会进步的新动力。

声势浩大的、全球性"信息高速公路"建设浪潮的掀起，引领人类进入一个崭新的信息化时代。信息化促进了科学技术的进步，加快了经济发展的速度，产生了新的产业和行业，增加了就业机会，加快了教育速度和知识更新步伐，导致思维方式更新，改变着人们的生活方式。信息高速公路对国际政治、经济、文化和社会生活产生深入广泛持久的影响，远远超过铁路和高速公路。

当然，信息高速公路的畅通使美国和西方国家的文化价值观念很轻易地传入世界各地，信息安全作为新兴非传统安全的地位开始突出；发达国家对科技与信息资源的垄断，更凸显其比较优势和竞争优势；人与人之间直接、面对面的接触，正变为人与机器的交流；信息泛滥导致信息污染，互联网发展导致个人知识产权和隐私权不断受侵犯等诸多问题，已经引起国际社会的密切关注。

## 在美国看中国制造

美国有很多大的购物区MALL（俗称帽儿）。帽儿的规模类似于我们的大商厦，但略有不同，建筑很矮，最高的帽儿只有三层，但占地面积很大；大的帽儿一天都逛不完，想买的东西几乎都能找到。帽儿里一个个专卖店，风格各异，高档店的装修非常奢华典雅另类和温馨。逢节庆时，帽儿会搞很多活动，基本上所有商品都打折。帽儿里专门有一块区域汇集种类丰富的快餐，有麦当劳、热狗、汉堡王、意大利面、比萨，还有冰激凌、咖啡、中国快餐和日本寿司。

让我吃惊的是，美国商场到处可见中国制造，可以说中国商品一统天下。美国人生活的很多方面都在使用中国商品，从早上起床用的闹钟、牙刷、牙膏都是中国生产的，晚上睡觉盖的被子、毛毯也是中国制造。几乎所有的运动、休闲鞋包括世界名牌耐克、阿迪达斯也是中国制造。

美国人为什么喜爱中国制造？美国经济多年增长，但日用消费品物价不涨，给美国人带来了很大实惠。中国货质优价廉，劳动力价值过廉，产品附加值太低，产品品牌还是美国人的，中国仅是加工，让美国中间商赚了大钱。有一份统计称，美国人在过去10年间使用中国比较便宜的商品，给美国节约了6000亿美元。过去美国境内冒烟的工厂，如今都搬到中国或其他发展中国家去了，美国只管收揽人才、创新技术、制定标准、开发品牌和制造美元了。

中国是世界上最大的发展中国家，而美国是世界上最大的发达国家。中美之间经贸发展对两国和两国人民都有利。对中国而言，增加出口解决就业，意义重大。对美国来说，物美价廉，何乐而不为？但是，当听到中国人要用数十亿件便宜的商品换回一架美国人制造的空中客车的消息的时候，我心里总像有什么东西堵着，难以述说。

## 良好的信用体系

美国建立信用体系的历史并不长，20 世纪 50 年代开始出现并迅速风靡。

美国信用体系对每个公民的生活影响巨大，信用记录跟你一辈子。申请信用卡先是申请社会安全号，银行开户、生意投资、汽车驾照等几乎都需要这个安全号，如影随形。申请社会安全号后，到银行里存 500 美元，申请一张有担保信用卡，用这张卡每月花费不能超过 500 美元。一年后，银行寄来通知您的信用记录很好，可以取回这 500 美元，同时信用额度提高到 1000 美元。美国人的日常开支中有 80％以上是用信用卡支付的，现金只占很小比例。商场里，一车车的日用品推出来，刷卡、签字、走人，信用卡让人忘记钱的分量，只有消费的快感和满足感。

当然，信用卡的基础是良好的个人信用体系。持卡人是以自己的信用作担保的，信用好，信用卡公司给你的额度就高；信用差，额度就低。恶性赖账信用破产，就要至少 7 年时间重建个人信用。这 7 年中，你就不能拥有任何信用卡，不能有任何经济违法记录，也不能贷款买车买房了。

美国社会建立信用体系的客观基础是，美国政府机构、公共服务部门、各行业组织及企业的信息化管理水平很高，在不同层面形成了许多信息数据库，为信用数据的收集、处理、存储和分析提供了便利。发达的信用管理技术和高度的信息化手段，为信用体系的高效运转提供了技术支撑。随着信用管理技术的日新月异，也为把各种与信用有关的数据加工成高质量的信用产品，低成本、便捷化的销售给用户提供了可能。美国大型信用服务公司都拥有庞大的数据库、成熟的信用评估模型、先进的计算机处理系统和后台服务系统，大量数据的获取、传输和处理都是通过计算机网络自动进行的，因而具备将信用信息快速加工成优质信用产品的强大能力。

美国企业对信用服务产品的庞大需求，带动了信用服务机构的发展。美国企业的信用交易比例已占到全部交易总量的90%以上，美国98%的企业都有内部信用风险管理制度，大中型企业都设有独立与销售部门之外的信用管理部门。目前美国企业平均坏账率只有0.25%～0.5%；在放账期为30天的情况下，平均应收账款回收时间只有37天。对于企业征信数据，人们可以从互联网上获取，法律没有限制。信用信息越容易获取，信用服务机构的商业化程度也就越高，服务的范围质量和效率也就更大更高了。

## 礼让文化和公德意识

美国是个竞争激烈的国家，生活节奏快，工作压力大，由此引发了不少社会问题。然而，构成美国人日常生活主旋律的不是争斗，而是礼貌和避让。

最典型的礼让文化集中体现在汽车文化上：人们开车时总是左右张望，到路口就停下来，确定没有行人和其他车辆后才缓缓驶过。要是有行人走过路口，司机会耐心等待，等行人走过后，才继续前行。不论行人是三五个还是几十个、上百个，总是在行人安全通过马路后司机才驱车前进。行人有时也有让汽车先走的意思，但开车的人挥手示意行人先走。开车人也相互避让。两辆车相遇，司机相互挥手，示意对方先走。

美国多数城市大街上行人稀少，有时整条路没有行人，问路并不容易，但只要遇到人，他们必然热情地为你指路。美国的商场或服务性行业内，大多都配备公厕。如厕无需带卫生纸，烘干机、手纸一应俱全，还设有残疾人专用应便器；公厕卫生，无怪味、无腥臭。美国的家庭住得都比较舒适，花园别墅式的房子，装修却普遍简洁，他们喜欢原汁原味的风格。但是，人们爱护公共服务设施就像爱护自己的家庭一样，自觉遵守公德，在公共场合几乎见不到乱扔垃圾、排队加塞、上车蜂拥而上、吸烟和大声讲话的。

## 另类的爱国意识

美国各公司的办公室几乎都挂星条旗，有些居民常年将国旗挂在自家门前。另一个现象是，有时政府部门将门前的国旗降半旗，说不定只是这个部门的某个清洁工死亡了。美国人认为这个人重要，有必要降半旗纪念，大家一商量就降半旗。某家人将自家悬挂的国旗降一半，那也是哀悼自己家人。有些比赛的场合，一些人穿着用国旗做的短裤和乳罩登场。他们认为屁股与人的脸都是身体平等的一部分，做成国旗图案也可以。相反的是，美国人也有权利不管升国旗唱国歌的事，也可以不信仰美国法律，他有权选择自己的生活方式。

## 美国教育很特别

美国的教育也很另类。幼儿园的课程就是让小娃娃"玩课"，堆沙子、玩水，尽情地游戏。从小学开始，上不同老师的课要到不同的教室，一间教室就是一个老师的办公室，所有学校没有"教师办公楼"一说。老师的办公桌，边上就是孩子们的活动空间。从小学到高中是义务教育，课本不用买，一届学生用完传到下一届。上大学容易毕业难。到了大学才是学生发奋读书和充实知识的冲刺期。本科生要修的功课很多，不论什么专业，历史、文学是必修课。研究生有 10 ~ 12 门课程。但是，什么时候修完这些课程，学生可以自定时间。

美国的家庭教育注重培养孩子的独立个性、民主开放、经济意识、开拓精神和竞争能力。父母非常注意发展孩子的主观能动性，反对压抑他们的个性，注意培养孩子自己对自己负责的精神，宽容孩子们的顽皮、淘气和独立性，帮助孩子树立经济观念和经济独立意识，教导孩子怎样有计划地消费有限的零用钱，如何想办法去赚钱，刺激子女间的学习竞争。

## 一点感悟

在有限的时间里走马观花地游览美国，不可能对美国的全貌了解个透。但是我想，人民都是伟大的，美国人民也不例外，他们创造了年轻而生机勃勃的文明。南北美洲几乎同时移民，美国成了超级大国，南美却停留在第三世界。美国从殖民开始的全部历史相当于中国的清朝至今。当年几万移民定居北美蛮荒时，中华文明比他们强盛很多。美国独立的时代正值乾隆年间的空前盛世，从那以后，中国在衰落，荒野中的美国却迅速繁荣。为什么不足 400 年历史的移民国家能后来居上？它的活力何在？它对各国移民的吸引力为什么那么大？

发展是人类社会永恒的主题。但是，复杂的国际问题又向人们宣告："美式生活方式"不可复制。拿全球面临的资源环境来说，美国人口占全球的 5%，但石油消费量占全球消费量的 1/4。按照美国标准，每辆汽车需要 0.07 公顷的土地，假如地球上 60 亿人民都效仿它，将需要增加 3 个像地球一样的星球，才能提供所需的所有资源，以及能够容纳由此产生的所有污染物。美国自身也面临贫富悬殊种族歧视等社会矛盾，物质的丰裕又难以解决精神迷惘，吸毒暴力屡见不鲜。

由于各种原因，中国人批判美国已成习惯，对美国的事很难确切地评价。批判是可以的，可是如果只用批判的眼光评判美国，那将很难找到答案。我们需要学习，包括学习美国先进的管理经验和科学技术，但更需要把学来的东西融入我们的国土；我们需要交流合作，但更需要在交流合作的基础上创新发展，实现双赢！

# 欧洲印象

隆冬时节，随团访欧，先后到达意大利、梵蒂冈、奥地利、德国、荷兰、卢森堡、比利时、法国 8 个国家的 16 个城市，印象深刻，小记以存。

## 欧洲的古老与现代化

欧洲许多地方有人居住的历史有 100 多万年的遗存，但形成国家的历史大都不到 200 多年。古老的遗迹在意大利、德国、法国最多，保存完好的遗迹并不多，许多都在战争、水火灾害中遗失了。

但是，欧洲的建筑风格却一直保持古老的本色，所有的建筑都好像是用原始的大理石建造起来的，外观十分美丽、独特、严实、牢固，且不惜成本一样。著名的德国科隆大教堂先后建造了 600 多年，就是"等"建筑材料、保持独特的结构。

大大小小的教堂全是石材立柱，坚固美观，实际作用却如同中国各地大大小小的庙宇一样，全为宗教含意。值得一看的著名教堂如梵蒂冈、科隆、巴黎圣母院等，其内容不外乎圣母壁画、大小雕塑；保存较完好的巴黎凡尔赛宫、卢浮宫两大博物馆，一个是皇宫所在地，全是大型雕塑，一个是油画、雕塑馆藏十分丰富的艺术殿堂；意大利罗马城的古罗马竞技场，很古老、独特的圆形石材建筑，几经战争摧毁，许多地方只剩下一个框架在叙说着历史。卢浮宫博物馆馆藏品达 41 万件之多，除法国在战争中掠夺的外，其他多为联盟国、联邦国和诸侯国的进贡品，其藏品艺术价值普遍很高，有名的蒙娜丽莎肖像和维纳斯大理石雕塑，是精品。观看全部卢浮宫的几十万件藏品，时间没有一半年是不够的。所到之处各国都有大大小小的博物馆，如汽车、体育、工业、工艺等等门类的博物馆，已经是现代化的产品做主角了。

巴黎的埃菲尔铁塔是一座高达300多米的全钢架建筑，占地41万平方米。每年有1600多万人登塔参观。铁塔的宏伟和设计的现代化承接着欧洲的古老纹脉，让人站在塔下昂头对天时感到一种钦佩欧洲文化的感觉。类似这些古老又现代化的建筑，仅参观门票的收入一年留给欧洲的就是一座金库。

在许多街区可以看到这样一种景观：房子旧了拆除时，临街一面的墙壁用钢架支撑保持原样，墙壁以内的建筑全部拆除；等新的建筑建好时，外观古老而内部全是现代化了。

### 欧洲的整洁与环保

欧洲的地理位置决定了欧洲气候温和湿润。因此，许多临海和内陆国家的城市天时地利少有灰尘。但是，欧洲教育普及和文明程度造就了欧洲城市的整洁。就像中国深圳、珠海等沿海城市、管理有序的美好环境一样，在欧洲各地走几天，谁也不用擦皮鞋。可贵的是，欧洲各国人众秉承了整洁、干净的优良品质，城乡、社区、街头、公路，各处看不到脏乱差、随意堆放杂物的情景。在奥地利、卢森堡、德国的许多山间公路边，远离城市的牧民、农民居住的房舍红瓦白墙，外观整洁如新，即使是堆放劈柴，也会把木柴砍得大小粗细差不多，码放得整整齐齐，旁边别无杂物。

西欧各国的宾馆一律不供给热开水，打开水笼头直接饮用，自来水绝对达到饮用标准。只是我们喝惯了热开水，出国时还得自备热水壶、水杯，由于国内与欧洲电压、电源插座各异，还得携带电源转换器烧开水。

环境保护在欧洲起步很早，山川河流的绿化与科学先进的管理模式不无关系。人与自然的和谐相处在城乡道路的设计、城乡居舍与森林分布的合理等方面体现十足，许多街道没有一棵树，一离开街区却是大片的森林；许多广场只供人行走活动，能看见草坪的实际上是大片的牧场。

圣诞节是欧洲最热闹的节庆，各类花样翻新的食品、工艺品、鲜花摆在城镇最繁闹的街区；各家的门窗、阳台用鲜花和小工艺品装饰得五颜六色，简单却有艺术性，既美化自己又美化了城镇。欧洲人热爱生活、热爱艺术、持久保持美观整洁的品质，从这些小处可见全部。

## 欧洲的各色人种

西欧是一个多民族、多宗教、多人种、多文化的地区。英、法、德、意、奥等国家曾经在世界许多地区建立的殖民统治，使如今的西欧更是各色人种和谐杂居，随处可以看到各种肤色的人们匆匆走过。在罗马、法兰克福、巴黎这些人口密度大的都市，黑人进入白领管理层的也不少，但也能看到游走售货躲避工商管理的黑人和华人。华人在欧洲各国开的中餐馆门面显眼，一目了然，装饰风格与当地风情形成明显反差。我们所到之处的午晚餐全在中国人（台湾人、香港人）开的餐馆用餐，就像在国内一样。在古罗马竞技场和巴黎蒙马特教堂广场乞讨的，多以中东伊斯兰国家的妇女、老人为主，就像在国内见到的讨饭的一样伸手乞讨。威尼斯水城教堂广场上，有几个非洲国家的男女青年吹拉弹唱，乐曲动人，走近一看才是另一种形式的乞讨。离此不远处有几尊机器人雕像，细细观察才知道是一些白人青年装扮如卡通人物，脚下一顶毡帽叫人放钱的，那种90度的转体转头动作滑稽可爱，但给钱的人并不多。晚间打开电视，各色人种的电视主持人、艺人似乎都可登上大雅之堂，并不见怪。在这样一个经济高度发达、文明程度相当高的地区，各国游客各色人种随处可见。尽管上一次公共厕所都要付0.5欧元，但来自中国大陆、中国台湾地区、日本、韩国的黄种人却大包小包地采购东西。因此，欧洲人在保持安静、整洁为习惯的同时，既为亚洲人带去的脏乱差习惯很反感，又不想放弃亚洲人带来的大市场。所以，在法兰克福的华人免税店、在巴黎老佛爷百货商场，以及许多华人、亚裔人购买商品较多的地方，西欧各国都开辟了日本、中国、韩国人退税专柜，专门接待办理退税手续，待这些国家的客人出关时再办理退税金。许多商场聘请有中国内地和中国台湾的会讲英、法、德语的雇员，专门为华、亚裔客人服务，我们买东西时就像在国内一样方便。可恶的是，一些被聘用的华人专门整中国人，将有意抬价、给脸色看的恶习照样带到了欧洲。一些导游与华人中餐馆合作"掏"中国游客的腰包。

美丽文明的欧洲是欧洲人的欧洲，就像我们脚下的黄土地属于我们中国人一样。

# 谁选他当村长啦?

李家庄的张太婆和李婆婆聊天,水平有多高,你听听哈——

张:妹子呵,听说你家媳妇要去美国流产?

李:大姐唉,不是去流产,是留学。

张:俺就想,小媳妇生个碎娃,跑那么远做甚?啥时辰走?

李:明天走。

张:美国离咱这有多远呵?

李:听媳妇说不远,飞机当天就能到。媳妇说,现在叫什么"地球村"呵。俺思量,俺们住村东头,那美国就在村西头呗!

张:不远就好,媳妇还能常回来看看娘!

李:是呵!

张:听说美国正在搞什么大选,选村长啊?

李:媳妇说,今年美国选总统,不是选村长。

张:哪俺就糊涂了,咱这"地球村"从来没搞过选村长的事,美国有啥子理由自告奋勇当村长呢?

李:是呵,没人投票选他当村长呵!

张:没人选他当村长,他不是村长,有啥资格动不动就对别人家的事指手画脚,听说对人家有些国家打打骂骂的,还用什么远程炸弹打人家。想当村长,咋能这样子呢?

李:是导弹,不是炸弹。

张:捣蛋也不好。叫你家媳妇明天到了美国,把那个村长的手机号要一下,我给他打个电话说道说道。

李:好吧,我给媳妇说说看……

时代撷英

# 群众体育运动的"拓荒牛"

## ——记"新中国体育运动开拓者"丁成

　　20 世纪 50 年代至 90 年代，丁成是宁夏体育、外事、侨务事业和对外友好协会等领域初创时期的重要奠基人，也是宁夏旅游、外经、外贸事业的重要开拓者，而付出汗水和倾注心血最多的，是体育、外事（侨务）事业的奠基和拓展；在体育、外事（侨务）事业筹备起步、机构组建、队伍培养、决策策划、任务实施、逐步开拓和壮大发展的历史进程中，他做了大量基础性工作。

　　1953 年年初，刚从北京国立回民学院毕业的丁成，怀着一腔支援祖国大西北建设的火热心情，服从组织分配，毅然来到当时隶属于甘肃省的宁夏银川专区，被安排在地委统战部，之后调配到银川专区体委工作。

　　丁成从刚走出校门时的血气方刚小青年，直到 1979 年步入中年，他在体育行业干了 24 个年。从华北平原的富庶之地，来到满目黄沙的贺兰山下，他在人生的第二故乡安家立业，从此没有离开过！

　　刚到体育部门工作时，正是新中国初期，体育和其他行业一样，都是初创阶段，无论是设备、训练场地，还是管理人才、培训教材和专业队伍，都是从零起步，都是从最基础的事情做起，所有经验都是从干中学、从学中干、在实践中摸索。

　　正巧，国家号召各地推广第一套大众广播体操。丁成和同事们一起，利用这一项不需多少体育设备和多大场地就能开展起来的运动项目，广泛发动群众响应"发展体育运动，增强人民体质"的号召，动员干部职工学习这套广播体操，要求各级领导干部带头学习广播体操。短短几个月，宁夏大地掀起学习第一套大众广播体操的热潮，既使广播体操得到普及，也活跃了群众体育活动。

打篮球是各单位干部职工喜爱的群众体育运动，银川灯光球场（现在的东方红广场）的职工篮球比赛一年四季不断，从银川专区机关到各单位都积极参与，每天晚上都有两场比赛。丁成和同事们利用这项群众性的体育运动，认真组织好每一场比赛活动。他们制作了《赛事表》，做好赛场内外的组织、记分和服务工作。每逢周日从早到晚，灯光球场都有职工篮球比赛——也是银川市民最关心的活动。每场篮球比赛时，各单位组织观看的职工和主动前往观赛的观众场场爆满，许多热心的观众后来成了为比赛服务的志愿者。遇有雨雪大风天气，他们主动带上工具清理赛场。一位60多岁的老张同志，十分喜欢篮球运动，每场比赛都不落，并主动承担比赛记录。由于群众性篮球运动广泛活跃，银川专区篮球运动实力当时在甘肃省曾名列第一。

宁夏河流湖泊多，冬季冰期长，体育部门就利用这些地区特点，组织群众开展水上和冰上运动。1956年，银川专区体委投资1万元，发动群众义务劳动，建起宁夏第一座露天游泳池。1960年，宁夏有了西北地区唯一拥有的多功能体育馆。银川市郊区农村冬季结冰的稻田里、银川市区中山公园里的大湖上，都有练习滑冰的群众。中山公园还临时出租冰鞋，并有专业教练指导大家滑冰。丁成喜欢游泳和冰上运动，积极组织群众比赛，热情参与各项水上和冰上运动。西北地区冰上运动会在吴忠召开时，丁成和同事们建议，除设置冰球、速滑、花样滑冰等专业技术要求很高的比赛项目外，应当多设立民众喜欢参加的冰上运动项目，以便调动群众广泛参与冬季运动和冰上运动的积极性。考虑到农民群众冬季闲暇时间多，银川专区体委冬闲时节举办过5届农民运动会和3届全专区运动会，并逐县指导举办运动会，既丰富了农村和基层单位的业余生活，又活跃了群众的体育活动。有了群众体育运动的雄厚基础，宁夏成为西北地区滑冰运动的重要训练基地和全国 6 个积极开展冰上群众体育运动的地区之一。

那时，银川市区几所中学的体育老师每逢周四就到银川专区体委集合，聚集在一起观摩教学，互相交流经验，提高教学质量。为给基层单位和学校培养更多的体育专业人才，银川专区体委委派丁成专程到北京体育学院进修，集中学习运动生理学等专业课程。他高兴地受领任务，进修期间刻苦钻研，细致地记了很多笔记。一回到宁夏，他就立即组织举办培训班，给银川的体育老师授课，开启了宁夏创建体育教育理论的先河。体育老师们平时忙于教学，很少有空专修体育理论。听了丁成讲授的运动生理学等专业知识，进行体育教学和组织学校举办体育运动会时就派上了用场，也成为银川地区各个中学体育教学的骨干指导力量。

首届全国体育运动会召开期间，丁成积极参与宁夏体育代表团的组织工作，做好运动员的选拔和强化培训，并率团参加全国体育运动会。1965 年，丁成参加全国体育工作会议时，受到毛泽东等党和国家领导人的亲切接见，更增强了他为体育事业多做贡献的热情和信心。

随后岁月里，丁成和同事们的共同努力，银川专区体委在工作实践中充分发挥和不断地完善职能，宁夏地区的群众体育活动如火如荼，体育骨干力量不断培养壮大，篮球、乒乓球等体育运动协会相继成立，劳卫制和裁判员、运动员等级评定制度相继建立，1956～1958 年，银川专区年年荣获甘肃省体育运动先进组织奖。丁成——这位宁夏群众体育运动的"拓荒牛"，也荣获"新中国体育运动开拓者"奖章。

# 勇立潮头唱大风

## ——记全国资深地方外事工作者丁成

　　20世纪50~70年代，涉足宁夏的外国人，只有苏联、匈牙利的少数学者和地震工作人员，宁夏在国际间的印象，仍是一个神秘的未知数。随着全国改革开放形势的发展，宁夏对外开放开始起步。1979年4月，宁夏回族自治区（以下简称自治区）人民政府成立了外事（侨务）办公室，自治区党委成立了外事工作领导小组。因对外开放需要，丁成离开自治区体委，开始了他20年的外事侨务工作。

　　刚到外事（侨务）部门工作，适逢宁夏对外开放初创时期，大量工作又得从最基础的事情做起。这段时间，自治区外事（侨务）、侨联、旅游业务"四位一体"，统一由自治区外事办党组领导和管理；宁夏外经、外贸工作量不大，还没有独立的部门管理，也属于外事工作的一部分。丁成主持参与了自治区外事办公室、侨务办公室、归国华侨联合会的组建和旅游业务的部署、开展工作。

　　外事工作是对外交往的前沿阵地。根据中央规定对外开放地区的标准，自治区外办主持，联合宁夏军区、自治区公安厅等部门，报中央批准，两年内使宁夏全境公布对外开放。

　　为了做好对外交流合作和外事接待工作，丁成认为，必须加强外事工作的归口统一管理，组建地、市、县外事（侨务）机构，建立健全各项政策法规，还要分地区举办培训班，对各级外事涉外人员进行政策指导和业务培训，使各市县达到开放接待水平。他要求、确定并坚持落实

"每季一会"制度，每季度举办一次国际形势报告会，常邀请外交部、中联部、全国对外友协等中央部委的领导，从国际形势到我国对外方针政策，从国情、区情到外事礼仪，都给大家讲明讲透，使全体外事涉外人员树立起"外事无小事"的工作理念。

做外事工作，宣传很重要。本着"让宁夏了解世界，让世界了解宁夏"的精神，他领导并组织外事部门主动召开阿拉伯国家驻华使节会、国际经济贸易洽谈会、宁夏伊斯兰经贸洽谈会、外国驻京记者招待会、对外开放形势新闻发布会、国际形势报告会、对外表态口径会，建立新闻发言人制度，组织国际黄河文化节、国际岩画委员会年会暨宁夏贺兰山国际岩画研讨会、民间文化展览，编写制作对外开放录像、电影、电视、幻灯、明信片和各类文字宣传画册，介绍名优商品、名胜风景、投资环境等，大张旗鼓地宣传宁夏，全面展示宁夏的发展面貌，使宁夏在国际间的知名度有很大提高。

经过初创时期的开拓，自 20 世纪 80 年代起，宁夏"走出去"的路子越来越宽，每年都组派适度规模的因公出国（境）团组开展对外交流合作。范围涉及友好访问、参观考察、经贸洽谈、学术交流、文艺演出和劳务输出。为了突出回族地区特点，丁成组织宁夏穆斯林代表团出访巴基斯坦、埃及、科威特、沙特阿拉伯、阿联酋等中东六国，引进外资建宁夏伊斯兰经学院、同心阿语学校。

除党政间的友好出访外，其他行业涉及政治、科技、经贸、文教、卫生、体育、金融等众多领域。他积极指导宁夏民间派出团组开展多种专业活动，为宁夏对外开放拓宽渠道，如宁夏派出医疗队赴贝宁服务的活动已有 30 多年，至今还在继续。经他指导和外事部门组织，宁夏的学者、专家多次参加国际会议发表论文，受到好评；艺术团体应邀到日本、加拿大、新加坡等国演出，受到欢迎；宁夏与埃及、科威特等多国开展劳务合作十分活跃。

经过奋力开拓，到 20 世纪 90 年代末，宁夏"请进来"的渠道越来越宽，多领域、全方位的对外联系渠道相继建立，增进了与亚非欧美澳五大洲 70 多个国家、地区和国际组织的多领域交流合作。每年有大批高规格党宾、国宾团组相继到访，大批外国使节、驻外使节、国际知名人士、驻华记者、友好人士、专家学者和经贸业务人员，实地考察宁夏工业、农业、林牧、矿产、教育、科技、文化、考古和宗教等许多领域的情况，推动经贸合作、寻找投资伙伴、发展社会公益事业，直观感受宁夏改革开放形势和经济建设成就。外事工作人员和各级涉外单位热情接待客人，各项公务活动顺利展开，宁夏给客人们留下美好印象，增强了来宁投资的信心。大批外国公司落户宁夏，合作合资建设项目，为宁夏经济社会发展注入了强劲活力。

丁成参加宁夏政府代表团访问前南斯拉夫科索沃自治省期间，签署了宁夏与科索沃建立友好区省关系协议书，开启了宁夏在国际间缔结友好关系的先河；随后，宁夏与贝宁博尔古省，宁夏与日本岛根县等缔结为友好关系。到 20 世纪 90 年代中叶，许多国家和地区与宁夏缔结友好省区关系，实施工作初显势头，宁夏建立了与日本岛根县等来往频繁的国际友城关系。以友好城市关系搭建交往平台，积极促进多领域的对口合作，派遣电子、水产、医疗、环保、生物制药等人员赴国外研修，学习国外先进技术和经济管理经验，广泛开展国际学术交流，为对外开放提供了有力的渠道支持。

在逐步探索提高的基础上，丁成和自治区外办领导班子成员合力组织，引导全区外事干部开展"转换脑筋，更新观念"大讨论，研究确定宁夏对外交往的主攻方向，组织"走西口"促进国际经贸合作。启发各级涉外人员强化"经济头脑"，甘当招商引资的"经济红娘"；破除外事工作与经济建设无关的思想，变"要我服务"为"我要服务"；破除外事工作无所作为的思想，变"被动服务"为"主动服务"；破除外事工作就是"迎来送往"的思想，变"同步服务"为"超前服务"，积极捕捉、引进和吸收国际社会最先进的发展成果，使外事部门的职能优势得到了充分发挥。

逐步活跃的对外交往促进了宁夏经济社会发展，也为民族地区外向型经济发展创造了良好的外部环境。在总结外事部门工作成效的基础上，自治区政府适时颁布了《关于鼓励外商投资的规定》，实行保障外商在宁夏投资经济利益的优惠政策，给外商来宁投资和投入技术、人才、设备吃"定心丸"。科威特政府、沙特阿拉伯伊斯兰发展银行和许多国际组织向宁夏贷款、援建学校和投资社会福利事业，宁夏引进外资的实效大大增强，外商投资渠道逐步拓宽。外事侨务工作的风雨征程，使外侨事业成为对外开放和经济建设的重要力量，活跃的对外交往为宁夏扩大对外开放顺利发展谱写了精彩篇章，在全区经济发展和社会生活中发挥了十分重要的作用。

在拓展对外开放工作领域时，丁成引导大家争取中央国家机关的大力支持和指导，积极联系中央外办、外交部、中联部、全国对外友协等部门，及时反映我区对外开放中存在的客观困难和问题，争取国外高级团组、驻华使节和我驻外使节来宁夏参观访问。使我国驻20多个国家的大使、总领事和50多个国家的驻华使节来宁考察参观，就我区加强对外交往和经贸合作提出意见和建议，进一步扩大了我区对外交往渠道。

侨务工作原在自治区民政厅受理侨务事宜，1981年并入自治区外办（对外称侨办），并组建归国华侨联合会。丁成组织每年举行一次侨务会议和一至三次侨联联谊活动，调研全区归侨侨眷人员变化，协助解决困难；在侨界开展"一封信"联亲引资活动，向海外亲属宣传宁夏；组织制定《宁夏贯彻〈中华人民共和国归侨侨眷权益保护法〉实施办法》。为了加大侨务工作力度，丁成指导大家每年组派适度规模的侨务考察访问团，加强同海外华侨华人社团和商会特别是新华人华侨的联系，着力做好有政治影响、有社会地位、有经济实力、有专业造诣的海外侨胞的工作；主动与侨领、知名人士和重要侨团、社团接触，吸引他们来宁创业交流合作。邀请接待美、日、加、中国港澳台等30多个国家和地区的2

万多名华侨、外籍华人、中国港澳同胞来宁探亲访友、旅游观光、讲学、开展科技学术交流活动；促成国外和中国港澳台客商、商会、企业家、基金会、侨界社团和友好协会等大批团组访问宁夏，开展乡亲联谊活动；争取海外华侨华人社团、基金会、商会、友好组织和人士的援助资金，引进智力、资金、技术、人才、设备和捐赠，改善宁夏环境治理、扶贫、医疗和教育事业。争取海外华人社团及个人无偿捐赠，在宁夏16个县（区、市）60多个乡镇翻新、改扩建学校，捐建乡镇卫生院，打建扶贫水窖，救助贫困大学生和孤寡老人，为地震灾区捐款；为相关部门和企业提供国际合作信息，引进项目，许多归侨侨眷子女被华侨大学、暨南大学录取。

宁夏外经外贸是随着对外开放条件，由自治区外办内联外引筹建的。从1980年起，丁成组织外小相继为农垦黄羊滩农场引进德国农机播种、同心县喷水灌溉机和水窖、西吉县种草植树、西海固农业、妇幼等多种项目；组织政府代表团赴法、德、美、英、日宣传宁夏，招商引资；通过联合国机构引进500万美元援助宁夏经济建设；为宁夏建筑公司培训800名建筑劳务人员，随中国建筑总公司赴埃及建住宅区和阿斯望大坝。

随着对外开放的推进，宁夏旅游由自治区外办组织开启景点项目、培训接待人员、投资建设（如购羊皮筏、青铜峡旅游船、抽水厕所、修建108塔、沙波头望沙塔、三营至须弥山景点道路、吴忠回乡景点等）；为外语导游编写配备《宁夏对外开放景点》资料，安排外联接团等。随后，自治区外办旅游处升格为宁夏旅游局。

作为自治区人民政府外事（侨务）办公室主任、党组书记，丁成发挥"班长"模范带头作用。他率领班子全体成员认真贯彻中央《关于地方外事管理工作的规定》等各项外事政策，自觉执行自治区党委、政府制定的"以大开放带动大开发，以大开放促进大发展"等开放战略，坚持地方外事要为国家总体外交服务和为地方经济建设服务的根本要求，在国家总体外交的框架内，按照中央对外工作的整体部署，在自治区党委外事工作领导小组领导下，制定了一系列加强外事侨务管理的政策法规和实施细则。积极稳妥地发展对外关系，不断推动宁夏全方位、多层次、宽领域对外开放局面的形成和发展。发挥归口管理职能，加强集中统一领导，坚持"外事一盘棋"和"统一政策、统一制度、统一纪律"的方针，不断理顺关系，规范外事工作秩序，使各类对外交往步入健康有序的运行轨道。

贯彻执行国家外事方针、政策过程中，丁成从外事侨务政策的原则性与实际工作的灵活性相统一的角度，从理论和实践相结合的角度提出过许多具有一定创建性的主张和意见，体现出高度的革命事业心和政治责任感，表现出很高的理论政策水平和领导才能。他把丰富的工作经验与外事侨务工作的特点紧密结合，有针对性地帮助引导大家不断提高思想政治素质，注重调查研究，深入基层，深入实际，使宁夏的外事侨务资源转化为经济优势。

按照自治区党委和政府及其外事工作领导小组的指示和要求，丁成先后组织和参与过全区执行国家对外政策和处理外事工作的综合归口管理工作；负责处理过全区对外开放工作中许多重要事宜和重大的涉外事务，主持组织和协调过全区重大的外事工作和涉外活动，组织制定全区外事工作规定和工作规划，针对宁夏外事侨务事业开创新路子、强化管理、实现稳步发展等重大问题，提出一系列切实可行的意见，为宁夏对外开放和外事侨务事业稳步发展做了大量卓有成效的工作。

围绕党的工作大局和中心工作，丁成坚持把思想作风建设作为领导班子和外事侨务干部队伍建设的重要内容，严格执行党的组织路线，高度负责，审慎从事，按照德才兼备的原则搞好领导班子和领导干部的考察配备，采取有效措施加强和改进外事侨务部门的干部队伍建设。十分重视培养年轻干部、妇女干部和少数民族干部，经常告诫他们要加强自身修养，注意全面锻炼自己，有效地促进了外事侨务干部队伍的健康成长。

丁成注重调查研究，总结工作经验，调动各方面积极性，团结大家一道工作。他经常深入基层了解和指导工作，协助基层解决存在的困难与问题，切实履行外事（侨务）部门的职能，指导基层为开创外事侨务工作新局面中开展了大量调研。

从事20多年外事工作，丁成荣获"全国资深地方外事工作者"荣誉称号。他深深地感到："在党和政府的正确领导下，经过改革开放，我国国力日益强大，国际地位迅速提高，越来越多地参与国际事务，作为一个中国人我感到骄傲；国家发展离不开改革开放，宁夏经济社会发展离不开扩大开放。宁夏大踏步地走向世界，作为奉献在第二故乡的宁夏人，我感到骄傲！"

# 生命历程的精神标注

## ——读唐祯祥《慈母春晖》感言

多年来，我一直喜欢捧读散文，自认为阅读优美的散文是在阅读一种意境，阅读一种哲思，阅读一种精神。特别是许多散文里，那些似乎熟悉的人物、熟悉的事情和熟悉的场景，尤为让我陶醉和兴奋不已。每当进入那种叙述深深的乡情、亲情、爱情和友情的美文佳作，常常让我随着阅读的进程时而喜悦、时而悲愤、时而流泪。同时，我常以为，散文需要用优美的文字来描写，需要用华丽的辞藻去装饰；但是，优美的散文更需要丰富的情感和深遂的思想。因此，阅读优美的散文时，我经常用品味、品读、欣赏、赏读、研读等词汇来比喻我的心境。拜读唐祯祥先生《慈母春晖》文集，又一次使我真切地进入了这种熟悉的境界。

打开《感恩母亲》文集，犹如一股股火热的精神扑面而来，仿佛一个个优美的画面令人目不暇接：《母亲是一种岁月》《爱在碧绿中升华》《煤油灯情结》《春雨畅想》《天天都年轻》《金秋感怀》《读书随笔》，等等。一看篇目就知晓那些字里行间灌满了情感、注满了意境。在那些充满感情色彩的一个个的画面中，仿佛能听到黄土地深处传来的一声声鸡啼、鸟鸣、蛙唱和犬吠，又仿佛能看到秦汉文化熏染过的千层鞋、老虎帽、补丁裤和煤烟灯；在那一股股扑面而来的精神中，仿佛能闻到浓浓的相思、眷恋、期待和祝福，仿佛能感到在戈壁、大漠、荒原、乱石间摸爬滚打的威武，又仿佛能悟出历史深处固有的艰苦卓绝和坚韧不拔。在许多篇目里，唐先生以深长的笔墨抒写了他对父母的追忆、童年的乐趣、戎马生涯、营房管理和退休后的发愤努力。拜读这些篇章，可以明显地看出，草根柴门的熏陶奠定了他热爱生活的基础走向，军旅生涯造就了他军人坚毅不屈的性格和善于思考的习惯，多种岗位的磨炼，又使他的思想更加成熟和平静。因此，他才能够在工作和生活的丰富实践中不断地亮出精神火花，也才能够在人生岁月的漫漫征途中感悟出浑厚而饱满的热情。

唐先生是我的战友、老乡和兄长，是我十分尊敬的良师和益友。从上个世纪 70 年代与唐兄交往以来，他在日常生活、工作业务、做事做人等方面，给我很多的帮助、支持、指导和教诲。我常感到，与唐兄交往是一种幸福，与他倾心交谈总有无尽的话题和丰硕的收获。

我和他攀谈中，他常常平和而缄默地表现出对军旅生涯的无尽的感慨，也表现出对人生之路的悠长的感叹。我们攀谈的话题以及从他《慈母春晖》文集的许多篇章中，涉及最多的还是故乡——

我知道，乡愁是他生命内核中的重量元素，思乡是他人生分子式的常态构架。时光刻在老宅的年轮里，记忆缝进屋燕的叫声里，乡音织进深沉的泥窝里，思念嵌在老妈的叮嘱里，牵挂系在老父的皱纹里，乡情印在亲邻的笑颜里。时空有量，唐先生的乡愁无尽。

在唐先生的心目中，乡愁是游子牵挂亲人、留恋故乡、怀念故土、缅怀故人、思念乡情、追溯乡音的催化剂；乡愁是激活往事、回眸往昔、品味精神、提振信念、开阔胸襟、拓展思路的兴奋剂；乡愁是审视灵魂、慰藉心灵、激发灵感、展望未来、祈愿和顺、关照美好的润滑剂。乡愁是他生活中的味精，而不仅仅是忧愁。

唐先生的内心深处，涵盖无尽的乡愁，是双向的唯美旋律，就像婴孩对母爱的渴盼，哭也是唱；又是母爱对游子呵护的意象，泽被无疆！在他看来，家再简陋，有父母便胜金銮殿；旅途再累，因期盼顿感生趣盎然；不管万水千山，家的距离永远不远；不管世风浓淡，父母是永远的期盼。

唐先生的业余时间大多是在读书和笔耕中度过的。令他陶醉与沉浸的文字的千军万马中，藏着他的快乐、幸福、忧思、悲愤和欢欣。他常常告诉我，与好友攀谈就像捧读好书，教人受益；读好书就像向好友请教，使人受助；与好友相处娴静心灵，捧读佳书催人感悟；友如书，书如友。缺了友和书，生活无香味。

当然，与他攀谈或从他的文集中，我更多地读懂了唐先生在人生征程中放射出的灵性、韧性、耐性、理性和悟性。数十载人生历练，使他的思绪更为沉稳，使他的文思更加雄浑，使他的文笔更加老辣。正是由于对人生的这种热爱、不停的积累和不断的追逐潮流，他写熟悉的人物才有感情、写熟悉的事情才有深情、写熟悉的场景才充满激情。

然而，我却常常为唐先生惋惜，惋惜他将无尽的才情交给了繁杂的事务，惋惜他把优美的文思交付于料理那些扯不断的纷扰。以他的才情、才艺和才思，如果专注于散文创作，他会有唱不完的情歌、写不完的情诗、抒不尽的情怀；以他的博学、深邃和善思，他可以划亮更为清晰的记忆、抒发更为清越的颂歌、刻画更为刻骨铭心的思念。或许，这正是唐先生《慈母春晖》文集中《灾难的1976》《亲历"文革"》等篇目的文学性语言偏少、艺术性欠佳的缘由吧。不过，这些并不影响整体篇章的华美和精彩，文集展现给读者的，仍然不失为一册催人感悟和富于教益的美文佳作。因此，我以淳朴的词句留下以上拙笨的感言，似与唐兄攀谈，权为共勉！

# 战士的脚窝注满精神

## ——徐新民《灯下遐思录》序

道路平阔，但能破陋；桥梁坚固，但能坍塌；权位显赫，但限一时；财富巨万，但会散尽……唯一不朽的，是那生命历程中留下来的深刻的思想。时间的流逝可以磨灭任何繁华，岁月的车轮可以碾碎生命的历程。见证沧桑的，唯有思想和深藏其中的精神是一个人生命足迹或一个时代前行进程的精髓。

文字是传承思想的传统符号，文章是弘扬精神的有效载体。打开徐新民先生《探索前行》的文稿，仿佛一个个深刻的思想和一股股火热的精神扑面而来：《百年耻辱今洗雪 紫荆怒放振国威》《我读〈醉翁亭记〉》《成事在人谋》《从数字背后释出的光芒》《谈谈政策性银行的对外宣传工作》……这些不同时期刊于宁夏区内外各级报纸杂志的文稿，尽管体裁各异，却饱含着他对工作的深思和对业务的探究；那一篇篇露着墨香的文字，尽管思想不尽完全新颖，却展现出他对人生的感悟和对世弊的针砭；那一段段真实表达他思想之旅的朴素话语，尽管语词不尽全都华美，却镌刻着他的丰富情感。细细地拜读徐新民先生的文稿，那一页页文字分明就是一串串坚实的脚印，那一个个字词分明就是生命历程的精神标注……

从现有身份来说，徐新民先生是银行机关的一名普通职员；从现有职位来说，他是银行机关的一位中层领导干部。但是，从徐先生的经历和阅历来说，他首先是一名战士，是一位从部队转业到地方工作的经历多种岗位并荣获过多种奖励的优秀工作者。军旅生涯造就了他战士性格的坚毅，汽车驾驶员、党务工作者、银行职员等多种岗位的磨炼，使他的思想更加成熟。因此，他才能够在工作实践中不断地亮出精神火花。

当然，平凡的思想未必全都经典，火热的精神未必全都伟大。但是，平凡的思想积累多了，自然会彰显一种奋发向上的精神。这种精神必然会激励一个人用勤奋创新的业绩充实和丰富他的思想。我叹服先生的勤奋。他在不同时期各个平凡工作岗位上探索前行中留下来的脚印，数十万言的文字足以证明他的充实的生活和积累思想的乐趣。正是因为有了这样一些深深的脚印，他的人生之路才称得上真正的思想之旅。

我和徐先生是老朋友，也是老战友。和他攀谈中，他常常平和而缄默地表现出对军旅生涯的无尽的感慨，也表现出对人生之路的悠长的感叹。我知道，他的业余时间大多是在笔耕中度过的。在令他陶醉与沉浸的文字的千军万马中，藏着他的快乐、幸福、忧思、悲愤和欢欣。他不苟求每一个字符写下的都是甜蜜与欢乐，但求无悔于每一个脚印；他不苟求每一个脚印留下的都是精彩与微笑，但求每一个脚窝都要坚实；他不苟求每一个脚印记下的都是美好和经典，但求每一个脚窝里都要有精神……

徐先生是一个性格沉静的乐观主义者。通过他的文字，可以明显地看到一个平和、平静、平淡的徐新民。尽管当下急剧转变的时代混杂着各种各样的思想，可是，灰色的思想以及抱怨、悔恨、愧疚、忧伤、遗憾等等字眼，不会存入徐新民先生人生的词典。用他的话来说，就是"要让心灵在探索中学会平静"。正是这种坚持不懈探索前行的过程，既使他收获了不少享受快乐喜悦的人生哲理，又使他的思想和精神站在了人生的高地。

拜读徐先生的文集，我感到，他的许多业务研讨类的文章，对于本职工作的思考和挖掘颇有深度，具有鲜明的时代感；许多议论类的文章，对于社会生活的热情关注，情动于中，发之于外，自然感人；许多文学杂谈类的文章，对于社会万象和人生意义的理解，清淡真实，文思涌动，思维灵活。然而，我也感到，徐新民先生更多的时候不喜欢总是关注自己的脚印。他总倔强地认为，喜欢关注自己脚印的人自然常常活在过去。

是啊！人的性格是很难改变的。无论以后的路或平直或坎坷或崎岖，我都会相信，有了军旅生涯造就的坚毅性格，徐先生会在本职工作和生活实践中不断地亮出更多的精神火花。正像勇敢的战士前行一样，他会清醒而自信地让每一个脚窝注满精神！

# 长满沉静思想的脚窝

## ——毕林飞诗歌赏读

　　闲暇时，我喜欢在诗歌的海滩上漫步，自认为吟咏浪漫抒情的诗行能够走进一种美丽的意境，捧读婉约华美的诗句能够收获别样的思想，朗诵激情荡漾的诗歌是在沐浴精神。特别是走进能让人震撼启迪的诗歌题材里，那些非常熟悉的故事场景，各种想不到的欢思愁绪，那些司空见惯的万物气象和人世百态，常常使我陶醉其中，时而兴奋喜悦，时而悲愤滴泪。但是，我确切地以为，我喜欢捧读诗歌的缘由，并不是仅仅喜欢它优美的文字和华丽的辞藻，使我收益良多的是它深邃的思想。因此，捧读那些优美的诗歌时，我习惯于采用欣赏、赏读、品味、品读、品赞、研读、借鉴等词汇来展现我的心境，同时收藏它丰富多彩的哲思。拜读诗人毕林飞的诗集，使我再一次真切地走进这种华美的境地。

　　毕先生是陕西省作协会员、陕西省楹联学会理事暨诗词学会会员、扶风县诗词楹联学会的会长兼《扶风文艺》主编，出版有《日月星辰》《北方极光》等诗集。打开他的诗集，仿佛一幅幅动感十足的画面扑面而至：仅看诗的体裁，就有自由诗、朗诵诗、快板诗、儿童诗、信天游、歌词，等等。其句式长短不定，长则数百行，最短的只有一句。其题材更是琳琅满目包罗万象，似乎宇宙人间、天上地下、所见所闻、随想偶感都可以顺手拈来拧成诗句。请看这些诗的标题：《鼠》《官》《币》《源》《人民》《免官》《犟牛》《铁道》《脚扣》《倾斜》《雷电》《算珠》《耕牛》《青春》《阳光》《友谊》《弹簧垫》《水与火》《山崖松》《酸枣树》《控制盘》《火山龙》《狗与虎》《正直的人》《写给同学》《夏侯风来了》《卖豆花的老头》《登天安门城楼》《风儿，你不会吹了》《悟空，拿起你的金箍棒》，等等。真可谓七彩祥云漫天飘舞，流溪瑞雪随意漫游，谋篇灵活，想象奇妙，富有个性。

然而，我从毕先生诗中领略最多的，还是诗行间溢出来的火热的精神和沉静的思想。请品读以下几首短诗：

《缩果》生长的季节／没有得到／阳光的青睐／心儿枯竭了黑瘦黑瘦的果干／仍挂在枝上／不肯跌落。

《筛》不停地摇摆／就能分离出秕糠／过滤出粗细。

《楔》立体的楔子见缝插针／夯我一锤吧／楔进深厚的生活／铮铮有声。

《肥猪》若不贪／何来肥壮的身体。

《公鸡》总以为太阳是自己叫出来的／骄傲地扇动金色的翅膀。

《定陵》万岁的江山／带到地下／白银泣血／黎民诉苦。

《雪》浩天的白絮纷纷扬扬／载着冬令的嘱咐／将蜜月里的妊娠／分娩在三月的枝头。

《早潮》清晨／地球向东一巅／大海噙不住口涎／把白色的心／晾在沙滩。

文字是传承思想的传统符号，诗歌是弘扬精神的有效载体。诗人向读者展示的这些人们司空见惯、非常熟悉的场景和物象，自然潇洒，坦诚通脱；诗句简短却形象完整，语言朴实却富有情感，其中散发的思想正是激昂的声音、沉静的思绪、坚忍的意志和奋发向上的力量。

更为可贵的是，诗人眼睛关注更多的是普通大众的所思所想，目光聚焦的是底层人群的辛勤和幸福。因此，在他的诗章素笺中，以很大的占比叩问原野大地，点评洁白的雪印，歌颂山泉、小草和平民，歌唱古老的树杈和古槐，感念朝思暮想的故乡，感恩含辛茹苦抚养儿女的父母，述说被讹传劈裂的翅膀，塑造春色、笑声、朝霞、余晖、山中幽兰、荒村野岭、险崖峭峰和淡黄泥土的形象，等等。例如以下几首短诗：

《草》莫叹息天生的幼小 / 照样是一株碧绿的春草 / 生命的意义在于贡献 / 纤弱的根须捧着串串花苞。

《焊花》从豁缝间迸发 / 在闪耀中开放 / 多像园艺师创造的形象 / 开满工地和厂矿。

《小星》数千年炎帝眨眼 / 每夜都在注视着 / 大地上所有生命的动闪 / 不是自己愿意高高在上 / 而是大地的宠子 / 总在不断地利用自身 / 去创造光的神奇 / 用电来缀化自己生存的空间。

《风筝》你不叫风筝 / 你叫孔繁森 / 你挣脱了一条沉重的细线 / 脱离了那些坠线的人 / 你久违亲人的心 / 妻子儿女和父亲母亲 / 你没有飘回山东 / 两翅清风托你飞上高远的天空 / 你把英魂留在西藏 / 形象摄入人民的眼睛 / 你是活人的碑刻 / 字里行间尽写着人生。

《街上卖豆花的老头》担起一家沉重的负荷 / 挑着晚年晃荡的生活 / 街上卖豆花的老头 / 站着：多像那根扁担 / 朝来匆匆、夕去匆匆 / 乡径：遗一串辛酸 / 香甜哪里去了 / 岁月的孩儿 / 一勺一勺 / 舀着白渗渗的日子 / 调上几许酸辣咸。

......

这种在风霜雨雪中苦苦思考着前行，企图挖掘底层深处被人们鄙视与弃置的嘹亮响声的嘶喊，真实地表达出他不断整理着闪耀即失的思想火花，展现出他感悟人生的果敢成熟，饱含着他对工作事务的深思探究，沉淀着他针砭时弊的坚毅沉稳。他的诗作语言的传统、深刻、隽永、朴实和创新，好像让人享受一位农夫收获丰年喜悦的快乐而不失泥土醇香，好像让人倾听一位腰束皮带肩背脚扣的电力工人吟咏一段段美妙的小夜曲，亲切动人而回味无穷。

当然，我从毕先生的诗集中收获更多的还是无尽的美感。他将经年累月的思索投进天马行空的想象，把饱蘸激情的汗滴陈列于方寸纸笺，奉献给读者的是满载阳光、春风、笑脸般的绚丽和美艳。

探究毕先生笔下流出的诗行为什么视野宽阔、思路开阔、思想丰满、韵味长久，从他脚踏的厚厚的黄土地中或许可以找到答案。诗人自小看惯了只翻黄土不翻书的农民从黄土中刨日月的不易，领略了农民吃榆树皮、咽玉米芯的艰难酸辛；他脚下的黄土地上，疯长的异常丰厚的中华传统文化，又使他饱受周秦汉唐文化的熏染。随后的学校生活、长期在电力部门多种岗位的磨炼，深谙电力行业职工工作的艰辛和电力对于国计民生的重要性，使他的思想就像黄土微尘一样平淡平和，没有了浮躁和张扬，也促使他将那些从苦难中熬炼出来的性格语言，融进一篇篇镌刻着丰富情感的诗句。他经常关心国家大事，密切关注并积极投身改革开放的伟大洪流。他常年身置基层，熟知农耕文化，关切"三农"课题，熟知普通民生的悲怨哀愁，饱尝底层民众的酸甜苦辣，对一线工人的辛苦始终保持着朴素的感情。这种丰富的阅历、工作经历、勤奋磨砺、实践经验、善于思考、强化修养、切磋交流和自觉接受组织悉心培养等综合因素，使他点亮了犀利的目光，坚定了远大的抱负，拓展了宽广的胸襟，凝结出一部又一部精彩的诗集，挺拔成一块又一块傲人的奖项。因此，即便人生的路走得很远很远，他的诗情灵感的根却深深地扎入脚下厚实的黄土地，从来没有离开过。这正是他激情奔涌用之不竭的创作源泉。

平凡持久的岁月长河中，人人都有想法，但并非人人都有思想。时间的流逝可以磨灭任何繁华，岁月的车轮可以碾碎生命的历程。见证沧桑的，唯有思想和深藏其中的精神是一个人生命足迹或一个时代前行进程的精髓。毕林飞先生生命历程中那一个个长满沉静思想的脚窝，使他捧着富有哲理的思想和不懈追求的精神，站在了人生理想的高地。

然而，我却常常为毕先生惋惜，惋惜他将无尽的才情和诗意交给了琐碎繁杂的事务，惋惜他把优美的想象和哲思交付于料理那些扯不断的纷扰。以他才思敏捷精彩纷呈的诗情，倘若专注于诗歌创作，他会有唱不断的情歌、写不完的情诗、抒不尽的情怀；以他的博学、深邃和善思，他可以划亮更为清晰的记忆、抒发更为清越的颂歌、刻画更为刻骨铭心的思念。或许，这正是诗人笔下一些诗章的文学性语言稍逊、艺术性较为迟暮的缘由吧。不过，这些并不影响整体篇章的华美和精彩。

我知道，诗歌永远充满毕先生生活中的每一个细胞。他的胸怀，他已经达到的境界和高度，没有回头顾盼和片刻停歇的坚毅，会催促他驾着翱翔太空的思绪在诗歌海洋里搏风击浪。注定，他引领读者领略的，会是山泉歌唱般的幽远奔涌和五彩缤纷的意境印迹！

# 痴情执著写华彩

## ——书法艺术家李景杭剪影

温文儒雅、平淡质朴，是他平和性情的自然流露；

发奋努力、辛勤劳动，是他不懈追求的自然体现；

清新飘逸、流利舒畅，是他书法功力的自然展示。

巡回授课宣讲，现场义务书写，赠送作品、展出"全国获奖硬笔书作"，是他热衷中国书法普及教育的自然选择；

带出大批书写规范的优秀学生，带动许多青少年在全国书法比赛中获奖，是他热衷宁夏书法教育事业发展的必然收获。

作品多次参展、获奖、被众多辞书和书法作品集收录，荣获许多荣誉称号；出版的多部书帖、教辅书、书法集、散文集，连同他的书法作品被广泛传播或收藏，是他力促中华传统文化复兴繁荣发展、广受行家好评、得到社会肯定的必然赞赏……

如果将这些丰硕成果比喻为华彩乐章，李景杭先生展现的精神境界，选用"痴爱、痴心、痴情、痴迷、执著"等词汇来形容和描述非常恰切！

李先生从事过多种工作，身兼多种社会职务。但是，无论是在哪个单位、从事什么工作，一丝不苟地忙于日常事务之余，他严谨细致地研习书帖，对书法事业的痴爱和满腔热情从未减弱：

无论是从事专职书法工作，还是担任领导工作，他都像一个"墨痴"，研读各类书法碑帖和古今论文集，四季临池不辍，专习硬笔行书、毛笔欧楷和行书，为其后进行书法艺术创作奠定了坚实基础。

为给宁夏硬笔书法家协会的发展奠定良好基础，也给宁夏的硬笔书法家和硬笔书法爱好者安置一个温暖的"家"，他像老黄牛一样默默地耕耘，注入过无尽的心力。

创作之余，他利用双休日热心书法艺术普及教育，以他温和平静的语气，对适龄学生不厌其烦地传帮带，使他们成为学校里出板报、搞宣传的"小书家"。

他在组织策划国家级、省级书画展赛等许多大型活动中扶掖后学，乐为人师，"书法伯乐"的称谓是对他最好的颁奖辞。

他结集出版的《砚田笔耕》散文集，无论是报告文学、新闻调查，还是散文随笔，篇篇充满激情、文采飞扬，展现出深沉丰厚的文化修养和积极向上的人生追求。

他倾心书写的《唐徕赋》《宁夏赋》《银川曲》和《固原词》等书法字帖，使读者欣赏华章美文的同时，品赏了行云流水的书艺，体现出以书显文、相得益彰的奇效，真正成为文以书扬、珠联璧合的佳话。

他倾心书写的欧楷《黄河金岸赋书帖》《民生赋书帖》《特高压赋书帖》，以及刻石作品《黄河金岸赋》《中华黄河坛碑记》《黄河楼记》《黄河楼碑记》，集时政、文学、书法为一体，提高了人们对中华传统书法艺术的解悟能力。

他的硬笔、毛笔书法创作独出机杼，作品笔力劲健，恣肆流畅，洒脱飞扬，既是"塞上书家硬坛名宿"，又以不凡的功力站在了全国楷书大家的前列。

他的书法作品成就展在宁夏博物馆隆重举行，成为中国硬笔书法协会成立二十周年系列庆典活动的"重头戏"。

他将颐养天年的退休生活安排得满满当当，参加中国硬笔书法协会组织的赴国外交流讲学活动，组织宁夏硬笔书法家协会书法家进校园宣讲、进企业点评、赠送书作、搞慈善活动，真正堪称积极热心的社会活动家。

他是宁夏书法界的大家，却以自然淡定的心境面对一路走来的华彩……

岁月无情催人老，饱蘸童趣润夕阳。我高兴地凝神注目并衷心企望：乘着新时期的雄风浩气，携着自然神韵和坦荡气度，李景杭先生会以艺术大家炉火纯青的无尽张力和宽厚胸襟，更多更好地创造高古、创新华彩！

注：李景杭，字天健，中国硬笔书法协会副主席兼亦舒创作研究部主任、宁夏硬笔书法协会主席、宁夏文史馆书法研究员、中国书协会员，荣获中国文联授予共和国艺术家等多项荣誉称号。

# 胸襟蒲洒墨花飞

## ——写在张鲁绘画艺术创作 75 周年之际

世纪老人张鲁先生绘画艺术 75 周年之际，张先生国画集出版发行，这不仅是宁夏书画界的一件盛事，而且是宁夏文化事业具有纪念意义的一件事情。

张鲁先生是我区书画界著名人士，他用 70 多年的艺术笔墨为后世留下了许多精心之作。我们欣赏他百幅精心之作，就像看到他 70 多个春秋软毫挥洒的艺术人生。

纵观古今中外一切有成就的书画家，他们的艺术生涯尽管不同，但对艺术一片痴心、不断探求的刻苦精神却是相同的。正像张鲁老先生国画集展现给我们的百幅画作一样，其中包含的不仅仅是艺术上的成就，更重要的是超越画面上有限形象的审美教义和深刻思想，给我们一种丰富的联想和精神的启迪。艺术之美源于客观自然，源于社会实践。没有画家多年身临其境的潜心观察和切身感受，就不能使泥土的芳香和社会的新貌渲染画卷。张鲁老先生倾毕生之精力于国画艺术，胸怀对祖国壮丽山河的热爱之情，使我们从他的作品中深切地体味到"一切景语皆情语""胸襟蒲洒墨花飞"。张鲁老先生精湛的艺术和他取得的艺术成就，是我们宁夏人民的骄傲，是我们宁夏书坛画苑的一笔财富，也是中华民族传统文化宝库里的宝贵财富。

"莫道桑榆晚，为霞尚满天"。张鲁老先生人画俱老，德艺双馨，因此，借助画家的笔墨研读中华民族博大精深的传统文化艺术，应当

是我们祝贺鲁老先生绘画艺术 75 周年和张鲁老先生国画集出版的旨意
和目的。

　　注：张鲁，宁夏文史馆馆员，著名画家。

# 有限时光惜晚晴

## ——贺杜正乾 70 寿诞

云霞辉映千年鹤，珍稀蟠桃共瑞华。当甲午春节迈着轻盈的脚步向我们款款走来的时候，我们欢聚塞上古城，共祝杜正乾先生的 70 岁生日。在这里，谨向杜先生送上真诚温馨的祝福，祝他福如东海，寿比南山，健康如意，福乐绵绵，笑口常开，益寿延年！

古人云："休辞客路三千远，须念人生七十稀"。杜正乾先生是我的同乡老战友。回顾过去的日子，我们携手并肩走过了令人难忘和激情燃烧的军旅岁月，他有理想、有激情、有抱负，勤勤恳恳做事，本本分分做人，为人民军队建设做出了突出贡献，多次受到上级褒奖和群众的一致赞扬。转业地方后，他以饱满的政治热情和强烈的事业心，勤奋工作，励精图治，为弘扬我国的法制精神，构建公平、正义、和谐的社会氛围，维护国家经济建设秩序，做出了突出贡献，取得了世人瞩目的成绩。

纵观杜先生 50 多年的革命生涯，我们可以得到一种启示和力量。他幼年失去双亲，历经生活艰辛，是亲人给了他飞翔的翅膀，是各级组织和领导给了他施展才华的平台，是他执著追求永不言败的性格使他成长为一名党的领导干部。

杜先生是一个平凡的公仆，但他绝不是平庸的人，70 年的人生历程，他始终保持飞翔的姿势，把命运飞成闪光的线条，把事业飞成美丽的诗行。在人民公仆的岗位上，他数十年如一日，低调做人，高调做事，恪尽职守，廉洁自律，如冰峰的雪莲一尘不染，如泰山的青松昂扬正直。

此时此刻，我想起了一位英国作家哈代说过的话："人生意义的大小，不在于外界的变迁，而在于内心的经验。钱财、权势、名利，身外之物"。我们常说："世界上最宽广的是海洋，比海洋宽广的是天空，比天空宽广的是人的心灵。"杜先生70年心灵的锤炼，70年人生的感悟，70年经验的积累，70载风风雨雨打造了一个心灵宽广而深刻的大写的人……

在我们为他喜贺寿诞的日子，我高兴地说，是军队这座大熔炉锻造了他坚强的意志和执著追求的性格；是敬业好学造就了他深邃的思想和才华；是博大胸怀造就了他平和低调、高风亮节的人格魅力。这笔宝贵的精神财富，永远值得我们学习和发扬。

无情岁月催人老，有限时光惜晚晴。忆生平，心灵美；届古稀，身体健康福寿长，"三千岁月春常在，九十丰神古所稀"。衷心祝愿杜老先生把70岁当作新的起点，将激情永远留住，与苍老血战到底，创造福寿康宁的经典，描绘夕阳燃烧的绚丽。

# 远征路上吟清越

## ——唐祯祥 70 华诞祝辞

题记：唐祯祥先生是我十分尊敬的战友、老乡和兄长，更重要的是我的良师和益友。欣值唐老兄 70 华诞，谨以我倾心撰写的几句祝辞，表达我对先生崇高人格的敬慕，表示我对先生真诚的祝福和良好的祝愿！

您从辽阔丰美的黄土塬上走来，将周秦汉唐文化熏染过的乡思和乡愁装满奋力远行的行囊；

您从充盈着鸡啼、鸟鸣、蛙唱和犬吠的乡情、亲情中走来，让缺衣少食的记忆装满总也倒不尽的话匣子；

您穿着老母亲亲手制作的千层鞋、老虎帽和补丁裤，沿着刻骨铭心的思念走来，叫魂牵梦绕的亲情和爱情陪伴你收割浓浓的相思、眷恋和期待；

您从戈壁大漠摸爬滚打的练兵场上走来，让威武雄壮的嘹亮歌声响彻你的坚毅、从容和自信；

您从研读丰富多彩的书刊报章里走来，让真切地感悟在阅赏史籍中沉淀悠远的意境；

您从料理繁杂业务和处理琐碎纷扰的事务堆里走来，让多岗位、多职级的历练擦亮沉稳的思想；

您从平凡生活的柴米油盐儿女情长中走来，让生命的张力在含饴弄孙的温馨旋律里尽情绽放；

您从抒写美文佳作的灵感中走来，让一颗炽热滚烫的心灵饱蘸激情挥洒雄浑的文思，在捕捉互联网海量信息的茫茫原野上抒发畅想；

您从学友、亲友、战友和乡邻们的促膝谈心中走来，让广结良友的情怀，在催人感悟中放牧善良博大的力量……

呵，七十年的漫漫征程，您一路风尘仆仆，一路坚持不渝，一路坚守着高远美艳的理想，一路收获着知识、友情、幸福和荣光！

我知道：您的那一颗布满老茧的童心里，已经盛满了深邃的思想；

您那娴静安然的满脸皱纹里，已经盛满热爱生活的火热情感和顽强拼搏的奋斗精神；

在您退休生活激情昂扬的乐章里，嫂夫人甜美悦目的微笑，就是对您最好的嘉奖令；

在您安度晚年愉悦殷实的话题里，儿孙晚辈们戏耍玩闹的欢声笑语，就是对您最棒的颁奖辞；

您的社会影响力和在学友、亲友、战友和乡邻们心目中傲然挺拔的形象，就是对您最高的奖赏！

岁月可以远去，但您不断亮出思想火花的精神和永不停歇的脚步，始终会汇入时代前进的方阵；

时光可以流逝，但您无尽的才情、才艺和才思，会不断擦亮充满忧思的灵感，以您的博学和善思撰写更多清越优美的华章……

衷心祝愿唐老兄鹤发童颜，激情永驻，心态长青，长寿健康！

# 砚磨古韵　俊逸清新

## ——刘玉顺书法艺术赏读

大凡立志征服艺术峰峦的艺术家，都有"壮游"的恒心。山水画家喜好游历大山名川，搜尽奇峰打草稿，吟风啸月亦华章；书法艺术家痴迷法帖书论，遍览残简觅大我，穷鉴苍碑掇新意。其间凸现出的都是一颗恒定之心、凌云之志。然而，对于身处现代市场经济环境下的书画艺术家来说，能够安分向艺、持恒戒躁，并且不为利欲所动者，少之又少，也实非易事。但是，多年与书法艺术家刘玉顺先生相处，我从他深谙书道却谦吟善为的言行中读出一种亘古淡定的感受。

刘先生自幼雅好书艺，和众多的书法艺术家一样，他也是从临习古帖的传统途径一路走来。汉隶、二王、颜柳、怀素、米芾、黄庭坚、何绍基，以至于近现代的于右任、启功等，他都刻苦研读前人的结字、用笔、用章，兼收并蓄，积极吸收，加以变通，力求形成独到的书法风格。

刘先生曾经上过中医学校，熟读《黄帝内经》《伤寒》等医著，其间文言文的熏染，为他学习传统书理奠定了坚实基础。因此，他特别钟情古人"韦编屡绝铁砚穿，口诵手钞那计年"的勤奋严谨的治学精神，喜欢在古人书法著述和碑刻中"壮游"，在继承汲取国学意蕴中丰富修养，进而以一种积极向上的文化态度进入传统。凡有机会出差、旅行，历代碑林古刻精粹之地是他驻足流连的最好去处；他大量订购专业书刊，坚持聆听电视专题讲座，广泛搜集历代大师的经典之作和资料，凡有幸见到不同版本的法帖，从不吝啬必收囊中，并笃勤不懈地反复研读，借以拓展审美境界，在勤苦躬耕和系统撷取艺术精华的基础上超越自我。许多书法理论书籍被他圈圈点点得面目全非，有些甚至揉搓得像一团烂纸卷。

刘先生曾从军多年，言谈举止中常有一股军旅特有的阳刚豪爽。即使以后转业地方工作，这股阳刚之气仍然浸入他的书体选择和书法研习之中。经过多年临池，他重点选取二王、米芾、王铎的行草笔意作为自己的主攻方向，并将临池逸趣作为常年功课，从未放弃研习，以从中感受砚墨逸动的美感和人生理性的自在。在他看来，最能激荡自己情怀的书法表现形态就是行草，而二王、米芾、王铎法帖的阳刚大气自然洒脱散淡多变，非常贴合他既平和淡雅又散淡不拘的性情。只要展纸挥毫身临其境，他便感到笔随心行直抒胸臆，所有利欲全弃之千里之外；一行行清丽健雅的墨迹流出笔尖，舒展着自己对书法艺术的理解和人生本质的诠释。那种进入"挥毫艺境"的爽快与乐趣，是在其他时空无法体悟的。

从军旅到地方工作，他结识了很多书画艺术家和书艺同好，他的为人为书也得到许多书家赞誉，并与之结下深厚情谊。在这种和谐的艺术氛围和人缘气场中，他常常带着求新求变的新作登门讨教指点，或邀请翰墨知音到家中评点习作交流切磋，继而用心揣摩虚心改进，力求书艺能够步入典雅意境。

刘先生常说："书法是净化心灵的艺术，雅俗共赏才会有长久的生命力。"因此，他经常应邀前往军营、厂矿、农村、机关为群众义务书写作品，也将平时研习时自感满意的大量书法作品赠送给战友、朋友；每逢春节前，他都早早地自拟、选录一些祥和喜庆的联句，并自购纸墨写成对联，分送给同事、邻居和社区住户；许多"朋友的朋友"慕名求字或有红白喜事索字求书，刘先生有求必应，毫不吝啬，并乐此不疲。有人调侃他这种谦吟善为的做法"与当下的市场经济大潮格格不入"，他却笑语以对："咱垫上辣子贴上油，就图个乐呵！"但是，不管赠送书作还是义务现场书写，他的每幅书作都会像他的为人一样认认真真毫不马虎。

综观刘先生的书风，顿挫沉雄、劲健沉稳、圆熟智趣，用笔气定神闲，似乎超乎绳墨之外，又如刻如铸、淡散生趣、一气呵成。若论具体作品，我很偏爱他为许多战友、朋友赠送的唐诗宋词书作，很多条幅、中堂用笔拙朴沉着、格调儒雅、洒脱自然，许多自拟词句的书作浑厚饱满、墨韵通畅、没有匠气，表露出不俗的审美意识和艺术追求。反复赏读刘先生结构安稳章法谨严的书艺，我想起杜工部的两句诗"清新庾开府，俊逸鲍参军"，杜甫是用这两句诗记述李白诗歌的审美感受的。借用"俊逸清新"来形容刘先生的书艺和书风，似乎十分贴切。

在刘先生的心目中，书法艺术的最高境界不在于眨眼一看如何花哨，而在于久久品读之后愈觉韵味无尽。因此，书法是一辈子的事，许多求新求变的习作，犹如"阿婆还是初笄女，头未梳成不许看"。对于如何使书体更显自然洒脱的改进，刘先生正在更多地揣摩大家法帖中急风骤雨行云流水般的散淡雅韵，力求不断地博采众长。我相信，他会在艺海"壮游"中持恒不懈地奋力前行超越自我！

注：刘玉顺，1952年出生，祖籍陕西，好静，好茗，好交友，但不好言功；常将翰墨充酒香，茗后挥毫，故斋名"醉墨轩"，自谕"大漠闲人"。现为中国金融书画协会会员，宁夏书协会员，供职于宁夏建行。书作曾参加伟人颂全国书画大赛、首届李太白杯全国诗书画大赛、首届中国文人楹联书法大赛、首届柳公权杯全国书画大赛等大型书法展赛，30多次入围并荣获金奖、银奖、优秀奖或精品奖，部分作品入编国内多种大型画册、书画刊、精品集，被地方和书画专业媒体、网络多次专题、专版刊用和报道。

# 气韵悠然　笔墨华滋

## ——李吉焕牡丹画艺赏读

　　听很多朋友讲，画牡丹是李吉焕的艺术强项，赞他笔下的牡丹骨法劲道，意境清远，幽雅生风。深冬的一个下午，我慕名登门拜访。

　　一进李先生家的客厅，只见四壁挂满了牡丹图，墨色生香，满室溢辉，宛如春天的牡丹园。画案上尚未收笔的 4 条屏牡丹，花瓣色彩鲜艳，枝叶大气鲜活。见我久久凝视，李先生握笔蘸墨、着色、点彩一阵挥洒，4 幅牡丹图跃于眼前，画中牡丹迎风摇曳，令人心旷神怡。李先生拿出新近脱手的近 10 幅牡丹画让我先睹，作品清纯秀润，气韵超然，没有雷同。我不禁赞叹他高超的笔墨技法，他只简述每幅画的创作过程，谦语间露出颇有见地的艺术理论。

　　我好奇地问："您为啥就爱画牡丹？"李先生操着纯真的关中话深情地说："牡丹尊居花王，玉笑珠香，富丽堂皇，雍容华贵，素有国色天香美誉，历来被视为富贵吉祥、繁荣幸福的象征，很多诗人用美丽的辞藻歌颂它。如今，牡丹正好是反映国昌人和的好题材；再说，牡丹色泽艳丽，花色丰富，枝叶大气，便于画家展现高超的色彩与笔墨功夫。因此，我近年来专攻牡丹，一定要画出牡丹的精神。"

　　李先生 1955 年生于陕西宝鸡，八百里秦川沉逸雄厚的古文化底蕴，使他饱受秦汉文化熏染。儿时的记忆在他脑海深处清晰如故："领我走上绘画道路的是当年为了生计而酷爱皮影艺术的爷爷。"李先生的爷爷是皮影戏艺人，常摆弄世传的皮影家什，"影人"在爷爷和一帮艺人操纵下，靠灯光透映到白布幕上，经乐器伴奏和秦腔配合，便成为"一口叙还千古事，双手对舞百万兵"的艺术形象。从幼年起，李吉焕就爱跟着皮影戏班看热闹，并好奇地琢磨：爷爷将牛皮刮制、描样、雕镂、着色、烫平、上油、订缀、安操纵杆，影人就能灵活地动起来。尤其是皮影花卉图案色泽艳丽，常年不变色，真是神奇。"爷爷能画，我也要画。"李吉焕看啥就想画啥。爷爷得空也对他的涂抹习作评点。可是，家里条件差，没有绘画工具，只有白纸和铅笔。上小学了，他就帮老师画板报报花，彩色粉笔满足了他对绘画的小小愿望。

上中学时，村上来了个被下放的"右派"，人称王艺师，工余时以画画消磨时光。李吉焕对他的画很喜欢，一来二往成了朋友。王艺师便教他怎么握笔、运笔、配色。那一年，李吉焕的画作在少年宫画展获了奖，使他对绘画艺术愈发痴迷。初中毕业那年，"文革"闹腾得正"红火"，父母就叫他到燃料公司参加了工作。但是，他立志"一生都要画画"，便考上了西安美术学院。谁知，务农的父母对他画画却不寄予厚望。这时，恰逢征兵，父母便鼓动他当兵。结果，李吉焕来到贺兰山下的军营成为通信兵，一待竟是30多年。

30多年，足以磨洗一切兴致，却泯灭不掉他早年的志愿。连队办板报画报头，他仍是"主笔"。率领战士紧张训练的间隙，常有他与喜爱画艺的战友交流"画语"的场景。参加军区美术创作学习班，他创作的反映通信兵生活的《海燕》等画作被《宁夏日报》《宁夏文艺》刊发。

2003年，李吉焕退休后，与书画界朋友交往多了，便专事画艺。但是，由于花鸟、山水、人物样样都画，他感到想画好每一类物态的精神很难：不似则大众难以接受，太似则雅士为之齿冷。于是，他将国画研习的主攻方向定位在牡丹画，并参加书画函授大学牡丹画艺专题学习，购买了许多牡丹画教材、画集、图谱刻苦攻读，以绘画理论涵养艺术实践，进而寻求突破自我的路径。宋·欧阳修《洛阳牡丹记》、明·薛凤翔《牡丹八书》、清·余扶伯《曹州牡丹谱》等，他翻阅了很多遍。牡丹怒放时节，更是他驻足观赏学习的好时候。公园里牡丹花丛前，游人争相留影，他却细赏写生，静静地揣摩牡丹的神韵，细细地领悟牡丹的物情、物理和物态。几年下来，他对牡丹有多少品种、哪些著名诗人如何吟咏牡丹、国内有哪些著名牡丹画家，全国各地哪个季节在哪儿举办过牡丹诗会、牡丹音乐晚会、牡丹灯会、牡丹新品鉴赏会、牡丹画赏会、牡丹书市等，他都如数家珍。这种贪婪吮取牡丹文化内在意蕴的偏痴，使他从"牡丹迷"俨然变成了"牡丹通"。

近年来，李先生素心向隅的艺术睿智随性而发，连创佳构。他将大量画作赠送战友、朋友和同好，很多作品被自治区内外军营、机关、企业家和收藏家收藏，许多业内人士对他的牡丹画艺深加赞许。面对一声声赞誉，李先生丝毫没有放松探索，而把赞誉当鞭策，更加全身心投入研习，构思创作时更为认真，总想使每一笔更加细腻灵动。如今，赏读李先生的牡丹画，便能读出一种精神：绽放的花蕊绚丽夺目，气旺神畅，浑然天成，宛若生命之光，催人奋进；青绿淡彩的滴滴芬芳，沁人心脾的缕缕馨香，祈祝国运安泰、家和人康；《春色》《春艳》《春晖》等诗情画意的题名，既赞美生活，又收获心趣；既能看出他对牡丹理艺深刻的理解，也凸现出古老的秦汉文化和军旅生涯赋予他的朝气和毅力。

# 行到水穷处　坐看云起时

## ——焦忠书艺赏读

如果说书法艺术是一块田地，耕过这方沃土的书法家无法计数；如果想在前人耕过无数遍的田地撷一颗属于自己的果子，不执著跋涉艰苦奋进，怕也收获甚微忧多喜少。好学敬艺的焦忠就是一位"欲撷新果"的痴迷耕耘者。

焦忠，号守一斋主，1955 年生于甘肃渭源，自幼酷爱书法，儿时的印迹清晰如故：祖辈世居的村庄，老庄户只握锄把不握笔。每逢春节，才有一个银发漫顶的老者挥毫泼墨，让血红的春联给缺衣少食的柴门添些喜庆。老先生写对联，他站一旁好奇地看，看他研墨、叠纸、握笔、运毫，一袋烟工夫，一砚水墨幻化成龙飞凤舞的大字，定格纸上。"练毛笔字是小学必修课。虽爱涂抹，经老师评点，我才感觉软软的狼毫不好驯服。"然而，书灯长荧负笈习练，影响了他的一生。随后，他当农民，干各种脏苦累活；当军人，在朔风吼号的练兵场摸爬滚打；转业地方金融部门，干各类勤杂事务。这些"工种"离书法异常遥远，哪能耗时专致临习？酷爱书艺的心却不安分，翰墨韵彩始终潜于眷恋情思。耳顺之年，他才静研书理不舍寒暑，并以"书道传情"作为提升书艺路径，刻意写好赠送亲朋和登门求字者。

焦忠给人起初印象：性情质朴谦和安顺，聚会攀谈语气文静，观展交流偶尔开言。久遂感慨：跋履远望却内心守静，品性中流泄着深追艺境的灵气；不事张扬却静觅书艺，富有真诚求知的学者风采。其书以行草为丰。问原委，他笑："曾临诸家。上宁夏书画函授专修学院书法研修班后，主习二王，尤喜行草。"细赏其书，大字横幅飘逸潇洒，在古朴淡雅间抒发情趣；扇面斗方细腻舒展，寡带行书飘、浮、薄的常见病；整体格调飘荡二王风韵，字里行间透射遒劲俊朗清丽流畅的清新气息，犹如其人端庄斯文却精神饱满。

这些年，他埋头悟道佳品叠涌，书作亮相全国金融系统职工书画展等众多赛展，荣获第19届阳光杯全国书法摄影大赛、辛亥革命100年全球华人书画家邀请展、建党90周年全国中老年书画大赛、红色潇湘中国中老年书画名家大赛等展赛金奖，参与银川兴庆区职工书画展、丽景书画院"书画进校园进社区"等活动，许多奖金捐给公益事业，佳品被陕甘宁等地藏家和友人珍存；《宁夏经济》杂志专版评介其书艺。

可是，今夏，他却称"越来越难了。""有人讥？""倒不是！入道易，出道难，闯新道更难。想在前人耕过无数遍的地里育一颗有点自己风韵的果子，真难！"

呦，追摹二王娴熟的技法、灵动的笔法、线质遒劲古厚、结字疏密有致的特点，力追"浑然一体变化多样"的境界，当然难！可贵的是，他总想突破，总看不上自己脚印，总想走出前人影子。他明白，师古出新厚重率真，就得不谋皮毛直吮骨髓；毕生锤炼天性自得，拼到最后是学养啊！

但是，我知道，有古意拙朴雄浑大气奠基，焦忠在"浓处以古朴为胜，淡处以空灵为妙"的追觅中，正奋力采撷那颗闪动焦氏风韵的果子。其蕴涵，不追时尚新韵迭出，古意犹存风规自远……

# 追艺痴迷气自华

## ——李向阳书画收藏和书法艺术赏评

让戎马倥偬的军旅生涯与书画艺术结缘，其间的距离有多远？粗览这个"不等式"似乎无解，细细品味却意蕴无尽。然而，回眸李向阳的追艺路程，我得到这样一个答案：世间任何事，只要醉迷痴狂地干起来，再峻峭的山峰也能攀达，再荒芜的戈壁也能布满花卉。

李先生自幼生长在风光绮丽的渭水河畔。黄土高原腹地极其深厚的传统文化底蕴，使他饱受浓郁沉逸的周秦汉唐文化熏染。缘于此，李先生从小就看惯了古籀甲骨、书画简牍；习艺生平也雅有门庭，佳境可溯。自四五岁起，李向阳的太爷爷就亲授砚礼，热心施教。可是，家境贫困，太爷写字很少铺展笔墨纸砚，常以沙盘为纸，写满、擦掉、再写。儿时的记忆在李先生脑海深处清晰如故："太爷偶尔写毛笔字，我就站在一旁好奇地观看，看他老人家怎样运笔用墨。太爷很有耐心，一得空，就教我研墨、握笔，还经常对我的涂抹习作评点圈红。"耳濡目染，丹青案暖，孩提时代的门庭熏染影响了他的一生。从那时起，翰墨的韵彩始终潜藏于李先生的眷恋情思之中，流淌于梦境萦绕的云笺玉籍之上。之后读初中、上高中，当农民、当民兵，凡是学校、村里、公社有办墙报、刷标语、开大会写横幅的机会，他都自告奋勇参与。尽管各种农活脏苦杂累，一颗从不安分的爱好书画艺术的心灵，促使他一有空就寻找、借阅艺术书刊；尽管整天围着吃饱穿暖"穷忙乎"，秉承秦人风骨融入传统文化的追艺愿望始终在心底燃烧。

1976 年，李向阳入伍来到宁夏。军旅生活紧张严谨，工作岗位几经转换，只要有空，临池习帖欣赏书画仍然是他的最爱。风沙弥漫的贺兰山麓，杨柳吐翠的黄河滩头，都有他与喜爱书画艺术的战友交流切磋的身影。回老家探亲，他总要腾出时间造访古城西安，尽可能多地观看书画展览，不断吸收新的艺术营养，历代古刻精粹之地碑林是他驻足流连的必览去处。外出考察、游览景点，别人浏览美景，他专注有特点的楹联、牌匾和书法题字。他既笔耕不辍，又经常参与乡村、军营和社区组织的文化活动，给乡亲们、战士们义务撰写楹联、赠送书法作品。全国首届硬笔书法大赛、海峡两岸书画名家作品展、宁夏军地联办的节庆书画大型展赛活动，他也热情参展并荣获奖项。他的书作，有的被国内外友人和艺术馆收藏，5 幅作品在宁夏博物馆和银川丽景书画院拍卖 3000元，他全捐赠给宁夏扶贫基金会。《宁夏广播电视报》、扶风微传媒等报刊、网络介绍过他的书艺。

艺术为媒，书画交友。与书友切磋交流的机会多了，李先生结识书画界的名流也多了，书画艺术鉴赏水平和对书法艺术的理解得到很大提升，手头也留下诸多书画艺术家交流、赠送的书画佳作。1991 年起，李向阳乘势而为，在书法创作的同时，开始收藏书画艺术品。

2001 年，李向阳从部队退役，他毅然素心向隅，专心致志地苦练书艺，却不想被成名成家所累；结识方家名流，谦学恭习书艺增进，却不想沽名钓誉。他潜心习练，书艺汲取了魏碑运笔劲健疏密有致的神韵，既追求灵动大气，又揉进了行草张弛有度疏密相间的态势。他承接"书圣"行笔自由、法度自释的创作精神，将其书法的精神气质融于自身，以此涵养自己的书法情怀。他师古不泥古，融古而铸今，把军人气质融进书作，给人的视觉效果平添一种时代美。

他又像一个不知疲倦的淘金者，持之以恒地倾情珍品收藏，马不停蹄地四处拜访，不断丰富自己的书画藏品库存。如今，京、沪、苏、滇、陕、甘、宁等诸多地域的艺术家能够"云集一处百花齐放"，正是李先生不辞辛苦云游"淘金"的结果。展现在眼前的这册珍藏集里，摇曳多姿的油画，平和中蕴含坚毅；潇洒飘逸的国画，朴拙中透露雄浑；庄重雅逸的书作，凸现出气深力沉的美感。所有书画珍藏品，既给读者带来美的享受，也彰显着李先生积极向上的人生态度和醉迷痴狂的追艺境界。

李先生是个深怀感恩的有心人：他感恩太爷早年的热心引领，感恩军队大熔炉的锤打磨砺，感恩追艺征程中的亲朋挚友，感恩身置和平时代的幸福安宁！据此，他于 2016 年阳春时节，在银川丽景书画院隆重举办了"李向阳书画珍藏感恩展"，展出他精心收藏的书画珍品 130 多幅，将 50 多幅书画精品赠给丽景社区和居民，为居民欣赏书画艺术和发展社区文化，起到了积极的促进作用。

清风出袖，明月入怀。我相信，怀着"等闲拈出便超然"的追艺心态，李先生的书法创作和慧眼选珍的艺术藏品，一定会不断地追求时代，更加富具内涵，并且神韵亲和。

# 黄土深处的心灵景致

## ——杨文科散文赏读

欣赏散文是我的挚爱，尤爱拜读那些抒写乡情、亲情、爱情和友情的美篇佳章。每当走进极具情感的散文，便会陶醉其间兴致陡涨，很自然地升腾起一股如沐惠风的感慨。捧读杨文科先生的散文，那一股股熟悉的墨香，引我真切地进入这种文字的千军万马联欢嘶吼的场景，领略他从黄土深处开掘的一处处心灵景致。

生长在乔山脚下的杨文科，自小为填饱肚子和摆脱贫穷四处奔波。冬天凌晨3点起床，骑上驮着两个竹筐的自行车，前往40里外的县城批发些蔬菜瓜果，带回乔山脚下的村镇贩卖。将乔山苹果用自行车驮到县城，摆摊零卖。摆鞋摊、收购中药材，当电焊工、装配钳工、货车驾驶员……一路风霜雨雪，那种受贫穷驱使的命运，就像贫瘠的黄土地上漫长的蒲公英和灰灰菜，既随波逐流又随遇而安。

然而，有别于其他不甘贫穷的打工仔，杨文科从小爱翻闲书。凡能借到的古典名著中外经典，便废寝忘食地阅读。一次，他双眼盯着书，手用筷子捞面，二姐悄悄地把碗端走，他持筷空捞几回，才见没碗了，惹得全家人大笑。为图清静，他躲进柴火摞子里捧书苦读，害得全村人"到处找娃"。带小外甥在宝鸡街头玩，他却钻进新华书店看书，整得父兄和大姐全家满街寻觅。不光"书痴"，文科还爱独坐田埂遥想天外，并将所见所闻所感所思"笔录存念"。嗜书和任凭思绪如脱缰野马自由驰骋的偏好，催促他爱上了写作。但是，因家境困难，他曾被迫退学回家务农。

改革开放山乡巨变，杨文科便将村里层出不穷的新事写成消息、通讯和报告文学，常被省市报刊发表、电台播出。看书写作时，他不吃不喝不睡，甚至用咖啡因麻痹神经，强迫"别睡"。以至早先嗜睡的他，竟因"别睡"导致身体不适。文科两位姐姐都是积劳成疾英年早逝。为了替姐姐伺候好父母，他强迫自己少写多睡保重身体："总不能走到二老前头呀！"

至20世纪90年代中期，文科发表的新闻、文学作品已有数十篇（首）。县委宣传部发现文科"能写"，聘他到扶风报社当编辑记者，专搞报道。千禧之年，文科的家乡建起水泥厂，他来到冀东水泥厂运输有限责任公司当驾驶员，继而升任运输调度、运输部部长、总经理助理和副总经理。忙碌之余，工友们打牌下棋游乐，他却喜图享受手指在键盘跳动的时光，期望用屏幕上跃动的文字福养他不甘苍白的灵魂！很快，宝鸡文学、东南文艺、水泥圈子、江山文学网和作家新干线等20多家报刊、网络留下他发奋进取的痕迹，130多篇（首）散文、诗歌陆续刊发；《陕北的秋天》《最后五公里》《五块钱的笑容》和《外婆家的年》等一批散文参赛获奖，有些被录入《当代作家作品精选》；丁香文学网、宝鸡市职工作协、扶风县作协等多家传媒、协会吸收他为会员、理事、主编或签约作家。

生于土门的杨文科，是十足的草根族。他不讳言是农民的后人、黄土地的儿子。他以"乔山人"作笔名，"就恋这块黄土地"的情怀可见一斑。其散文以农村题材居多，笔下流淌的文字，自然散发着浓郁的泥土清香。黄土地上的村庄、窑洞、古城、壕沟和炊烟，黄土地里的苜蓿、苹果、柿子、油菜、猕猴桃和五谷杂粮，辛勤劳作的农人、亲戚、乡亲和"哥儿们"，还有司空见惯的千层鞋、老虎帽、补丁裤和煤油灯，以至于秦腔、柴火、背篓、荠荠菜或者一场透雨……在他看来都是别致的风景，从而对黄土深处的酸甜苦辣有了深切的感触，有了道不完的话题、写不尽的题材。

和淳厚朴实的农民一样，杨文科从小以土为伴，走惯了泥街土巷，也看惯了农民在土里刨岁月的困苦艰辛。翻开书页，《地下六十米》《永远的痛》《清明祭姐》《风雪夜归人》《村魂》等，一幅幅血汗和泪水交织的画面令人目不暇接。走进他用深情厚爱撰写的文稿，每个篇章都布满喜怒哀乐、尘俗牵挂和拼搏奋进，也浸透了他对黄土地里深潜意韵的深刻诠释。

文科笔下感人肺腑的篇章，是以"不能让肠子悔青了"的深情抒写他对父母、至亲的敬慕和追思。赏读《带上父母逛景致》《父亲的轮椅》《母亲的早餐》等文章，明显看出，草根柴门的熏陶奠定了他不畏苦楚热爱生活的人生走向，早年的辛酸成就了他坚毅不屈的性格气质，养家糊口的担当加深了他对感恩孝道的理解和参悟。因此，撰写父母、至亲的文字尤为细腻感人。仅择一段——

"晚霞跌落在碧绿而宽阔的玉米叶子上，随着温热的风上下跃动，门前柿子树肥厚的叶片，剪碎一地斑驳的金黄，洒落在树下躺椅上眯眼纳凉的父亲的身上。母亲摇着蒲扇，坐在门旁的木墩子上，任斜斜的夕阳在她爬满皱纹的脸上翻山越岭，期待的目光盯着村口我回家的方向。我们都成家立业了，父母亲的芳华也被岁月刻上了苍老的模样。他们那满头青丝被染得雪白，曾经光滑的皮肤上刻满了时光的皱褶，亦如他们沧桑的历程。"（《黄昏下的父母亲》）

《哭别晓旭》《姨父的葬礼》《清明祭霞妹》《哀乐为你奏响》等篇章，都是被泪水打湿的文字，都是以深挚情思勾勒的图案，多看一眼都会让人泪如泉涌。

当然，文科散文中充溢最多的不是泪水，而是闪耀着激情的精神。热爱农村，熟悉农村，扎根农村，对"三农"的深刻体验；当编辑记者，对各行各业的深入采访；水泥行业多层职位转换，经受多种岗位磨炼；周秦汉唐文化浸淫、游历四方的眼光、荣获多种奖励、走进小康生活、对社会百态的感悟，加上善于思考……使杨文科的思想更加成熟，思虑更加平静。因此，他的散文才以沉稳的理性不断亮出精神火花，在他如今的岁月里，装满了以悲怆沉重奠基的欢乐和幸福。尽管当下急剧转变的时代混杂着各种各样的思想，可是，灰色、怨恨、愧疚、忧伤等字眼，不会列入他的写作词典。品读《在湛蓝的天空下》《一碗麦仁》《烧煳的糁子》《风雪夜归人》等文，我看不到颓丧和悲哀，闻到的却是浓浓的情思和期待，还有感恩和平的祝福。

饱读图书的阅历，给杨文科散文风格的形成提供了丰厚的营养。古典名著、著名作家的经典作品，尤其是杜鹏程、柳青、路遥、陈忠实、贾平凹等陕西作家的经典作品，对其散文写作有明显启发。从《夏夜》《春燕》《带皮吃的西瓜》《天上掉下个小格格》《那个月黑风高的夜晚》等文散射出的灵性，可以看出：名作家的名作是杨文科提振信念、开阔胸襟、拓展思路、创作丰产的兴奋剂。

杨先生业余时间大多是在笔耕中度过的。令他陶醉的文字的千军万马中，藏着他的忧思、悲愤、快乐和欢欣。他不期盼每个脚印留下的都是精彩与微笑，但求每个脚窝都要坚实和沉稳；他不苛求每个脚印记下的都是美好和经典，但求每个脚窝都灌满生机……正是这种坚持不懈的探索前行，既使他收获了享受喜悦的人生哲理，又使他的思想凸耸起别样的精神风采。

纵观杨文科的散文，一些篇目引经据典和给人知识偏少；选材以"熟悉的人和熟悉的事"为要，与其"神游八宇思接古今"地畅想，还有一定拓展的空间。当然，这些并不影响其散文的整体精彩。以杨先生的工作生活环境，他要将无尽的才情交给纷繁的事务。业余时间局促，必然会迟滞他的写作收成。但我相信，有勤勉、嗜书、善思和坚毅，杨先生会将更多丰盈靓丽的心灵景致奉献给读者！

他知道：只要心中有景，何处不是花香满径呢？

# 闰土的故事闰土的梦

## ——杨润杰文集《一把苜蓿菜》读后感

鲁迅先生在《少年闰土》一文中塑造的闰土,是那个身着长袍马褂年代中国农民的典型形象,也是中华大地劳苦大众的代表形象。千百年间,一代又一代闰土就是这样:在艰难困苦的挣扎中繁衍生息,在求拜神灵的企望中麻木失望,在由小变老的"磨道"里循环往复。21世纪初叶的今天,波澜壮阔的改革开放使中国这块古老的大地焕发了青春,农村的变化翻天覆地。作为农村生活的主体,如今的"闰土"们的形象是什么样子?拜读杨润杰先生新近出版的《一把苜蓿菜》文集,我从他铺开的一个个画面里,看到了当代闰土们殷实而快乐的生活场景。

杨润杰是陕西省扶风县一位地地道道的农民,曾在乡镇企业搞过几年领导工作。在生于斯长于斯的黄土地上,就像从20世纪50年代一路走来的新一代"闰土"一样,他对当代农民的生活状况有切身体验和深刻体会。热爱生活、痴迷墨香的情怀,催促他在田野劳动之余废寝忘食地投入写作。农闲季节,其他农民聚在一起搓麻将、打扑克,他捧起书卷自享其乐。每逢降雨下雪时节,别人蒙头大睡恢复体力,他握起笔杆"记录生活"。然而,对于一个年已花甲、没有固定收入、身居偏远村庄的农民来说,用钢笔一个字一个字地"爬格子"可不是一件轻松的事情。没有电脑,他买了一台二手电脑。有电脑不会拼音无法打字,他买了手写板写文章,并学着上网。初学电脑经常要请教别人,可年轻人都外出打工了,他就向村上的学生请教。一个学生教着教着有事走了,他另请一个，让几个学生交替着教他。村里在外工作的职工退休返乡，他抓住机会登门拜访，请教电脑操作、读书写作方面的问题。

经过自学和交流，杨润杰掌握了电脑操作的基本程序，能够比较熟练地在电脑上写文章，还学会了用智能手机发文稿。仅2015年年初以来，他撰写的诗歌、散文和小说近十万字，被《宝鸡日报》《秦岭文学》《扶风文艺》《扶风文化》等报刊发表。陕西省第二届农民工诗歌朗诵大赛举办期间，他创作的《回家》系列诗歌荣获优秀奖，是宝鸡市和扶风县唯一参加这次大赛并获殊荣的农民诗作者。如今，他是宝鸡市职工作家协会、扶风县诗词楹联学会会员，宝鸡文学网、扶风百姓网还给他开辟了专栏。

《一把苜蓿菜》文集中描写的人、事、情、景，都来自于真实而平凡的农家生活。《送娃》《打秋》《撞娃》《请先人》《做荆笆燎荆笆》等文稿，展示了关中农村至今传承着古老民俗的经典画面。《月饼》《娶媳妇》《一把苜蓿菜》《我家盖了三次房》等散文，既是对党的富民政策的高歌赞颂，又体现出农民解决温饱、过上小康生活的喜悦心情。《家风》《大孝子》《一把镰刀》《我心中的父亲》《母亲最后的日子》《来自寒冬里的温暖》等文稿，散发着农家小院独有的亲情、乡情和大爱。《放炮》《"一把手"》《街头的戏摊》《家门口的一棵柿子树》等文章，既使读者闻到了油盐酱醋和儿女情长的百味杂陈，又是作者对传承弘扬中华传统文化的热情点赞。组诗《回家》《咱是共产党员》《妻子的短信》，既向读者展示了新生代"闰土"的精神面貌和开放的视野，又体现出城镇化大潮催促下"闰土"们对于如何留住沉沉乡愁的追问和思考。《打药》《猪票》《种小麦》《卖苹果》《村头的涝池》等文稿，运用了很多农谚、古经和方言，字里行间飘动着泥土的醇香。散文《撞娃》《送娃》对西府乡俗描写得淋漓尽致，人物刻画微妙微肖，语言妙趣横生，读来感到亲切温暖。文集中的打油诗、顺口溜、白话诗风趣幽默。

　　《一把苜蓿菜》文集中的大部分小说和散文，对于人物肖像、装束、外貌特点的着墨并不多。但是，作者采取回忆、对比的方式叙述一段段往事，表达了"闰土"的后生们对美好生活的向往和追求；通过对人物语言、行动的描写，既刻画出新一代"闰土"的个性特征和思想情感，又展现出他善于观察生活、积累生活素材的成果。无论是小说、散文，还是诗歌或评论，文集所有敞开的画面，非常清晰地回答了一个众所周知、却必须正视的大问题：我们脚下的黄土地仍然是那块古老的黄土地，可是，如今的"闰土"却不是鲁迅笔下的闰土；那个贫穷潦倒、呆滞麻木、灰头土脸的闰土，已经变成了有文化、会驾驶农机具、走南闯北搞经营、广采信息干事业的新型农民；"闰土"们日常生活的大合唱里，尽管还有忧愁烦恼，但却没有困苦贫穷的音色；那些平平常常的故事篇章里，满溢着说不完的温暖和浪漫！作者通过这些平凡场景的展示，对于启迪读者关注"三农"、珍惜幸福、热爱人生，具有很强的感染力。

　　通读《一把苜蓿菜》文集，我思忖：在当下这个物欲横流追求热闹的年代，不要说喜爱写作，连喜欢读书都已经被许多人从生活字典中删除了，而杨润杰却选择了"保存"。但是，不为名利却坚持走一条不怎么热闹的路，是需要保持那么一股劲、那么一种精神、那么一种定力的。从文集倾泻的思想里，我看到了他发自内心的本真，感受到了他准备长期"作战"的激情和从容。

　　杨润杰居住的扶风地处八百里秦川腹地，历史悠久，人杰地灵。在这块土地上，周秦汉唐古典文化、农耕文化、民俗文化、民间艺术、乡风习俗、风物人情，以及新时期兴起的各类群众文化娱乐活动，构成了一座挖掘不尽的文化宝库。身处这座文化宝库，十分关注农村精神文明建设和乡村文化建设的杨润杰先生，一定会用不断创作的诗词歌赋讲好闰土的故事，为唱响当代闰土的梦想增光添色！

　　我相信，有他的执著、勤奋和多产作证！

# 回眸一笑唯最美

## ——徐贵生和老伴在海南小记

年初，部分大学同学在海南聚会，他带着老伴同往。

令人惊叹的是，他和老伴均临古稀之年，且老伴还无法走动、坐着轮椅，是他自北京启程，一路南下，推着轮椅来到海南的。

多年前，老伴因突发脑出血，导致半身不遂、不能讲话、生活无法自理。欣慰的是，老伴的记忆、消化等机能尚好，可以抓着勺子用餐，可以安静地睡眠，可以用灿烂的微笑表达她的心声。他知道，这一点"欣慰"是她这几年坚持锻炼取得的"成就"，也是他成年累月坚守服侍的殷实回报！

同学聚会，前往海口的红树林、宋氏故居、文昌老街、观澜湖新城和文笔峰盘古文化旅游区等处参观，她坐着轮椅，他推着轮椅。无论是度假区的盘山道，还是冯小刚电影公社之 1942 民国风情街的青石板路，无论是用餐点的台阶，还是上下车的踏板，他都搀扶着她，让她踏踏实实地迈稳每一步。

每当他搀扶她时，她无法言语，却都回眸一笑。他也凝视着她，不用语言，只用微笑。

同学聚会，游览参观的景点众多，交流畅叙的话题众多，不用说，留下的记忆都是美好的。但是，最让我难忘的，却是他与她怀揣真爱的回眸一笑。

日常生活中的回眸一笑，实在太简单太平常，没有火箭发射那么艰难，没有什么值得赞叹细说的。然而，从衣食住行到吃喝拉撒，面对一个起居无法自理的亲人，数年如一日，无怨无悔地服侍，不管从那个角度讲，都显得德善而厚重、深久而结实。

按说，到了我们这个望见老迈的年龄段，把爱挂在嘴上似乎有点不合时宜。但是，一次又一次地看着他与她的回眸一笑，我很自然地想到什么叫具体的感情、什么叫细微的沉积、什么叫真实的厚爱。

这种回眸一笑，默不做声却直指人心，恍如隔世却凸现美丽；那一刻的无声无息，勘比华章丽辞，胜过千言万语；那一种默然的温美，犹如铺开的幸福，沉重而平和，安静而深沉；那一种默契的合奏，好像来自阳光的芬芳，能平抚各种冒烟的心情，配得上岁月的赞美……

他叫徐贵生，她叫陈荣荣。

注：徐贵生，解放军北京军医学院马列教研室主任，正师职，大校军衔；陈荣荣，首都经贸大学文学院院长，教授，北大、社科院博士生导师，曾是北京市中青年专家。

# 对视大时代

## ——读"武威一宁"博客感言

大学学友中，微信常有，博客不多见。"武威一宁"博客可以称得上微博中的耀眼晨星了。

"武威一宁"是车安宁同学的博客名，缘于他在武威市政府副市长任上始建博客吧。自改革开放以来，车安宁活跃在大学学报编审、民盟、青联、地方政府、政协、文史研究、史志编纂、陇文化研究等许多舞台。无论涉足哪个领域，他从政不忘笔耕，为官关注民生，以独特的目光关注大变革，以饱含激情的文笔传送正能量，使每个脚印都填满冷静的思考，给每个字符都赋予时代的交响。利用博客这个现代传媒，他将悉心撰写的 500 多篇数百万字的博文，按文学与诗歌、理论与学习、建议和提案、散文与杂文、短信与幽默、创新与发明、科技论坛、寓言新编和经济论说等专题分类，有条不紊地安顿在近 10 个"客房"里，供广大读者阅览。作为看客，我常常遛进"武威一宁"博客，着意浏览它的斑斓多姿，尽情品赏它的别致浪漫，在轻松愉悦中收获一份鞭策和启迪。拜读其中洋洋洒洒的文字，我的第一感觉是："客厅"容量不小，清雅不俗；"客房"套间不少，井然有序；"家什"种类蛮多，琳琅满目；整体贴近时代，富有情趣；博文内涵丰富，给人力量。

车安宁是一位多重身份的学者型官员。"武威一宁"博客收录了他关切人类生存、关注文明生态的系列文章，在展示《人类与火》《人类与水》《灾害学知识 300 问》等科普书籍内容的基础上，进而用宏大的视野关注水与火对人类社会发展的影响，设问"防灾减灾能成为一个产业吗？"提出《我国节水战略的几个问题》《如何实现有效的节水》《加大甘肃人工降雨力度》等宏观性建议；汇集了他关照经济社会发展主题、关注民众心声、对视大时代的许多优秀提案，如《对我国文化创意产业发展的几点思考》《建设河西走廊风电产业带》《河西葡萄酒业的整合》《修建武威市至西宁市的直通公路》《发展文化产业》《加大生态建设》《〈读者〉杂志改制》等多项建设性意见；汇集了他对改革开放大潮中泛起沉渣的思虑，大声疾呼《诈骗，已经成为一种社会公害》《中国股市的扭曲》《地沟油，想说恨你不容易》，进而晾晒丑陋，针砭时弊，褒扬正义，催人深省。

车安宁是一位性情开朗、文笔犀利的文坛杂家。"武威一宁"博客收录其近40多年间倾情抒写的诗歌（包括歌词、快板词、打油诗、寓言诗、抒情长诗、配乐朗诵诗）、散文（包括随笔、奇思杂想、闲言碎语、旅行见闻与感受、寓言小品剧、生活随感、老话新解、旧事新编）等，其中不乏人生感悟，既可以看出他的善思和勤勉，又能感受他的幽默和风趣。直面现实的《干杯》《将军与士兵》等诗歌，荣获黄河文学奖的诗集《石羊河，我家乡的河》，堪称车安宁诗歌创作的代表作，集中体现了他创作风格的别致新颖和勘察世象的认真审慎。

我不知道车安宁发表的作品总数有多少，但我知道他的好学勤奋和深邃的思想；我不知道他发表作品的字数有多少，但我知道，博客展现的内容，已经证实他的高产和登临的高度。凭借他热切企盼国家强盛、民族富强，热情关注时代发展、社会进步的美好心愿，车安宁会用他的率真和朴实，以更丰富色彩的内容装扮"客厅"，让每个"客房"的专题更引人注目，给广大读者更多乐观向上的力量。

# 走在岁月前头的脚印

## ——清明忆李复楼同学

岁月一闪，又是一年。复楼走了一年了。

但是，在拥有 60 多名大学同学的微信群里，复楼的手机号永远与我们相伴，感到亲切，也是纪念。值得细品的是他的微信签名："时光贵过黄金，知识重于权钱。"——我不知道这是不是复楼的座右铭，但却是他人生哲学的最佳标注！

复楼出身农家。他的童年、少年时代，看惯了农村生活的艰辛、农民善良辛勤的本色、农户一世操劳的不易。浓浓的乡情、亲情和友情，伴他度过了贫困而快乐的农家生活，也奠定了他勤力不懈的人生底色。

复楼酷爱文学。他的故乡周至县地处关中腹地，周秦汉唐文化底蕴深厚。饱受传统文化熏陶，复楼的文学之路起步早、起点也高。1972 年入伍前，他常请县文化的人指导写作。1973 年起发表作品，精品多多，并多次在军内外获奖。《解放军文艺》1973 年 12 期刊发的小说《一门炮》，计 5000 余字，是他的第一篇军旅文学作品。1975 年 9 期《解放军文艺》又刊发其小说《"八一"节那天》。随后，他的作品不断问世，刊发在《新疆日报》《中国西部文学》《西域》《西线》《伴侣》等 30 多家报刊和网络。1996 年 3 月，复楼第一部作品集《血染的迷彩》出版，计 19 万字，收入的小说散文题材多为描写军旅生活。2005 年 5 月出版的《昆仑行》，计 23 万字，4 个小辑 40 篇小说散文，题材涉猎范围很广，也是复楼书写人生的代表作。他走以前，已出版小说、散文、报告文学集 4

部，是新疆作协、新疆报告文学研究会、中国散文学会、中国报告文学学会会员。

可贵的是，复楼的文学眼光和思想敏锐度极高。他的许多文字，描写军民团结、民族团结、亲情友情的主题占比很大，视点居高，视觉新颖，能经得起时代淘洗。像 20 世纪 70 年代发表的《一门炮》《"八一"节那天》，至今读来并不过时，不失佳品。

复楼热爱生活、精神饱满、率真朴实、注重友情、善于思考，也勤奋写作。无论身处哪个工作岗位或领导层级，他的这些特点既布满平凡而精彩的生活，又溢满笔下流出的文字。对于吃穿用，他保持朴实朴素的习惯。对于友情，他善待并念念不忘熟识的每一位亲朋。对于人生和社会问题的思考，他秉持"积极、理性、平和、全面和历史地看待"的基调。对于写作，复楼留下的脚印已充分证明他的勤苦、多产和攀登的高度。走进他的文字，我们能够听畅怀爽朗的欢声笑语，触摸到平实却不平庸的风采情趣，收获一种奋发进取的活力和豪气。就像他自言："写的是真情实感，说的是真话实话，有些还是心灵的道白和呐喊。""作家是用作品说话的，不是浪个虚名就能唬人的。"他的话，结实得就像骨子里浸透了的陕西人的那种禀赋，凸现着他的艺术观，还有他对作家头衔的漠然。

由于童年农村生活的影响，复楼具有浓烈的土地情结。他的作品汇聚着浓浓的乡情、亲情、友情和爱情，潜藏着他燃烧生命的火焰和来自心灵的脆响。2006 年退役后，他又成了"新型农民"，在库尔勒耕作梨园，撰写的许多诗文，字里行间飘动着泥土的醇香和心底蕴藏的甘甜。

我和复楼同龄、同籍、同年入伍，校园促膝谈心、电话短信交流很多。唯一合作过一篇悼念领袖的诗，署名"黎阳"刊发在 1976 年 5 期《甘肃文艺》。由于异地生活，他发表的作品总数有多少？我不知道。但他曾想出版一部诗集，并让我作序。我笑称"不敢当"。他却说："我的《昆仑行》就请我女儿写序，很好呀！"足见他行事风格的平实和重情。

复楼一生与时间赛跑，总把岁月甩在身后。他与世诀别时，留下了对老同学们无尽的思念，留下了他想与众学友欢聚一次的遗憾，还有他创作的溢满才情的百万文字。依他的计划和进度，想必能有更多的作品问世；依他的经历、阅历和经验，能在军旅文学、西部文学的史页上留下浓墨重彩；依他的才干、才艺、才思和才情，能有更多的佳作供我们赏阅，然而……

　　然而，复楼的著作仍摆在我的案头，就像以往常翻阅一样；他的音容笑貌仍驻在我的心头，就像当年常倾谈一样；他的微信签名仍驻在同学群里，就像时常激励我们；对于一位英年早逝的同学，倾心赏读他的遗作，或许是很好的悼念和追思……

# 书随时代显精神

## ——人民艺术家王继厚小记

欣值人民艺术家王继厚书法长卷展示之机，谨向先生献上美好的祝福，祝愿他丹青童心，艺术长青，激情永驻！

——题记 2008 年 1 月

虽然是一位民革党员，却用一颗炽热的心，饱蘸激情，挥洒赤诚，三次书写小楷长卷，抒发您对执政党的一往情深；

虽然已经满鬓白霜，却用一颗不老的心，磨利刀锋，剪裁锦绣，不舍昼夜地构思创作，表达您对和谐盛世的一片崇敬；

虽然没有书法和剪纸的文凭，却用一片挚爱艺术的热望，五十年如一日的探索跋涉，在无数个古人耕耘过无数遍的一方砚田，收获颇丰。

虽然从来不事张扬，也没有成名成家的奢望，艺术的语汇却是长了腿的广告，您便拥有了许多荣誉，众多的媒体为您宣传鼓劲；

犹如肩负着一种职责，您把弘扬中华民族传统文化的理念排满每个日程，默默地实践，不懈地追寻；

犹如承揽着一种使命，您把继承和创新融入每个行进的步履，辛勤地求索，力求与时俱进；

您是一位热爱人生的艺术家，善于运用雄浑苍健气韵横生的精神食粮，展现您对平凡生活的美好憧憬；

您是一位热爱生活的艺术家，善于调动娴熟的艺术语言怡情砺志，为当今这个崭新的时代留一抹亮丽的风景！

丹青殿堂竞风流，书随时代显精神。

# 用沉静的思考注目大时代

## ——读童双勋文集《我的人生旅途》感言之一

　　朋友中，微信常有，著作不多见，以"我"为题撰写自传者，更为罕见。近读童双勋先生花甲之秋的新作《我的人生旅途》，堪称朋友作品中的耀眼晨星了。

　　同成千上万个 20 世纪 50 年代生人一样，童先生的人生旅途，见证了新中国起步、发展、前行中的波波折折和壮丽辉煌，经历了计划经济到市场经济的社会变革，经受了祖国从站起来—富起来—强起来的历史变迁。

　　60 多年间，童先生从事过多种职业，转换过许多岗位，活跃在许多舞台，经受了多种人生历练，积攒了很多人生感悟。无论涉足哪个领域，他从业不忘笔耕，为官关注民生，以独特的目光关注大变革，以饱含激情的文笔传递正能量，每个脚步都合着新中国前行的旋律，每个脚印都填满了沉静的思考。乘着人生收获的美好季节，他将这些感悟付诸文墨，凝成《我的人生旅途》纪实性自传，以期读者、亲友阅览他的工作、生活、思想、感情、人生轨迹以及家庭成员、亲戚邻里的概况，亦望给后世留下些许启迪。这样的文墨，每个字符都回荡着时代的交响，看似平淡，却知微见著。正如为《我的人生旅途》挥毫作序的李军贤先生所言，《我的人生旅途》"是时代的缩影、写照"，是"一笔很有意义的宝贵精神财富。"

　　童先生既是一位多重身份的学者型官员，又是一位不事张扬、文笔犀利的文坛杂家。闲暇，他喜欢舞文弄墨，文字多为感触、感慨、感想、感叹或感悟。《我的人生旅途》收录了他近年间倾情抒写的 70 多篇文章，包括生活随感、旅行感受等，还附录 250 多幅图片。从中，既可以看出他关照时代前进、对视社会发展、关注民众心声的思虑，又能感受他勤勉善思的才情和别致新颖的文风。

作为看客，我着意浏览《我的人生旅途》的斑斓多姿，尽情品赏它的别致浪漫，在轻松愉悦中收获一份鞭策和启迪。拜读其中洋洋洒洒的图文，我的第一感觉是：容量不小，清雅不俗；贴近时代，富有情趣；内涵丰富，给人力量。

童先生常以文联谊，发表作品只当交流切磋，不求掌声多寡。他知道，无论庙堂草根皇戚走卒，人生都像一场难以道清的苦役，其乐趣只在追逐梦想的过程。这个过程越长，催人向上的内容越丰富，人的幸福指数便越高。倘若轻易获取荣耀或不思攀越希冀，人的心灵触摸不到享受奋进的滋味，便只剩下干枯的标示牌无言地述说人生的乏味和寂寥，自然没了意趣。这些年，我不知道童先生发表的作品总数有多少，但我知道他的好学勤奋和深邃的思想；我不知道他发表作品的字数有多少，但我知道，《我的人生旅途》展现的内容，已经证实他登临的高度。

的确，不是所有的心跳都能含化宇宙吞吐山河。年年岁岁地南域北，海的壮阔只藏在哲人心底。所谓高处不胜寒，孤寞寂寥的心境，往往孕育哲思，泽被后世。繁华喧闹处，除了噪声，不可能产生意境！凭借热情关注时代发展、社会进步的美好心愿，凭借他的哲思内涵，童双勋先生会用他的率真和朴实，以更丰富色彩的内容装扮才情，让更多美文佳章面世，给我等看客更多乐观向上的力量。

# 把生命交给快乐

## ——读童双勋文集《我的人生旅途》感言之二

童双勋先生的自传体新作《我的人生旅途》，是他花甲之年献给亲友和读者的一盘丰盈大餐，让我在轻松愉悦中收获了许多独特的启迪——

其一：把生命交给平凡，却不交给平庸

横向看，60多年一路走来，童先生的工作平平常常、生活平平淡淡、思想平平静静，就像千千万万个平平凡凡的人们一样，一辈子都在忙忙碌碌，天天都在柴米油盐儿女情长的滚滚红尘里消磨岁月，别无二致。然而，纵向看，童先生却以他学者型官员的目光关照时代前进、对视社会发展、关注民众心声，在平凡中冷静地思虑人生，在平凡中平静地享受生命，平凡就变成了愉悦，平凡就脱离了浮躁；在沉静思想的周而复始里默默耕耘，默默地采撷平凡的甘露，平凡就变成了丰盈的果实！尽管，"我"没向往辉煌，但很充实！

其二：把生命交给快乐，生命就有欢乐的交响

世人常叹，人生大不易；世上最无奈的事，或许就是变老，因为谁都无法避免；人生许多事可以设计，唯变老无法设计；人生许多事可以决定，唯寿命无法确定。阮籍《咏怀》"人生若尘露，天道邈悠悠。"曹操《短歌行》"对酒当歌，人生几何？譬如朝露，去日苦多。"李白《将进酒》"人生得意须尽欢，莫使金樽空对月。"杜甫《曲江二首》"酒债寻常行处有，人生七十古来稀。"白居易《喜友至留宿》"人生开口笑，百年都几回？"登上生命之巅鸟瞰，历代感叹"人生苦短"的诗句，多少传递着悲凉悲叹悲怆悲哀悲观的讯息。

然而，《我的人生旅途》传达的信息却是：要让生命的每一个空间都充满阳光！这是十分难得的。

人生的确很短，一辈子干不了几件事。但是，能在有限的生命里快乐地进取，人生就能留下痕迹。所谓的经验、知识、智慧、修养、能力、朋友、感情、友谊、德行……无不是用快乐塑成。从《我的人生旅途》数十篇新作凝结的思想里可以看出童先生扬在脸上的自信、长在心里的善良、融进血液的骨气、刻在生命里的坚强。简窥这些，都是他坚持不懈快乐进取的收获。

### 其三：人生需要积累，却要学会整理

60多年人生，童先生经历了许许多多看似平平常常却具有历史意义的大情小事，见证了社会发展天翻地覆波澜壮阔的历史变迁，从缺衣少食到丰衣足食、从缺医少药到医丰药足、从原始通讯到现代传媒、从泥街土巷到高铁成网……其中有多少故事值得讲述、有多少感慨值得倾诉。然而，随着岁月的推移，能将若干年前亲身经历的事情清清楚楚地回忆起来、书写下来，却不容易！尤其在时间准确、地点具体、人员数量、姓名性别、事发过程、细节流程、涉事范围、事态影响诸多方面，都能像当天播报的新闻一样清晰无误，更不容易！但是，《我的人生旅途》中记述的许多陈年旧事，童先生都讲得清清楚楚。除了好记性，都源于他有随时记笔记的好习惯。

人，每天都在积累，有些人积累岁数，有些人积累思想。然而，能给平时积攒的碎片赋予思想，这些碎片就被激活，成了宝贝。童先生最明白的一点却是：人生是个积累的过程，积累是随时随地都可以进行的；人生需要拣拾碎片，但更需要整理碎片；想把任何碎片都当成宝贝的积累，只会被积累所累；只是，许多积累是无意间进行的，有些不经意间发生的事情，可能影响人生很久。

"好记性不如烂笔头、处处留心皆学问、要把厚书读薄"，或许，这也是童先生成就锦绣文章的秘诀之一吧。

# 诗卷搜新意　艺象存古风

## ——读张东江《大地落雪》诗集感言

张东江先生早有大气磅礴的《东江放歌》存世，今又有极富秦人风骨的《大地落雪》诗卷问世，值得庆贺！

逐篇细细地拜读张先生的诗卷，那一页页朴实的文字分明就是一串串坚实的脚印，那一行行思想的辞章分明就是生命历程的精神标注。

张先生是一位性格开朗而善于思考的乐观主义者。通过他的诗文，既可以明显地看到一个平和、平静、平淡的张东江，也可以明显地看出他的确常在文字的海洋里冲浪，确实常在思想的天地里翱翔。

在我们这个急剧转变的当下时代，混杂着各种各样的思想。可是，值得一提的是，从他天天放歌的诗篇中可以看出，存入先生人生的词典中的，没有灰色的思想以及抱怨、悔恨、愧疚、忧伤等字眼。正是这种用心灵在探索中享受沉静的过程，既使他收获了不少享受快乐喜悦的人生哲理，又使他的精神境界站在了人生的高地。

懂得精神享受是人生最大的乐趣。透过"乐天派"东江先生天天放歌的诗篇，我似乎看到，他有一种喜欢看云的心境。他的心底肯定深悟：好的文字能传达一个人最有力的呼吸，美的诗章能表达一个人最本质的情绪；指缝可以溜过岁月，雨雪可以淋湿记忆；尘埃可以湮没官吏，世风可以吹散忧郁；繁华可能被岁月的风烟熏染得面目全非，辉煌可能被历史的长河洗磨得无声无息。然而，唯有启迪向上的思想，能让后世铭记；见证沧桑的，唯有思想和深藏其中的精神是一个人生命足迹或者一个时代前行进程的精髓。因此，他将感恩的火花结成团，也使他的生活充溢着浓浓的香味。

诗歌是书者心灵、情感、性格的体现。文以情状，诗以歌咏；随情而吟，情怀深沉；深情感慨，岂无佳品？我相信，天天放歌的东江先生会用更多的富于张力的诗墨，去抒写漫漫人生，去震撼大众的心灵！

注：张东江是我的大学同窗、好友、文友和陕西同乡，在陕西省临潼市人大常委会担任领导工作多年。先生常以诗抒怀，有《大地落雪》《东江放歌》等傲世佳作。

# 用沙雕演义红色经典

## ——记"创业之星"马福荣

眼下，许多下岗、待业、自主创业、自谋职业的人们都在寻求创业之路，只是苦无门径。然而，走进银川市兴庆区丽景新村马福荣工艺作坊，你会从他制作雕刻书画、沙子浮雕书法工艺品的场景中受到启迪，也会从他因制作各种工艺品而成功致富的精湛技艺中受到激励。

### 从祖传手艺中寻求创业之路

马福荣 1966 年初中毕业就进银川棉纺厂当工人。随后当过兵，在银行干后勤，在皮鞋厂跑供销，1996 年从银川皮鞋厂下岗。下岗后，他为别人当过小工、搞过装饰工程，经历了许多心酸艰辛。但是，与其他打工人不同的是，马福荣把打工当作考察市场的机会，老思谋着要走出一条适合自身特长起步致富的路径。

马福荣的回族家族中干木工活的很多，爷爷和父亲都是"匠人"，不仅有一手木工手艺，还会雕刻、造木船、打老牛车、维修古建筑的绝活，也为清真寺和庙宇做些牌匾，更是做寺庙里抱柱的好手。受家庭的耳濡目染，天资聪慧的马福荣自小就跟着父亲扣板箱、打架子车、做水桶等木工杂活，什么手工活，只要看几眼，就能做得像模像样，尤其是雕刻、绘画之类的活儿。当工人、当兵、在银行干后勤期间，他多半还是干木工活。马福荣便为祖传手工技艺申报"银川市非物质文化遗产"。

可是，下岗，自谋啥？马福荣不等不靠、不向政府提要求，就用祖传手工技艺创业。

## 以文化产业为支点起步致富

祖传手工技艺毕竟只能到匠人养家糊口的层次，离他思忖在市场经济形势下创业致富的梦想差距很大。

犹豫不定时，作家张贤亮的一句话使他受到启示："中国书法能给人极大的艺术享受。悬之厅堂或挂在门外，居室立即有了文化韵味。"于是，他琢磨着把手工技艺与书法艺术结合起来，在文化产业上做文章。

最初摸索中，他发现，书画雕刻传统材料是木头，制作的工艺品笨重，不便携带赠送。为此，他三次前往杭州、绍兴的柯桥纺织城和京津的武清、宝坻和河北的廊坊、盛坊等地，考察如何将书法艺术制作到布料上的技能，对书法布料艺术制作所需的白坯布的质地、价位、辅助材料、加工场所、市场需求量等，了解得清清楚楚；不仅掌握了布艺拓花技术，还研发了"转移烫花"新工艺，批量制作"得道多助，失道寡助"等内容以布料为质底的阿拉伯文书法中堂条幅工艺品，销售西北五省（区）和河南、吉林、河北等地的许多清真寺和回族群众，使他有了"第一桶金"。

## 沙子浮雕工艺做出新文章

为解决沙子浮雕中的沙子粘在质底材料上"怎样才能抠不掉"的问题，他用4年时间，经过上千次实验，使沙子浮雕工艺中的板结效果坚实无比，即使粘上灰尘，怎么擦拭沙子也不掉。目前，这项工艺正申请专利。

选择雕刻材质时他又发现，以新型装饰材料取代传统的紫檀、花梨、黄杨、红木等材料，成本低、档次高、装帧效果好，有利于产品进入千家万户。宁夏文化特色明显，沙子资源丰富，用优选的沙子做有宁夏文化特色的书法工艺品，用户肯定喜爱。于是，他研制出以沙子浮雕书法为主体的系列工艺品：烫画、脸谱、风筝、砖雕、篆刻、布艺、刺绣、刻瓷、蜡制、彩蛋、面塑、印钮、镜框、泥彩塑、彩绘石、玻璃画、礼品盒、书画框、书画板结、麦秸贴画、书画雕刻、室内盆景、古建筑沙盘、珠宝玉器雕刻、梳绒地毯烫画、阿拉伯文转移烫花等 30 多个工艺类型，投放市场后销路很好。

这些系列工艺品中，他最投入的是毛泽东诗词手迹沙子浮雕"红色经典"。他与新中国一起长大，对毛泽东大气磅礴的诗词和独具风格的"毛体"书法由衷钦佩。他将多年来从各方收集的毛泽东不同时期的 243 首、16018 个字的诗词、题词和古诗词"毛体"书作，采用沙雕、雕刻等多种技法，以刀代笔进行二次创作。他遵循传统章法，艺术地展现"毛体"书作的思想意蕴和学术价值。曾经有人开价 20 万元购买已经雕刻的 100 余幅"红色经典"工艺品，他婉言谢绝。走进马福荣工艺作坊，欣赏散发着时代光芒和民族精神的艺术品时，你会受到强烈震撼。

## 带徒传技荣膺"创业之星"

随着工艺品市场需求量逐年增加，马福荣在丽景新村租了 200 多平方米的 2 层楼当作坊，大批量制作以沙子书法浮雕为主体的系列工艺品。一些从鲁豫陕甘等省想学一手的农民也慕名而来。对家庭贫困或有残疾的学徒，马福荣尤为同情理解，毫不保留地免费向他们传授技艺。来自河南商丘的殷连生，母亲聋哑，父亲单目失明，生活十分困难。马福荣耐心传授，鼓励他学好技能创业致富。2005 年以来，他以这个作坊为培训基地传技带徒，使 8 名学徒经过工艺培训后自主创业。

马福荣创业致富的事迹在小区邻里传响后，银川市政府、兴庆区委、区政府和丽景社区关心支持他，安排国家部委领导参观他的工艺作品；兴庆区劳动就业服务局推荐马福荣作为自主创业典型，选择他的工艺品代表作参加银川市全民创业成果共享展，授予他"创业之星"荣誉称号，自治区和银川市多家媒体、网络对他专访报道。

## 为全民创业建言献策

马福荣曾感慨："咱与共和国同龄，见证了共和国从弱到强的发展历程，咱创业发展的道路，是党和政府富民政策的体现。如今自主创业有了一定规模，应该回报社会、报效祖国！"于是，他萌生计划：文化产业具有就地取材、就地加工、能耗低、污染少、投资少、风险小、见效快、收益多等特点和优势，技能培训时间短、易学易会，不受年龄、文化限制，男女都行，对下岗、残疾人最适宜。如果办一个公益性的技能培训班，愿将毕生所学无偿地传授给下岗再就业、没有职业技能且家庭贫困的人员，使他们能用一技之长自主创业，不再依靠政府购买公益性岗位安排就业，不再吃低保，为政府减轻一点负担。

萌生这个计划是因为宁夏具备很多发展文化产业的优势：西夏文化、伊斯兰文化和贺兰山岩画，是得天独厚的本源文化；大武口的煤干石、泾源的吸水石、须弥山的绵石、同心韦州的白云石、盐池的红沙子、陶乐的白沙子、平罗西大滩的黄沙子等，是丰富的本土地质资源；灵武的西夏残留磁片、西夏残留的瓦当、质地优良市场知名度很高的宁夏皮革，是制作工艺品的上乘材料；艺术品兼有"可观"、悦目、实用、教育、认知等价值，书画、牌匾、摆件艺术品催发了当今的收藏热；老百姓家庭装饰文化氛围越来越浓，文化艺术品市场前景潜力和经济效益显而易见；中华文化源远流长、民间非物质遗产和传统文化遗产艺种繁如星海，发掘利用的空间巨大。目前，他已成功地开发出沙子、绵石等工艺品生产需要的主要材料。

2009 年年初，他胸有成竹地向自治区和银川市领导提交了《我的创业发展之路和发展宁夏城乡文化产业的建议》，从保护非物质遗产和传统文化遗产，挖掘宁夏文化资源和地质资源，将地域性历史文化资源转换成文化商品和文化服务的现代产业，国内外市场的需求，促进扩大就业渠道和城乡经济发展，推动旅游业产品等方面，做了翔实地分析；提出了工艺技能培训方案：创建玖叶文化工艺厂，以传授技能为手段，以创业创效为目标，搭建培训技能、传播文化、交流艺术、激励创业的基地；以工艺厂为基地创建宁夏硬笔书法家协会文化产业部，搭建对外交流平台；吸收民间艺人、能工巧匠、民间文化人入会，为会员提供展示成果和交流提高的平台，形成文化产业链，以全民创业带动文化产业发展；梳理他的手工技艺，编写《中华民族传统文化雕刻实用技能》教材，以加大作坊式生产的技术含量；从发展定位、项目筹划、资本运作、文化经纪、产品创新、经营管理、市场营销、扩大模式等多视角，广育有创意、创新潜力的复合型人才，为做好文化产业这篇大文章夯实基础。自治区领导看到他的建议后，批示有关部门积极办理。最近，马福荣看到自治区政府出台的《关于加快宁夏文化产业发展的政策意见》，深受鼓励，更加坚定了他想为文化产业发展做贡献的信心。

爱有百味

# 醒　狮

## ——献给中国人民抗日战争胜利 70 周年

题记：北京卢沟桥中国人民抗日战争纪念馆前，屹立着一座 4.5 米高的巨型雕塑《醒狮》，象征着四亿五千万同胞在抗日战争中的空前觉醒。

或许你常沉醉于万国朝仪的大唐盛景，
还有那一段浪漫不老的春梦，
叫赤着双脚衣衫褴褛的小倭人，
习惯于诚惶诚恐地
仰视你金碧辉煌的神圣。
或许你常陶醉于仁义礼智信，
还有天朝上国慈悲为怀的怜悯，
当身着唐服手持倭刀的小贼，
在你辽阔的海疆边掠虏寻衅，
你还与他百般忍让仁至义尽。

或许你的温良恭俭让太多太多，
或自信得以至于脑眩目晕，
在一声"哈依"三鞠躬的礼仪中，
看不透那脚登悠雅的木屐，
却满藏贪婪斜觑四顾的眼神。

或许你的仁慈过于宽厚，
面对想把膏药旗插遍世界的兽禽，
凶残的杀戮涂炭生灵，
疯狂的铁蹄在你弱贫的胸膛上肆意蹂躏，
你身染重疾却仍然睡眼惺忪。

或许你沉睡得太久太久，
似乎只有野狼吼号般的枪声，
方能催你从梦中惊醒。
于是，有了波澜壮阔的救亡图存，
于是，有了裂身银汉尸骨堆起的血肉长城！

在你刚刚惊醒的视野中，
多少人毁家纾难以身殉国，
多少人碎首沙场沥血孤茔……
四万万同胞前赴后继，
冒着敌人的炮火，前进！前进！

如今，七十年过去，
你站在历史的高处远眺
那一段血泪荡漾的时空，
中华民族用气吞山河的气概，
谱写的史诗惊天地泣鬼神！

如今，七十年过去，
那一段血雨腥风的回光里，
依然弥漫着隐隐屈辱阵阵伤痛；

为鬼魅招魂的政客们，
依旧贼心不死恶欲胀膨。

只是，七十年后的如今，
沉睡的雄狮睁大双眼，
挺拔伟岸的躯体里，
注满了立足世界民族之林的智慧，
奔流着坚韧刚强奋进跋涉的精神！

任凭它阴魂不散欲壑难平，
你英武的脸庞写满了自强坚韧！
在世人珍爱和平渴望幸福的目光里，
你毅然挺起擎天的脊梁，
还有铿锵有声的自尊自信！

# 西江月·纪念中国人民
# 抗日战争胜利 70 周年

驱倭众志成城，举国救亡图存。
血凝热土历艰辛，唤起睡狮猛醒。
中华圆梦同心，警觉贼寇招魂。
硝烟远去志永铭，牢筑钢铁长城。

# 四十抒怀

## ——献给结识 40 年的大学学友们

那个年代五味杂陈激情荡漾，
一拨 50 后的青松寒梅，
背负点亮梦想的行囊，
从大河上下天山南北
集结到渴求知识的旗帜下，
让理想的火焰在心头燃放。

本该收割学业的年份，
却不那么风调雨顺遍洒阳光；
凄楚苦涩的旋律，
笼罩着知识的海洋；
学子们的脚下
是贫瘠板结又缺水分的土壤。
像钢丝面一样瓷实的细粮票，
填不饱渴求学问的皮囊。
像黄发糕一般绵软的助学金，
添补成长信仰的能量。

然而，那毕竟是我们走过的色彩

有精神秀美，也有怅惘彷徨。
春花秋月沉稳了无言的稚嫩，
心底升腾的是情谊和希望！
同窗同桌朝夕相伴，
上铺下铺如歌如唱；
同学情谊犹如清新的心香一瓣，
香如精美花蕊中的芬芳；
同窗友情犹如浓浓的醇酒一坛，
醇似醉人的陈年佳酿……

一晃，四十年过去
四十载草木枯荣大地换装；
四十载斗转星移日新月异，
四十载潮起潮落万般景象。
时光将青春埋葬在记忆的深处，
四季耕耘的人生却散发出阵阵清香。

四十年间，我们穿越花季的春梦，
求知的心灵依然充满渴望；
就像当年铆足劲头收割学业，
一样的急起直追，
一样的苦读寒窗。
在文史哲的茫茫大海中返身遨游，
在互联网的信息原野上捕捉春光。
有多少故事如泣如诉如诗如吟，
有多少坚毅增光添彩奋发向上；
有多少靓丽可歌可泣可圈可点，

有多少拼搏奖项骄人步履铿锵……

四十年间，我们一路跋涉天各一方
一拨生活的强者走得像模像样。
昔日稚嫩的寒梅迎受风雨洗礼，
昔日的青松挺拔成擎天的栋梁。
许多同学在平凡的岗位建功立业，
将平凡的事情干得精彩辉煌。
四十年创业奋斗摸爬滚打，
四十年从容沉淀了多少锦绣文章。
崎岖不平的大道上，
装满思想的脚印踏出了坚实和力量！

四十年间，我们成家立业生儿育女，
也有普通民生的儿女情长；
在平凡生活的柴米油盐里，
收获生命张力的春播夏种秋收冬藏。
我们用勤奋诠释"50后"的顽强坚毅，
不懈地拼搏融进澎湃汹涌的改革开放。
就这样一路走来，
就这样一路歌唱，
我们将花枝招展的人生春阳，
走成硕果累累的华丽芬芳；
我们将高远美艳的理想，
走成殷实富足的话题，
收藏的汗水像珍珠一样晶莹闪亮。

如果说，四十年的过往是一道美丽的风景，
曲径通幽处已经林荫塞道鸟语花香；
如果说，四十年的经历是一首抒情长诗，
每个脚印都是一节激情昂扬的诗行；
如果说，四十年的忧烦是一部浩浩长卷，
每个笑容都有曲折迷人的故事可讲；
如果说，四十年的沧桑是一曲悠扬的交响乐，
每个人的业绩都是雄浑悦耳的乐章！

呵，四十年只是历史的一瞬，
四十年却是我们青春的全部家当。
四十年的话题太多太多，
四十年的道路却并不漫长。
四十年间，八位同学驾鹤西去，
英年早逝的哀叹令人悲泪盈眶。
四十年间，同学聚会的情结魂牵梦萦，
思念相聚的真情滚烫滚烫！

九月的金城惠风和畅，
四十年重逢的眼眸噙满潮润的渴望。
搁下繁杂的牵牵绊绊，
不管路途遥远还是四面八方。
当年熟悉的面孔怎么成了生涩的模样？
一声声深情的问候温暖心房。
那么亲热的名字怎么就叫不出来？
目光停歇处已是满脸皱褶满目沧桑。
同学相处还像当年那样蓬勃朝气，

双手握紧的是久别重逢的喜悦泪光！
一首首欢歌荡漾心扉，
一杯杯醇酒灌醉了令人振奋的诗章。
一句句温馨的话语掏心掏肺，
一颗颗金子般的心
还像当年那样晶亮晶亮！
——这就是纯真的同学情啊，
一往深情不用什么包装。
不论职场名利物欲杂念，
不论商海沉浮职级升降！

四十年的聚会是人生的盛宴，
这样的盛宴期盼多摆几场。
岁月的风刀天天刻写皱纹，
人世百味常伴着艰苦备尝。
尽管我们都会不断地老去，
不老的心态却像精彩纷呈的画廊。
乘我们的年轮还不够老迈，
就让每个生活章节布满精神的跌宕。
悠然自信的恬淡回味，
让积攒多年的激情尽情地燃放。
携手唱响人生的主题曲：
快乐无忧、平安健康！

# 脚窝里的坚毅

## ——为 2008 年 5 月 12 日汶川大地震而作

我，禁不住流泪，
与祖国一起饱尝苦悲；
我，止不住哭泣，
与灾区同胞一起经受磨砺。
面对无情的震灾，
永远不死的是民族魂魄；
纵使大难逞凶，
5000 年走出的脚窝写满坚毅！
愈挫愈勇的汉唐性格，
还怕有压断脊梁的魔威？
有千千万万个爱心奠基，
挺起脊梁前行，
废墟上会崛起新的美丽！

# 赈灾随感

## ——为 2008 年 5 月 12 日汶川大地震而作

### 之 一

时时关注震情，天天深受震撼。

赈灾热忱潮涌，爱心更觉震颤。

人的生命渺小，大地威仪无限。

祈福平安和顺，人人天天康健。

### 之 二

地震转换乾坤，顿失利禄功名。

生命邂逅死神，谁能预测前程？

祈祷死者安详，鞭策生者前行。

# 丰 碑

## ——写给老师

国运不昌的年月，您用执著的理念担起神圣，把朴素的种子播进学子的心底，让迷茫的后生昂起头颅，鼓起走进社会舞台的勇气。

搭那时起，您的话语成了我遵循的圣旨，数十场风霜雨雪过后，一份信念驻守心头，耸成丰碑。

# 知　了

拥着练了千年的嗓门，
站在岁月的高处清唱。
一阵紧似一阵的嘶喊，
就是要让人知道：
"夏天是我的故乡！"

长长的嗓音单调而干脆，
流泄着大曲长调的悠扬。
还有点周秦汉唐的遗韵，
不懈成一竿苍老的向往。

只是，
院主人进城打工了，
谁来聆听你寂寥的畅想？

# 天宫耀夜空

## ——喜看天宫二号升空

中秋天宫耀夜空，邀请嫦娥探苍穹。
吴刚迎宾又进酒，火箭筑梦贺成功！

# 捧一掬漠风给你

## ——笑对南国的朋友

在风沙弥漫的北国，
遥想郁郁葱葱的绿色。
莫笑我等大漠般的苍茫，
捧一掬漠风请你喝喝……

# 无 忧

惦记无声很甘甜，问候无语很温暖。
信赖无言情真切，天天无忧心舒坦。

# 梦 友

夜梦遇挚友，携手垄上行。
一腔知心话，至今耳边吟。

# 致 友

友如新风至，又携清韵归。
奏响报春曲，莫管古训讳。

老弟莫长叹，人生路程远。
步步踏扎实，前景总乐观。

# 春 语

北国冬去迟，有情如早春。
江南无知己，谁赏草木新？

——致南国的朋友

# 史 语

一将功成万骨枯，史诗精彩血泪铸。
千秋大浪淘英豪，庸常众生随波逐。

——读《资治通鉴》感言

# 笑 侃

读史纵观世，常感名利微。
笑侃古今事，千载一瞬息。

# 夏 夜

新月如钩挂枝头，百蝉清唱蛙伴奏。
山风微笑荷放香，好友围坐话春秋。

# 思 归

思乡心如火，言归情更迫。
只管心如许，那顾光阴磨。

# 思 亲

笑对青山谈世事，喃遣清风滋诗情。
流云不谙乡音味，素月孰知思亲深？

# 墨　香

书海茫茫任泛舟，无尽思绪滚滚流。
万古沧桑眼前过，花香哪有墨香久？

# 致友人

常念朋友豪情多，业绩卓著功勋硕。
无论何处显身手，照样夺魁谱新歌。

# 从来江海藏古经

## ——读唐祯祥《慈母春晖》文集感言

### 之　一

如师如书如禅，有吟有咏有泣。
似诗似歌似韵，盛情盛感盛意。

### 之　二

多储才情心感恩，胸怀高迈播谦声。
学养不论地偏闹，从来江海藏古经。

# 老 槐

触摸你的年轮，能听到辽远的回声。
沧桑中倾泄一篇宣言，挺拔起大厦的魄魂。

# 槐 香

槐开一路花，绽放十里香。
蛙声醉人处，最念是故乡！

# 夜 读

看似寻常最奇崛，成如容易却艰辛。
莫道翰墨味寡淡，个中风情无穷尽。

# 情 思

常有关切道衷肠，一语一句随心唱。
不到文采飞扬处，何以吟诵情思长？

# 童 真

留些童味更真诚，留些童心更年轻。
留些童趣更快乐，留些童真更严谨。
　　　——六月属童，愿常怀童心的老朋友花季永芳！

# 遐 思

难有闲暇抒友声，一腔情怀言无尽。
何时盛意邀明月，好把秋韵当酒烹？

# 爱有百味

世人相爱乐无边，忌知爱中百味掺。
深爱方知苦味多，相爱容易相处难。

# 心景无限

开启心门不易，静听心声须缓。
只有用心赏析，深观美景无限。

# 美人如花

置身花海人如花，人像花儿美如画；
不用浓妆和淡抹，本色依旧写佳话。

# 西北情歌新编

## （组诗）

### 秋 思

云开水阔朗晴空，
秋风劲吹冬景近。
谁言老枝不留绿？
盼春神！

秋月高悬映苍穹，
此景此境古今同。
莫道情深无片语，
在心中！

### 相 思

快乐时我是一首歌，
忧郁时又像一条河；
悠闲时恰似一片云，
相思时犹如一团火。

### 哥想妹

哥说想妹妹说喧，
夜半想妹妹入眠；

哥哥知晓相思苦，

苦苦想妹苦也甜。

注：喧，宁夏方言，意为"吹"。

## 羞 答 答

羞答答的妹妹羞答答的哥，

羞答答的亲嘴乐呵呵；

羞答答的情话羞答答地说，

羞答答的拥抱暖心窝。

### 莫怪哥无味

酒后吐真言，

心藏好妹妹；

只是口难开，

莫怪哥无味。

## 你 好 狠

呵，你好狠

捻一指薄念

垄断了我欢快的情绪

承包了我仅有的笑容

逼着我将库存的相思

片甲不留地翻出来

不给你都不行

呵，你好狠

常引我进入梦境

直接霸占我的长吻
森吟吟地咬破我的舌唇
逼着我将从无羁绊的性情
揉得温平和顺荧荧如锦

呵，你好狠
不管天荒地老
无论晨暮夕昏
幽幽地关紧晶莹的芳心
藏着掖着一阙爱韵
"让他这老土鳖
头晕目眩地在门外逡巡"

呵，你好狠
驻守在时光的彼岸
想看看心声是啥模型？
那就择一处清幽
将思绪淡淡描摹铺展
寂静地乐呵着
偕岁月一道
在光阴里悠悠地修行

# 枯萎的苹果

## ——看果农感言

一粒露珠一滴泪，颗颗苹果凝汗水。
风吹日晒咱不怕，就怕辛勤变枯萎。

# 太极暖冬

## ——赞太极拳

太极聚悠然，满腔精气神。
丹田吞霞瑞，豪韵暖隆冬！

# 挂　念

虽然不是天天见面却是时时都在挂念
虽然没有天天回音却是时时心心相印

## 赠知音

北国四月度春风，百花绽放香欲浓；
访客争说塞上美，俺撷春色赠知音。

## 品茗笑语

古人煮酒评俊秀，大浪涛涛酒旗皱。
闲雪品茗味清醇，茶亦醉人何必酒？

## 苍　松

触摸你的年轮，
能听到辽远的回声。
沧桑中倾泻一篇宣言，
挺拔起大厦的魄魂。

# 墨海深

## ——练书法感言

看似寻常最奇峻，成如容易却艰辛。
莫道翰墨味寡淡，横竖撇捺尽风情。

# 献美给你

总想把美献给你，才疏笔拙难作为。
寻思萤微照样亮，咱没牡丹捧玫瑰！

# 军血未冷

朔风呼号黄沙鸣，练兵笑卧雪冰中。
至今未冷军旅血，应许年华夕阳红！

# 玫 瑰

沿着蜂蝶飞舞的路前行
伴着歌声走向远方
惠风吹拂广袤的原野
不时漫过缕缕清香

开在心田的玫瑰
也在静静绽放
芬芳馥郁的颜媚
丰满我生命的瑞祥

远远的　我默默祝福
——欣然盛开吧
深蕴心底的甘露
够你舒枝展叶的滋养

# 杨新润诗词唱和

## ——于第二届"贺兰雅集"

### 杨新润唱和毛泽东《清平乐·六盘山》

清平乐·参观六盘山红军长征纪念馆

六盘山巅,当年红旗展。华夏万卷沧桑史,从此揭开新篇。史诗吟咏千秋,浩瀚春潮奔流。豪气传承久远,江山万里锦绣!

### 杨新润唱和:江城子·新农村赞(一)

农家争说幸福感。麦花妍,稻浪翻。蟹肥鱼欢,增收又增产。今朝方圆发家梦,致富曲,谱新篇。

网络快讯助发展。短信览,微博观。网购旅游,闲暇舞步欢。良贤孝义常点赞,昌新俗,民心安。

### 杨新润唱和:江城子·新农村赞(二)

塞上江南话美满。天蔚蓝,水清涟。新房宽展,移民庆丰产。沃野风卷千层绿,瓜果甜,惹馋涎。

老幼欢颜笑语漫。林牧渔,小茶馆。超市近便,百业齐璀璨。坎坷小路变通衢,农机喧,心舒坦。

### 霍 达 原词:江城子·新春抒怀

春风飞度玉门关。跨贺兰,越楼兰,大漠荒原,快马更着鞭。西域繁华千载梦，琵琶曲，谱新篇。

　　长城极目望南天。日月潭，阿里山，骨肉情浓，游子几时还？盼得凌波横渡日，东方月，九州圆。


　　注：霍达（中央文史馆馆员，回族女作家）。

附录

# "四世同堂"乐享盛世

## ——杨新润家人传承好家风记事

## 杨巨成

在陕西扶风县天度镇晁留村，有一户孝老敬亲传承美德，"四世同堂"其乐融融的家庭——杨新润之家。人们都称赞这个家有一个世代传承的好家风。

### 良好家风谁人不羡慕

新润的父亲是教师、书法家，1980 年退休后和老伴住在老家。新润兄弟姐妹 6 人，其中兄弟 3 人，姐妹 3 人，有 5 个在外地工作。新润是长子，副厅级干部，其妻和大弟都是高级记者，大弟媳是处级干部，小弟是工厂车间主任，弟媳在宝鸡工作，兄弟 3 人的孩子都已大学毕业，有固定工作，新润的儿子和大侄子也都娶妻生子。

长期以来，新润的父母坚持以"清廉节俭，勤劳上进，尊老爱幼，善待亲邻"的家风影响、教育后辈，使这个家庭的每个成员都有着较高的个人素质和良好的社会公德；使这个"四世同堂"的农家小院常常充溢着和睦、温馨、欢乐的氛围，村民们无不为之羡慕和夸赞。

### 孝老敬亲长子作表率

在这个家庭，杨新润是长子。他生于 1953 年 9 月，1972 年应征入伍，在40多年工作历程中，他一步步成长为副厅级干部。在宁夏回族自治区外事办公室工作期间，为满足父亲爱看历史文献、集撰楹联和为村民办红白事撰联挥毫的爱好，他每周给父亲选寄一叠书报，并购置"文房四宝"、毡垫、名章和水写纸等。母亲患高血压和胃病偶尔发作，他邮购疗效很好的"寒痛乐"，并买了腕式血压计，使母亲随时掌握血压情况。2013年秋退休后他不在城里享清福，立即返回故乡陪伴父母。

为改善家居条件，他请工匠维修好多年漏雨的房屋，购置了各种家用电器，安装太阳能淋浴器和浴缸、防滑垫。入冬前收拾好煤炉，备好烤火煤和烧炕的柴火。隔段时间，采买新鲜果蔬让二老享用。父亲原单位安排体检，母亲做白内障摘除手术，他便陪伴到县医院、宝鸡专科医院诊疗。父母磨面、赶集、走亲戚、跟庙会，他寸步不离。天晴时，他每天晾晒老人卧具，将卧室，院子打扫得清清爽爽，并陪同父亲在村子附近天天散步一个多小时。为防止父亲洗澡滑倒，他提前给浴室铺好防滑垫，放好温水，才给老人洗浴搓澡。他主动打扫卫生整理衣物，劝父母只做力所能及的事。夏收后，母亲要拾麦穗，搂麦草，捡乡邻挖倒的苹果树枝，他劝不住，便拿上工具，顶着烈日陪同。母亲衣服脏了，他及时洗。母亲做饭，他帮着摘菜、压面、烧锅。他注重精神赡养，常陪父母聊天散步。父母听力不好，他就轻声细语地多讲几句。2014年夏天，他爱人因胆结石在银川手术，父母催他去照顾，到银川后，待妻子刚出院，他即赶回老家。

新润还热心帮助乡邻盖房、收晒麦、疏苹果花、套袋、摘苹果等，常常一干就是四五天。村民孩子大学毕业找工作，他针对实情出点子，提建议。村民办红白事，他和父亲当年一样撰联挥毫。村民咨询电脑使用、书法和写作等问题，他释疑解惑，尽力指导。

## 传承美德全家"齐步走"

在这个大家庭里，新润兄弟姐妹、妯娌、孩子都事业有成，在城市工作、生活，但是，一回到老家，他们都入乡随俗，没有架子，衣着朴素，争着帮老人干家务、农活、陪老人聊天，欢声笑语地吃家常饭。逢年过节，庆生祝寿，回家探亲或家族有婚丧大事时，他们无论谁回家，都挽起袖子下厨房、担水、拉土、抬泔水，泥里水里无怨言，对以上大小事的开销，都能争先恐后地支付。哪个小家庭有难处需要帮一把时，又都互相帮扶。

新润的儿子自小在银川长大，在儿子童年、少年时，他就经常带其回老家熟悉农村生活。儿子在北京上大学四年，每逢暑假都是先回老家看望爷爷奶奶，帮助喂羊、割草、拉土、干家务，半月后才去银川探父母。新润的大儿子和大侄子在城里举办婚礼后，都立即双双回老家祭祖和看望爷爷奶奶。每当过年老人准能收到儿孙们寄的贺岁卡和电话祝福。

2014年年底，新润的父亲以95岁的高龄去世。在父亲住院和最后的日子，新润兄弟姊妹和爱人，都专程从外地赶回来轮流护理。安葬父亲后，大家都请母亲到城里去住，但84岁的她却哪也不去。新润便劝大家遵从老人意愿，让两个弟弟安心上班，告诉姐妹和孩子们多问候老人，常回家看看。他自己则坚持在家，孝敬母亲更加体贴入微。他们的儿子、儿媳在广东大学任教，小孙女出生一岁多了，妻子帮着照管，让他也去看看，他至今也没去过。

如今，他的姐妹、弟弟和孩子们都经常电话问候老人，用网络、手机传送照片供老人赏阅，或抽空回家探望。"四室同堂"的家庭虽天各一方，但彼此间互相关心、互通信息，既践行和传承良好家风，又影响教育下一代。

注：本文作者杨巨成系陕西省扶风县老年学会会长。

# 传承美德呈大孝

## ——杨新润孝敬父母纪事

### 杨巨成　杨润杰

对于出生在扶风县天度镇晁留村的杨新润来说，无论是学友、朋友、战友，还是同事、亲戚、乡邻，凡是知道他的，无不跷起大拇指夸赞："他真是一个大孝子啊！"

事实上，杨新润奉亲敬老的事迹，并不是夸夸其谈表现在口头上，而是体现在日常细微的具体行动上，是实实在在的。梳理一下，可以看出他大美的心灵和高尚的道德情操，切实实践着中华民族的美德。

### 甘居乡下陪父母

杨新润出生于 1953 年，1972 年，应征入伍到宁夏，军旅生涯 16 年，1988 年转业到宁夏回族自治区人民政府外事（侨务）办公室，2013 年年底退休。

在 40 多年的工作历程中，他在部队担任过排长、连指导员、营教导员；在地方政府部门担任过副处长、党总支副书记、机关党委专职副书记、纪委书记、副巡视员，是中国散文学会会员，宁夏回族自治区文史研究馆研究员、副研究员、宁夏新闻学会会员、扶风诗词楹联学会顾问。曾率团或随团到访亚非欧美的 25 个国家和地区，外交部授予"资深外事工作者"荣誉。

新润喜欢同文字打交道，有 3000 多篇新闻、文学作品刊发于 90 多家省级以上报刊、电台和 10 多家网站，出版书籍 4 部。他忠于职守，干一行爱一行，曾荣立三等功一次，多次被评为省级优秀通讯员，多次被评为精神文明、普法教育、对外宣传先进个人及优秀党员、优秀公务员和优秀党务工作者；家庭被评为宁夏回族自治区"五好文明家庭"、宝鸡市"好家风示范户"。对这样一个功成名就，并在富居的中等城市娶妻生子的副厅级干部，退休后不在城市安享清福或专事钻研、提升自己的业余爱好以及收入可观的"第二职业"，而是立即返回故乡，甘愿蜗居农村陪伴父母安度晚年，在别人觉得不可理解，在他自己实属难能可贵。用他的话说："父母从艰难困苦的年代走过来，含辛茹苦地养育我们成家立业，如今年迈体弱，其深恩厚德当涌泉相报啊！我 40 多年在外奔波，从大处说为国尽忠，忠孝难两全，陪伴老人自然成了一种奢望。如今退休了，无有公事在身，应该在父母身边尽尽孝了。对于我来说，什么是幸福？能与二老朝夕相处就是最大的幸福！"

## 修葺房舍安父母

新润的父亲是位老教师，退休后一直和老伴相依为命，久居农村。他们教子有方，五个子女都在外地工作（其中二子为新华社高级记者），身边常年无人照顾，家里的房舍年久失修，父母的住宿条件并不很好。为了改善二老的住宿条件，新润退休前，就曾回家及时找工匠维修了漏雨的房屋。退休后，回到农村又安装了太阳能和淋浴器，购置了电冰箱、电暖器、电饭锅等，还特意购置了浴缸。入冬前，他早早收拾好大煤炉和蜂窝煤炉，买好烤火煤，帮助老妈备足烧炕用的柴火煨的。隔一段时间，他骑上自行车到七八里外的天度、店头等集镇买回新鲜果蔬让老人享用。母亲患高血压 30 多年，胃痉挛也时有发作，他坚持买来好药督促其按时服用，并买来血压器使之在家随时能量血压，知道血压的变化，保血压处于正常状态。

在新润看来，孝敬老人不光在金钱多少，能够让老人身体健康，无忧无虑地过好每一天就是孝敬。父亲原单位安排体检，母亲做白内障摘除手术，他就专程送宝鸡市专科医院诊治。二老走亲戚、赶集、跟庙会，新润都寸步不离，生怕有个闪失。每当晴朗的天气，他就把老人的卧具拿到院子晾晒，拍打干净，并将卧室，院子前后打扫得清清爽爽。为了防止90多岁的父亲洗澡时滑倒，他提前给浴室铺好防滑脚垫，给浴缸放好温水，才开始给老人搓洗。父母的衣服脏了，他挽起袖子就洗。母亲下厨做饭，他常常帮忙择菜、拉风箱。每当清晨、午后或傍晚，老家的乡间小路上，人们常看到他陪着父母亲散步，边走边谈古论今，使老人心中格外舒畅、走七八里路也不觉得累。

## 精神赡养升境界

杨新润认为，孝敬父母不仅限于物质，能够给老人以热情、耐心、细心的精神愉悦及文化营养，不仅是一种孝敬，更是一种厚养。所以，他只要有空闲时间，都高兴地陪父母聊天，有意识地让他们叙旧事，拉家常，不厌其烦地聆听二老不知讲了多少遍的陈年往事。也时常给老人讲他在外工作期间的逸闻趣事，讲述他随团出国考察时的所见所闻。父母的听力有时不太好，新润说话时便下意识地靠近些，多讲几句。他常常以感恩的眼神凝望父母；以温柔的语气问候父母，使老人感到温暖亲切，舒服温馨。2014年夏天，新润的妻子因胆结石需在银川市住院手术，二老知道后，"催""骂"他赶快回去照顾，他回到银川待妻子刚出院，又匆匆赶回到二老身边。

身为教师、书法家的新润之父，喜欢独处，平时一个人静静地读书、看报和收集编撰楹联。几十年来，每逢村民有红白喜事，他常常撰联挥毫，为传承乡土文化做了大量有益的事。为满足父亲的这一爱好，解除其长居乡村的寂寞，新润在工作期间，就给父亲购置了"文房四宝"、毡垫、"万次水写纸"，坚持给父亲邮寄精选的书刊、报章。退休回来后，他又将以前寄回的这些资料分类整理，摆放在父亲的床头桌面，以便父亲随时选读。陪父亲散步时，谈书法艺术成了父子俩的"准话题"。他还常常鼓励父亲挥毫泼墨，为儿孙们多留一些文化财富。

## 生活起居顺母意

就在杨新润倾心陪伴二老一年多的 2014 年 11 月初，父亲因病住院。新润的弟兄姊妹叮嘱医院尽量使用最好的药物治疗，昼夜轮换细心周到地护理，但父亲终因年龄过大，医治无效而走完了他 95 岁的人生历程。对其丧事经新润提议和与亲戚、族人商定，按故乡的习俗，以既隆重又简朴的形式使老人入土为安。

父亲离世后，新润规劝两个弟弟安心上班，告诉在外地的姐妹及孩子们常回家看看和多多电话问候母亲。而他在家对母亲的孝敬更加体贴入微，主动打扫卫生，整理衣物，处理家务，尽量减轻母亲的负担。并尊重老人的生活习惯和热爱劳动、勤俭持家的传统美德，在母亲干力所能及的活时，他都随时随地陪同。夏收过后，母亲要顶着烈日去地里拾麦穗，他便提上蛇皮袋子紧随其后，母亲要冒着高温搂收割后的麦草，他就拉上架子车，拿上叉，干得满头大汗。母亲爱吃搅团，他说："妈，我也爱吃搅团"，以此来满足、慰藉老人。一次母亲晚上生病，他即请来医生诊治，整夜照看挂吊针直到凌晨三时，第二天还要为母亲下厨做饭，他的小孙女在广东出生快一岁多了，妻子催他去看看，他却一直离不开母亲，终究未去看过孙女。

## 竭诚尽心帮邻里

在故乡陪伴二老的两年多时间里，农村"空巢老人"的现实常常使杨新润感慨万端，个别儿孙后辈不孝敬老人的恶行劣迹更使他惊叹愤慨。为此，他常思忖着要为家乡的文明建设和尊老敬老多做实事，谁家需要帮忙，他都有求必应，帮这家收麦、晒麦，帮那家套苹果袋子，帮人盖房，泥里水里一干就是四五天。村里有孩子大学毕业急于找工作，他和其家长促膝商谈，针对孩子所学专业出点子，提建议。平时有空，他就东家进西家出，既了解民急诉求，增进邻里感情，又帮助调解纠纷、规劝制止不良行为。谁家办红白喜事，他又像其父当年一样，热情地、有针对性地挥毫撰联，以此弘扬正气，教育后进。凡家有电脑的乡邻咨询操作问题，他不推诿敷衍，尽量释疑解惑。对爱好书法和文学创作的同行，他经常虚心登门切磋畅谈。对此，乡邻们都纷纷称赞：新润当官不像官，没架子，对人心实，帮人尽力，确实是咱们村里走出来的好后生。

如今，杨新润依然在家精心侍奉老母，依然衣着朴素，住行简约，始终保持着那种清淳节俭的传统美德，谁还能看出他曾经是一位很有建树的副厅级干部呢？

注：本文作者杨巨成先生系陕西省扶风县老年学会会长，杨润杰先生系陕西省扶风作家。

# 杨新润　记忆中的两个第一次

### 《现代生活报》记者　马璐

## 第一次出书

宁夏回族自治区外事办机关党委专职副书记杨新润是陕西省扶风县人，自幼生长在风景秀丽的太白山脚下，深厚的黄河文化底蕴，使他饱受秦汉文化熏染。1972 年杨新润入伍来到宁夏，军旅生活 16 年间，无论是带领战士摸爬滚打的紧张训练间隙，还是酷暑严冬风沙弥漫的艰苦环境，勤奋钻研文学都是他的必读功课。杨新润擅长文学创作与新闻写作，自 1976 起，在《新华社新闻稿》《人民日报》《解放军报》《中国青年报》《宁夏日报》等 80 多家区内外媒体发表文学作品和新闻报道 3000 余篇，数十篇作品获省市级奖励，先后多次被评为精神文明先进个人、优秀党务工作者、优秀共产党员、优秀公务员、对外宣传先进个人。

2004 年杨新润出版了《老父的家园》散文集，这是一本散文、随笔文集。整本书都歌颂着社会生活中的真善美，表达的是对人生的感悟。150 多篇散文、随笔，军旅、故乡、人生、友情、书法、书画艺术家、印象，语言清新，情感真挚。用杨新润的话来说："文字是传承思想的传统符号，文章是弘扬精神的有效载体。平凡的思想未必全都经典，火热的精神未必全都伟大。但是，平凡的思想积累多了，自然会彰显一种奋发向上的精神。而这种精神必然会激励一个人用勤奋创新的业绩充实和丰富他的思想。"

## 第一次出国

1994 年 12 月，杨新润随团前往德国进行公务活动，第一次当"老外"走近德国，他短暂而真切地接触这块大地和她的人民。

"汉莎航空公司的波音 747 飞机，于上午 11 时许从北京启程，洲际航行 13 个小时后，当地时间下午 5 时抵达法兰克福机场。北京与法兰克福有 7 个小时的时差，将这趟莱茵之旅的第一天由 24 小时拉长到 31 小时。站在极其宽阔、设备齐全的这家欧洲航运中心机场，入耳已无乡音，入目只见金头发、蓝眼睛。我想，地球原来并不大，才 13 个小时的路程，脚下的土地就是离中国万里之遥的德国了？"回忆第一次出国，那些情景让他历历在目。带着一些兴奋与好奇，杨新润一行前往慕尼黑、纽伦堡、柏林、汉堡、科隆等德国的大中城市，对一些工厂、农村和商业区进行了为期两个星期的实地考察。回国后他撰写了《近看德国》。

德国，对于远居东亚的中国人来说，既十分熟悉又十分陌生。说十分熟悉，是因为位于欧洲西部的这个拥有 35.7 万平方公里土地、8000 万人口的国度，曾经孕育产生了马克思主义的伟大理论，却又是两次世界大战的策源地。人类近代社会的第一卷史章里，一次又一次将德国这个名字放大书写，叫人烂熟于心难以却眸；说非常陌生，是由于德国这个高度发达、高度富裕、高度文明的老牌资本主义工业国远隔千山，它的物质世界和精神家园在中国人心目中总蒙有几缕神秘。

在这之后的几年里，他先后到澳大利亚、新西兰、日本、韩国等 20 多个国家参观考察，虽然不再有第一次出国时的"局促"，可对他来说每一次出国都是一次学习，也正是在一次次的学习中他感受着中国改革开放所带来的巨大变化。正如他所说的："在历史的长河中，30 年的路程并不算长。但是，短暂的 30 年间，我是沐浴着改革开放的春风，在不懈的努力中脚踏实地地前行着，为记录昨天留下了一行行坚实的脚印，也为宁夏对外交流未来的发展积累了一部部可贵的历史资料。"

（本文刊于《现代生活报》2008 年 10 月 22 日）

# 杨新润艺道自述

　　秦地[1]西府[2]人氏新润，杨姓，少小荒村牧羊倌。缺衣少食，饱受周秦汉唐文化熏染。喜文史哲，尤崇诗仙李白，浪漫诗风赏赞。称道"扶风豪士天下奇，意气相倾山可移"[3]之豪壮，情思缱绻。故号扶风豪士，以古味斋名书斋，嵌"无为也向上"座右铭自勉。手捧书刊，惯从封底往前翻。昌闲章墨痴之意境，每捧书读，不求其解[4]，多粗览。逢美文，方细品，不舍卷。常撰诗文自娱，聊以颇示己志，激情涌笔端。刊诗文数百篇，《老父的家园》《炊烟的香味》《宁夏概览》出版。3000余篇新闻稿，刊发90多媒体网站。扛三等功奖章一枚，获诸奖数十，四季勤勉。爱书法，习柳楷汉隶，赴诸赛展。奖项寡，国内外朋友赏藏书作，自感清浅。好以书文交友，深谙艺道深艰。切磋每有会意[5]，欣然忘寝，不论忙闲。撰20余位书画家风采，媒体推展。恬淡生活，沉静寡言，不慕荣利，不嗜酒烟。曾从军16载，转业外事部门，多岗位磨炼。公务访20余国，随团率团，事务处理，更新观念。花甲退休，始着力，文史深研。

　　注：

1. 秦地：陕西省。
2. 西府：陕西省咸阳市以西的地域，主要指宝鸡地区。

——刊于《盛世文苑》第10期

# 首尾相连的回环诗

回环诗，首尾相连，可读出多首回环诗词。有前两句全部回文，有后两句全部回文的。

例诗《咏叹》：思今苦乐知忆往觅海小似深情诗

试作：《忆往思》

忆往思今苦乐知，今苦乐知觅小诗；
觅小诗情深似海，情深似海忆往思！

回环诗赏读一：《红梅映雪》
红梅映雪韵呼冬，雪韵呼冬醉倒风。
风倒醉冬呼韵雪，冬呼韵雪映梅红。

回环诗赏读二：《月下》
醉酒花间花酒醉，香茶叶处叶茶香；
迷诗案上案诗迷，畅心月下月心畅！

# 乡土精神的守望者

## ——友人致杨新润

### 刘波寄语杨新润

读文如同咥削筋，辣子水水满嘴红。

端个老碗檐台坐，一街三巷听吼声——

拍胀肚皮嘭嘭嘭！

注：刘波先生是宝鸡文理学院教授，我的同乡、文友和从小学、初中到高中的同学；刘先生常以诗文抒情，文采飞扬，豪气勃发；此小诗是刘先生读我的散文《削筋》之后的笑墨，很逗，故录存。

### 刘玉顺寄语杨新润

☆常弄墨，偶动诗情，寄语新润，共勉：

#### 老　夫

醉墨浅吟似入禅，品茗挥毫润心田。

老夫远避名利锁，腹藏诗书胜储钱。

注：刘玉顺先生是我的老战友，中国金融书画协会会员，宁夏书协会员。

## 赵慧良寄语杨新润

### （藏头诗）

杨柳知春俏枝头，新绿满目笑意流。

润物无声自成赋，华章呈祥意隽厚。

注：赵慧良先生是我的老朋友，常以诗文寄情，文笔隽秀，低吟浅咏，诗情多多。

## 刘建忠寄语杨新润

☆对新润而言，知识和境界就像望不到边的天空和海洋，只有桥和船加上勤奋才能缩短与它们的距离。你选择了一条遥远的路。谦卑能洗去心头的尘埃和身上的劳累，让你成为一匹不知疲倦的老马。

☆大雪，见儿童戏闹，偶动乡思，寄语新润：

见儿忽忆吾少年，故园四十二年前。

壮心犹揽九天雪，破衣难摭七尺寒。

土窑读书声朗朗，垄上吆牛意缠缠。

谁说草根无所事？敢叫杨柳笑牡丹！

## 杨新润和刘建忠诗

早年辛酸如财富，从来柴门不言苦。

观雪抒情为励志，念旧方觉今幸福！

## 傲 菊

十月知菊瘦，叶稀枝亦柔。

骨傲节不倒，余香醉晚秋。

☆杨新润致刘建忠：蜗居都市，很少着意仰望天上的明月。但是，管你望与不望，那一轮远古就有的明月就像亘古不变的大山，照旧挂在天边，照旧圆圆缺缺，照旧起起落落。入夜，我凝神仰望挂在天上的明月，不由得思绪万端、浮想联翩……天那边的朋友，不知您可否读懂明月别样的柔辉？

## 刘建忠复杨新润
### 明月千古情

千古明月千古情，借缕清辉当酒烹。

月起月落平常事，月缺月圆何伤神？

注：刘建忠先生是我的同乡、战友、老兄和文友，担任一家企业报总编辑多年。刘先生常以诗抒情，文采飞扬，吟诵古今，给我启迪多多。

## 秦金安致杨新润

金风送爽览秋光，千里驰骋聚同窗。

举杯畅饮不关酒，留下岁月一段香。

注：秦金安先生是我的大学同窗好友，多以诗抒怀。

## 张景伟寄语杨新润
### 之　一

老父家园常牵挂，炊烟香味散天涯。

万里远行不忘本，情到深处有泪花。

### 之　二

蓦然回首三十年，最忆兰大图书馆。

心随短信越千里，梦驾长风到贺兰。

## 之 三

三十年前正少年，踌躇满志出校园。
如今齿落鬓毛衰，回首容易聚首难。

## 之 四

衣锦还乡多亲朋，荣归故里喜盈门。
众人若问年龄事，指看院边柳色青。

## 之 五

电视网络乐翻天，当今少人捧书卷。
老人翻翻养性情，学子搬块敲门砖。

　　注：张景伟先生是我的大学同窗好友，甘肃省徽县第一中学校长；多以诗抒怀。我曾以《老父的家园》《炊烟的香味》文集寄他存正；先生愿情意如酒好景常在，我不胜感激，故录为念。

### 杨锐寄语杨新润
#### 新润返乡感怀

退休得闲返故乡，农家生活桃花源。
人生砥砺金石语，扶风胜过花果山。

故乡山水润心身，养育生灵显年青。
离职何以心态正，只缘天际赖雄鹰。

#### 亲情牵挂

骑车路过新润家，如同在家喝杯茶。

不是知己不进门，虽非亲情总牵挂。

注：杨锐系宁夏回族自治区人民政府办公厅处长。

## 邓永寄语杨新润
### 之 一
#### 捣练子·秋思

潇潇雨，润残阳，皓月如盘秋思长。人厌书香慕铜臭，谁知史卷留思想？

### 之 二
#### 如梦令·天籁

玉蝶清香满苑，回首红梅舒展。天籁醉娇颜，一缕情丝谁挽？期盼，期盼，枕月听箫君伴。

注：邓永是宁夏回族自治区永宁县中学老师，擅长诗词，对词牌歌赋深有研究，并常有新作问世。

## 王宽良寄语杨新润

新润先生的散文就像一张张写实的照片，弥漫着乡土气息。乡村的世界在先生的眼里变得朴实、明朗而透明，生活的每个瞬间、每个细节都被你揽入怀中，没有游戏文字却被你诗意地呈现出来，字里行间飘动着泥土的醇厚，显得那么亲切，充满乡村烟火味。如果说乡愁中散发着清新的乡土气息，那是你生命里融合了麦香、花香、玉米香、鸡鸣、狗叫、田野、天籁声。从来，您依然自谓是乡土精神的自觉守望者。

注：王宽良是我的同乡、战友和好友，长于诗文，常有新作问世。

# 作文就像盖房子

## ——对于写作的思辨

写作文没有固定的格式。但是，写作文却有一定的方法可循。掌握了基本的写作方法，写作文就不是一件很难的事。形象地说，写作文就像盖房子。盖房子必须根据需要准备材料、认真设计、精心施工、整理或者装修等几个阶段。写作文也一样，必须经过学习积累、积极准备、精心构思、认真写作、修改检查等过程。只有这样，才能写出好文章。

### 作文前准备如同盖房备料

可以选择阅读一些与这一篇作文相关的文章和资料；可以借鉴相关文章和资料的一些写法来构思作文；可以借鉴相关文章和资料的一些内容；可以借鉴相关文章和资料的一些词句；平时阅读时要多积攒一些词汇、警句、名言和成语；可以将需要借鉴的一些资料内容抄成卡片备用；借鉴相关文章和资料的内容要有取舍，做到对我的这一篇作文确实有用。

### 构思作文如同盖房前设计

作文的题目不要太大。就像盖的房子设计太大，那可需要很多材料去支撑才能盖起来的。要有一个中心思想，围绕这个中心思想构思全篇。可以列一个作文提纲，主要列出全篇的层次；如果不列作文提纲，心中一定要有数，即要有"腹稿"。

## 进入作文如同盖房施工

如果时间允许，最好先打草稿。文章开头要开门见山，要对引出全篇有启导作用。文章要一层一层地展开，做到层次分明，层层推进，直到把你需要表达的思想表述完毕。在每一层文字中，所要表达的内容要明确、集中，既很全面又有取舍；在这一个层次中应该表达的内容，不要在其他层次中去表述，即在一个层次中应该表达的内容，就在这个层次中表达完；在这一个层次中已经表达过的内容，不要在其他层次中再去表述，即前面刚讲过的话，后面就不要再去讲了。层次转换既要快又要自然，既不重复又能深入推进。选择运用一些最恰当的词汇，以便准确地表达文章内容和思想。借鉴相关文章和资料的一些内容虽然很好，但对你需要表达的思想没有用处，就不要勉强地套用。运用资料要大胆取舍。要多用成语；能够用成语表达内容的地方，尽量地不用其他词汇；尽量避免重复运用同样的词汇。尽量地避免重复运用同样的句子。标点符号既灵活多样，又恰当准确。文章结尾要干脆。即话说完了就行了。

文章结尾的形式多种多样，如：前呼后应式，回应式，戛然而止式，提问式，等等。可以选择运用最适合你这一篇作文的结尾形式。

## 作文写好后修改检查　如同盖房整理或装修

作文写好之后，要认真修改和检查。修改和检查的方法是：从大到小，即，先看文章整体，后看文章的局部。修改和检查的主要内容是：作文的内容是否与题目相符；整体结构是否合理；中心思想是否突出；段落层次是否分明；表达的内容是否完整；表达的思想是否准确。修改和检查的次要内容是：运用的词汇是否恰当；句子是否有重复；标点符号是否恰当准确。修改和检查之后，将不恰当的字句段删去。如果时间允许，最好将修改稿重抄一遍，或再放一段时间再修改也行。

以上写作方法，是平时写作的思辨。实践写作中也可以对上述方法补充完善或视情取舍。当然，写作文毕竟不是盖房子，盖房子可以请人设计，可以请工匠施工，可以找专业人员装修和检查，而写作文的"设计、施工、检查"全由自己一个人完成。因此，写作文需要掌握更多的方法。但是，写作方法再好再多，必须实践才行。不管怎样，掌握了这些基本方法，你的写作技能一定会不断提高，"盖"的"房子"肯定会越来越漂亮！

# 刊发杨新润作品的传媒名录

自 1976 年 9 月起，以下 90 多家报刊、杂志、网络、广播电台发表杨新润撰写的文学作品和新闻报道。

**报纸类**　人民日报·海外版☆解放军报☆新华社新闻稿☆中国青年报☆中国绿色报☆中国民族报☆中国书画报☆宁夏日报☆人民军队☆人民军队报·卫生专版☆人民军队报·军运版☆健康报☆银川晚报☆青少年书法报☆宁夏青年报☆育才报☆宁夏广播电视报☆宁夏法制报☆西北信息导报☆医药经济报☆宁夏科技报☆宁夏科技报·环境保护专栏☆青海经济报☆宁夏卫生报☆西北民兵☆宁夏政协报☆华兴时报☆现代生活报☆宝鸡日报☆新消息报等。

**杂志广播电台类**　新闻大世界☆中国西南☆中国西部☆后勤☆甘肃青年☆甘肃文艺☆宁夏广播☆广播时空☆宁夏工作研究☆石嘴山文艺☆六盘山☆西部论坛☆共产党人☆宁夏外事☆后勤信息与研究☆宁夏日报通讯☆生产经营信息☆政治工作信息☆宁夏对外交流☆机关党建☆石嘴山广播通讯☆银川广播电视报·都市生活读本☆扶风文艺☆宝鸡文化☆盛世文苑☆宁夏人民广播电台☆银川人民广播电台☆石嘴山人民广播电台等。

**网络类**　新华☆中国绿色☆中国西部☆神州翰墨艺术☆华语书图☆宁夏新闻☆宁夏党建☆宁夏机关党建☆宁夏外事侨务☆陕西扶风作家☆扶风百姓☆扶风微传媒☆当代大作家等。

# 后 记

向来，欣赏散文、吟咏诗章，是我的挚爱。

闲暇，在浩如烟海的散文世界淘宝，那些舒展乡音、乡情、亲情、爱情和友情的美篇佳章，是我补充精神营养的上好珍馐。

得空，在诗词的海滩上漫步，或歌或吟，陶醉其间，兴致陡涨，如沐惠风。

时日长了，让这种爱好发酵成型，文字的千军万马便驻扎心底，由不得时不时地也想抒发一些感慨，流泄久积心头的情怀。

于是，隔三差五舞文弄墨，留些文迹墨痕，一些冒似散文的文字挂上我的姓名，大模大样地走进媒体，虽然文字多为感触、感慨、感想、感叹或感悟，却是崭露心底的情思。

于是，一些貌似押韵的方块字，以诗歌的名义成了我的"孩子"。尽管，那些墨香里还少有婉约华美的文采，却升腾着富具情感的呼号；许多浪漫的抒情还有深邃思想的缺席，却也是震撼启迪的别样收获。

就这样，数年路程，数万墨痕，自感长进无几，却又乐此不疲。

人，都有欢思愁绪，我却有更多的乡思乡愁。

于是，拥着"乡愁也养人"的感恩心理，那些异常熟悉的乡音、荒村、古宅、老物件，甚或袅袅炊烟，成为我诗文里摆脱不掉的韵律，承载着我的情绪，也丰富着我的内心世界。

于是，不知不觉间，有了这册不成诗文的诗文集。故取名《乡愁的模样》，借以慰藉我那眷恋家园和生命之根而天天疯长的情愫！

我知道，乡愁是个庞大的命题，它以无边无涯的辽阔感和纵深感，促使枯燥干瘪的黄土地永远年轻。而我的秃笔却难以担起沉重的使命，只是随机记录心境，不想空流美好岁月，不想辜负这一把年纪。

曾有朋友笑言："人生匆匆过，都像穷忙乎！"我借题送他一首小诗："莫道一生穷忙活，诗文多少苦中乐。不管他人咋评判，且裁晚霞织佳作。"也是描摹我的墨迹情缘的一点感触。

再有朋友笑问："散文和诗歌有短小精悍的好处，但没故事、少情节，没看头！"我借话茬赠他一首歪诗："现代生活节奏快，短小平快惹人爱。说话啰唆没人听，文章冗长如烂菜！"也是我对诗文品赏态度的偏爱。

眼下，微信霸屏，少有捧着"大块头"阅读的身影，时人多在"抓现成"的事务，时间似乎都不够用。新兴的微信抖音广受喜爱，也是两三分钟粗览笑阅精彩。然而，短小精悍的诗文，如同活泼的抖音，即便融进微信，也会活力四射。偕同散文诗歌漫游，读懂生活的生机勃发和诗意经典就是早晚和必然。

猛的，想到我写给老父九龄寿诞的一段话："四季变幻，大爱依然。朴素意韵，泽被无边。高堂康乐，福瑞永年！"乡愁的深沉多彩不正如此么？哪怕初心豪情万丈，收获的却是瘪瘪行囊，乡情乡音总会催促我们放声传唱！回眸过往，横跨时空的沧桑悲情，也会赋予我们泼墨绘彩的力量！

这部20万字的诗文集，汇聚的200多篇（首）诗文，正是我近年来笔耕景观的回放，虽然不可能全是玫瑰，却是发自心灵深处的倾诉，还有人生旅途的色彩和韵味；尽管题材不全是乡愁，却也是我欢思忧绪的一场聚会。

诗文集的出版，得到许多朋友的激励和帮助：老战友李德明大校为文集欣然作序，书法家刘玉顺先生挥毫泼墨题写书名，老朋友刘亮、杨森林、马晖先生倾情指导编辑和印刷事务，许多文友热情提出修改建议意见，令我十分感动。在此，一并遥致衷心感谢！

杨新润

2019年3月20日·银川

质检01